Uschi Zietsch • Hatar Stygan

Die Autorin

Uschi Zietsch wurde 1961 in München geboren. Sie ist verheiratet und lebt seit Jahren als Schriftstellerin und Verlegerin mit ihrem Mann und den Tieren auf einem kleinen Hof im bayerischen Allgäu. Außerdem gibt sie Schreibseminare.
Ihre erste Veröffentlichung war 1986 der Fantasy-Roman »Sternwolke und Eiszauber« im Heyne-Verlag. Darauf folgten bis heute kontinuierlich über zweihundert Veröffentlichungen in den Bereichen der Science-Fiction, Fantasy, Kinderbücher, TV-Serien und vielen mehr. Unter dem Künstlernamen »Susan Schwartz« schrieb und schreibt sie jahrelang als Teamautorin bei »Perry Rhodan« und anderen Heftserien mit. Für die exklusiv bei BS-Editionen (Bertelsmann) erschienenen sehr erfolgreichen und beliebten Urban-Fantasy-Serien »Elfenzeit« und »Schattenlord« zeichnete sie für das gesamte Konzept und die Exposés verantwortlich und schrieb die meisten Romane.
Uschi Zietsch erhielt diverse Literaturpreise.

Romane von Waldsee (in chronologischer Reihenfolge):

Der Stern der Götter
Die Chroniken von Waldsee (Trilogie): Dämonenblut/Nachtfeuer/Perlmond
Nauraka - Volk der Tiefe
Fyrgar - Volk des Feuers
Hatar Stygan - Der Dunkle Hass

Eine Geschichte aus Waldsee

Der wahre Schatz

Das Buch

Eine geheimnisvolle finstere Macht breitet sich in dem sagenhaften goldenen Reich Ishgalad aus.
Niemand weiß, woher der Eroberer Hatar Stygan kommt. Manche flüstern, er sei ein grauenvolles Monster. Sein oberster Scherge Hagan Tar verwüstet in seinem Namen das schutzlose Land, raubt, foltert und mordet.
Unter vielen Opfern gelingt es, einen Hilferuf an den Zauberer Halrid Falkon zu senden. Zusammen mit seinem Drachen Fylang eilt er nach Ishgalad - doch er kommt zu spät.
Die Schutzsphäre von Waldsee zerbricht. Der Siebenstern erlischt. Hatar Stygan setzt alles daran, die Welt zu einer Bastion der Finsternis zu machen.
Halrid Falkon unterliegt im Kampf und verliert seine Macht. Seine düstere Vergangenheit holt ihn ein ...
Das furiose Finale der großen Saga um die Chroniken von Waldsee!

Uschi Zietsch

HATAR STYGAN

Der Dunkle Hass

Die Chroniken von Waldsee 6

Fabylon

Dieser Titel ist auch als fabEbook erschienen.

Umschlagbild: fotokostic
Umschlaggestaltung: Agentur Steinmann
Satzlayout: Stefan Friedrich, Garching
Herstellung: booksfactory
Lektorat: Andreas Wolz

www.fabylon.de
eMail: team@fabylon-verlag.de

ISBN: 978-3-943570-83-0

»Auge um Auge: Wenn es alle so halten würden,
was wären wir dann?
– Glücklich? –
... Blind ...«

(Joshua und Jonathan Luna, »Das Schwert«)

Im Auge des Feindes sehe ich nur mich selbst.

(Sprichwort der Fyrgar)

Gerade die Leute, die sich über Oberflächlichkeit
beschweren, kaschieren damit nur ihre Unfähigkeit,
in die Tiefe zu tauchen.

(Sprichwort der Nauraka)

INHALT

Einleitung

Waldsee gehört zu den größten und ältesten Welten des Träumenden Universums.

Lúvenor war ihr Schöpfer. Nach und nach erwachte das Leben, tummelte sich in der Umschließenden See und kam über die Berge in das große, leere Land. Lúvenor empfand es als zu groß für nur einen Thron und teilte es auf in vier Reiche, die verbunden waren durch die Freien Straßen, und die ersten Freien Häuser wurden errichtet.

Die Vier Königreiche, das waren:

- im Norden Valia, die Segensreiche,
- im Osten Luvgar, der Lichtfels,
- im Süden Nerovia, der Schwarzweg,
- im Westen Ishgalad, das Traumgold.

Waldsee war im Universum sagenumwoben, seine Tore standen weit offen, und die Weisheit und Fähigkeiten der Alten Völker waren bei den nach und nach entstandenen jüngeren Welten sehr geachtet. Weitere Götter kamen mit ihren Völkern und bereicherten die Vielfalt der Welt.

Der Traum war niemals schöner gewesen als zu jener Zeit, so heißt es noch heute, und es ist die Wahrheit.

Vor tausenden Jahren wurde der Siebenstern geschaffen, der hoch am Himmel selbst bei Tage leuchtet. Mit ihm erhielt Waldsee eine Schutzsphäre, die sie vor dem Ewigen Krieg, der seit Äonen in den Gefilden des Träumenden Universums tobt, bewahrt. Waldsee gilt, was einzigartig ist, als neutral. Gleichzeitig bietet die Welt Schutz jedem Asylsuchenden, gleich ob er zu Lichtem oder Dunklem Regenbogen gehört.

Doch nun ist die Schlafende Schlange dabei zu erwachen, sie regt sich immer häufiger und erschüttert die Grundfeste des Universums. Ihr Erwachen liegt nicht mehr fern und bedeutet den vollständigen Untergang: Der Traum endet, und alles vergeht, als wäre es nie gewesen.

Der Sturm nähert sich unaufhaltsam, und er bringt unheilvolle Mächte mit sich.

ZIEL I

Ishgalad

Prolog
Sturmbringer

Der Sturm zwang sie, umzukehren.

»Habt ihr schon jemals ein solches Unwetter erlebt?«, fragte die Frau ihre Begleiter. Sie waren magische Wesen und sollten nicht durch ein Naturereignis aufgehalten werden können.

»Ja«, antwortete der Mann. »Einmal. Vor sehr, sehr langer Zeit. Meine Erinnerung daran wurde erst viel später geweckt.«

»Was war es für ein Tag?«

»Der meiner Geburt.«

Der Zauberer nickte bestätigend, als seine Frau ihn daraufhin verwundert ansah. »Das Stampfen des Goldenen Widders dröhnte durch die Sphären bis herab zur Welt, denn Ungeheuerliches war mit meiner Geburt geschehen, und das Ringen der Mächte drohte, die Insel Erytrien zu zerreißen. Doch der Sturm verging zuletzt. Ich war unerreichbar, meine Seele verborgen. Der Wind konnte sie nicht finden und fortreißen.«

Die Frau blickte zum Himmel hoch, über den turmhohe schwarze Wolkenwellen rasten und sich tosend an den Sphären brachen. Sie konzentrierte sich.

»Aber das bedeutet mehr … Es ist ein prophetischer Sturm, nicht wahr?«, flüsterte sie. »Er ist nicht von dieser Welt, nicht von diesen Sphären, und nicht von den Göttern verursacht.«

»Prophetisch? Nein. Das ist eine bereits bestehende Gefahr. Aber … kannst du spüren, was ihn verursacht?« Der Zauberer zeigte sich zutiefst besorgt.

»Ja … es drängt sich auf …« Die Allumfassende schloss halb die Augen. »Seht!«, rief sie und deutete nach oben. »Der

Siebenstern flackert! Wie kann das …« Sie strauchelte und ihr Ehemann fing sie auf. Legte den Arm schützend um ihre schmalen Schultern.

»Also wird es geschehen«, sagte er leise. »Diesen Tag haben wir lange gefürchtet! Und so verzweifelt gehofft, er möge nie kommen …«

»Alles vergebens«, dröhnte die Stimme des Drachen. »Ich hatte euch gewarnt, aber keiner wollte auf mich hören!«

»Und was hätte es geändert, wenn wir auf dich gehört hätten?«, fauchte der Zauberer ihn an.

»Nichts, aber ich wollte es wenigstens gesagt haben.«

Die Schutzaura, die sie um sich gewoben hatten, begann an den Rändern zu zerfasern.

Das erschreckte sie alle drei gleichermaßen. Sie waren die Hüter der Welt und zusammen sollten sie unüberwindlich sein. So war es zumindest bis jetzt gewesen.

»Wir können nicht weiter«, stellte die Frau fest. »Seht, alles versiegt!« Windfinger griffen durch erste Risse und zausten ihr Haar. Ein spielerischer Vorbote der nahenden Zerstörung.

Der Zauberer bot seine Macht auf, doch er vermochte nicht, die Risse zu schließen. Bald würde sich die Aura vollends auflösen, und dann wären sie den Gewalten schutzlos ausgeliefert. Hier draußen in der Ebene, so nah an der Wüste, gab es keine Bäume, keine Felsen, keine Erdlöcher, um sich verbergen zu können, bis der mächtige Wind weitergezogen war.

»Das ist noch nie geschehen!«, stieß er erschüttert hervor. Er war das mächtigste Wesen der Welt – und scheiterte an einem *Sturm?*

Bedeutete dies nun das Ende? Sollte es wirklich vorbei sein? Nach all der langen Zeit? Ein einziger Windstoß und … Schluss?

»Wir werden einen Weg finden«, sprach seine Frau in seine Gedanken. »Wir sind nicht allein. Der Sturmbringer schon.«

»Sturmbringer …?«

»Welche Bezeichnung sollte er sonst haben?«

»Wohl wahr.«

Doch seinen wirklichen Namen kannten sie alle. Nur, wer wagte schon, ihn laut auszusprechen?

Der Tag war gekommen, genau wie der Zauberer gesagt hatte. So lange hatten sie *seine* Ankunft befürchtet. Selbst die Götter. Alles hatten sie unternommen, auf der Welt wie gleichermaßen in den Sphären, um Waldsee zu schützen, die Altehrwürdige, die Große.

Da! Der Siebenstern flackerte erneut. Als ob ein Schatten darüber zöge. Wie war das möglich? Nicht einmal Götter könnten ihn zum Erlöschen bringen!

Bis auf *ihn*.

»Er ist es, kein Zweifel«, sagte der Drache. »Niemand sonst kommt in Frage.«

»Und er ist sehr viel mächtiger als Nachtfeuer uns gesagt hat«, murmelte der Zauberer.

»Es ist seit der Entstehung des Siebensterns viel Zeit vergangen«, erinnerte die Allumfassende. »Sobald er das Erbe des Schmiedes anzutreten vermag, kann nur noch Erenatar uns beschützen.«

»Der Gott Lýtir ist tot, hier gestorben, durch die Hand des Fyrgars Aldavinur – *deines Vaters!* Erenatar war damals fern und ist heute fern. *Wir* werden Waldsee schützen!«, rief ihr Ehemann erbost.

»Halten wir uns nicht mit wilden Spekulationen auf, bald weht es uns davon. Lasst uns zurück zum Freien Haus gehen und dort beratschlagen, was wir unternehmen werden«, schlug der Drache vor und wölbte seine Schwingen schützend über seine Gefährten.

Anderswo … und Mondwechsel zuvor.

In dem Moment, als die Farbe des Himmels sich zum ersten Mal änderte, erklang die Stimme in seinem Kopf, und es war nicht seine eigene. Keine der sonstigen vielen inneren Stimmen, die seine besten Ratgeber waren, sondern eine ganz fremde. Von *außen*. Er brauchte eine Weile, bis er das begriff, und kämpfte zuerst dagegen an, weil er dieses ungebetene Eindringen als äußerst unhöflich empfand. Schließlich aber durchfuhr ihn die Erkenntnis, dass diese Stimme gar nicht der Feind war.

Nun, zumindest nicht der seine.

Also hörte er zu. Lauschte der Stimme zusehends aufmerksamer, je länger sie sprach, und ein Funke entzündete sich tief in seiner schwarzen Seele, je mehr sich ihm offenbarte, und ein wildes, grausames Lächeln verzerrte seine Züge zu jener grauenvollen Fratze, die Albträume gebiert und Ungeschützte in den Wahnsinn treibt.

Worauf er so lange gewartet und gehofft hatte – endlich war es soweit.

»Mein ist die Rache«, flüsterte Hatar Stygan, und ein unheilvolles dunkles Feuer loderte aus seinem glühenden Auge.

Kapitel I

Trinkt dies, meine Brüder und Schwestern

An jenem Tag, der den Untergang einläutete, begleitete Tesfayé zum letzten Mal seinen Meister Yesh zum *Wilden Troll* in Iskundar. Eine lieb gewordene Gewohnheit, die er sehr vermissen würde. In seiner Annahme sollte er sich nicht täuschen, doch ging er unwissentlich von falschen Voraussetzungen aus.

Tesfayé war zu Beginn der zweiten Stufe seiner Ausbildung nicht sonderlich erbaut darüber gewesen, als man ihn dem Großmagister Yesh als Adepten zuteilte. Die Gerüchteküche über den Gelehrten brodelte im Collegium unermüdlich. Der alte Zausel galt als sinnenfroher Mensch, was nicht von allen Collegas innerhalb der Schule gutgeheißen wurde. Als Großmagister hatte man schließlich ehrwürdig zu sein. »Alles gut und recht«, pflegte Yesh, wenn er deswegen kritisiert wurde, zu sagen. »Und jetzt füllt meinen Krug Wein nach.« Viele, vor allem Jungmagister, machten sich hinter seinem Rücken über Yesh lustig, sobald es nur eine Gelegenheit dazu gab. Er sei zu klein geraten, altersvertrottelt, käme immer zu spät, und außerdem hätten alle seine Adepten nach Abschluss nie ein gutes Angebot bekommen, weil Yeshs Ruf ihnen vorauslief.

Aber dann … hatte Tesfayé einen überaus reizenden, manchmal durchaus schussligen Herrn in seinen guten Neunzigern kennengelernt. Er hatte nach dem ersten Unmut ohnehin bei sich gedacht, dass es seinen Grund haben musste, wenn das Collegium den hutzligen, leicht gebückt dahintrippelnden kleinen Gelehrten immer noch beschäftigte. Gewiss war er der Älteste und sein Wissen umfassend.

»Wie sieht's aus, mein Junge?«, hatte Yesh seinen neuen Adepten an dessen erstem Morgen begrüßt. »Was hältst du von einem guten Frühstück, um sich kennenzulernen? Die Schule zahlt!«

Selbstverständlich hatte die Schule nicht gezahlt, weil Meister Yesh gar kein Geld dabei gehabt hatte, und anschreiben war nicht möglich: »Bevor ich *wieder* einen Kredit gebe«, hatte der Wirt verkündet, »will ich erst mal die Außenstände sehen.« Und entrollte eine ziemlich lange Liste, darunter nicht nur eine ordentliche Zeche, sondern auch Spielschulden des verschmitzt grinsenden Gelehrten. Seine Anmerkung dazu: »Mit Frauen hab ich's nicht mehr so.«

Diese Liste war Tesfayé denn doch zu lang, also hatte er flink die aktuelle Zeche bezahlt.

»Euch privilegierte Schnösel hab ich sowieso gefressen«, brummelte der Wirt, nachdem er überrascht die Münzen in Empfang genommen hatte.

Tesfayé erkannte, dass der Mann es nicht gewohnt war, so viel Geld auf einmal zu erhalten, und nahm es ihm nicht übel, denn er war tatsächlich privilegiert. Mit dem Erbe seiner Eltern hatte er sich das Magie-Collegium finanziert, und da er sehr bescheiden lebte, war durchaus einmal ein solch gutes Frühstück drin. Einschließlich Lehrmeister.

Vor allem, weil es genau der richtige Moment und Ort gewesen war, um seinen Meister kennenzulernen und ihn seitdem rückhaltlos zu schätzen. Ja, bereits nach kurzer Zeit zu lieben wie einen Großvater.

Der Gelehrte Yesh war im alltäglichen Leben kaum zu gebrauchen und benötigte Fürsorge, was ihn umso liebenswürdiger machte. Aber im Fach der Magie - egal, welcher Themenbereich - war er ein unbestrittener Meister. Da machte ihm keiner etwas vor, und schon nach kurzer Zeit war Tesfayé stolz und dankbar, sein Adept sein zu dürfen. Er begriff nun den Hohn der anderen - es war nichts weiter als Neid, und zwar jener von der ganz giftgrünen Sorte, die man treffender als Missgunst bezeichnet. Der Weisenrat, Vorstand des Collegiums, sah in dem neuen Anwärter wohl etwas Besonderes, denn Meister Yesh hatte immer nur einen Adepten im Gegensatz zu den anderen Magistern. Nicht der Ausschuss, sondern im Gegenteil die *besonders* Begabten, die nicht dem alltäglichen Schema entsprachen, wurden zu ihm geschickt.

Selbstverständlich sprach Tesfayé seinen Meister nie darauf an, der hätte nur mit ungehaltenem Schnauben geantwortet und ihm ein paar schmerzhafte Kopfnüsse mit seinem gichtknotigen Ringfingergelenk verpasst. Und dann gefragt, wovon sein Adept da überhaupt spräche. Anschließend hätte er ihm ein paar unangenehme Aufgaben aufgetragen, wie etwa Putzdienst (und in dem völlig verstaubten, rettungslos überfüllten Raum war das wirklich kein Spaß), oder das Auswendiglernen der 83 Krankheitsflüche aus dem *sicar librium* samt ekelerregender Begleiterscheinungen, die man auf nüchternen Magen nur deshalb zu ertragen vermochte, weil man nichts von sich geben konnte.

An diesem verhängnisvollen Tag war Tesfayé im vierten Jahr und hatte soeben seine Abschlussarbeit abgegeben. Mit seinem Meister war er so vertraut und verschworen, dass sie inzwischen beide als »verschrobenes Paar« galten. Was Tesfayés Chancen bei den jungen Damen Iskundars nicht gerade erhöhte, denn der Ruf eilt einem immer voraus, und das bis in Kreise, bei denen es man nie für möglich halten würde. Doch das kümmerte ihn nicht. Seine Ausbildung und vor allem der Abschluss waren ihm wichtiger. Und, wie sich herausstellte, anderen und *bedeutenden* Leuten ebenso, denn er hatte noch vor Veröffentlichung der Note einige Angebote erhalten.

So viel zu den Gerüchten vor seinem Antritt, dass keiner von Yeshs Adepten es jemals zu etwas gebracht hätte. Die Absolventen, und dazu gehörte bald auch Tesfayé, waren lediglich abgereist, ohne darüber zu sprechen, welche formidablen Angebote sie erhalten hatten. In sämtlichen Anschreiben an Tesfayé hatte der ausdrückliche Hinweis der absoluten Diskretion gestanden.

Er konnte es sich aussuchen, welches Angebot er annahm, obwohl seine Note noch nicht feststand und er daher offiziell nicht einmal als »bestanden« galt. Alle gingen kurzerhand davon aus, dass sein Diplom nurmehr eine »Formalie« wäre. Was nicht von der Hand zu weisen war, an und für sich ging es nur darum, ob er mit »explizitem Lob« oder mit »exzellentem Lob« bewertet wurde. Nicht nur die spannende Anstellung an sich - auch die jeweilige Entlohnung machte ihn schwindlig und erschwerte die Entscheidung, denn jedes Angebot klang gleichermaßen gut.

Das erfreute Tesfayé, machte ihn zugleich aber auch traurig. Die lehrreiche Zeit mit Yesh ging endgültig zu Ende. Er hatte schon vorsichtig angefragt, ob er denn nicht als Assistent des mittlerweile sehr gebrechlichen alten Mannes bleiben dürfe. Aber sowohl der Dekan als auch der Gelehrte selbst hatten rundheraus und empört abgelehnt. Das habe es noch nie gegeben und jetzt fange man gar nicht erst damit an!

Nun also, wie es begonnen hatte, sollte es enden. Sie saßen im *Wilden Troll*, diesmal nicht zum Frühstück, sondern zum kleinen Nachmittagsmahl. Yesh, der in den vergangenen vier Jahren noch mehr zusammengeschrumpelt war, aß inzwischen wie ein Spatz. Seinen Wein allerdings genoss er nach wie vor, der nähme, sagte er, ja auch nicht viel Platz weg im Magen, sondern »liefe so durch«.

»Mein lieber Junge«, sagte er, während er den Pokal hob. Seine Nasenspitze leuchtete in fröhlichem Rot, seine von dichten langen Brauen beschatteten blauen Äuglein blitzten. »Lass dir gesagt sein, du warst mein letzter Adept.«

»Dann lasst mich doch bei Euch bleiben und ich trete Eure Nachfolge an!«, entfuhr es Tesfayé spontan.

»Das wäre eine äußerst dumme Entscheidung von dir«, stellte der Gelehrte fest. »Das Salarium ist mehr als gering. Keine Anerkennung. Keine Familie. Und mich, der ich stets älter und nörgeliger werde. Und nein, meine Position wirst du nicht beerben. Alles ist im Umschwung. Solche wie mich gibt es nicht mehr. Ganz abgesehen davon, dass dir eine glänzende Karriere bevorsteht.«

»Mir?« Tesfayé war verblüfft.

»Denkst du denn, diese Angebote sind ein Scherz? Das ist erst der Anfang.« Yesh beugte sich vor. »Ich habe dich nicht ohne Grund als meinen letzten Schüler erwählt. Die Welt ist im Wandel. Und du wirst deinen Anteil dazu beitragen, dass sie das übersteht.«

»Ich? Wie sollte ich das tun, Meister?«

»Oh, es liegt nicht an deinem besonderen Talent, bilde dir darauf nichts ein. Alle meine Schüler waren so. Aber du bist gerade in *dieser* Zeit zu mir gekommen, als der einzige Hoffnungsträger unter all den schwachen Leuchten deines Jahrgangs. Im Gegensatz zu ihnen warst du schon damals hoffnungslos langweilig.«

»Oh! Aber …«

»Sie haben die Nächte durchgefeiert, verbotenen Zauber betrieben, um Frau oder Mann flachzulegen, sie haben Streiche gespielt. Du aber hattest deine Nase immer in den Büchern, Tag und Nacht, warst fleißig und anständig und gehorsam. Sag selbst, wer außer dir war noch so?«

Tesfayé schwieg gekränkt.

»Hab ich recht?«

»Ja, sicher.«

»Es liegt also an dir. Du bist die absolute Ausnahme dieses Jahrgangs. Ganz ehrlich, ich beneide dich nicht darum.«

Tesfayé schwieg weiter. Der Alte legte versöhnlich eine Hand auf seinen Arm. »Nun, nun, sieh einem alten Mann seine Grillen nach. So gut solltest du mich kennen.«

»Ich komme gleich wieder«, sagte Tesfayé und stand auf, um auszutreten.

Während er den Raum verließ, verließ Tesfayé zugleich die Wut. Yesh hatte doch völlig recht, er war ein Langweiler. Er hatte keine Freunde, keine Familie, immer nur an das Studium gedacht. Das war sein ganzer Ehrgeiz gewesen. Und daran war nichts Falsches, fand er. Alles der Reihe nach. Mit dem Diplom in der Tasche und der guten Anstellung würde er bald eine fröhliche Frau finden und eine Familie gründen.

Der Lärm in der großen Schankstube wurde von der sich hinter ihm schließenden Tür ausgesperrt. Tesfayé bog in den schmalen Gang nach rechts ab, zum Hinterhaus, in dem die Abtritte angelegt waren. Er begegnete dort niemandem, was ihn ein wenig verwunderte, denn die Gaststube war gut besucht und es wurde ordentlich verzehrt und gezecht. Es war ihm jedoch nur allzu recht und er beeilte sich, damit er nicht gestört wurde.

Auf dem Rückweg warf Tesfayé durch ein geöffnetes kleines Gangfenster einen Blick nach draußen. Ein schöner Tag, wie die meisten in Ishgalad, dem verzauberten Reich. Gerüche vielfältiger Gewürze und Blüten wehten herein, angereichert mit gedämpften Geräuschen vom Markt. Er hatte die Bilder dazu vor Augen – Stände voller Fruchtdolden in Violett und Türkis, prächtige Blumenranken, feinste Seidenstoffe in den Farben des Lichten und Dunklen Regenbogens, zarte Haarbänder, geklöppelte Spitzenwaren, feine Holzschnitzereien, harmonische Musikinstrumente … und dazu erlesene Spezialitäten, Kleinvieh, Vögel …

Da geriet Tesfayé unerwartet ins Schwärmen, was an seiner seltsamen Stimmung liegen mochte. Schließlich war heute ein ganz besonderer Tag. Es war ja nicht so, dass er keinen Sinn für Schönheiten und Genüsse hatte, doch war ihm bis heute das Studium wichtiger als alles andere. Seit dem tragischen frühen Tod seiner Eltern, damals zählte er gerade mal vierzehn Frühlinge, war er mangels weiterer Verwandter auf sich gestellt gewesen. Weil er Ehrgeiz besaß und nicht schon so früh im Leben scheitern wollte, hatte er umgehend Prioritäten gesetzt. Das war eben seine Art: Nicht alles auf einmal und im Überfluss, aus Angst vor dem Scheitern.

Doch wie sah es heute aus? Vielleicht sollte der angehende Magister den restlichen Tag frei nehmen und einfach nur herumschlendern? Sich betören lassen von Gerüchen, Musik und Gelächter, von den Anpreisungen der Händler? Es gab nichts mehr zu lernen, nichts mehr zu tun, sein Studium war beendet und der Abschied nahte. Nicht einmal sein Pflichtbewusstsein könnte ihn jetzt noch daran hindern, spontan zu sein, die Nase aus den Büchern und Schriftrollen zu nehmen und ins Leben dort draußen einzutauchen. Eine Kleinigkeit aus einer Garküche am Markt zu sich zu nehmen und anschließend etwas Süßes - oh, dafür hatte er wirklich eine Schwäche. Die Zuckerbäcker Iskundars waren die berühmtesten des gesamten Reiches, ihre Kreationen unerreicht.

Ich habe es mir verdient, jawohl, das habe ich. Und Meister Yesh hat selbst gesagt, dass es Zeit wird, ans Leben zu denken. Er wünscht meine Betreuung nicht, also kann ich auch gleich …

Aber nein, so sehr wollte er den alten Mann nicht vor den Kopf stoßen. Schon tat es ihm wieder leid. Vielleicht wollte er sogar mit auf den Markt gehen? Oder … er ahnte es bereits und machte den Vorschlag, dass Tesfayé einen ausgedehnten Spaziergang ohne Verpflichtungen und mit freiem Kopf unternähme, während Yesh sein Nachmittagsnickerchen hielt.

Eine gute Idee! Hinfort mit dem Langweiler, dem Bücherlindling, der Pergamentlaus. So frei wie heute würde er nie wieder sein, in diesem Zwischenstadium des Abschlusses und des Neuanfangs in einer festen Anstellung und auf der Suche nach einer guten Frau zwecks Familiengründung.

Da würden seine Mitstudenten aber staunen, wenn sie das wüssten! Kein Auslachen mehr und Sich-lustig-machen, keine Häme, kein Spott. Kein Neid … oder doch, der vielleicht schon. Nämlich, weil er der Beste des Jahrgangs sein würde, mit Auszeichnung, und schon in ein paar Tagen aufbrach. Wohin, das würden sie natürlich nicht erfahren, doch er konnte immerhin geheimnisvoll tun und Andeutungen machen, dass man ihm nicht weniger als vier Stellen angeboten habe. Würden sie ihm das glauben? Aber ja: Tesfayé war reichlich ungeschickt im Lügen, selbst schon im Schwindeln. Zu harmlos für diese Welt, hatte sogar Meister Yesh hin und wieder kopfschüttelnd bemerkt.

Heute zeige ich es ihnen allen!

Heiter, fast schwindlig von seinem Enthusiasmus und der neu entdeckten Spontanität, öffnete Tesfayé die Tür zur Gaststube - und verharrte abrupt.

Stille, diese ungesunde Stille, sie ließ den jungen Mann innehalten. Wie auch immer es geschah, dass Tesfayé so deutlich *Gefahr* spürte, bevor er einen Überblick bekommen hatte - es musste an der Ausbildung liegen, denn in seinem Gemüt lag kein Misstrauen. Er war stets freundlich allem gegenüber eingestellt und vermutete niemals Arglist. Sein alter Magister hatte ihn sehr gut unterwiesen, dass er in diesem Moment nicht arglos in die Falle tappte. Er stoppte den Schwung der Tür und drückte sie wieder ein Stückchen zu, trat dahinter, reckte den Kopf vor und linste vorsichtig durch den Spalt.

Die Gaststube war so voll wie zuvor, doch keiner regte sich mehr, alle Männer und Frauen schienen zu Statuen erstarrt zu sein. Niemand sprach, die zuvor entspannten und fröhlichen Mienen waren versteinert. In den Augen lag Angst.

Tesfayé *roch* es. Obwohl er seit seiner Ankunft in der Universität stets behütet gewesen war und in den vergangenen zehn Jahren nie Schlimmeres erlebt hatte als ein paar Streiche seiner Mitstudenten, wusste er sofort Bescheid. Es wühlte seine Vergangenheit auf, zerrte Erinnerungen hervor, die er seit jenem Tag damals eisern verdrängt und tief in sich verschlossen hatte.

Ein einziges Mal in seinem Leben hatte er Furchtbares erlebt, fast ein Kind noch, und er hatte damals die Wahl gehabt zu zerbrechen oder sich in ein anderes Leben zu flüchten. Er hatte die Flucht gewählt und schon nach kurzer Zeit hatte er geglaubt, dass ihm nie wieder Ähnliches widerfahren könne, dass alles vorbei wäre, für immer, dass selbst die Erinnerung nur noch ein blasser, zerfaserter Schemen wäre, der nie mehr zusammengesetzt werden könne.

Aber da war er. *Der Geruch.*

Alles konnte man verleugnen und verdrängen. Den Blick auf die Dinge. Die Erinnerungen. Selbst den Klang. Aber niemals, *niemals*, und das lernte Tesfayé heute in einer bitteren Lektion, obwohl er sein Studium für abgeschlossen erachtet hatte, den *Geruch.*

Eine Nase ließ sich nicht täuschen. Und sie vergaß niemals.

Tesfayés Nase erkannte den Geruch nach zehn Jahren wieder, als hätte er ihn erst vor wenigen Stunden wahrgenommen. Der Geruch eines Menschen, den kein anderer besaß. Für Tesfayés Nase war er beißend, scharf wie von einem Raubtier, durchsetzt mit geronnenem Blut, bedeckt von räudigem altem Fell, dem der Moder fiebriger Sumpfkrankheiten anhaftete. Dazu kam ein metallischer Gestank nach Eisenspänen, wie sie vom Schliff einer Axt fielen, und einem glühenden Schwert, dessen Schneide durch eine Wunde gezogen wurde und sich mit Blut und Fleischfetzen verband und zu einem neuen Stoff verschmolzen wurde: Dem Gewebe des Todes.

Tesfayé hatte *ihn* nie gesehen. Nie gehört.

Aber er wusste, wer er war. Er hatte ihn damals gerochen, überall, sein Gestank hatte alles überlagert, war dem Jungen wie das böseste aller Omen entgegengeweht, voller Hohn und Niedertracht.

Alles in ihm schrie danach, sofort auf dem Absatz kehrtzumachen und zu fliehen, durch den Hinterausgang hinaus und weiter, ohne seine Sachen zu holen, nur weg. Er wusste die Adressen der Angebote auswendig und die Entscheidung wäre sogleich gefallen: Dorthin, wo er am weitesten von dem Gestank entfernt wäre.

Doch Tesfayé blieb wie angewurzelt stehen, seine Beine weigerten sich zu gehorchen, seine Augen konnten sich nicht lösen von dem, was er sah.

Bisher war er nicht entdeckt worden, doch das mochte sich jeden Moment ändern – sein Verstand war immerhin noch so weit beisammen, dass er hastig einen *Übersiehmich* beschwor, was zumindest für den Moment helfen mochte.

Schweiß perlte eiskalt auf seiner Stirn, doch er wagte nicht einmal zu blinzeln. Seine Kehle war wie zugeschnürt, ein dicker Kloß erschwerte das Atmen. Sein Herz raste. Es war genau wie damals, fortgewischt waren die zehn Jahre. Anfangs hatte er noch wissen wollen, was genau geschehen war und wer es getan hatte. Irgendwann hatte er begriffen, dass Nichtwissen manchmal ein Segen war, dass es ihn schützte und ihn davor bewahrte, seinen Verstand in Dunkelheit stürzen zu lassen. Zu leben, weiterzuleben, das war seine Aufgabe, ohne Trübung.

Alles umsonst.

Voller Grauen starrte er auf das Geschehnis in der Gaststube.

Ein halbes Dutzend gerüsteter und bewaffneter Männer hatte sich während Tesfayés Abwesenheit in der Stube verteilt. Die Hälfte von ihnen hatte das Schwert gezückt, ohne direkt auf jemanden zu zielen. Das wirkte bedrohlich genug, vor allem, weil die Soldaten den Schankraum allein schon durch die Wucht ihrer Masse füllten. Niemand konnte mehr an ihnen vorbeikommen.

Ihre Gesichter waren nicht zu erkennen, da sie Helme mit geschlossenen Gittervisieren trugen. Die Rüstungen waren aus bronzefarbenem Metall mit einem Wappenhemd darüber, dessen Grundfarbe völlig schwarz war. Das Symbol in der Mitte zeigte ein blutrotes Auge, in dessen Zentrum statt einer Pupille ein schwarzer, mit der Spitze nach unten gerichteter, geflammter Dolch zu sehen war.

Tesfayé hatte noch nie ein solch schreckliches Zeichen gesehen. Ishgalad war ein friedliches Reich. Wohl gab es Fürsten und Ritter, die sich ab und zu im Turnier maßen. Doch seit dem Wiederaufbau nach der zerstörerischen Schlacht auf dem Titanenfeld, die zur Trennung Ishgalads von den anderen Reichen geführt hatte, hatte es keinen Krieg mehr gegeben. Und die Titanenschlacht lag mehr als fünfzehntausend Jahre zurück.

Kein Fürstenhaus führte eine derart schaurige, finstere Fahne. Die Farben waren sonst vielmehr bunt und strahlend, die Symbole bestanden zumeist aus Fabelwesen, edlen Blüten oder funkelnden Waffen. Die Einwohner des Goldenen Reiches waren hauptsächlich Künstler und Philosophen und Weise, Handwerker und Händler.

Das Land war reich und fruchtbar und es gab keinen Grund zu Missgunst. Die Gilde der Magier sorgte als Oberste Gerichtsbarkeit dafür, dass Streit schon in den Anfängen geschlichtet wurde, und wer sich uneinsichtig zänkisch zeigte, musste sich in der Öffentlichkeit mit Wort oder Waffe messen und durfte niemanden vorschicken – schon gar nicht Truppen.

Tesfayé lief deshalb ein eisiger Schauer den Rücken hinunter, als er die wuchtigen Rüstungen sah, die Gesichter verbergenden Helme, aber vor allem das böse Symbol erschreckte ihn zutiefst. Irgendetwas flüsterte tief in ihm, dass er die Bedeutung dieses Symbols *kannte*. Aus irgendeiner alten Schrift …

Doch der Auftritt war nur das Vorspiel, wie sich jetzt zeigte. Denn im Eingang stand ein weiterer Mann, und von ihm ging jener schreckliche Gestank aus, der Tesfayé schwindeln machte. Der Anführer, wie unschwer zu erkennen war, trug keinen Helm und nur eine leichte Lederrüstung mit demselben Wappenhemd. Außerdem lag ein blutroter Umhang um seine breiten Schultern, mit dem in umgekehrten Farben gehaltenen Symbol darauf, dessen mit neun Augen geschmückte Schließe vorn an der Brust wohl seinen hohen Rang auswies. Ein General. Mindestens.

Er war mittelgroß und stämmig, das dichte, ungekämmte blonde Haar schulterlang. Sein bartloses, wettergegerbtes Gesicht trug einige Narben, die Lippen waren nicht mehr als dünne blutleere Striche, da konnte auch sein breites Lächeln keine Freundlichkeit vortäuschen. Und seine blassen, nur mit einem Hauch Blau gefärbten Augen waren kälter als der ewige Gletscher des Himmelstänzers, des höchsten Berges Ishgalads, dessen Gipfel bis fast in die Sphären reichte.

Kalt und hart und … grausam. In den Tiefen der Pupille konnte Tesfayé selbst auf die Entfernung das kaum gezähmte Ungeheuer erkennen, das ungeduldig an der dünnen Mauer seines Gefängnisses mit scharfen Krallen kratzte.

»Guten Tag, liebe Freunde!«, sagte er mit schwungvoller Geste, als wäre er ein Fürst, der seine edlen Gäste begrüßte. Seine Stimme passte zu ihm, voluminös, aber scharf wie ein Papiermesser.

»Es ist gut, euch alle hier anzutreffen«, fuhr er fort. »Darf ich mich vorstellen«, er zeigte die Verhöhnung einer höflichen Verbeugung, »mein Name ist Hagan Tar. Heermeister Hagan Tar, das bin ich, und ich komme im Namen meines Herrn Hatar Stygan, der folgende Botschaft für euch hat – merkt wohl auf!«

Wie ein König schritt er durch den Raum, und seine eigenen Leute wichen vor ihm zurück wie eine Mimose vor drohender Berührung.

»Großes kündigt sich an – ein neues Zeitalter für Waldsee! Ein Mächtiger wird kommen, um die alte Welt zu neuer Jugend und Glorie zu führen. Bald steht er vor unseren Toren und wird eintreten, sobald alles für seine Ankunft gerichtet ist. Und Hatar Stygan ist der Auserwählte, der Erkorene, der Heilsbringer, der diesen Boden bereiten wird. Erfreut euch dessen und huldigt ihm, denn ihr geht ruhmreichen Zeiten entgegen. In Ishgalad fängt es an, und es wird geschehen, wovon wir schon so lange träumen – die Wiedervereinigung aller Reiche!«

Er drehte sich schwungvoll dem Tresen zu. Tesfayé konnte von seiner Warte aus den Wirt nicht sehen, doch er zweifelte nicht daran, dass dieser ebenso vor Angst erstarrt war wie alle anderen.

»Nun denn, Herr Wirt, hast du das Fass bekommen, das ich zu dir bringen ließ?«

Es folgte ein gekrächztes, zittriges »Ja, Herr.«

»Oh nein, nein, nicht ›Herr‹, das maße ich mir nicht an. ›Herr‹ und Lord ist allein Hatar Stygan der Großmächtige. Mich kannst du Heermeister oder auch formlos General Hagan nennen.«

»J-ja, H… G-General Hagan. Das Fass ist bereits angezapft.«

»Nun denn, so befehle deinen Schankmaiden und Knechten, die Krüge zu füllen und an jeden Gast hier einen zu verteilen.«

Mit ausgebreiteten Armen drehte Hagan Tar sich wieder zu den Gästen. »Ja, ihr hört richtig, liebe Brüder und Schwestern, denn das sind wir fortan, eine einzige wunderbare Familie! Hatar Stygan der Großmächtige gibt einen aus, scheut keine Mühen und Kosten, seinen einzigartigen, über lange Zeit hergestellten Nektar an das Volk zu verteilen. Ein Getränk, das jeden Arzneitrunk bei weitem übertrifft. Es macht glücklich und frei, gesund und stark. Wohlverdient ist es für jeden Einzelnen von euch, und ganz besonders an diesem Freudentag!«

Mit flinkem Blick beobachtete er, dass auch wirklich an jedem Platz ein Becher abgestellt wurde. Langsam wanderte er dabei durch den Raum und kam dabei dem heimlich Lauschenden immer näher.

Tesfayé spürte, wie sich ihm der Magen umdrehte, er konnte es kaum mehr ertragen. Nun hatte das stinkende Böse ein Gesicht bekommen. Der Mörder seiner Eltern. In diesem Moment wünschte er sich, einer der Soldaten zu sein, die mit dem Schwert umzugehen vermochten und denen es nichts ausmachte, Blut zu vergießen oder gar zu töten.

Aber davon war er weit entfernt, selbst sein Rachedurst konnte seinen Ekel und seine Angst nicht übertreffen. Panisch überlegte er, ob der *Übersiehmich* überhaupt noch wirkte, als Hagan Tar ihm immer näherkam, ja, sein Blick fiel sogar auf die schmale Türlücke.

Doch zum Glück verharrte der Blick nicht, sondern schweifte weiter. Mit schnellem Schritt war Hagan Tar plötzlich bei einem Tisch, an dem ein Mann den vor ihm stehenden Becher langsam zur Seite schob.

Er griff nach dem Becher, hob ihn an und setzte ihn hart vor dem Mann ab. »Möchtest du dieser großzügigen Geste etwa mit Unhöflichkeit begegnen?«, fragte er lächelnd, doch in dem Klang seiner Stimme schwang ein unterschwelliges Knurren mit. Das Ungeheuer in seiner Seele regte sich. »Diese Ehre wird nicht jedem und nicht an gewöhnlichen Tagen zuteil, und dem einfachen Mann steht es nicht zu, die Güte eines Lords in Frage zu stellen oder gar abzulehnen.«

»Er ist nicht mein Herr«, murmelte der Mann.

Tesfayé blieb das Herz fast stehen. Was tat der brave Bürger da? Erkannte er denn nicht, dass Widerstand völlig zwecklos war? Dass sie sich alle bereits in der Gewalt des Bösen befanden?

Seine Frau, die neben ihm saß, legte die Hand auf seinen Arm und sah ihn flehend an. »Ich bitte dich, lass ab davon.« Und zu Hagan Tar gewandt: »Selbstverständlich fühlen wir uns äußerst geehrt, edler Herr, und werden mit Freuden darauf anstoßen ...«

»Ich sagte schon, ich bin weder ein Herr noch edel«, unterbrach der General. »Allmählich macht mich das ungehalten. Es ist nämlich so!«, wandte er sich laut an die Gemeinschaft. »Ich bin einer von euch – nein, einst war ich sogar weniger! Ich wurde nicht in einer Stadt geboren und nicht auf einem sauberen Hof, sondern in einer Abfallrinne. Niemand hat je auch nur ein Kupferstück auf mich gegeben, durchgeschlagen habe ich mich wie ein wildes Tier, verachtet und verhöhnt, ausgenutzt als Tagelöhner, ausgeraubt als Bettler! Da geschah es, dass Hatar Stygan mich fand und mir Obdach gewährte, und er heilte mich und gab mir Nahrung. Er sah in mir, was niemand sonst je gesehen hatte. Er lehrte mich und bildete mich aus, ich lernte lesen und schreiben, ich lernte den Umgang mit Wort und Waffe. Und nun seht mich an! Ich habe mich hochgedient und führe nun die Heere meines Lords. Ich habe ihn darum gebeten, sein Wort weitertragen zu dürfen, damit es euch allen so ergeht wie mir. Damit wir alle zu den höchsten Gipfeln der Berge wandern und die Erleuchtung erfahren!«

Seine Stimme verhallte. Tesfayé zitterte in seinem Versteck. Längst hätte er fliehen sollen, doch er konnte nicht weichen. Meister Yesh war noch in diesem Raum, und ihn musste er beschützen, wenngleich er nicht wusste, wie. Doch er würde ihn jetzt nicht verlassen. Da saß er, gar nicht weit entfernt, gerade so in seinem Blickfeld, am Rand eines Tisches. Klein und zusammengesunken, geradezu unsichtbar zwischen den Gästen.

Bekam er überhaupt mit, was hier vor sich ging? Seine Augen schienen geschlossen zu sein, das Kinn ruhte auf der Brust. Es wäre nicht ungewöhnlich, der Greis bekam häufig nach fröhlichem Weingenuss eine Schlafattacke, aus der er nicht so leicht zu wecken war. Umso besser – dann fiel er nicht auf und bekam vor allem nichts von diesem Schrecken mit, der womöglich sein gebrechliches Herz überfordert hätte.

»Nun!«, rief Hagan Tars Stimme Tesfayé ins Geschehnis zurück. »Ist hier sonst noch jemand, der zweifelt? Der ein Geschenk ablehnt, weil er zu stolz ist? Der missverstanden hat, worum es hier geht?«

Niemand rührte sich. Tesfayé sah an seiner Miene, wie es in dem Bürger arbeitete, doch seine Frau krallte die Finger in seinen Arm, und der Schmerz lenkte ihn ab.

»Also dann!« Hagan Tar winkte dem Mann und seiner Frau. »So sollt ihr die Ehre haben, nach vorn zu treten und den Trinkspruch auszubringen, bevor wir alle den Becher erheben und auf das Wohl Hatar Stygans des Großmächtigen anstoßen!«

Der Mann wollte nicht, aber seine Frau schob ihn von der Bank, und mit hängenden Schultern traten sie zu dem General.

»Eure Becher«, sagte er freundlich, holte sie und reichte sie ihnen. Dann machte er eine auffordernde Geste. »Bitte, ihr habt das Wort!«

Die Frau hob den Becher. Zögernd tat ihr Mann es nach. »Auf Hatar Stygan den Großmächtigen«, sagte sie mit zitternder Stimme.

Er setzte an: »Auf ...« Dann schüttelte er den Kopf. »Ich kann das nicht!« Er wollte den Becher zu Boden schleudern, aber dazu kam er nicht mehr.

Schneller als Tesfayés Blick ihm folgen konnte, hielt der General seine Hand ohne ersichtliche Anstrengung fest. Die freie Hand legte er in den Nacken des Mannes, schien ihn kaum zu berühren. Und doch verzerrte sich das Gesicht des Bürgers zu wildem Schmerz, Augen und Mund waren weit aufgerissen, aschfahl und blutleer geworden. Sein Kopf sank nach hinten, die Halsschlagader trat pochend hervor. Hagan Tar ließ ihn los, und der Mann hielt den Kopf wieder gerade, hob den Arm und setzte den Becher an die bebenden Lippen.

Seine Frau trank schluchzend leer. Und alle anderen folgten.

Bis auf Meister Yesh. Der schlummerte seelenruhig.

Tesfayé wusste, dass er etwas unternehmen musste und es doch nicht konnte. Hilflos blieb er der untätige heimliche Lauscher und sah, wie die Leute alle gleichzeitig den leergetrunkenen Becher mit derselben steifen Geste wieder absetzten. Wie ihre Gesichter noch bleicher wurden und dann eine graue Tönung bekamen. Wie plötzlich auch ein Grauschleier sich über ihre Augen legte und sie einheitlich blassgrau färbte, mit verborgener Pupille, als wäre der Seelenspiegel ausgelöscht worden.

Er sah, wie sie weiterhin still und reglos dasaßen, aber nun nicht mehr vor Angst, sondern willenlos wie Puppen.

Als wäre ein Netz über sie gelegt worden, mit ausgeworfenen Fäden an den Enden, die Hagan Tar nun aufnahm und in Händen hielt, wie ein Puppenspieler.

»Welche Freude!«, rief er. »Nun sind wir vereint, Brüder und Schwestern, und ich will euch leiten auf den neuen Weg zu Hoffnung und Glauben!«

Tesfayé spürte die Tränen heiß über seine Wangen rinnen. Sie waren verloren. Alles war verloren. Was er gesehen hatte, war erst der Anfang. Ganz Ishgalad drohte dieses Schicksal. Der General hatte von *Heeren* gesprochen – also waren sie vermutlich schon überall und verteilten den schrecklichen Trank.

Er sah auch, wie diejenigen, die nahe bei den Fenstern saßen, plötzlich vor dem hereinfallenden Licht zurückzuckten und ihm auszuweichen versuchten.

Da sah er noch etwas.

Während die Leute einer nach dem anderen aufstanden und auf den Ausgang zustrebten, flankiert von den Soldaten, sah Tesfayé eine Bewegung dort, wo er sie am wenigsten erwartet hätte.

Meister Yesh. Er schlief gar nicht!

Er hatte die Arme vor dem Bauch verschränkt, die linke Hand lugte unter dem rechten Arm hervor. Und diese bewegte er nun.

Viele Legenden rankten sich um die Magier, die ihre Kunst mit den Händen übten. Sie sollten Gedankenlesen können, weil sie sich augenscheinlich wortlos untereinander verständigten.

Dabei war es eine geheime Sprache der Gesten, die nur Eingeweihte beherrschten. Ein gut gehütetes Geheimnis, das niemals ein Magier offenbaren würde.

Die Gesten waren schnell, es benötigte viel Übung, um aus den einzelnen Worten ganze Sätze zu bilden, doch Tesfayé war ein Talent darin, und er übersetzte die Gebärdensprache für sich immer sehr ausführlich. Das war einfach schöner, fand er, als die präzisen klaren kurzen Worte.

Mein Junge, ich weiß, du bist hier. Es ist schneller gekommen als ich befürchtet habe. Versuche nicht, mir zu antworten. Versuche nicht, mir zu helfen. Ich werde nicht trinken, denn ich werde mich nicht benutzen lassen. Noch weiß er nicht, wer ich bin, und ich werde es ihm nicht verraten. Ich habe das Gift bereits genommen und es wird bald wirken. Deshalb brauche ich keine Hilfe mehr und du wirst vernünftig sein. Es hängt an dir, wie ich dir prophezeit habe. So schnell. Es tut mir so leid. Laufe sofort zum Dekan und berichte alles. Sie werden wissen, was zu tun ist. Leb wohl, mein Junge, ich vertraue dir und setze auf dich.

Die Hand sank herab, und Tesfayé sah an der Veränderung, dass das Gift bereits zu wirken begann. Meister Yeshs Augenränder wurden rot, und seine Haut wurde grau wie die der anderen, obwohl der Becher unberührt vor ihm stand. Tesfayé hätte es bemerkt, wenn der alte Gelehrte ihn zuvor genommen hätte.

Er hatte Gift dabei gehabt – unvorstellbar. Wie lange schon hatte Meister Yesh die Furcht mit sich herumgetragen, dass Ishgalad Unheil drohte? Warum hatte er nie mit seinem Adepten darüber gesprochen?

Obwohl Tesfayé annahm, dass der Greis es nicht mehr sehen konnte, gestikulierte er, um Abschied zu nehmen und ihn ein letztes Mal zu ehren, während die Tränen erneut flossen: *Danke, mein Meister, für alles. Geht in Frieden. Ich werde alles tun, um das Böse aufzuhalten.*

Aber da … noch einmal ein kurzes Zucken. *Ich ehre dich.*

Tesfayé konnte kaum mehr an sich halten. Ja, sie hatten sich sehr oft ohne Worte verstanden, erahnt, was der andere gerade dachte, aber in diesem letzten Moment … das war Trost und Schmerz zugleich.

Hagan Tar schien den alten Mann nun endlich zu bemerken, da die Gaststube fast leer war und er der Einzige, der nicht aufstand. Er schritt auf Meister Yesh zu.

»Was ist mit dir, Alter? Trink! Und dann geh.«

Der uralte Gelehrte hob langsam den Kopf und die Lider. Die Bewegung fiel ihm schwer, das war deutlich zu erkennen, der Tod war ihm schon näher als das Leben. Doch er lächelte verschmitzt, wie es seine Art war.

Mit leiser, aber deutlich verständlicher Stimme sagte er: »Sie wird dein Schicksal sein.«

Dann sank sein Kopf auf die Brust mit einem letzten Atemstoß.

Tesfayé merkte, wie das Leben in seine Beine zurückkehrte, wie die Starre von ihm abfiel. Er spürte auch, dass der Zauber verging. Während der General noch wütend in die schütteren weißen Haare des Greises griff und seinen Kopf zurückriss, um sich davon zu überzeugen, dass er tot war, wandte der junge Magier sich um und hastete den Gang nach hinten, zu den Ställen.

Hagan Tar verließ als Letzter das Gasthaus. Die Leiche des Greises ließ er zurück, sollte sie doch dort verrotten. Selbst der Wirt und alle Dienstboten waren aufgebrochen, um Worte und Trank zu verteilen. Heute Nacht, denn das Sonnenlicht würden sie fortan meiden und zu Nachtgeschöpfen werden. Nachts, wenn die Sterne näher waren und die Sphären, flossen die meisten magischen Energien.

»Makar, die Leute werden nach Hause gehen und schlafen, und heute Nacht werden sie aktiv und ihren Dienst an unserer Sache verrichten. Es ist wichtig, dass sie alle von dem Trank bekommen, damit sie ihn weiterverteilen können.« Er wies auf einige Karren, die mit Fässern beladen heranfuhren. »Füllt ihn ab in Flaschen. Helft bei der Verteilung.«

»Wir sind nur zu sechst«, wandte der Soldat ein.

»Die Leute werden an die Verteilung gehen, ich sagte es gerade. Verlass dich drauf. Morgen schon gehört uns mindestens die Hälfte der Stadt, denn jeder neu gewonnene Anhänger wird weitere Gefährten gewinnen. Es muss nur immer genug Trank vorhanden sein – stellt an allen bedeutenden Kreuzungen Karren mit den Fässern auf und spendet reichlich.«

Der Soldat murrte. »Und wann werden wir kämpfen?«

Hagan Tar lächelte. »Oh, schon bald«, versprach er. »Ihr werdet metzeln und foltern und töten, und Blut wird fließen. Und jetzt tu, was ich befohlen habe!« Den letzten Satz äußerte er so scharf, dass Makar erschrocken zurückwich und mit Bücklingen versicherte, die Befehle getreulich auszuführen.

Hagan Tar stieg auf sein Pferd und trieb es eilig an. Bevor es ins Land ging, musste Iskundar ihnen gehören. Und das sollte nicht mit Waffengewalt genommen werden, sondern mit dem Trank. Hatar Stygan wollte die Stadt als Hauptstützpunkt und dafür brauchte er alle verfügbaren Einwohner für diverse Dienste. Sie sollten ihn und seine Anhänger versorgen. Nahrungsmittel, Ausrüstung, der Handel musste weitergeführt werden, um die künftigen Heere zu unterhalten. In Wirklichkeit bestanden sie noch gar nicht, wie Hagan Tar behauptet hatte, aber das brauchten die braven Bürger nicht zu wissen. Die kampffähigen Männer würden umgehend alle zum Kriegsdienst herangezogen und dank des Tranks auch sofort einsetzbar sein. Der Rest sollte dem Unterhalt dienen, und wer nicht nützlich, weil zu alt, zu jung, zu schwach oder zu krank war, würde beseitigt. Es gab genug Mäuler zu stopfen; auf jedes zusätzliche, das nicht von Nutzen war, sollte verzichtet werden. Außerdem würden die nützlichen Menschen seinem Herrn Kraft und Energie spenden.

Ishgalad war nur der Beginn, deshalb musste alles gut geplant und organisiert werden. Eine sorgfältige Auswahl derjenigen war vonnöten, die den Anbruch des neuen Zeitalters mitgestalten und für die Zukunft eingesetzt werden konnten. Alle anderen waren überflüssig und mussten weg – in stetiger Folge, was Hagan Tars Aufgabe sein sollte.

Alles effizient, hatte Hatar Stygan gesagt.

Was bedeutet das?, hatte Hagan Tar gefragt.

Das habe ich von Aldavinur gelernt, dem Größten aller Fyrgar. Er hat den Schattenweber vernichtet. Und ich bereite seinem Sohn den Weg.

Hagan Tar hatte die Antwort nicht verstanden, wie so oft. In Ishgalad gab es kein Volk namens »Fyrgar«. Und wer sollte »der Sohn des Schattenwebers« sein?

Hatar Stygans Blick reichte weit über die Grenzen Ishgalads, ja sogar Waldsees hinaus. Der General glaubte nicht, dass außer seinem Herrn irgendjemand sonst in dem isolierten Reich dazu in der Lage war, so weit zu blicken – selbst die gebildetsten Magier nicht.

Auch bei ihm war das der Fall. Er war zwar in einige Pläne seines Herrn eingeweiht, aber er begriff sie nicht einmal ansatzweise. Sein Gemüt war dafür zu schlicht, keine Frage. Er war talentiert mit der Waffe, aber nicht mit dem Verstand, der war zwar bodenständig und klar, jedoch auf die alltäglichen Dinge des Lebens beschränkt. Und das genügte. Es war schließlich nicht erforderlich, dass er weiter blickte. Sein Herr wusste, was zu tun war, und gab ihm die Befehle.

Und *nur* ihm. Niemand sonst kannte Hatar Stygan. Hatte ihn je erblickt. Keiner war ihm jemals auch nur flüchtig begegnet, obwohl er schon Jahrtausende zählte. Doch an die Öffentlichkeit trat er erst jetzt – und auch derzeit nur insofern, dass sein Name verbreitet wurde und Hagan Tar für ihn sprach.

Hagan Tar trug den Ehrennamen, den er mit Erlaubnis sich selbst gegeben hatte in Anlehnung an den Namen seines Herrn, nicht zu Unrecht. Dank Hatar Stygan hatte er sich aus dem stinkendsten Morast erhoben und war nun der Vertraute des mächtigsten Wesens Ishgalads, ja, sogar seine rechte Hand. Er war darauf stolz. Und dadurch selbst mächtig. Bald schon der zweitmächtigste Mann im Staate, der Einzige, dem Hatar Stygan vertraute, der Einzige, der mit dem Großmächtigen sprach, ihn kannte … nun ja, wenngleich mit Einschränkungen. Die Gedankengänge seines Herrn konnte er nicht einmal ansatzweise nachvollziehen. Doch Hagan Tars Talente genügten offensichtlich, dass er die Stimme und das Schwert seines Herrn war und an seiner Stelle das Wort verbreitete.

Und heute, *jetzt*, hatte es begonnen.

Von wilder Freude erfüllt, galoppierte er aus dem Südtor der Stadt.

Iskundar lag in einer wasserreichen Senke, mitten in einer riesigen Oase, die wiederum von der Großen Wüste umgeben war. Richtung Nordosten ging es zu der unüberschreitbaren Grenze nach Nerovia, genannt »Schwarzweg«. Direkt im Norden lag der Meereinschnitt, der einst während der Titanenschlacht geschlagen worden war und Ishgalad von den anderen Ländern auf immer getrennt hatte.

Hatar Stygan hatte es Hagan Tar erzählt: Der Dämon Nachtfeuer, einer der erbarmungslosesten und mächtigsten Kämpfer, war in der Schlacht getroffen worden, aus den Sphären gestürzt und hatte bei dem Aufprall auf der Welt den tiefen Graben geschlagen, den die endlose See binnen weniger Tage mit einer gewaltigen Flut gefüllt hatte.

In jener Schlacht war auch der Gott Schattenweber gefallen, Lýtir der Schmied, wie er genannt wurde.

»Letztendlich«, hatte der Großmächtige erklärt, »gab es an jenem Tag so grausame Verluste, dass alle Fronten den Kampf einstellten und schworen, es niemals wieder dazu kommen zu lassen, die Welt an den Rand des Abgrunds zu führen und sie beinahe zu zersplittern. Ob Lichter oder Dunkler Regenbogen, sie alle wollten Waldsee beherrschen, nicht vernichten. Doch sie mussten angesichts der schrecklichen Verwüstung durch die Schlacht einen anderen Weg finden.«

»Und war es nicht gut?«, hatte der General wissen wollen.

»Nicht für die Richtigen«, hatte die Antwort gelautet. »Ich habe sehr lange daran gearbeitet und darauf gewartet, die Machtverhältnisse wieder geradezurücken. Nun wird es bald soweit sein, denn ich habe endlich das Zeichen und die Unterstützung bekommen. Die wahren Mächte werden bald über Waldsee herrschen, wie es sein soll.«

»Und die Götter?«

»Wen kümmern die Götter? Der, der kommen wird, ist mächtiger als sie.«

Hagan Tar fürchtete sich vor nichts. Angst war ein Privileg der Besitzenden, zu denen er nie gehört hatte. Doch zu wissen, dass einer kommen sollte, der mächtiger war als die Götter in den Sphären, das jagte ihm doch einen eisigen Schauer über den Rücken. Und einen zweiten, wenn er daran dachte, dass sein Herr mit diesem Wesen einen Pakt geschlossen hatte.

Aber ich habe daran Anteil. Er vertraut mir. Ich bin seine Hand, ich führe alle Pläne aus. Ich werde ganz vorn dabei sein.

Was hatte der Greis in dem Gasthaus doch gleich gesagt? *Sie wird dein Schicksal sein.*

Was für eine seltsame, dumme Prophezeiung. Schade, dass der Alte sich selbst vergiftet hatte, damit hatte er Hagan Tar um das Vergnügen seines Foltertodes gebracht. Sicherlich hatte er das nur gesagt, um ihn zu beeindrucken, um ihn zum Zögern zu bringen und vielleicht sogar zum Nachdenken.

Weit gefehlt. Was auch immer dieser dumme Satz zu bedeuten hatte, er sagte nichts darüber aus, wann und wie. Oder durch wen. »Sie« konnte alles Mögliche sein. Die Sonne, eine Frau, eine Krankheit, ein weibliches Tier, eine Fischgräte …

Hagan Tar musste lachen. Ja, lächerlich, das war es. Tattriger Alter.

Die Straße führte durch die Oase hindurch. Palmen, Ölbäume, duftend blühende Büsche soweit das Auge reichte. Viele Bachläufe, kleine Teiche, größere Seen. Gehöfte mit Vieh, das friedlich Gras weidete. Millionen schillernder Vögel, die zwitschernd umherflogen.

Dies war immer noch das Gebiet von Iskundar; der Bereich, der die Stadt ernährte und versorgte und der den gesamten Unrat verschwinden ließ. Das Zentrum Ishgalads, des Goldenen Reiches.

Der General hielt auf ein großes Gasthaus zu, das an der Kreuzung der Haupthandelsstraßen lag. Viele Karren waren dort abgestellt, in den ausgedehnten Stallungen waren hunderte Pferde und Kamele untergebracht.

Das Haus besaß so gut wie keine Wände, nur ein vor gelegentlichem Regen schützendes Dach, da es hier immer gleichbleibend warm war. Auch die meisten Gastzimmer, die häufig über Fallleitern, Brücken und Wendeltreppen von außen erreichbar waren, bestanden aus nicht mehr als trittsicherem Boden und Hängematten. Lediglich für die Abtritte und Waschungen gab es abgeschiedene Bereiche, wobei im Innenhof auch mehrere öffentliche sprudelnde Quellen für ein ausgedehntes Bad eingerichtet waren.

Hunderte schwarzblau schillernde Raben sorgten mit vielen Augen und laut schnatternden Schnäbeln dafür, dass niemand sich an fremdem Eigentum bediente oder sich heimlich hinein- und wieder herausschlich, ohne zu bezahlen.

Hagan Tars Blick schweifte zu einem der großen Ausschänke, und sein Mund fühlte sich trocken an angesichts des golden schäumenden Bieres, das reichlich in Krüge abgefüllt wurde. Auch sein Magen meldete sich, da er seit dem frühen Morgen nichts mehr zu sich genommen hatte.

Doch das musste warten.

Er lenkte das Pferd zu den Stallungen hinter, ganz ans Ende, wo noch die ersten Bauten standen; aus Lehmziegeln gefertigt, eng, dunkel und kühl. Hier wurden schon lange keine Tiere mehr untergebracht, doch man riss die Gebäude aus wehmütiger Erinnerung nicht ab.

Hagan Tar hielt das Pferd an, stieg ab und band es an einem im Alter versteinerten Balken an. Dann trat er aus dem strahlenden Licht des warmen Tages in die düstere Kühle des letzten Gebäudes. Unwillkürlich erschauerte er. Das Licht fiel als Fächer durch ein kleines Fenster und den Türausschnitt in den Raum, ohne ihn wirklich zu erhellen, eher wurde es dahinter noch dunkler. An den Wänden befanden sich Überreste der Anbinderinge und Ketten. Die Tiere damals mussten kleiner gewesen sein, denn sein Pferd würde nicht einmal durch den Türrahmen passen.

Ja, Ishgalads Anfänge waren bescheiden gewesen nach dem großen Einschnitt, nach der zerstörerischen Trennung. Doch das Land hatte sich rasch zur Blüte emporgeschwungen. Dies war das Zeugnis des Neubeginns.

Es roch nach altem Heu und Stroh, nach feuchtem Lehm.

Und nach *ihm*.

Scharf, intensiv; ein wildes, sehr altes Raubtier auf lautlosen Ballen.

Hagan Tar roch ihn, *spürte* ihn. Seine Präsenz füllte den Raum aus, wallte als glitzernde Dunkelheit heran, als er sich näherte. Der General drehte sich weg davon, denn er wusste, Hatar Stygan mochte es nicht, unaufgefordert angeblickt zu werden. Er musste sich allerdings nicht niederknien und durfte auch auf eine formelle Anrede verzichten - das war ein besonderes Privileg, auf das er sehr stolz war.

Der funkelnde Nebel umwehte ihn, und dann fühlte er die körperliche Nähe seines Herrn. »Ist es getan?«, erklang die zischende, flüsternde Stimme hinter ihm, so hohl wie aus einem Grab, leise und doch weit tragend.

»Sie machen sich bereit für die Nacht«, antwortete er und berichtete zusammenfassend, was sich ereignet hatte, ließ dabei auch den Alten nicht aus.

»Wie sah der Greis aus?«, wollte Hatar Stygan wissen.

»Wie alte Zausel eben so aussehen - dürr, faltig, krumm. Meiner Einschätzung nach musste er mindestens hundert Jahre zählen. Er sah vorher schon so abgekratzt aus, wie er dann auch war.«

»Das war Großmeister Yesh«, krächzte sein Herr. »Was hat er zu dir gesagt?«

»Ach, das war nichts weiter.« Er winkte ab. »Gefasel eines Sterbenden. Ich habe nicht richtig zugehört. Es war jedenfalls nichts, was uns betraf.« Fast wäre er zusammengezuckt, als er eine Berührung an der Schulter spürte, eine spitze Kralle, die sich in die Kleidung bohrte.

Für einen kurzen Moment herrschte völlige Stille. Dann zog sich die Hand zurück.

»Soll ich die Universität erobern?«, fragte Hagan Tar.

»Nicht notwendig. Sammle deine Leute. Morgen früh bei Sonnenaufgang reitest du los und beginnst mit der Eroberung des Landes«, befahl Hatar Stygan.

»Dann soll ich heute noch die Universität einnehmen?«

»Ich wiederhole: Nein. Sie benötigen diese Zeit. Morgen sind sie mir nützlicher als heute.«

Hagan Tar hätte niemals gewagt, die Strategie seines Herrn abseits des Schlachtfeldes in Frage zu stellen. Dennoch hielt er es für einen Fehler zu warten. »Ich werde bei Sonnenaufgang aufbrechen. Was benötigst du in der Zwischenzeit? Was darf ich dir bringen?«

»Nichts. Geh jetzt. Denk an das Drachenauge, damit wir in Kontakt bleiben können.«

»Das werde ich.«

Die körperliche Präsenz schwand, der glitzernde Nebel zog sich in die Schatten zurück. Hagan Tar hörte ein rasselndes Keuchen und Pfeifen, dann kehrte die Stille wieder.

Er war froh, den Raum zu verlassen zu dürfen. Fast war es eine Flucht.

Tesfayé wollte aufatmen, doch seine Kehle war weiterhin wie zugeschnürt, während er aus einem Fenster im Hinterhof kletterte und die Gasse entlang bis zur nächsten Abzweigung rannte, um so schnell wie möglich Distanz zu gewinnen.

Nun kam er in den Trubel des Marktes hinein, wie er es geplant hatte – nur unter anderen Voraussetzungen. Er hatte keinerlei Blick für das fröhliche bunte Treiben, irrte verstört zwischen den kreuz und quer stehenden Ständen herum. In seiner Panik fand er den direkten Weg zur Universität nicht mehr, obwohl sie doch weithin sichtbar auf dem Hügel über der Stadt thronte, genau im Zentrum. Die größte zusammenhängende Ansammlung von Gebäuden mit mehr als einem Dutzend runder Türme mit Zwiebeldach. Auch die Häuser waren nicht in der üblichen praktischen eckigen Form aufgebaut, sondern oval, teils bauchig, mit verschnörkelten Abschlüssen und mehrstufigen Dächern, dazu viele Fenster ohne Scheiben, die mit fein ziseliertem Gitterwerk das kräftig einfallende Sonnenlicht aufhielten und die wenigen durchgelassenen Strahlen innen zu feinen Mustern in Licht und Schatten bildeten.

Jeder Turm besaß seine eigene Farbe für seine wissenschaftliche Fakultät, während die Zwischengebäude mit den Wohn-, Aufenthalts-, Dienst- und sonstigen Einrichtungen zumeist in warmen Orangetönen gehalten waren.

»Tesfayé? Was machst du denn hier?«

Er war so verstört, dass er sich nicht angesprochen fühlte und weiterstolperte, bis er mit dem Rufer beinahe zusammenstieß.

»He-he, nicht so stürmisch!« Es war Balan, ein Adept wie er, der ebenfalls nur noch auf die Urkunde wartete. Er hielt Tesfayé an den Schultern fest. »Was ist denn mit dir los?«

»Es ist furchtbar«, stammelte der junge Mann. »Hatar Stygan will uns erobern, und Meister Yesh ist tot …«

»Was redest du da? Hast du zu viel getrunken? Deine Fahne legt die Vermutung nahe.«

Balan hatte selbst ordentlich Wein und Schnaps zugesprochen, wie an seinem Atem zu merken war, und tatsächlich hielt er nicht Tesfayés Schultern fest, sondern sich an ihm.

»Nein, ich bin stocknüchtern … ich muss sofort zum Dekan und ihn warnen … sie wollen alle zwingen, etwas zu trinken, das den Willen nimmt …«

»Bah, nun bist du vollkommen durchgedreht.« Balan wollte sich abwenden, aber Tesfayé hielt ihn auf.

»Du musst mit mir kommen! Wir müssen uns sofort alle versammeln und einen magischen Verteidigungswall aufbauen!«

»Spinner.« Balan schlug seine Hand beiseite und torkelte auf einen Ausschank zu.

Tesfayé erkannte, dass es keinen Sinn hatte, ihn überreden zu wollen, und lief weiter. Alles in ihm schrie danach, die Leute zu warnen, sie dazu zu bewegen, Iskundar sofort zu verlassen und sich irgendwo zu verstecken. Doch selbst in seiner Angst war ihm bewusst, was die Leute davon halten würden, wenn ein junger Mann wie ein Unheilsprophet schreiend über den Markt rannte und den Untergang proklamierte. Der Tag war schön, die Geschäfte liefen gut, alle waren bestens gelaunt. Von überall her drangen Musik und Gesang, die Luft war geschwängert von all den Gewürzdüften, das Auge erfreute sich an den bunten Tüchern und Auslagen.

Niemand würde ihm glauben. Er musste zum Dekan, es war der einzige Weg, nur bei ihm konnte er Gehör finden. Wenn er sich nur an den Weg erinnerte! Er war so blindlings kreuz und quer herumgelaufen und inzwischen in den überdachten Bereich im Labyrinthgewirr der Gassen geraten, dass er immer noch nicht den direkten Weg fand. Sie hatten alle schon recht, außerhalb seiner Studienbücher und der Hallen der Gelehrten war er kaum überlebensfähig.

»Junge!«, rief ihn ein Händler an und hob ein rotes, mit Goldrand verziertes Teeglas hoch, das mit einer dunkelgrünen Flüssigkeit gefüllt war. »Beruhige dich! Trink einen Tee mit mir, und dann wirst du deinen Pfad wiederfinden.«

Das war nicht ungewöhnlich, Händler nahmen sich gern Zeit für ein Schwätzchen bei einer guten Tasse stark gesüßten Tees aus Minzkraut und Oasenmeister.

»Ich … ich muss zur Universität«, stieß Tesfayé atemlos hervor. »Es ist … eine große Gefahr. Ich muss alle warnen! Sonst sind wir verloren. Ich habe es gesehen … mein Meister …«

Der weißhaarige Mann mit dem stattlichen Bauch und

dem durch viele Lachfalten verrunzelten Gesicht wiegte den Kopf. »Tee kann dir nicht mehr helfen«, stellte er betrübt fest. Dann wies er den Weg: »Laufe hier zurück, bis du an dem Stand mit den Duftlampen vorbeikommst, biege gleich rechts ab, und dann immer geradeaus – das führt dich geradewegs zur Karawanenstraße.«

»Danke!« Tesfayé keuchte, er war fast am Ende seiner Kräfte, weil alles in ihm so erstarrt und verkrampft war, dass er kaum noch Luft bekam. »Verlass Iskundar noch vor Einbruch der Dunkelheit, warne auch die anderen! Eine entsetzliche Gefahr droht euch …«

»Ich hoffe, du erhältst schnell Hilfe«, erwiderte der Händler und wandte sich kopfschüttelnd ab.

»Aber ich sage die Wahrheit!«, schrie Tesfayé verzweifelt. Es brach aus ihm hervor, er konnte es nicht mehr verhindern. »Ihr müsst alle fliehen!«

»Ist recht. Geh nur schön, Junge, möge Lúvenors Licht deinen Verstand erhellen.« Der Händler winkte ihm zu und wandte sich ab.

Hohn und Spott begleiteten den angehenden Magister, während er der Weisung folgte und ein Stück des Weges zurückrannte.

Immerhin hatte der Händler keinen Scherz mit ihm getrieben, endlich sah er die Straße vor sich, auf der sich massenhaft Fuhrwerke, Fußgänger, Sänften, Pferde und Kamele bewegten. Auch Esel waren unterwegs, in Begleitung von weiß gekleideten, die Gesichter durch Kapuzen verhüllte Pilger. Hühner kreuzten panisch gackernd hin und her und ließen dabei allerhand Federn.

Mühsam bahnte Tesfayé sich den Weg, denn niemand dachte daran, nur wegen querendem Fußvolk anzuhalten. Auf der anderen Seite hatte er sich durch die erzwungen langsame Fortbewegung soweit erholt und Atem geschöpft, dass er weiterstürmen konnte, die Abzweigung entlang und den Hügel hinauf.

Und das war auch notwendig, denn als er einen Blick zurückwarf, zum Markt hinab, sah er gepanzerte Pferde und blitzende Rüstungen von einem guten Dutzend Reiter, die sich auf den Hauptstraßen zwischen den Karren hindurchschoben. Wer nicht genau hinsah, dem mochte dabei nichts auffallen - es gab öfter solche Art Aufmärsche, wenn eine Hochzeit unter Edlen geplant war. Iskundar bot einige beliebte Orte für pompöse Anlässe aller Art, zu denen die Gäste aus ganz Ishgalad mit großem Getöse angereist kamen.

Gestern noch hätte Tesfayé sich auch nichts weiter dabei gedacht. Heute wusste er es besser. Sie trugen keine Wappenhemden, doch er war sicher, dass sie diese bei sich hatten und sie schwarz waren mit einem blutroten Auge darauf.

Mit pfeifendem Atem erreichte der angehende Magier das Haus des Rates und stolperte zur Flüsterhalle, wo sich meistens mehrere Großmeister aufhielten, um mit den Studenten zu sprechen oder sich zu beraten.

Ein großer Saal mit vielen Säulen, zwischen denen Tische und Bänke aufgestellt waren, an denen bedient wurde. Dort konnte man auch still vor sich hinbrüten, lesen oder Aufsätze schreiben.

Lediglich die Mitte war freigehalten, in der ein reich geschnitzter Brunnen aus weißem Marmor errichtet war, aus dessen zahlreichen Fontänen türkisfarbenes Wasser unentwegt und stark verlangsamt in hunderttausend einzelnen, funkelnden Tropfen fiel. Magie, natürlich, dazu gedacht, die Vergänglichkeit eines Augenblicks einzufangen.

Neben dem Brunnen wuchs ein Baum, dessen Wurzeln angeblich das Fundament Iskundars bildeten. Seine Krone reichte bis zum unverglasten Hallendach, die Kuppel wurde mit einem reich verzierten Metallgitter gebildet.

Der Stamm des Baumes war glatt, die silbrige, schwarz gemaserte Rinde sehr fein und samtig. Die Blätter waren fiedrig, die veilchenfarbenen und weißen Blüten wuchsen zylindrisch in Trauben, mit feinen Haaren dazwischen. Der Duft war betörend und erfrischend zugleich.

Tesfayé fand zu seinem Erstaunen sofort Gehör - und nicht nur das. Der Dekan berief umgehend eine Versammlung in einem Raum im ersten Stock ein, der an die Bibliothek grenzte. Innerhalb weniger Augenblicke fanden sich alle Magister ein und zeigten schon beim Eintreten besorgte Mienen. Tesfayé erkannte zu seinem Schrecken, dass sie nicht überrascht waren und dass Meister Yeshs Andeutungen keineswegs zufällig gewesen waren. Die Gelehrten waren allesamt geschockt, von dem Tod des ältesten Magiers zu erfahren. Männer und Frauen rieben sich verstohlen die Augenwinkel und man kam überein, Meister Yesh angemessen zu ehren - nur musste dies angesichts der sich überstürzenden Ereignisse auf unbestimmte Zeit verschoben werden. Der Dekan schickte zwei Knechte los, die versuchen sollten, den Leichnam herzuschaffen, damit er wenigstens in Würde im Garten der Universität seine letzte Ruhestätte fand.

Man hörte dem Adepten aufmerksam zu, stellte Fragen, und Tesfayé konnte es nicht verhindern, dass er dabei weinte. So plötzlich aus der beschaulichen Ruhe und Idylle herausgerissen zu werden, überforderte ihn. Er hatte nicht zu hoffen gewagt, dass ihm überhaupt Glauben geschenkt würde. Er konnte es ja selbst noch nicht fassen, als er sich reden hörte.

»Dann habt Ihr bereits damit gerechnet?«, stellte er zum Schluss selbst eine Frage.

»Herrje, natürlich«, kam die Antwort vom unteren Ende des Tisches aus den Schatten. »Früher oder später musste es geschehen - und seit einiger Zeit war ersichtlich, dass das Früher näher rückte als das Später.«

Der Dekan hob wie mahnend leicht die Hand. »Großmagisterin Yannide, die einen guten Draht zu den Sphären hat, bekam eine Warnung übersandt«, erklärte er. »Zu vage, um konkrete Pläne zu schmieden, doch wir haben uns in letzter Zeit viel mit der Vergangenheit und den aktuellen Hütern der Welt beschäftigt. Wir haben die Bibliothek nach allen passenden Schriften durchforstet und die Entwicklungen im

Universum überprüft. Das Gefüge ist seit dem Krieg um das Tabernakel zusehends in Schwingung geraten und nun schwankt das Gleichgewicht bedenklich.«

Sie hatten Wahrscheinlichkeiten berechnet, was dabei mit Waldsee geschehen könnte.

»Also ... die Schlafende Schlange erwacht?«

»Das ist schon nicht mehr zu verhindern, wie Ihr durch Eure Ausbildung wissen solltet. Wir glaubten für lange Zeit, sicher zu sein. Waldsee hat den Schutz und ist isoliert - die Frage jetzt jedoch lautet: bleibt das noch so?«

Und sie waren zu dem Schluss gekommen, dass allen Vorsichtsmaßnahmen zum Trotz das Unheil nicht mehr aufzuhalten war. Es gab schon das eine oder andere Flackern in den Sphären.

»Wer ist Hatar Stygan?«, fragte Tesfayé leise.

»Von ihm haben wir heute zum ersten Mal durch Euch gehört«, antwortete Großmeisterin Yannide. Sie war eine schlanke Frau mit hüftlangen grauen, dicht gewellten Haaren. Wie alle Gelehrte trug sie einen besonderen Hut, oder in ihrem Fall mehr eine Kappe, welche die Zugehörigkeit zu ihrer Fakultät aufwies. Auch Tesfayé hatte sich einen speziell für ihn gestalteten Hut bestellt, den er ab der feierlichen Übergabe des Diploms wie eine Insignie tragen durfte - zu jeder Zeit und an jedem Ort. »Doch er ist nicht der wahre Feind, nur der ausführende Gehilfe.«

»Das wisst Ihr bereits?« Der junge Mann schluckte. »Aber wer ist es, der noch schlimmer ist ...«

»Du kennst ihn. Alle Mächtigen dieser Welt kennen seinen Namen und selbst sie wagen ihn nicht laut auszusprechen. Bei dem Kampf um das Tabernakel ging es darum, Waldsee zu versiegeln, um vor allem ihm den Zutritt zu verweigern. Die Weisesten der Fyrgar, der Orden der Visionenritter, die Götter selbst haben stets die Warnung ausgesprochen, dass er eines Tages sein Augenmerk auf unsere alte Welt richten wird. Sobald der Ewige Krieg in seine letzte Phase getreten ist und die Schlafende Schlange dabei ist zu erwachen. Und nun ... ist es soweit.«

Ein anderer, der im Schatten blieb, fügte heiser hinzu: »Der Schwarze Annatai. Tar'meso der Nichtige. Geißel der Finsternis. Der Erbe des Schattenwebers.«

Tesfayé spürte kalten Schweiß auf seiner Stirn. Natürlich hatte er über diesen Mächtigen nachgelesen, über den man sonst nur mit vielen Umschreibungen und hinter vorgehaltener Hand flüsternd sprach. Dieses Wissen gehörte zur Allgemeinbildung der Magier und zur Historie der Welt. »Was können wir tun?«

»Leider sind wir bereits bei den ersten Überlegungen zu dem Schluss gekommen, dass wir Ishgalad nicht lange genug halten können. Meister Yesh hat uns jegliche Illusion darüber geraubt. Und Euch vorbereitet, junger Freund.«

»W...was? Nein, das hat er nicht!«, rief Tesfayé. »Er hat heute zum ersten Mal eine seltsame Bemerkung darüber fallengelassen, doch bevor ich ihn zu einer Erklärung auffordern konnte, kam dieser Hagan Tar herein und hat alle willenlos gemacht! Es war reines Glück, dass ich nicht mehr im Raum war!«

»Nach meiner Erfahrung existiert so etwas wie ›glücklicher Zufall‹ nicht«, erwiderte der Dekan. »Waldsee ist die zweitälteste Welt des Träumenden Universums und voller Magie. Sie hat ihre eigenen Möglichkeiten, sich zu schützen. Eine entsprechende Schwingung hat dich bewogen, den Raum rechtzeitig zu verlassen. Es sind immer nur kleine Ausschläge, doch sie können über Sieg oder Niederlage entscheiden.«

Davon war Tesfayé keineswegs überzeugt, und er begann zu zittern. »Ich ... ich bin nicht geeignet, auf Reisen zu gehen«, stotterte er.

»Ihr sollt nicht auf Reisen gehen, sondern Hilfe holen«, schmetterte Yannide ihn ab, und irgendwie erinnerte ihn das an Meister Yesh. Es gab seinem Herzen einen Stich. »Ihr seid als Bote unterwegs!«

»Auch darin habe ich keine Erfahrung ...«

»Junger Mann!«, unterbrach der Dekan streng. »Ihr habt Euch im Alter von vierzehn Jahren nach dem grausamen

Tod Eurer Eltern durchgeschlagen, wart zielstrebig und ehrgeizig. Ihr seid jetzt erwachsen, vollgestopft mit Wissen – da werdet Ihr es doch wohl fertigbringen, Euch durch Ishgalad zu finden!«

»Aber … wohin denn?«

»Ihr werdet es gleich erfahren. Und Ihr werdet Euch beeilen müssen, denn bald kommt der Sturm. Er kündigt sich schon in vielen kleinen Ereignissen an und wir hegen keinen Zweifel. Auch das Geschehnis heute Nachmittag ist ein deutliches Zeichen. Viel Zeit bleibt uns nicht.«

Er fragte nicht *warum ich?*, weil alles schon beschlossene Sache war. Von Meister Yesh vielleicht seit Jahren eingefädelt. Er hätte es zu gern erfahren, aber er wusste, jetzt würde er keine befriedigende Antwort darauf erhalten. In solchen Dingen waren Magier eigen – *finde es heraus. Das mag deine Aufgabe, deine Prüfung sein.*

Dahin waren alle schönen Pläne. Die guten Angebote, die Familiengründung, alles zertrümmert innerhalb einer einzigen Stunde.

Von dem Mann, der seine Eltern ermordet hatte.

Und der noch lange, lange nicht der Schlimmste war, wie er nun ahnte.

»Ich habe verstanden«, fügte er sich. Da sein Leben sowieso nicht mehr so verlaufen würde, wie er es geplant hatte, sollte er auch gleich die Wahl treffen. Sicher, er könnte weglaufen und sich irgendwo verstecken. Aber eine innere Stimme sagte ihm, dass ihm das nicht gelingen würde, dass Hatar Stygan jeden Winkel, jede Höhle, jedes Erdloch von Ishgalad mit seinem Schattentrank füllen würde.

Tesfayé erhielt im Folgenden die Anweisungen zu dem Auftrag, von dem sein verstorbener Lehrherr so kryptisch gesprochen hatte, eine kleine Ausrüstung sowie ein Pferd und wurde losgeschickt, die Welt zu retten. Genauer gesagt, diejenigen zu finden, die als einzige dazu in der Lage waren, Ishgalad, wenn nicht ganz Waldsee vor dem Untergang zu bewahren: Die Hüter – allen voran Halrid Falkon.

»Gegen einen Annatai schickt man am besten einen anderen Annatai ins Feld«, erklärte der Dekan. »Und welch Glück für uns, dass Waldsee einen Annatai als Hüter hat. Findet ihn und seinen Drachen Fylang, bittet ihn um Hilfe, und es besteht Hoffnung.«

Kapitel 2

Ruf des Goldenen Reiches

Hagan Tar wusste nicht, dass sein Herr die Übernahme der Universität längst in die Wege geleitet hatte. Und die Magier wussten es ebenfalls nicht.

Glücklicherweise gelang es ihnen, Tesfayé rechtzeitig auf den Weg zu schicken, ohne Verzögerung, sonst wäre vielleicht jegliche Hoffnung dahin gewesen und der Krieg gewonnen, bevor er so richtig begonnen hätte.

Die Studenten wurden bis zu den Abendstunden alle fortgeschickt. Ihnen wurde eindringlich geraten, sich in stille Gegenden zurückzuziehen, sich zu verstecken, niemals preiszugeben, welche Ausbildung sie absolviert hatten. Sie durften keinerlei Magie üben, und sei die Gefahr auch noch so drohend.

Der Schrecken war natürlich groß, ebenso der Unglauben, aber da sämtliche Gelehrte sehr ernst waren und einstimmig die Warnungen aussprachen, nahmen die Studenten den Hinauswurf hin, packten umgehend ihre Sachen und brachen auf. Dabei mussten sie darauf achten, dass sie nicht auffällig in großen Strömen herauskamen, sondern sich einzeln durch sämtliche öffentliche und versteckte Ausgänge davonmachten. Sie sollten die Gunst des abendlichen Verkehrs nutzen, wenn die Händler und Handwerker nach Hause gingen oder fuhren, um in der Menge unterzutauchen und die Stadt sofort zu verlassen.

Auch das Gesinde schickten sie fort, verschlossen sämtliche Türen mit Einbruch der Nacht. Gemeinsam gingen die Magier daran, Fallen zu legen und die Angreifer in die Irre zu führen, indem sie vorgaukelten, an welchen verschiedenen Orten sie sich aufhielten.

In Wirklichkeit zogen sich alle in einen bestimmten Turm

zurück, dessen Zwiebeldach oben geöffnet werden konnte, um die Sterne zu beobachten. Sie nahmen die kostbarsten Schriften mit, die ihnen zudem im Kampf hilfreich sein sollten, und alles an Vorräten, was sie schleppen konnten. Sie gingen bis ganz nach oben, wo die Zugänge nur noch über Leitern erreichbar waren, verschlossen hinter sich alle Türen mehrfach mit Ketten, Schlössern und Riegeln und Magie. Dann stießen sie die jeweilige Leiter unter sich weg und verriegelten die Klappe, stellten Gewichte darauf.

In der Turmspitze, wo die letzte Leiter zur Sternwarte hinaufführte, gab es mehrere kleine Räumlichkeiten, Vorratslager, Wasserfässer und auch Abtritte, sowie einigermaßen bequeme Liegematten. Es würde sehr eng, aber sie konnten zurechtkommen. Niemals hätten sie gedacht, dass sie diesen bereits von den Erbauern ersonnenen Rückzugsort in Anspruch nehmen mussten.

Die Frauen und Männer arbeiteten still und Hand in Hand, sie wussten, was zu tun war. Meister Yesh hatte ihnen bei der Vorbereitung geholfen. Nachdem sie sich eingerichtet hatten, setzten sie sich im Zentralraum in der Mitte auf Bodenkissen im Rund zusammen und bildeten einen magischen Kreis. Sie verstärkten sich gegenseitig darin, einen Schutzwall zu bilden, der nicht durchdrungen werden konnte.

Mancher verlieh seinem Kummer Ausdruck, dass den Leuten in Iskundar nicht geholfen wurde - wie es eigentlich ihre Pflicht gewesen wäre. Doch allen war klar, dass sie den Fall der Stadt nicht verhindern konnten. Dadurch, dass der Trank bereits überall verteilt wurde, würde sich das Schattengrau rasend schnell verbreiten und vermochte nicht mehr von einzelnen Magiern oder kleinen Gruppen eingedämmt zu werden. Sie waren zu wenige, um sinnvoll wirken zu können.

Ebenso war ihnen bewusst, dass sie dem Angriff nicht auf Dauer standhalten konnten, und nicht nur wegen der Vorräte. Wenn der Siebenstern es nicht schaffte, Waldsee zu schützen - wie sollte es ihnen gelingen?

Sie hatten allerdings nicht damit gerechnet, dass der große Feind so schnell einen Erfüllungsgehilfen auf der Welt finden würde. Nie zuvor hatten sie von Hatar Stygan gehört oder überhaupt geahnt, dass in Ishgalad eine finstere Macht im Verborgenen existieren könnte. Das brachte alle Pläne durcheinander. Mit einem Angreifer wie dem von Tesfayé beschriebenen Hagan Tar hatten sie gerechnet. Doch sein Herr schien mindestens ein Magier zu sein, wenn er in der Lage war, einen solch giftigen Trank herzustellen, der jedem den Willen nahm und ihn in ein Nachtgeschöpf verwandelte.

Oder ein Mächtiger.

Was an sich unmöglich war. Ishgalad war seit der Titanenschlacht gesperrt für alle Mächtige. Magische Barrieren verhinderten ein Durchkommen.

Waren sie etwa durchlässig geworden? Doch es gab Warnzeichen, die speziell dafür eingerichtet worden waren. Und vor allem wurden die Barrieren regelmäßig erneuert. Die Magier hatten in der Wachsamkeit nie nachgelassen - schon allein deswegen, damit es niemals ein Dämon wie Nachtfeuer bis hierher schaffte. Er selbst war zwar längst dahingegangen, aber es gab andere, die sicherlich Interesse an dem verträumten Reich hätten. Damals wie heute.

Und nun Hatar Stygan der Unbekannte.

Es war schwierig, sich darauf einzustellen, wenn man nicht einmal ansatzweise wusste, mit wem man es zu tun hatte. Welche Sprüche wirkten am besten? Was waren seine Stärken, was seine Schwächen?

Sie konnten nur hoffen, dass sie durch gemeinsame Verstärkung ihrer Kräfte einen ausreichenden Schutz wirkten, der zumindest Tesfayé Zeit verschaffte.

Und wenn er scheiterte?

Niemand sprach es aus und doch dachten alle daran und schoben es gleichzeitig energisch von sich. So durften sie gar nicht erst anfangen. Tesfayé war ein hervorragend ausgebildeter Adept, er war unbestechlich, hatte keine Angehörigen, keine Freunde, und war damit nicht erpressbar. Keine Ablenkung konnte ihn aufhalten, davon waren sie überzeugt, er würde zielstrebig und eifrig seinen Auftrag erfüllen, so, wie er sich all die Jahre über bewährt hatte.

Ein Scheitern musste von vornherein ausgeschlossen werden - ansonsten könnten sie gleich aufgeben.

Ein Summen durchdrang die Luft in dem Raum. Trotz des offenstehenden Daches und der Kühle der Nacht war es hier drin stickig und heiß. Die vielen Körper heizten den kleinen Raum auf, der Atem der Gesänge nahm die Frische aus der Luft. Langsam wiegten sich die Magier hin und her, in höchster Konzentration versunken. Die magischen Energien der Sphären wurden herabgezogen und zusammengeführt, um den Schutzwall aufzubauen.

Sie bemerkten dabei nicht, dass sie dabei auch eine unerwünschte Strömung erfassten und dadurch genau dem Bösen Einlass gewährten, dessen Zutritt sie verhindern wollten. Sie gaben sich so viel Mühe und wandten ihre vollen Kräfte auf, um die Menschen zu schützen. Und öffneten stattdessen der Finsternis Tür und Tor.

Kaum merklich verdunkelte sich der Himmel über ihnen und etwas sickerte durch das geöffnete Dach herein. Neblig, diffus. Sanft wallte es am Rand entlang, floss herunter wie Morgendunst, der sich im Spätsommer auf die Wiesen legte. Sammelte sich in der Dunkelheit am Rand, wo das Mondlicht nicht hinreichte. Wuchs langsam in die Höhe. Manifestierte sich.

Die Frauen und Männer spürten nicht mehr, wie sich die Dunkelheit über sie erhob, die Arme ausbreitete und einen Schatten über sie legte. Versunken in ihrer Konzentration wurde ihnen der Wille genommen, ohne dass es ihnen zu Bewusstsein kam, während die Energien weiter in sie hinein und durch sie hindurchflossen. Was als Schutzwall gedacht war, wurde nun ins Gegenteil verkehrt und ausgenutzt.

Hatar Stygan trat in die Mitte ihres Kreises, ohne dass die Magier ihn wahrnahmen. Ihre Blicke waren entrückt in die

Leere, ihre Geister wurden in einer weißen kalten Kammer eingesperrt.

»Ich danke euch«, flüsterte er mit heiserer, hohler Stimme. »Durch eure Kräfte werde ich bald das Reich beherrschen. Und nicht nur das. Ihr habt die Ehre, dabei zu sein und mitzuwirken, wenn ich dem *Schwarzen Annatai* das Portal öffne.«

Alina war an diesem Morgen früh wach, sprang fröhlich aus dem Bett und weckte die Kinder, bevor sie sich wusch und fertigmachte. Heute sollte Hanik vom Markt in Iskundar zurückkehren, und ihre Zuversicht versprach ihr, dass sein Säckel prall und der Karren leer war – oder vielmehr neu befüllt mit seidigen Stoffbahnen, die durch ihre geschickten und flinken Hände in prächtige Gewänder und feine Stickereien verwandelt würden.

Midik mit den rosigen Wangen lachte schon in seiner Wiege, ein immer zufriedener kleiner Mann. Während die beiden Älteren dabei waren, den Frühstückstisch zu richten, wurde Midik von Alina gewickelt und gefüttert und anschließend in der Trageschlaufe verstaut. Die beiden kleinen Kühe und die Hühner mussten versorgt werden, bevor es daran ging, selbst etwas zu sich zu nehmen. Alina warf einen Blick in den Garten, wo Kräuter und Gemüse wuchsen. Ringsum standen reiche Früchte tragende Büsche.

Oftmals wurde Alina, die ursprünglich aus Iskundar stammte, gefragt, warum sie nicht zurückkehrte und die Annehmlichkeiten einer großen Stadt genoss. Sie hatte dafür nur ein Lachen übrig. Auf ihrem kleinen Hof hatten sie alles, was sie brauchten; das Land war fruchtbar – sie steckten einen Stock in die Erde und ein Baum wurde daraus. Warum sollten sie auf den Märkten teuer das erstehen, was sie selbst ziehen konnten? Die Kinder wuchsen frei auf und gingen zur Dorfschule, um Lesen, Schreiben und Rechnen zu lernen.

Vor allem Hanik war kein Städter, sondern ein Landbursche, der es liebte, auf dem Feld zu arbeiten. Seit der Hochzeit hatte er sich zudem als geschickter Händler erwiesen, der Alinas Schneiderkünste jeden Vollmond für zwei Tage gern anpries und verkaufte. Er mochte Iskundar, konnte sich aber ein Leben dort nicht vorstellen und war jedes Mal froh, wenn er wieder heimkehren durfte.

»Wir sind hier schließlich nicht allein«, pflegte er zu sagen, »und es ist besser, die Nachbarn zu kennen.«

Das Dorf war nicht weit entfernt und immerhin groß genug, um einen eigenen Magier, der zugleich als Heiler fungierte, zu beschäftigen. Dorthin ging Alina fast jeden Tag, um Kleinigkeiten zu besorgen und ein Schwätzchen zu halten.

So auch heute. Hanik würde erst gegen Abend nach Hause kommen, also machte sie sich mit den Kindern nach dem Frühstück auf den Weg. Eine halbe Stunde zu Fuß, für die lebhaften Kleinen genau das Richtige. Midik gluckste zufrieden in seinem Beutel, den sie vor der Brust trug. So konnte er sie immer sehen und war beruhigt. Nur wenn sie arbeitete, trug sie ihn in einem Köcher auf dem Rücken.

Die Kinder pflückten unterwegs ein paar Blumen am Wegesrand und bewegten sich singend und tanzend voraus. Ab und zu blickte Alina zurück. Ihren kleinen Hof konnte sie schon lange nicht mehr sehen, da er in einer Senke lag. Doch dahinter, zum Horizont hin, erhoben sich mächtige Dünenberge – und über diesen thronte wie ein Zauberreich das durch die Hitzewallungen erzeugte Spiegelbild der prächtigen bunten Stadt mit den vielen Türmen der Universität. Iskundar schien dadurch so nahe, doch es erforderte nachts bis zur Oase einige Stunden auf einer gut ausgebauten Straße zwischen den Dünen hindurch, und im fleißigen Trab. In der Oase durften die beiden Zugpferde rasten und saufen, bevor es im Morgengrauen auf den Markt ging.

Alina und ihre Kinder waren nicht die Einzigen, die zu dieser Zeit ins Dorf kamen. Die örtlichen Geschäfte mit Gebrauchsgegenständen, Werkzeugen und allem, was man so zum häuslichen Handwerk brauchte, hatten bereits geöffnet. Ebenso die kleine Schänke mit Tischen und Bänken draußen, daneben öffneten soeben Bäcker und Fleischhauer die Auslagen. Dazu der Schuhmacher, der Barbier und noch ein paar andere, die ebenfalls ihr Auskommen fanden und nicht in die Stadt umziehen wollten, wo die Konkurrenz groß war.

Ezemdar, der Magier und Heiler, hielt seine Sprechstunde für die einfachen Wehwehchen wie gewohnt gleich bei der Schänke. Die größeren und intimeren Untersuchungen führte er nachmittags im ersten Stock in seiner Stube durch, wo er allerlei medizinische Gerätschaften hatte und nahezu jeder Leidende Hilfe fand.

Alina nickte ihm lächelnd zu, als sein Blick zufällig ihrem begegnete. Er war ein großer, schlanker Mann mit langen grauen Haaren, weißem Spitzbart, einem auffälligen, bunten Hut und einem Zwicker auf der Nase. Sie würde sich später in der Reihe anstellen, um einige Kräuter und Essenzen zu kaufen, nachdem sie ihre anderen Besorgungen erledigt hatte. Um alles verstauen zu können, zog sie einen kleinen Handkarren hinter sich her, den sie nun in die Obhut der beiden Kinder gab.

Auf dem Weg zur Schänke hielt Alina inne und sah sich um. Sie hatte kurzzeitig den Eindruck gehabt, als ob der Himmel geflackert hätte. Sie warf einen Blick nach oben, doch der Siebenstern leuchtete unvermindert. Viele Legenden rankten sich um seine Entstehung, ebenso um die Heilung des dritten Mondes, der einst in der Titanenschlacht zerbrochen war – der schimmernde Perlmond, der auch des Tages sichtbar seine Bahn über den Himmel zog.

War vielleicht ein Riesenvogel vor die Sonne geflogen und hatte einen Schatten geworfen? Manche verwiesen die gewaltigen Donnervögel ins Reich der Fabelwesen, doch Alina war überzeugt, dass es sie jenseits der Grenzen noch gab, ebenso wie die Alten Völker. So, wie Ishgalad für die Völker dort draußen vermutlich ein verwunschenes Reich voller Legenden war und sicherlich nicht alle daran glauben mochten, wie viel Leben es hier gab.

Hanik machte sich über sie lustig, wenn Alina darüber nachsinnierte, wie es wohl wäre, den Weg durch die Wüste zu wagen, die Grenze zu überschreiten und die anderen Länder zu besuchen. »Typisch Städterin, solche Flausen!« Ein wenig Angst schwang dabei auch mit, ob Alina nicht eines Tages ernst machen würde. Sie war tatkräftig und wenn sie sich einmal zu etwas entschlossen hatte, setzte sie es zumeist auch in die Tat um.

Der Moment verging, der Himmel strahlte sanft violett wie zuvor. Alina unternahm ihre Besorgungen, gefolgt von den beiden Kleinen, die sich wieder einmal darum stritten, wer mit dem Ziehen des Karrens an der Reihe war.

Midik kaute und lutschte an einer Süßholzwurzel und war mit sich und der Welt zufrieden.

»Alina die Strahlende!«, begrüßte Ezemdar sie, der gerade Pause machte bei einem Dünnbier. »Es ist stets eine Freude, die schönste Blume ringsum zu sehen.«

»Meister Ezemdar, Ihr sollt mir doch nicht schmeicheln«, gab sie lachend und ein wenig verlegen zurück.

Er wies auf den leeren Platz sich gegenüber. »Was benötigst du heute, mein Kind?«

»Ich habe eine Liste zusammengestellt«, antwortete sie. »Es ist diesmal ein bisschen mehr, weil ich einige Vorräte anlegen möchte. Die Stürme des Achten Mondes nahen bald und vielleicht müssen wir uns verschanzen.« Sie reichte dem Magier ein verknittertes Blatt, der es entgegennahm und studierte.

»Ich denke, ich habe alles hier unten bei mir«, meinte er und zeigte auf seine prall gefüllten Taschen, die neben der Bank standen. Dann sah er auf und runzelte die Stirn, wies Richtung Wüste. »Sieht fast so aus, als ob der erste Sturm schon naht …«

»Das ist die Staubwolke einer Karawane«, bemerkte der Dorfschulze, der soeben mit einem gefüllten Krug aus dem Haus zu ihnen herüberkam.

»Nein«, sagte Ezemdar, dessen scharfer magischer Blick fast so weit reichte wie der eines Falken. »Das ist etwas anderes.« Seine Brauen zogen sich düster zusammen. »Es wäre gut, die Dorfwache zu rufen. Und die Leute sollen in ihre Häuser gehen. Alle, die hier nicht ansässig sind, sollen sich sofort auf den Weg nach Hause machen. – Du nicht, Alina«, fügte er hastig hinzu und hielt sie am Arm fest. »Dein Weg führt genau in diese Richtung. Nimm deine Kinder und geh in meine Kammer hinauf, sie ist offen.«

»Ist das wirklich erforderlich?«, fragte der Dorfschulze kritisch. »Und nicht ein wenig übertrieben?«

»Ganz genau«, mischte sich der Wirt ein. »Ishgalad ist friedlich. Meine Familie führt diese Taverne schon seit einhundertfünfzig Jahren und es gab niemals einen Überfall. Manchmal einen randalierenden Betrunkenen, eine kleine Schlägerei … aber mehr nie. Warum sollte sich das jetzt ändern?«

»Warum, das weiß ich nicht – aber es *ändert* sich«, erwiderte Ezemdar streng. Er hob die Arme und ging zur Mitte des Platzes. »Hört her, Leute!«, rief er mit weithin schallender Stimme. »Legt sofort alle Arbeit nieder, schließt die Geschäfte, geht nach Hause! Wer nicht hier wohnt, verlässt das Dorf! Der Markt ist geschlossen. Fremde kommen, die uns nichts Gutes wollen.«

Die Leute hielten irritiert in ihren Unternehmungen inne und starrten zu dem Dorfzauberer. Niemand war gewillt, der Aufforderung umgehend Folge zu leisten. Manche schüttelten lediglich den Kopf und gingen einfach weiter, andere schwankten verunsichert.

»Meister Ezemdar …« Alina winkte den Kindern, zu ihr zu kommen. »Seid Ihr sicher …«

Der Magier musterte sie irritiert. Dann hob er den Arm und deutete zu den Dünen. »Sieh selbst«, sagte er. Er wandte sich den Menschen zu, die weiterhin verharrten und sich immer noch nicht entschieden hatten, was sie tun sollten. »Es spielt keine Rolle mehr! Es ist zu spät.« Er kehrte zum Tisch zurück, ließ sich auf der Bank nieder und vergrub den Kopf in den Händen. »Ich habe es zu spät gesehen. Ich habe versagt.«

»Wie viel Bier habt Ihr denn bis jetzt getrunken?«, keifte der Dorfschulze, dann musste er husten, weil eine Staubwolke ihn einhüllte.

Sie waren da.

Zwanzig Reiter. Dreißig. Oder noch mehr. In schweren Rüstungen, die Visiere der Helme geschlossen. Sie stürmten in vollem Galopp ins Dorf, direkt zum Platz, und verteilten sich dort. Es war zu spät, zu fliehen. Alina packte ihre Kinder und presste sie an sich. Ihre Blicke irrten umher, doch jeder Weg war versperrt. Die Männer saßen ab, zogen Äxte, Schwerter und Morgensterne. Innerhalb weniger Herzschläge war der gesamte Platz vollständig abgeriegelt. Und nicht nur das, weitere Reiter trafen ein, die absaßen und die Gebäude erstürmten. Wer sich in die Läden oder Häuser zurückgezogen hatte, wurde herausgezerrt und auf dem Platz zusammengetrieben.

Dies alles ging so schnell und völlig wortlos vor sich, dass es gespenstisch war. Fast hätte Alina geglaubt, dass ihre Augen sie trogen und all das nur in ihrer Einbildung geschah, als auch sie plötzlich gepackt und zur Dorfmitte geschubst wurde.

Die älteren Kinder fingen an zu weinen, Midik schaute mit großen Augen. »Seid still«, flüsterte Alina ängstlich. Es war so unwirklich. Der Staub legte sich im Niedersinken über alles und färbte es grau, wie Asche.

Die Menschen wagten nicht zu fragen, was vor sich ging. Ezemdar hatte sich nicht gerührt, lautlos bewegten sich seine Lippen.

Die Angreifer standen nun ebenfalls still. Der eine oder andere mochte entkommen sein, doch das schien sie nicht weiter zu kümmern. Der überwiegende Teil der Einwohner war versammelt.

Worauf warten sie?, dachte Alina und gab sich die Antwort gleich selbst: *Auf den Anführer natürlich.*

Aber warum sagte der Dorfschulze nichts? Wies diese Leute nicht ordentlich zurecht? Es war seine Aufgabe! Doch er starrte nur den Magier an, der wohl weiterhin versuchte, einen Zauber zu weben. Seine Lippen bewegten sich immer noch. Alina spürte, wie sich die Luft knisternd auflud, und beruhigte sich. Das waren die magischen Energien, die der Magier für seinen Zauber benutzte. Alina kannte das von früheren Begebenheiten, wenn Ezemdar bei den Dorffesten den Kindern eine Freude machte. Bestimmt würde gleich alles gut. Ezemdar würde seinen Schutz aussprechen und die Reiter mussten wieder abziehen.

Hufgeklapper erklang, und ein Karren holperte heran. Bei der Schänke hielt er an und der Kutscher sowie zwei Gehilfen machten sich daran, Fässer auszuladen und diese in die Gaststube zu rollen. Einer der Soldaten wies dem Wirt den Weg mit dem Schwert, der furchtsam gehorchte. Weiterhin wurde kein Wort gesprochen; auch die Dörfler wagten es nicht, den Mund aufzumachen, sodass jedes Geräusch, wie etwa die Schritte der Männer, das Schnauben eines Pferdes oder die Schleifgeräusche der Fässer, geradezu schmerzhaft in den Ohren dröhnte.

Doch bald verstummten auch diese Laute, sogar die Pferde standen jetzt still und warteten ab.

Wann zeigte Ezemdars Zauber endlich Wirkung? Alina sah voller Besorgnis, wie grau sein Gesicht geworden war, die Lider flatterten. Ihre Hoffnung, dass der Dorfmagier sie schützen könnte, schwand dahin. Dabei lud sich die Luft immer noch mehr auf. Obwohl die Mittagshitze noch nicht erreicht war, flirrte die Luft und es knisterte nun in Alinas Haaren, die sich keck unter der Haube hervorgewagt hatten.

Sie fuhr zusammen, als ein weiteres Hufklappern erklang. Ein einzelner Reiter, der langsam auf dem Hauptweg einritt.

Er sah aus wie ein Mensch, trug keinen Helm, jedoch einen blutroten Umhang. Erst jetzt fiel Alina das Symbol auf den Wappenhemden der Soldaten auf – ein blutrotes Auge auf schwarzem Grund mit einem senkrecht stehenden schwarzen Dolch als Pupille. Auf dem Umhang war es umgekehrt abgebildet und sah dadurch noch bedrohlicher aus.

Alinas Herz krampfte sich zusammen. Wie konnte etwas so sehr in den Frieden einbrechen? Ishgalad wurde von hunderten Magier geschützt! Und … warum hier, in diesem unbedeutenden Dorf am Rande der Wüste? Es gab keine Reichtümer zu holen, weder Gold noch Juwelen.

Der Anführer stieg ab und schritt in die Mitte des Dorfplatzes. »Guten Tag, ihr braven Bürger!«, erklang seine weit tragende Stimme, obwohl er nicht laut sprach. Alina zuckte unter dem scharfen Klang zusammen. »Mein Name ist Hagan Tar. Ich bin Heermeister des neuen Herrn von Ishgalad, Hatar Stygan des Großmächtigen. Das ist gewiss eine Überraschung für euch und vielleicht wollt ihr das auch nicht glauben. Deswegen werde ich euch in einer kleinen Demonstration vorführen, dass es sich ganz und gar nicht um einen Scherz handelt.«

Er winkte zwei Männer heran und wies auf Ezemdar. »Mein guter Dorfmagier, deine Versuche sind fruchtlos. Wir sind gut vorbereitet. Deine Sprüche sind wirkungslos gegen den Schattentrank. Alles ist wirkungslos, es sei denn, der Befehl käme von Hatar Stygan persönlich. Er hat einen viel besseren Schutz für euch gewoben. Ihr werdet es bald erfahren.«

»Lasst mich los!«, rief Ezemdar, als die Soldaten seine Hände fesselten, ihn in die Mitte nahmen und zu dem Karren abführten. Er setzte sich zur Wehr, doch sie zwangen ihn unerbittlich, hinaufzuklettern.

Derweil schleppte der Wirt zusammen mit seinem Gesinde jede Menge Krüge und Gläser heran, in denen eine Flüssigkeit schwappte, und stellten sie auf den Bänken ab. Weitere Soldaten trugen Tische und Stühle vom Rand und stapelten sie nur wenige Schritte von Hagan Tar entfernt zu einem großen Haufen. Außerdem holten sie aus den Ställen Stroh und Reisig und schichteten es darunter.

»Was hat das alles zu bedeuten?«, erklang die zittrige

Stimme des Dorfschulzen. »Wenn Ihr uns bestehlen wollt, dann holt es Euch einfach, wir sind friedlich.« Die Dorfwache hatte keine Gelegenheit mehr bekommen, zu den Waffen zu greifen – sie stand wehrlos zwischen den anderen.

»Wir wollen euch doch nicht bestehlen, mein Bester«, wiegelte Hagan Tar ab. »Im Gegenteil, wir wollen euch etwas geben! Der Wirt bringt es gerade heran. Keine Sorge, es ist genug für euch alle da!«

»Wir brauchen nichts.« Der Dorfschulze redete sich allmählich in Wut. »Nehmt euch alles und verschwindet!«

»Das bringt mich gleich zu einem wichtigen Punkt meiner Ausführungen, vielen Dank!« Auf Hagan Tars Wink hin setzten zwei Soldaten den aufgeschichteten Haufen in Brand.

Die Menschen wollten zurückweichen, wurden jedoch daran gehindert. Das trockene Holz entzündete sich rasch, die Flammen schlugen hoch, Hitze breitete sich aus. Der Wirt blickte zugleich ängstlich und wütend, schleppte aber gehorsam weiterhin Krüge und Gläser. Ezemdar versuchte vom Karren zu springen und wurde daraufhin festgekettet.

Alina war dabei, sich unauffällig Schritt für Schritt rückwärts mit den Kindern aus dem Kreis zu entfernen, durch eine kleine Lücke zwischen den Bänken, doch sie bewirkte das Gegenteil.

Hagan Tar richtete seine Aufmerksamkeit auf sie. »Ah, bestens, eine junge Mutter – komm ruhig näher, meine Liebe. Sind das deine Sprösslinge? Wir werden uns gut um sie kümmern.«

Alina presste ihre Kleinen an sich. »N-niemand nimmt mir meine Kinder weg«, stotterte sie.

»Und damit sind wir schon mittendrin!«, freute sich Hagan Tar. »Das ist eine völlig falsche Einstellung. Nur Veränderungen bringen uns weiter.«

»Wir brauchen keine Veränderungen!«, rief Ezemdar vom Karren und wurde dafür geknebelt.

»Mein lieber Dorfmagier, für dich gilt das auch nicht. Du wirst genau das tun, was du immer tust, nur nicht mehr für ein Dorf allein, sondern für das ganze Reich. Ach, das ist ja doch eine Veränderung - zum Besseren! Und ehrenvoller ist es auch.« Hagan Tar lachte hart und laut. »Daraus besteht das Leben: Veränderung! Und Trennung. Beides geschieht an jedem einzelnen Tag, nur meistens ist uns das nicht bewusst.«

Er wanderte langsam um das Feuer. »Unser ganzes Leben lang trennen wir uns von Dingen, die wir nicht mehr benötigen. Das ist erforderlich, damit Platz für Neues geschaffen wird - für Besseres.« Er nahm die beiden kostbaren Beutel des Dorfmagiers und warf sie ins Feuer. Starker Rauch entwickelte sich und ein seltsam würziger, zugleich berauschender Geruch breitete sich aus.

»Es sind nicht immer Hilfsmittel notwendig. Und manchmal sind die Dinge einfach veraltet und man klammert sich aus purer Gewohnheit daran.«

Einige Soldaten brachten Schusterleisten, Werkzeuge, Stoffe und vieles mehr aus den Läden und vom Markt heran und warfen es ins gierig züngelnde und freudig auflodernde Feuer.

Die Leute schwankten, stöhnten, etliche hielten sich die Hände vor den Mund. Von vielen ging die Existenz in Flammen auf.

Hagan Tar sprach seelenruhig weiter. »Und manchmal müssen wir uns auch von etwas trennen, das uns allzu lieb und teuer, aber vollkommen nutzlos ist.«

Er griff in Alinas Trageschlaufe, packte den kleinen Midik und riss ihn heraus, brach ihm mit einer beiläufigen, furchtbaren Bewegung das Genick und warf ihn ebenfalls ins Feuer.

»Und *jetzt*«, donnerte seine Stimme über den Platz, »*trinkt!*«

Tesfayé ritt die ganze Nacht hindurch. Er war so voller Angst, dass er selbst in den kurzen Phasen, wenn er das Pferd langsamer gehen lassen musste, nicht dazu in der Lage war, über die Geschehnisse nachzudenken. Dafür sah er sich umso häufiger um, ob sie ihm schon auf den Fersen waren.

Es ging Richtung Nordosten. Ungefähr auf halbem Wege zwischen der Umschließenden See und dem Sandmeer sollte sich ein Ort befinden, von dem nur noch die hochrangigsten Magier Kenntnis hatten. An diesem Ort sollte es möglich sein, aus dem Land zu gelangen und Hilfe zu holen.

Tesfayé hoffte, dass alles so wie angekündigt war und nicht nur ein Mythos. Er konnte sich die Tatsache schwerlich vorstellen - allerdings hatte er Iskundar nie in dieser Richtung verlassen. Wozu auch? Es gab keinen Grund, ins Sandmeer zu reisen, wo sich Märchen und Wirklichkeit mischten und man von Sonne und Schattenlosigkeit verrückt wurde. Auch das Meer reizte ihn nicht, da es voller Strudel und Untiefen sein sollte. Und als Wüstengeborener war man im Umgang mit Wasser ohnehin sehr vorsichtig. Manche behaupteten eisern, es wäre möglich, die Wüste zu durchqueren und ihr Ende lebend zu erreichen - doch war nie einer zurückgekehrt, um davon zu erzählen. Natürlich, sagten andere, wer wollte denn schon diese Strapazen noch einmal durchmachen, nur um den Zurückgebliebenen eine Geschichte aufzutischen, die ihnen sowieso keiner glaubte?

Am Morgen kam er weisungsgemäß an einer kleinen Oase an, die aus einem Wasserloch, einer Palme und zwei Ölbäumen bestand. Tesfayé war erleichtert, auf dem richtigen Weg zu sein. Das Pferd soff ausgiebig und mümmelte dann an dem Gras, das rund um das Wasserloch wuchs. Der junge Mann schöpfte ebenfalls Wasser, trank und wusch sich, pflückte Ölfrüchte, die in Reichweite waren, und holte sich Datteln und andere Trockenfrüchte sowie Dörrfleisch aus dem Vorrat. Anschließend legte er sich unter der Palme schlafen. Die Sorge, dass er vor Angst und Aufregung keinen Schlummer finden würde, begründete sich nicht - er war sofort weg und erwachte erst am Nachmittag wieder. Sehr erschrocken fuhr er hoch und stellte fest, dass zumindest das Pferd noch da war. Eilig füllte er den Wasservorrat auf, sattelte den treuen Begleiter und machte sich weiter auf den Weg. Die Luft war heiß, aber die Sonne schickte nur noch schräge, abgemilderte Strahlen, und das Pferd lief fleißig voran.

Schließlich erreichte Tesfayé eine Wegkreuzung und wusste nicht weiter. Mehr nach Norden oder Nordosten? Und wie sollte er überhaupt einen geheimnisvollen Ort finden, der nicht jedem zugänglich war?

Das Pferd trippelte unruhig, während Tesfayé grübelte und sich nicht entscheiden wollte. Endlich setzte sein bodenständiger Verstand ein: *Du bist Magier. Der Weg ist magisch. Du bist von Magiern beauftragt – also setze deine Kräfte ein!*

»Hoppla«, stellte er fest. »Wie scharfsinnig von mir.«

Er konzentrierte sich und murmelte einen *Finde*-Spruch, der durch magische Sicht den Weg anzeigen sollte. Da es Tesfayé an Orientierungssinn mangelte und er sich vor allem am Anfang in der Universität häufig verlaufen hatte, hatte er sich bei dieser Übung stets viel Mühe gegeben und deswegen ausgezeichnete Noten erhalten.

Seine Sichtweise verschob sich schon nach wenigen Augenblicken in die magische Ebene, in der sich die Farben, aber auch die Randschärfen veränderten, und da sah er das funkelnde Band. Wahrscheinlich hatte Meister Yesh noch selbst den Weg für seinen Adepten angelegt.

Er trieb das Pferd an und weiter ging es. Wichtig war es, dass er in der Konzentration niemals nachließ. Inzwischen befand er sich schon so tief in der Wüste, dass es keinerlei Orientierungspunkte mehr gab. Die Dünenhügel veränderten sich ständig, es wuchs kein Baum, kein Strauch mehr, es gab keine auffälligen Erhebungen. Alles sah ringsum genau gleich aus. Der Sonnenstand gab die Richtung auch nur ungefähr vor. Selbst der unbedarfte Tesfayé wusste, dass die geringste Abweichung zwischen Leben und Tod entschied.

Die Nacht brach herein. Ishtrus Träne, Schutzstern aller Reisenden, leuchtete am Himmel auf, doch Tesfayé wollte angesichts der Umstände lieber den Trost des Siebensterns empfangen.

Der Siebenstern flackerte.

Und der aufgehende Perlmond erschien seltsam blass.

Es ging weiter! Hatar Stygans Macht weitete sich aus!

Die Angst kehrte zurück. Die Richtung wurde zwar weiterhin angezeigt - aber wie weit war es noch? Und gab es dazwischen ein anderes Wasserloch, oder musste er ohne Pause durchreiten?

Vor allem wusste er nicht, wonach genau er Ausschau halten sollte. Die Angaben waren sehr vage ... etwas wie ein Haus? Jedenfalls war von Holz die Rede gewesen. Und das mitten in der Wüste ... vor oder schon im Sandmeer?

Tesfayé blieb weiterhin wachsam und sah sich immer wieder um. Doch niemand verfolgte ihn - eventuell hatten sie Glück und Hagan Tar war es entgangen, dass ein Magier entkommen war.

Ich sehe zu schwarz. Vielleicht haben der Dekan und die anderen die Universität erfolgreich verteidigt und dieser unheimliche Hatar Stygan ist bereits im Vorfeld gescheitert.

Das Pferd schnaubte und prustete, als wolle es ihn auslachen. Wollte er das ernsthaft glauben? Die Zeichen am Himmel waren unübersehbar! Und ein Überfall wie dieser war von langer Hand geplant worden, nicht aus einer Laune heraus. Hatar Stygan musste über besondere magische Fähigkeiten verfügen, sonst würde er es niemals wagen, sich mit den Magiern Ishgalads anzulegen.

Oder ... war er am Ende gar ein Mächtiger?

Also das ist wirklich ausgeschlossen. Die Barrieren verhindern das. Und in Ishgalad leben fast nur Menschen, kein Mächtiger könnte hier entstehen.

Beruhigend war es dennoch nicht.

Wind kam auf und ließ den jungen Mann frösteln. Es war ohnehin schon sehr kühl, im Gegensatz zum heißen Tag. Tesfayé war nicht darauf vorbereitet gewesen, hatte keine passende Kleidung dafür. Allmählich begriff er, warum niemand in die Wüste hinaus wollte. Außerdem erschöpfte ihn die magische Sicht zusehends und auch das Pferd trottete nur noch mit müde hängendem Kopf dahin.

Erneut flackerte der Siebenstern. Ab und zu blitzte es am nächtlich dunklen Himmel, wie ein Wetterleuchten, so schien es, doch es war unheilvoll. Tesfayé fuhr zusammen, als er bei einem weiteren Blick nach oben das Gefühl hatte, inmitten der Leuchterscheinung eine riesige menschenähnliche Gestalt zu sehen. Es war so kurz gewesen, dass er seinem magischen Blick nicht mehr traute und die Täuschung auf seine Müdigkeit schob.

Trotzdem brannte sich dieses Bild ein und er fror nun heftig. *Es ist alles wahr!*, dachte er. *Ich muss es schaffen … ich muss es finden …*

Er zwang das Pferd weiter, nur weiter. Die Nacht neigte sich dem Ende zu, der Himmel wurde an der Horizontlinie blass. Der Wind nahm immer mehr zu und blies Tesfayé Sand ins Gesicht. Er musste einen Streifen Stoff aus seiner Tunika reißen, um ihn als Schutz um den Kopf zu wickeln und vor Mund und Nase zu ziehen. Das Pferd keuchte und stöhnte und blieb schließlich stehen. Tesfayé sprang herunter und streichelte es. »Mein armer Freund, ich habe dich zuschanden geritten«, machte er sich bittere Vorwürfe.

Aber das war es gar nicht. Immer mehr Sand wirbelte der Wind herbei, der sich an dem Tier festsetzte, es einhüllte, in seine Nüstern drang. Das war nicht natürlich. Tesfayé schrie auf und versuchte, den Sand herunterzuwischen, aus den Nüstern zu blasen, mit Wasser auszuspülen. Er wandte mehrere Sprüche an, die befreiende Wirkung erzeugen sollten, doch sie nützten nichts. Die Sandkruste wurde immer dicker. Das Pferd stieß einen gequälten Laut aus und fiel zur Seite, wie eine Statue, die gestürzt wurde. Es war wie eingemauert, nicht mehr in der Lage sich zu bewegen, und erstickte qualvoll. Der junge Mann konnte ihm nicht helfen, so sehr er sich bemühte.

»Nein!«, jammerte Tesfayé. »Was geht hier vor sich?« Auch

an ihm versuchte der Sand zu haften, doch als Magier verfügte er über einen besonderen, automatischen Selbstschutz, der Schlimmeres verhinderte.

Seine magische Sicht trübte sich zusehends ein, der Weg wurde undeutlicher. Schluchzend nahm der junge Mann die Packtaschen ab, warf sie sich über und ging zu Fuß weiter. Das Pferd lag bereits unter einem Sandhügel begraben und war nicht mehr zu erkennen.

Die Sonne ging auf und schimmerte bleich durch die Sandwolken. Der Wind blies Tesfayé immer stärker entgegen, er musste sich regelrecht dagegenstemmen, um weiterzukommen. Halb kroch er schon auf allen vieren, um überhaupt mehr Schritte vorwärts als rückwärts zu schaffen.

Die Hoffnung, dass es besser würde, erfüllte sich nicht. Im Gegenteil. Ein Unwetter zog auf, kündigte sich durch fernes Donnern an. Immer mehr Blitze zuckten über den Himmel, schaurige Schemen bildeten sich bei den grellen Leuchterscheinungen zwischen den sich auftürmenden Wolken ab.

Ihr Götter … Lúvenor, unser Schöpfer und Schützer … bitte helft mir weiter auf meinem Weg …

Ein sinnloser Wunsch, da Götter sich nach Abschluss der Schöpfung niemals in weltliche Angelegenheiten einmischen durften. Aber war dieses Gesetz wirklich so unumstößlich und eindeutig? Gab es gar kein Hintertürchen, wie sonst auch? Bestimmt fanden sich Möglichkeiten, auch dieses Gesetz zu dehnen! Und gerade Götter waren sicherlich darin erfahren.

Ich flehe euch an!

Wie als Antwort erschütterte ein so heftiger Donnerschlag den Himmel, dass Tesfayé sich zu Boden warf und vor Angst schrie. Zwischen den dahinrasenden Wolkenbergen sah er den Siebenstern flackern … und *erlöschen*. Für zwei, drei flatternde Herzschläge, dann flammte er wieder auf wie eine Kerze, die gerade noch einen Funken vor dem endgültigen Verlöschen bewahrt hatte und den kurzen Moment der Stille nutzte.

Und dann sah er in dem grellen Wetterleuchten und den

tausenden Blitzen erneut einen riesigen dunklen Schatten, mit einem flatternden Umhang, oder waren es Flügel … und er hörte schwere Schritte.

Tesfayé wusste nun, es gab kein Zurück mehr. Nicht nur, dass er niemals den Heimweg finden könnte, der Sturm würde ihn auch so bald töten. Es war geschehen, der Erbe des Schattenwebers war gekommen und er verlangte Zutritt zu der Welt.

Den Hatar Stygan ihm wohl verschaffen wollte. Als Anker! Tesfayé hatte darüber in den Historien gelesen, die sich mit dem Schwarzen Annatai beschäftigt hatten, und zweifelte ab jetzt keinen Augenblick mehr daran. Nun begriff er die Zusammenhänge und wie Tar'meso sich Zugang zu Waldsee verschaffen wollte. Und vor allem musste er einsehen, dass Hatar Stygan tatsächlich ein Mächtiger sein musste, kein anderer könnte als Anker wirken. Nicht einmal die Höchsten der Magier hatten bemerkt, dass in Ishgalad das Böse heranwuchs. Es war in aller Stille und Heimlichkeit und mit einer sehr guten Vorbereitung geschehen. Über alle Barrieren hinweg.

Aber wenn Hatar Stygan kein Mensch ist, wie sollen wir ihn besiegen? Gegen Mächtige können wir menschliche Magier doch nicht bestehen …

Deshalb, flüsterte eine andere Stimme in ihm, *sollst du ja Halrid Falkon finden und um Hilfe bitten!*

Und den Drachen. Ja. Niemand war mächtiger als diese beiden auf Waldsee, so stand es geschrieben.

Wie dieses gesamte Wissen in die Bücher gelangen konnte, wusste Tesfayé nicht. Anscheinend gab es trotz der Isolation Möglichkeiten, sich über die Welt hinter der magischen Mauer zu informieren. Auf welche Weise, das war wohl nur den Allerhöchsten vorbehalten zu wissen. Meister Yesh jedenfalls hatte auf diesbezügliche Fragen stets kurz angebunden reagiert.

Völlig egal! Ihm blieb nicht mehr viel Zeit. Er rappelte sich auf und kroch weiter, kämpfte gegen den wachsenden Widerstand an, wollte nicht aufgeben. Das Pferd sollte nicht umsonst so elend krepiert sein, der Dekan und alle anderen nicht vergeblich ihre Hoffnungen in ihn gesetzt haben. Er kam hier nicht mehr lebend heraus, dessen war er sich deutlich bewusst, und seltsamerweise hatte er gar keine Furcht davor – aber vorher wollte er den Auftrag erfüllen und den Notruf absenden. Das war seine einzige Angst, dass ihm das nicht gelänge und er alle enttäuschte.

Immer wieder rutschte er in den Sand zurück, versuchte vergeblich sich hineinzukrallen, irgendwie einen Halt zu finden. Fing schließlich an, den Sand wegzuschaufeln, sich hindurchzugraben ... bis er plötzlich auf festen Widerstand traf.

Was war das? Gab es hier etwa ... eine Straße? Hastig schleuderte Tesfayé den Sand beiseite, buddelte und grub so schnell, dass er tatsächlich für einen Augenblick den Boden unter sich freilegte.

Er blickte auf den Ausschnitt eines schweren, glatten Quadersteins, dessen Oberfläche mattgolden schimmerte. Hysterisch lachte er auf. »Danke, ihr Götter! Es gibt sie noch! Die Freie Straße!«

Die Freien Straßen waren neutral, einst hatten sie alle Vier Königreiche verbunden. Wer sich auf ihnen befand, reiste in Frieden und durfte nicht angegriffen werden. Dies hier musste der Überrest jener Freien Straße sein, die einst Ishgalad mit Nerovia verbunden hatte!

Tesfayé stemmte sich hoch, mit tränen- und sandverkrusteten Augen blickte er nach oben. »Das Gesetz gilt immer noch!«, schrie er. »Ich darf nicht angegriffen werden! Du kannst mich nicht aufhalten!«

Das war nur leeres Gerede, denn ganz sicher interessierte sich der riesige Schemen dort oben nicht im Geringsten für einen winzigen sterblichen Menschen, der mühsam wie ein Käfer dahinkrabbelte und wie ein Mäuschen piepste, sondern war vielmehr dabei, die Götter anzugreifen, oder den Schutzwall des Siebensterns, oder beides. Doch der Ausbruch tat Tesfayé gut, es war ein Trost für ihn, denn er wusste, er war auf dem richtigen Weg. Und er wagte es, sich gegen einen übermächtigen Feind zu stellen!

Nun blieb nur noch zu hoffen, dass er nicht mehr allzu weit kriechen musste.

Für Meister Yesh. Für das arme Pferd. Für die Gelehrten, für Iskundar und ganz Ishgalad. Alles liegt an mir. Ich muss es schaffen …

Er kam noch langsamer vorwärts als vorher, da er darauf bedacht sein musste, die Freie Straße nicht zu verlassen, andernfalls besaß er gar keinen Schutz mehr. Wenigstens wusste er endlich, wonach er suchte.

Er benötigte daher die kräfteraubende magische Sicht nicht mehr und beendete die Konzentration darauf. Sofort veränderte sich die Welt, wurde trister und grauer und sehr viel trüber.

Der Sturm brauste wütend gegen ihn an, doch der Schutz der Freien Straße wirkte auch in Ishgalad noch, obwohl die Verbindung zu den anderen Straßen abgerissen war und sie halb verschüttet lag. Tesfayé wurde zwar durchgeschüttelt und der Sand prasselte gegen ihn, aber der junge Mann konnte nicht mehr aufgehalten werden. *Ich danke dir, Lúvenor.*

Das machte ihm Mut und verlieh ihm neue Kräfte. Eifrig grub er sich vorwärts durch den Sand und fühlte sich sogleich beschwingter, sobald er die matt schimmernden Platten berührte. Auf einmal hatte er das Gefühl, als käme er jetzt sehr viel schneller vorwärts als normal.

Bring mich zum Ziel, dachte er intensiv. *Bring mich zum Freien Haus.*

Alina kam in der Abenddämmerung wieder zu sich. Bereits in dem Moment, als sie das entsetzliche, trockene Knacksen gehört hatte, das Brechen der zarten Nackenwirbel ihres Säuglings, war sie ohnmächtig geworden.

Man hatte sie einfach liegengelassen. Warum Hagan Tar sie nicht getötet oder ihr den Trank zwangsweise eingeflößt hatte, konnte Alina sich nicht erklären. Vielleicht wollte er es später nachholen. Vielleicht war es aber auch seine Art der Bestrafung - oder einfach nur Freude an der Folter.

Sie wäre lieber tot gewesen. Für einen Moment schwankte sie, liegenzubleiben, bis das Leben aus ihr wich, doch der Wille war zu stark. Wo waren die beiden älteren Kinder? Midik war nicht mehr zu helfen, aber möglicherweise lebten seine Geschwister noch. Sie kämpfte sich auf die Beine, taumelte über den verlassenen Marktplatz. Zuerst mit brüchiger, dann zusehends verzweifelter klingenden Stimme rief Alina nach ihren Kindern.

Ein Windstoß riss ihr die Worte von den Lippen und zerstreute sie. Am Himmel zogen Wolken auf und kündigten einen nahenden Sturm an. Erneut sah Alina den Siebenstern flackern und war diesmal überzeugt, keiner Sinnestäuschung erlegen zu sein. Dort oben in den Sphären bahnte sich etwas an. Das hatte sicherlich mit diesem Eroberer Hatar Stygan zu tun. Griff er den Schutz an? War er ein neuer Gott?

Der zunehmende Wind ließ es nicht zu, dass sie weiter nach ihren Kindern rief, ihre Stimme konnte das Brausen nicht mehr übertönen. Alina sah sich um, wo sollte sie zuerst nach ihnen suchen - waren sie denn überhaupt noch hier? Oder waren sie abtransportiert worden, so wie der Dorfmagier?

War das gesamte Dorf verlassen und nur noch sie allein hier?

Hanik.

Was war mit ihrem Mann geschehen? Würde er jeden Moment eintreffen, auf der Suche nach ihr, weil er sie zu Hause nicht angetroffen hatte - oder war auch er Hagan Tars Opfer geworden?

Alina kam mehr und mehr zu der Überzeugung, dass Hagan Tar sie absichtlich liegengelassen hatte, um sie leiden zu lassen. Sie hatte in seinen eiskalten, wasserblauen Augen die Freude an der Grausamkeit gesehen, in jenem Moment, bevor er ihr das Kind aus den Armen gerissen hatte.

Er brauchte sie nicht zu fürchten, mit ihren zierlichen Händen konnte sie gerade eine Harke, aber kein Schwert halten, geschweige denn schwingen. Falls sie es überhaupt fertigbrachte zu kämpfen, da sie viel zu sanftmütig dafür war. Oder lag es in seiner Absicht, dass sie verrückt wurde und von Dorf zu Dorf zog, um die Leute zu erschrecken und dazu zu bringen, unverzüglich ohne Widerstand dem Schergen des Eroberers zu gehorchen, um nicht ebenso zu enden wie sie?

Alina ging auf die Taverne zu, es war möglich, dass sich die beiden Kleinen dort versteckt hielten und darauf warteten, dass ihre Mutter sie befreite.

Es wurde rasch dunkler – und das Versiegen des Tageslichts brachte die Dorfbewohner zurück.

Alina fuhr herum, als sie das Quietschen einer Türangel hörte.

Dann das einer weiteren, und schließlich von vielen. Zuerst wollte sie erleichtert rufen, als sie die vertrauten Gestalten aus den Häusern und Geschäften kommen sah, doch die Worte blieben ihr in der Kehle stecken und ihre Augen weiteten sich vor Entsetzen.

Sie sahen aus wie die Menschen, die sie kannte, doch sie schienen nur noch leere Hüllen zu sein. Gespenster, die ihre Stofflichkeit noch nicht verloren hatten, aber auf dem besten Wege dazu waren. Alles war grau an ihnen, die Kleidung, die Haut, die mit einem seltsamen Spinnwebmuster überzogen schien, die Augen waren blass, leer und stumpf. Langsam schlurften sie dahin, die einen zur Mitte des Marktplatzes, die anderen wandten sich irgendwelchen Beschäftigungen zu, die für Alina nicht sofort Sinn ergaben.

Was ihr jedoch auffiel – es waren keine Jünglinge ab fünfzehn Jahren und erwachsene Männer bis Fünfzig mehr zu sehen. Hagan Tar hatte sie wohl zum Dienst an der Waffe mitgenommen.

Sie wandte sich denjenigen zu, die sich in der Dorfmitte versammelten, lief zu ihnen, versuchte mit ihnen zu reden. Sie starrten an ihr vorbei ins Leere, reagierten auch auf keine Berührungen, kein Rütteln, nicht einmal Ohrfeigen. Vielmehr schoben sie Alina beiseite, um sich im Kreis aufzustellen und an den Händen zu ergreifen. Der eine oder andere Nachzügler kam hinzu, doch schließlich schien der Kreis vollendet und es trat Ruhe ein. Dann wandten sie die Gesichter himmelwärts und die Menschen begannen einen monotonen Singsang.

»Hört auf!«, schrie Alina gegen den Wind an, der sie weiterhin umbrauste und an Haaren und Kleidern zerrte. Sie versuchte, die ineinander verschränkten Finger der Singenden zu trennen, die Verbindung zu lösen, doch es war, als wären sie alle miteinander verwachsen. Es gelang der verzweifelten Frau nicht, in den Kreis vorzudringen und von dort aus das zu unterbrechen, was immer sie taten.

Es war etwas Magisches, zumindest das konnte sie sagen.

Die Luft lud sich auf, und durch den Wind gab es Funken, sobald Alina ihr Haar berührte oder einen der Dorfbewohner. Es knisterte und knallte, während sie um den Kreis herumrannte und nach einer Lücke, einem Durchkommen suchte.

Die Menschen begannen sich in dem monotonen Singsang zu wiegen, schwankten seitlich hin und her.

»Sie schenken Hatar Stygan ihre Energie«, flüsterte Alina vor sich hin. Man brauchte kein Studium, um das zu begreifen. Sie sah, wie feine weiße Fäden sich aus den Körpern lösten und emporstiegen, vom Wind aufgenommen und fortgetragen wurden.

Sie konnte hier nichts mehr tun, also wandte sie sich um, um zu sehen, ob sie vielleicht einen der anderen aus seiner Lethargie reißen konnte. Da sah sie, wie der Wirt und seine Gehilfen die auf den Tischen bereitstehenden Becher erneut mit der unheimlichen Flüssigkeit füllten.

Und sie sah ihre Kinder.

Grau und blicklos trugen sie Krüge herbei und füllten ebenfalls Becher auf.

Für Alina gab es jetzt kein Halten mehr. Sie rannte zu ihren Kindern, schlug ihnen die tönernen Krüge aus der Hand, die auf dem Boden zersplitterten und den Inhalt in alle Richtungen verspritzten. Die Kinder erstarrten, doch Alina packte ihre kleinen Hände und zerrte sie mit sich. Sie widersetzten sich nicht, folgten aber auch nicht, sodass sie ihre ganze Kraft aufwenden musste, um sie überhaupt von der Taverne wegzubekommen. Als sie nicht mehr weiterkonnte, kniete Alina sich vor ihre Kinder, umschloss sie mit ihren Armen und presste sie an sich.

»Kommt zu euch«, flüsterte sie. »Ich bin es, eure Mutter! Ihr könnt nicht alles vergessen haben, das ist nur dieser Trank, der euch verrückt macht!« Sie streichelte die Gesichter, küsste sie, drückte sie erneut an sich, damit sie den Herzschlag der Mutter spüren konnten.

Fast zu spät bemerkte Alina, dass einige Schattenmenschen sich ihr näherten, mit Krügen in der Hand.

Sie wollten ihr den Trank einflößen, um sie zu ihresgleichen zu machen.

»Nein!« Alina sprang auf und gerade noch zur Seite - auch von hinten hatte man sich an sie herangeschlichen und wollte gerade nach ihr greifen. Die Kinder mit sich zerrend, stolperte sie weiter. »Ihr kriegt mich nicht! Und ich werde meine Kinder befreien!«

Sie erhielt keine Antwort, anscheinend wurde den Schattentrinkern die Stimme genommen. Auch die Soldaten Hagan Tars hatten nicht gesprochen.

Aus dem Augenwinkel sah sie, dass der Zirkel in der Dorfmitte beendet war. Die Spender taumelten müde und schwach zu der Taverne, griffen sich jeder einen Becher und leerten ihn in einem Zug.

Ihre Kinder begannen sich nun gegen ihren Griff zu wehren, sie strebten zurück, weil sie ebenfalls den Trank wollten. Alina versuchte sie beide hochzuheben, doch dafür waren sie schon zu groß und zu schwer. Also packte sie sie fester unter den Armen, hob sie leicht an und wollte sie weiterschieben. Aber die beiden widersetzten sich, stemmten die Füße in den Boden und versuchten sich loszureißen. Mit langsamen Bewegungen, aber dafür umso energischer und mit erstaunlicher Kraft.

Die Dorfbewohner rückten immer näher, fingen an, Alina einzukreisen.

»Nein!«, schrie sie erneut. »Bleibt weg von mir!«

Doch sie wusste längst, dass sie auf verlorenem Posten kämpfte. Mit den Kindern zusammen schaffte sie es nicht mehr aus dem Kreis. Sie konnte auch nicht beide und sich selbst gegen die Übermacht verteidigen. Zu schnell würden ihre Kräfte erlahmen.

Erneut wurde Alina vor die Entscheidung gestellt, aufzugeben und zu werden wie die anderen, keinen Schmerz und keine Trauer mehr zu verspüren. Erneut war sie versucht, nachzugeben.

Doch als der Erste seine Hand nach ihr ausstreckte, es war ausgerechnet der Dorfschulze, ließ sie ihre Kinder los, warf sich herum und rannte los, durch die sich schließende Lücke hindurch und hinaus ins dunkle Land, in den Sturm hinein.

Halrid Falkon wurde immer unruhiger. »Wir müssen etwas unternehmen«, stellte er fest. Der Zauberer vom Volk der Annatai war ein Hüne, mit pechschwarzen Haaren und Augen wie schwarze Sonnen. Eine Narbe, einer Falkenklaue ähnlich, saß auf seiner rechten Wange wie ein Mal. Seit Jahrtausenden schützte er Waldsee vor finsteren Mächten und Göttern, vor allem aber auch vor seinem eigenen Volk. Er selbst stammte nicht von Annata, sondern war auf Waldsee geboren, noch dazu mit göttlichen Wurzeln. Das machte ihn unsterblich und zum mächtigsten Wesen der Welt – und doch fühlte er sich in diesem Moment machtlos.

Seine Frau Eírtiti legte ihre Hand auf seinen Arm, und sofort beruhigte er sich. Sie entstammte dem vielgestaltigen Volk der Fyrgar, die in den Bergen Luvgars lebten und als die Weisesten galten. Sie waren in der Lage, auf magische Art durch das Feuer zu gehen und dabei eine höhere Entwicklungsstufe zu erreichen. Sie waren von höchst unterschiedlichem, meist tierhaftem Aussehen und nur selten wählten sie die menschliche Gestalt. Eírtiti, deren Name »die Allumfassende« bedeutete, galt als die höchste Vollendung. Ihre Aura umgab sie wie ein Glanz, vor allem, wenn sie lachte – und sie lachte viel; nur nicht heute. Sie war zierlich und kleiner als andere Fyrgar, die menschliche Gestalt annahmen. Ihre langen, schwarzroten Haare umrahmten ihr fein gemeißeltes, schmales Gesicht, das von zwei außergewöhnlichen, braungrün gemaserten Augen mit leicht länglicher Pupille beherrscht wurde.

»Ich zerbreche mir den Kopf, was wir tun können. Vielleicht sollten wir auf den Wolkenreiter fliegen und mit Lúvenor sprechen? Oder mit deinem Vater?«

»Mit meinem Vater rede ich nicht«, knurrte er. »Und Lúvenor schweigt zumeist. Ich gehe davon aus, dass die Götter bereits zu sehr damit beschäftigt sind, Waldsee abzuschirmen.«

»Das wird *ihn* nicht hindern.«

»Eben das befürchte ich auch. Und ich befürchte, dass er schon einen Anker auf Waldsee hat – der Sturm und das alles spricht dafür. Er wird bald damit anfangen, den Schutz einzureißen.«

»Aber wer könnte der Anker sein … und wo …?«

»Ich habe keine Ahnung, um wen es sich handelt. Die magischen Schwingungen geben nichts preis. Das heißt, vielmehr werde *ich* geblockt! Das ist bisher erst einem gelungen, und ihn gibt es nicht mehr.« Er sprach auf den Schattenweber an, der ihn einst in eine Falle gelockt hatte, was beinahe zum Untergang der Fyrgar und der Menschenreiche geführt hatte. »Es muss sich um einen Mächtigen handeln, der bisher nie in Erscheinung getreten ist. Aber wo … davon habe ich wenigstens eine ziemlich genaue Vorstellung.«

Sie hatten sich in eine stille Nische des Freien Hauses zurückgezogen. Wie stets war es gut besucht, auf drei Stockwerken tummelten sich hunderte verschiedenartiger Wesen, manche für sich, andere in lärmender, manchmal auch singender Gesellschaft. Draußen tobte der Sturm um das Gebäude, rüttelte an Fenstern und Türen, doch hier drin war davon nichts zu merken. Das Gesinde eilte geschäftig und zugleich unauffällig hin und her, niemand musste lange auf das Gewünschte warten. Das Licht war gedämpft, die Stockwerke ineinander verschachtelt, sodass man nie genau wusste, aus wie vielen Etagen das Gebäude nun wirklich bestand. Ständig gingen Türen auf und zu, Reisende setzten ihren Weg fort, neue Gäste kamen. Manche waren tropfnass oder wirkten, als kämen sie aus dem Winter, andere trugen luftige Sommerkleidung. Andere besaßen überhaupt nur Fell oder Federn, gingen auf zwei oder mehr Beinen, klein oder groß, schillernd oder schlicht. Es war ein buntes Treiben und die wenigsten beachteten einander. Auch Dämonen waren dabei und gefürchtete Krieger, gesuchte Verbrecher – das Freie Haus nahm jeden ohne Ausnahme auf und bewirtete ihn eine Zeit lang. Jeder durfte genau so lange bleiben, wie er musste – und keinen Moment länger. Schon so mancher hatte hier vergeblich Asyl gesucht, das war nicht der Zweck der Neutralität.

Er lehnte sich zurück, stopfte seine Pfeife neu und wollte gerade nach dem Kienspan greifen, um sie anzuzünden, da kam Eírtiti ihm zuvor. Sie streckte den Zeigefinger aus und tupfte kurz auf den Tabak. Eine kleine Flamme sprang hoch, und der Zauberer saugte am Mundstück, bis das Flämmchen erloschen war und der Tabak gleichmäßig durchglühte.

Er lächelte seiner Frau kurz zu; sie konnte ihre Abstammung nicht verleugnen und machte sich manchmal ein Vergnügen daraus.

»Du redest von Ishgalad«, sagte sie. »Alle anderen Länder sind wohl behütet, eine Veränderung wie diese würde auffallen. Und der Sturm richtet sich vor allem nach Süden.«

Halrid Falkon nickte. »Es sieht so aus, als ob das geheime Reich nach der langen Zeit ins Geschehen zurückkehrt.«

»Aber könnte der oder die Mächtige nicht auch auf einer der Inseln draußen versteckt sein? Wir würden zu lange brauchen um herauszufinden, auf welchem Eiland derjenige sich aufhält.«

»Die Möglichkeit besteht, aber ich tendiere mehr zu Ishgalad. Schon allein wegen der magischen Barriere, die mich daran hindert, mal eben hinzuspazieren. Oder die Fylang daran hindert, dorthin zu fliegen.«

Die junge Frau starrte auf ihren Becher mit Goldwein, als habe sie ihn jetzt erst entdeckt. »Wir … wir können doch nicht einfach tatenlos zusehen …«, flüsterte sie.

»Das werden wir nicht«, bekräftigte der Zauberer finster. »Ich weiß nur noch nicht, wie wir vorgehen sollen, ohne schon in den Anfängen zu scheitern.«

»Wir brauchen Hilfe.« Eírtiti stand auf. »Wir müssen so viele finden, wie wir kriegen können. Du wirst ein Heer benötigen. Mindestens. Dieser Kampf wird wahrscheinlich nicht nur durch Magie entschieden.«

»Was hast du vor?«

»Ich gebe meinem Volk Bescheid. Sie werden alles Weitere in die Wege leiten, während wir einen Weg finden, nach Ishgalad zu gehen.«

»Mhm. Ich werde mit Fashirh reden, dem Herrscher des Dämonenreiches. Im Kampf gegen einen Finsteren wird man am besten von Dämonen unterstützt.« Er erhob sich ebenfalls. »Wir treffen uns dann bei Fylang.« Bevor Eírtiti gehen konnte, legte er den Arm um ihre schmale Taille und neigte sich zu ihr. Küsste sie sanft und umarmte sie dann so innig, als wäre es ein Abschied auf längere Zeit.

»Romantiker«, sagte sie lächelnd. Sie stellte sich auf die Zehenspitzen, gab ihm einen kurzen Abschiedskuss und verließ die Nische.

Halrid Falkon sah ihr besorgt nach. In all der langen Zeit seines Lebens, selbst im Kampf gegen den Schattenweber, hatte er keine solche düstere Vorahnung empfunden wie jetzt.

Der Drache wartete im Anbau, in den er gerade so hineinpasste. Er öffnete ein Auge, als er den Schritt seines Herrn hörte. »Du hast das nicht ernsthaft vor, oder?«

»Die Dämonen um Hilfe zu bitten? Doch, genau das habe ich vor. Eírtiti informiert die Fyrgar. Sie werden einen Aufruf starten. Wir brauchen gute Kämpfer. Viele, sehr viele Streiter.«

»Wie kommst du darauf, dass Ishgalad diese Unterstützung benötigt?«

»Ich weiß es, weil ich Annatai bin.«

»Selbstverständlich! So erklärt sich alles.« Der Drache schnaubte. »Und wie sollen die alle da hinkommen? Sowohl die See als auch die Wüste haben sich bisher gleichermaßen für Nichtmagische als unüberwindlich erwiesen.«

Der Zauberer deutete zur Decke. »Aber nicht die Luft.«

»Ich kann das nicht!«

»Du bist magisch. Du bist ein Hüter. Unter bestimmten Voraussetzungen bin ich jedoch sicher, dass selbst wir die Barriere überwinden können.«

Halrid Falkon machte sich auf den Weg zu einer Tür. Er musste sich dabei wie jeder andere von seinem Gefühl leiten lassen, es gab keine offizielle Wegweisung. Die Türen führten meist dorthin, wohin man wollte, allerdings musste dafür die *richtige* geöffnet werden. Und das konnte weder erfragt noch erzwungen werden – das musste man geschehen lassen.

Das Dämonenland war sein Ziel, hoch im Norden. Nicht sein erster Besuch, und Fashirh, den Herrscher, kannte er seit langem. Der Zauberer hegte zwar nicht viel Hoffnung, Hilfe zugesagt zu bekommen, doch er würde zumindest Gehör und eventuell einen guten Rat finden. Und möglicherweise doch mehr, sobald Fashirh klar wurde, dass es sprichwörtlich um die Existenz Waldsees ging. Gerade er wusste, was das hieß, stammte er doch von Xhy, Hauptwelt der Dämonen, die einst von jenem Finsteren, der nun nahte und dessen Namen sie noch nicht aussprechen wollten, beinahe vollständig zerstört worden war.

Das würde er sicherlich kein zweites Mal zulassen, nicht wahr?

Zuversichtlich öffnete der Zauberer die Tür.

Und stand vor einer Wand.

Eine aus roten Ziegeln gemauerte Wand, auf der etwas mit schwarzer Kohle hingekrakelt worden war. Ein mit einfachen Strichen gefertigter, aber deutlich erkennbarer Mann auf einem Drachen, mit einem X durchgestrichen.

»Das ist ja wohl sehr deutlich«, brummte der Annatai wütend und enttäuscht. Er überlegte, diesen Wunsch nicht zu respektieren und durch die Mauer zu brechen, wozu er mühelos in der Lage wäre; Dämonen hin oder her.

Doch da brach der Sturm herein.

Eírtiti ging ein paar Stufen höher, vorbei an einem heftig mit einem befiederten Trilöten debattierenden schuppigen Hornechser, und strebte auf die Tür am Ende des kurzen Gangs zu. Sie dachte intensiv an ihr Ziel, öffnete die Tür und trat hindurch.

Die Lieblichen Höhen erwarteten sie, ein ausgedehntes Tal inmitten der hohen Berge, voller Licht und Leben, Bäumen und Gras, Blütenduft und Vogelgezwitscher. Im Hintergrund thronte der mächtige Wolkenreiter.

Eírtiti vernahm das Rauschen großer Schwingen und gleich darauf landete Beserdem bei ihr. Die Wächterin hatte sie sofort bemerkt, ein schönes Geschöpf von besonderer Art. Ein goldener Löwenleib mit Vogelklauen als Vorderbeinen, gelbroten Flügeln auf dem Rücken und bronzefarben befiedertem Hals, auf dem ein stolzer Adlerkopf saß.

»Welch eine Freude, dich zu sehen, o Vollkommene!«, rief die Grypha und klapperte mit dem Schnabel. »Selbst unter diesen Umständen.«

»Es ist euch nicht entgangen«, stellte die Allumfassende fest.

»Das ist keine Kunst. Der Wolkenreiter ist verhüllt, dort oben tobt ein Sturm. Und sieh hin, der Himmel!« Beserdem wies nach oben. »Er verdunkelt sich und verliert die violette Farbe. Der Schutz versiegt. Der Siebenstern flackert und wir fürchten, er wird bald verlöschen. Bist du deswegen gekommen?«

»Ja, o Weise. Verbreitet die Kunde überall, dass ... dass der Erbe des Schattenwebers kommt, und er hat bereits einen Anker auf unserer Welt. Wir vermuten in Ishgalad. Dort unten im Süden tobt ebenfalls der Sturm, wir mussten uns ins Freie Haus zurückziehen, weil er uns in der Steppe überraschte.«

»Was werdet ihr tun?«

»Wir werden nach Ishgalad gehen - und ihr müsst das auch. Benachrichtigt die Flammenritter, und benachrichtigt die Herrscher von Ardig Hall, und diese sollen wiederum alle benachrichtigen, die in der Lage sind, eine Waffe zu halten. Sie müssen sofort aufbrechen.«

»Aber wie sollen sie in das Goldene Reich gelangen?«

»Wenn sich der Anker dort befindet, wie Halrid annimmt, dann ändert sich alles, auch der magische Schutz. Außerdem ... es gibt da eine Möglichkeit ... aus der Luft.«

Beserdem sträubte die Kopffedern und nickte heftig. »Ich werde eine Botschaft an König Yahi senden. Wir werden alles daransetzen, euch Hilfe zu schicken! Doch die magischen Grenzen müssen trotzdem fallen.«

»Das werden sie«, versprach Eírtiti. »Halrid wird einen Weg finden. Das tut er immer!«

Die Grypha rieb kurz den Adlerkopf an ihrer Schulter. »Du hast uns damals alle gerettet, als es keine Hoffnung mehr gab«, flüsterte sie. »Das werden wir niemals vergessen.«

»Es war Aldavinur, mein Vater, der euch *und* mich gerettet hat«, widersprach Eírtiti. »Er hat den Schattenweber vernichtet und euer Baiku befreit. *Ihn* dürft ihr nie vergessen.«

»Es schmerzt mich zu sehr, an ihn zu denken. Doch ... er ist in dir, in der Weisheit deiner Augen. Meine Schande und mein Fluch zugleich.« Eine goldene Träne rollte über ihre befiederte Wange.

Eírtiti hob die Hand und strich über die schimmernden Kopffedern. »Er hatte dir doch schon längst verziehen, Beserdem«, sagte sie leise. »Du hast getan, was du für richtig hieltest – und nun sprichst du für das Volk und beschützt es. Deine Rolle ist wesentlich, und ich verlasse mich auf dich. Alles wird sich ändern. Selbst wenn wir diesen letzten Sturm überstehen, wird es nie wieder sein, wie es war. Die Fyrgar werden mehr denn je gebraucht.«

Sie wandte sich zum Gehen, hielt kurz inne. Noch sprach sie nicht seinen Namen aus, aber wer er war. »Der Schwarze Annatai ist unser Fluch, niemand sonst!« Sie deutete zu dem sich verdunkelnden Himmel und den Wolkenballungen um den Gipfel des Wolkenreiters. Es blitzte in ihnen, und der Eindruck eines riesigen menschenähnlichen Schemens mit einem Umhang oder Flügeln in dem Wetterleuchten entstand. »Seit Jahrtausenden haben wir uns davor gefürchtet. Mit dem Kampf um das Tabernakel und der Entstehung des Siebensterns glaubten wir uns sicher, aber Angmor hat uns immer gewarnt, dass *ihn* das nicht dauerhaft aufhalten wird. Wie befürchtet, hat er seine Aufmerksamkeit auf uns gerichtet – und alle, die ihm je die Stirn hätten bieten können, sind vor langer Zeit dahingegangen.«

Nun aber zeigte Beserdem sich zuversichtlich. »Das trifft nicht zu. Die Götter werden sich ihm entgegenstellen. Und dein Gatte, auch er ist Annatai, genau wie der Schwarze. Außerdem ist da Fylang. Und ich werde sie alle zusammenrufen, die stark sind. Wir werden kommen!«

Eírtiti nickte. »Hoffentlich zum letzten Mal«, flüsterte sie. »Hoffentlich finden wir dann endlich Frieden.«

Sie streckte die Hand nach der Tür aus, mit der sie die Verbindung gehalten hatte und die in dem Moment sichtbar wurde, als sie den Griff ertastete. Mit einem kurzen verabschiedenden Winken öffnete sie die Tür und trat hindurch.

In Sturm und Chaos.

Tesfayé stieß gegen ein Hindernis. Die schwarzen Wolken des Sturms hatten die Welt inzwischen so sehr verdunkelt, dass er kaum ein paar Schritte weit blicken konnte, zusätzlich nahmen Sand und Staub ihm die Sicht.

Vorsichtig tastete er ab, was ihm den Weg versperrte, und gewann den Eindruck, dass es sich um eine Art Holzpfahl handelte – wie die Kante eines Hauses oder ein Stützpfeiler. Unwillkürlich machte sein Herz einen Satz. Hatte er es geschafft, war er am Ziel?

Langsam zog er sich daran hoch und versuchte, weitere Umrisse zu erkennen. Das Unwetter kam ihm dabei zu Hilfe, als mehrere Blitze herabfuhren und die Umgebung fast taghell erleuchteten, bevor sie donnernd in die Dünen einschlugen und dadurch viele Mannslängen hohe Fontänen emporschossen. Tesfayé war froh, durch die Freie Straße geschützt zu sein, wenngleich ihm die Knie gehörig schlotterten.

Was er sah, war erfreulich und niederschmetternd zugleich.

Er erkannte nun die Umrisse dessen, was zu einem Haus gehörte, und es lag nahe, dass es sich um das gesuchte Freie Haus handelte.

Doch es war nur mehr eine Ruine. Lediglich ein paar Stützpfeiler und die morschen Überreste einer Wand mit einem herabhängenden Stück Dach waren übrig. Das Freie Haus war erloschen und dunkel, seine einzigartige Magie dahin. Tesfayé setzte seinen mentalen Tastsinn ein, doch es gab keinen noch so kleinen Funken mehr.

Das Ziel war erreicht – und doch verloren.

Tesfayé sank zu Boden und weinte.

Die Flüsterhalle in der magischen Universität von Iskundar war von einem unheimlichen, grünlichen Leuchten durchdrungen.

Hatar Stygan stand inmitten eines Kreises von Frauen und Männern in mehreren Reihen. Es mussten bereits über hundert Magier sein, und ständig trafen weitere ein. Hagan Tar war selbst wie ein Sturm im Land unterwegs und fing sie alle ein. Nur wenigen mochte es gelingen, seinem Zugriff zu entfliehen und sich zu verstecken.

Auch der Trank machte die Runde, wenngleich noch nicht so schnell, wie Hatar Stygan das wünschte. Das würde er jetzt ändern, da er nun genug Kräfte schöpfen konnte – von den Magiern hier bei sich und den abendlichen Kreisen in den Dörfern und Städten dort draußen.

Er schritt den Kreis ab und streckte die Finger aus, um die Energien an sich zu ziehen. Gleichzeitig übernahm sein Geist die vollständige Kontrolle über die Magier. Sie waren alle hervorragend ausgebildet und verfügten über starke Kräfte. Doch sie hatten ihm nichts entgegenzusetzen, er überwand mühelos ihre Blockaden, ihre Mauern, ihre Schutzwälle, sogar Flüche. Er durchstieß alle Schalen und Hüllen, zerrte ihre Geister aus dem Schutz und legte sie bloß, und das so beiläufig, als würde er einen Apfel häuten und einer königlichen Gesellschaft auf einem Teller präsentieren, bevor er ihn in Stücke hackte.

»So«, flüsterte er mit heiserer Stimme. »Nun können wir beginnen.«

Sein erster Befehl lautete, das Wasser aus den Flüssen, Bächen und Seen zu holen und im *Nebenan* zu verstecken, aus dem nur noch er schöpfen konnte für den Trank. Auch die Brunnen trockneten aus, kein Rinnsal, keine Pfütze wurde verschont. Die Flüssigkeiten in tausenden Fässern, egal ob Wasser oder Wein oder Bier, verdarb. Nichts sollte es mehr geben in Ishgalad außer höchstens noch flüssigem Gold.

»Nun werden sie den Trank zu sich nehmen *müssen,* um nicht zu verdursten«, sagte Hatar Stygan zufrieden.

Es war ein gutes Gefühl, sich bereits als Herrscher fühlen zu können.

Der wenige Widerstand, der noch existierte, würde bald beseitigt sein. Niemand konnte ihn mehr aufhalten!

Kapitel 3

Der Schatten des Perlmonds

Alina erreichte nach mehreren Stürzen und blindem Vorantasten eine kleine Baumgruppe mit Gebüsch. Voller Angst, auf wilde Kreaturen zu treffen, die bereits vor ihr Schutz gesucht hatten, kroch sie hinein, so tief es nur ging, und kauerte sich zusammen.

Sie war allein. Kein Tier, kein Mensch, der Hagan Tar und seinen Schergen entkommen war. Nur sie.

Die Nacht hindurch verbrachte sie damit zu weinen. Vor allem um ihre Familie. Ihre Kinder, die ihre Mutter nicht mehr erkannten und zu grauen willenlosen Schatten geworden waren. Um ihren Ehemann, der entweder tot oder in den Waffendienst gepresst worden war. Aber auch um alle anderen, ja um ganz Ishgalad, das innerhalb weniger Tage, wenn nicht Stunden, unter das Joch einer unheimlichen fremden Macht gepresst worden war.

Das Beste wäre, sie würde sich selbst umbringen, jetzt gleich. Eine andere Wahl hatte sie nicht, wenn sie nicht ebenfalls zum Schattenmenschen werden wollte. Denn sie konnte nicht auf Dauer davonlaufen, sich verstecken. Sie wüsste nicht, wie - wo sollte sie hingehen, Hagan Tar war mit seinen berittenen Truppen schneller als sie und ihr damit stets voraus. Er hatte längst alles in seine Gewalt gebracht, bevor sie auch nur die erste Zuflucht erreichte.

Sich freiwillig zu ergeben und um den Trank zu bitten war ausgeschlossen, das war nicht ihre Art. Alina war zwar sanftmütig, aber stolz. Sie war ein freier Mensch, etwas anderes zu sein war undenkbar für sie. Nach wie vor wusste sie nicht, warum Hagan Tar sie einfach liegengelassen hatte. Mehr und mehr kam sie zu der Auffassung, dass er keinen Wert in ihr gesehen hatte, dass sie ihn nicht weiter interessierte, nachdem er ihren Säugling umgebracht und die älteren Kinder in seine Gewalt gebracht hatte. Wieder und wieder sah sie seine grausam glitzernden Augen vor sich. Folter war seine Leidenschaft, nicht plumper Mord. Und dass er ihr den Trank nicht aufgezwungen hatte - falls er davon ausging, dass er Alina mit seiner Tat den Verstand geraubt hatte, so war sie als Schattenmensch in diesem Zustand vielleicht nicht mehr von Nutzen. Oder der Trank hatte dann gar keine Wirkung?

Die Überlegungen lenkten von Schmerz und Trauer ab, doch Alina fragte sich, ob sie nicht tatsächlich verrückt geworden war, über diese Dinge nachzudenken. Was kam ihr da nur alles in den Sinn? Sie war am Leben, brauchte es mehr?

Ja. Nämlich die Entscheidung, ob sie denn weiterleben wollte. Es war absolut hoffnungslos, darüber musste sie sich klar werden. Ihre Familie war verloren, genau wie alle anderen. Alina hatte weder den Verstand noch die Fähigkeiten, um sich gegen einen Mächtigen aufzulehnen. Wenn es nicht einmal einem Magier wie Ezemdar gelang - wie sollte sie dazu in der Lage sein?

Also musste sie fliehen. Aber wohin? Sie konnte das Land nicht verlassen, die Wüste war unüberwindlich. Wenn sie zum Meer flüchtete, gab es dort vermutlich keine Schiffe mehr, die sie mitnehmen würden. Diese hatte der unheimliche Hatar Stygan sicherlich längst in Brand gesteckt oder seinem Willen unterworfen.

Es blieb: Kein Ausweg. Außer dem einen. Diese einzige freie Entscheidung, an der sie niemand mehr hindern konnte. Wenn sie den Tod wählte, wäre sie endgültig frei.

Dieser tröstliche Gedanke trocknete Alinas Tränen. Der Schmerz wäre fort, Angst und Trauer. Keine Nöte mehr darum, wie sie fliehen und überleben sollte. Die Erinnerung an die Familie wäre fort, ausgelöscht wie sie selbst. Ihre Seele würde von allem Ballast befreit und gereinigt irgendwohin schweben - zur Auflösung ins Nichts oder zur Wiederkehr ins Irgendwo. So genau wusste das niemand bei den Menschen. Noch hatte keiner davon berichten können.

Ja, es wäre ein guter Weg und vor allem sofort umzusetzen. Alina hatte immer noch das kleine Messer an ihrem Gürtel, das für nahezu jeden Zweck zu gebrauchen war. Um einen Apfel in mundgerechte Schnitze zu zerteilen, um eine Rübe vom Kraut zu befreien, um einen aufgehängten Kräuterbund am Marktstand herunterzuschneiden. Daneben hing der kleine Beutel für allerlei Kräuter, die sie unterwegs einsammelte, wie sie sie gerade fand, um daraus Heilpasten oder Tee zuzubereiten. An der anderen Seite der kleine Geldbeutel, der vermutlich nicht mehr von Nutzen war – aber mehr als ein paar Münzen befanden sich sowieso nicht darin.

Nach dem Tod brauchte man weder Geld noch Kräuter.

Warum schweiften ihre Gedanken ständig ab? Sie hatte die Entscheidung doch getroffen! Das Messer war scharf genug, um sich die Pulsadern aufzuschneiden. Es wäre nur ein erster, kurzer Schmerz, und dann würde nach und nach alles schwinden, während das Leben aus ihr heraussickerte. Ihr würde kalt, sie würde müde, einschlafen – und vergessen.

Alina zog das Messer und hielt es sich ans Handgelenk, das sie nun schon schwach erkennen konnte. Dämmerung zog herauf und der Sturm war milder geworden, hatte sich aber nicht gänzlich verzogen.

Worauf wartete sie? Der Tag würde keine Änderung bringen – da war der Sturm, da war Hatar Stygan, da war der mörderische Hagan Tar, der durchs Land zog und es verwüstete. Ganz gewiss würde er Alina kein zweites Mal ihrem Schicksal überlassen, sollten sie sich noch einmal begegnen.

Etwas knurrte.

Alina sah sich alarmiert um, bis sie begriff, dass es ihr Magen gewesen war. Darüber musste sie hysterisch lachen. Hatten Todeswillige noch Hunger? Ihrem Magen schien es egal zu sein. Solange er lebte, wollte er etwas zu essen haben. Was in Alinas Kopf vor sich ging, interessierte ihn nicht. Verstand und Körper waren getrennt.

Der Schmerz, um seine Aufmerksamkeit beraubt, nahm dies übel und überwältigte Alina erneut. *Bald muss ich die Adern gar nicht mehr aufschneiden,* dachte sie verzweifelt, *ich werde elend verdursten und verdorren, weil ich alles Wasser in mir herausgeweint habe.*

Man heulte nicht in einem Wüstenland. Selbst die Säuglinge verzogen zwar die Gesichtchen und plärrten, aber selten flossen dabei Tränen.

Alina hatte sogar die ganze Nacht über geweint, viele Stunden hindurch. Würde ihr Ehemann davon erfahren, er würde sie verachten für ihre Schwäche, für ihre Angst, die sie zu offen gezeigt hatte, ebenso den Schmerz.

Alina die Tränenreiche, das bin ich, dachte sie bitter. *Eine Schande bin ich für meine Familie. Ich hätte mich sofort entleiben müssen, oder dem Wahnsinn verfallen. Aber das, was ich hier tue, ist eine Schmach. Damit helfe ich niemandem.*

Am wenigsten ihr selbst.

Mehrmals setzte sie das Messer an.

Und brachte es nicht über sich.

War es die Angst vor dem Schnitt, war es ihre Verwirrung oder der Schmerz, der sie nicht so leicht freigeben wollte – sie wusste es nicht. Es änderte nichts daran, dass sie den Willen nicht aufbrachte, sich umzubringen, leicht und frei und ausgelöscht und vergessen zu sein.

Sie konnte und wollte nicht loslassen. Zwei Kinder lebten noch, vielleicht auch Hanik.

In diesem Moment ergriff sie erneut die Scham. Die ganze Zeit über hatte sie nur an sich gedacht, an ihren Schmerz, mit dem sie nicht weiterleben wollte. Darüber hatte sie ihre Kinder vergessen, nicht an das Leid gedacht, das sie durchmachen mussten. Sie waren jung und hilflos, sie brauchten sie!

Sie hatte nicht das Recht, sich einfach davonzuschleichen, aus ihrer Verantwortung. Und es musste etwas zu bedeuten haben, dass sie überlebt hatte, dass sie nicht zu einem Schatten geworden war. Es war noch nicht vorbei. Dem musste sie sich stellen, das war ihre Pflicht und Aufgabe.

Mit dieser Schmach, ihre überlebenden Kinder einfach aufgegeben zu haben, könnte sie nicht einmal ins Nichts eingehen. Nein! Sie war dazu verdammt, zu leben, bis das Werk getan war.

Ihr Entschluss stand fest, aber anders als zuvor. Sie würde die Kinder suchen und befreien! Irrwitzig, sicherlich. Unmöglich zu bewerkstelligen. Aber sie musste auf diese Weise Buße tun, weil sie so sehr versagt hatte. Sie würde ihren Schandnamen offenbaren, damit jeder davon erfuhr, was sie ihrer Familie angetan hatte.

Alina die Tränenreiche kroch unter dem Busch hervor und stemmte sich gegen den Wind, der an ihren Haaren riss, sie umbrauste und verhöhnte.

Du kannst mich auch nicht hindern, dachte sie und reckte den Kopf. *Niemand hat mir je vorgeschrieben, was ich zu tun habe, und ganz gewiss überlasse ich meine Kinder keinem mörderischen Monster wie Hagan Tar. Und, Hanik, wenn du da draußen bist, kämpfe gegen den Trank an! Vertrau darauf, dass ich komme. Ich werde einen Weg finden, euch zu befreien. Wenn ich dabei sterbe, so mag es gut sein, solange meine Schuld dafür abgetragen ist.*

Sie sah sich um und entdeckte in der Nähe eine Kaktee, von der sie wusste, dass sie viel Wasser in ihren dicken fleischigen Blättern barg, tief aus dem Grundwasser gezogen von ihren Wurzeln.

Warum habe ich gezweifelt? Ich kann *überleben! Ich weiß, woher ich Wasser bekomme, und das Fleisch vieler Kakteen und dazu so manche Wurzeln sind nahrhaft. Ich habe von Kindesbeinen an gelernt, in der Wüste zu überleben. Und zwar, ohne dass ich wie die Bösen jemanden dafür umbringen muss, oder andere in meine Gewalt bringen, damit sie mich ernähren. Ich kann das ganz allein, Hagan Tar! Mach mir das nach! Und ich hole meine Familie zurück!*

Alina die Tränenreiche steckte das Messer ein. Diese letzte Möglichkeit blieb ihr immer noch, wenn es nichts sonst mehr gab. Sie wusste, wie man schnell einen tödlichen Schnitt ansetzte, das hatte sie schon bei Hühnern, Kaninchen und anderen Wesen getan, um ihre Familie zu ernähren. Bevor sie auch nur irgendein Schattenmensch anrühren könnte, wäre sie auf diese Weise ein letztes Mal geflohen.

Und bis dahin würde sie alles tun, um ihre Familie zu finden und zu befreien. Ohne auch nur einen einzigen weiteren kostbaren Tropfen zu verschwenden, egal ob Blut oder Wasser.

Tesfayés Tränen fielen auf den goldfarbenen Stein, fügten sich zu einem Rinnsal und rannen in eine kaum sichtbare Fuge, die sie verschluckte. In der Wüste wurde nichts verschwendet.

Hilflos schluchzend kauerte er auf dem Boden, während um ihn herum der Sturm wütete. Wie sollte er jetzt noch Hilfe holen können? Er hatte alle enttäuscht und Ishgalad dem Untergang geweiht. Das Einzige, was er jetzt noch tun konnte war, zur Universität zurückzukehren und zu versuchen, wenigstens einen der Magier zu befreien, um den Widerstand aufzubauen. Denn nach all dem, was er bis jetzt erlebt hatte, war er davon überzeugt, dass es dem Dekan und den Großmeistern gar nicht erst gelungen war, die Universität abzusichern. Die Weise, wie Hatar Stygan vorgegangen war, entsprach einer sorgfältigen Planung. Sicherlich hatte er die Universität längst im Auge gehabt und im günstigen Moment angegriffen. Andernfalls wäre der Sturm nicht so mächtig geworden.

Aber das musste nicht bedeuten, dass alle Hoffnung verloren war.

Meister Yesh hatte ihn gelehrt: *Es gibt keinen, der so mächtig ist, dass es nicht einen Weg gibt, ihn zu besiegen.*

Tesfayé war darin nicht so sicher gewesen und hatte als

Gegenbeispiel gleich die höchste Stelle gebracht: »Erenatar ist unangreifbar!«

»Und hierin irrst du.«

»Wirklich? Und was ist mit Ishtru dem Schöpfer?«

»Der ist außerhalb unserer Reichweite, Anfang und Ende des Traums.«

»Aber Meister, wie könnte dann Erenatar, der ERSTE GEDANKE, gefährdet werden?«

»Denke an seinen Bruder, die Schlafende Schlange. Sollte es ihm gelingen vollends zu erwachen, wird sich das Träumende Universum auflösen, als wäre es nie gewesen. Ishtru wird dann ebenfalls erwachen und seinen Traum vergessen haben. Das bezieht auch Erenatar mit ein.«

Darüber hatte Tesfayé lange nachgedacht. Trotz der erschreckenden Möglichkeit, ins Nichts zu stürzen, war es letztendlich ein ermutigender Gedanke, bezog er ihn auf sein eigenes Leben und die Hindernisse, die ihn erwarten mochten. Es gab nichts Unüberwindliches, wenn nicht einmal der ERSTE GEDANKE ewig war.

»Dann ist auch die Schlafende Schlange nicht unbesiegbar!«, hatte er geschlossen.

Und Meister Yesh hatte genickt. »Selbstverständlich nicht. Ihr Erwachen wurde schon einmal verhindert. Es wird ein zweites Mal gelingen, dessen bin ich sicher. Ein anderer Meister der Mächte wird kommen – vielleicht ist er sogar schon irgendwo da draußen.«

Gerade das war ein Trost in diesem Moment. Wenn selbst die bedeutendsten Wesenheiten des Universums nicht *all*mächtig waren, war es erst recht niemand unterhalb ihrer Existenzebene. Hatar Stygan schien zwar derzeit unüberwindlich zu sein, aber nur deswegen, weil er durch das Überraschungsmoment klar im Vorteil gewesen war. Ganz Ishgalad war völlig überrumpelt worden; nicht einmal diejenigen Meister, die über eine gewisse Hellsicht verfügten, hatten seinen Angriff rechtzeitig vorhergesehen. Außer Magister Yesh vielleicht, doch er hatte nur eine vage Ahnung einer Bedrohung gehabt und das hatte nicht ausgereicht, um sich gründlich vorzubereiten. Sie waren von den Ereignissen überrollt worden.

Hinzu kam, dass niemand eine Ahnung hatte, wer Hatar Stygan war. Das war sein zweiter Vorteil. Man konnte schwerlich gegen jemanden kämpfen, über den man nicht das Geringste wusste.

Und das war genau der Hebel, an dem Tesfayé ansetzen wollte. Er war entkommen, konnte sich versteckt halten und herausfinden, wer dieser »Großmächtige« war. Denn auch der Adept, dessen Abschlussdiplom nunmehr in weite Ferne gerückt war, hatte ein paar Vorteile, die er gegen den Feind verwenden konnte.

Nach der langen und intensiven Ausbildung wusste er mit seinen magischen Kräften umzugehen. Da er nach Meister Yeshs Tod keinerlei Bindungen mehr hatte und sich um niemanden sorgen musste, war er nicht erpressbar. Somit konnte er alles riskieren (insofern er den Mut aufbrachte, aber darüber nachzudenken war jetzt nicht angebracht). Außerdem war er für Hatar Stygan völlig unbedeutend. Der Großmächtige wusste nichts von dem zurückhaltenden, bescheidenen Tesfayé, den außerhalb der Universität schon kaum jemand kannte, weil er seine Nase immer in den Büchern vergraben hatte. Hagan Tar hatte ihn im Gasthaus nicht bemerkt. In der Universität wurde er lediglich als Adept geführt, wie die übrigen fünfzig seines Abschlussjahrgangs. Tesfayé ging davon aus, dass Hagan Tar nicht alle Schüler, Adepten und ausgebildeten Magier abzählen würde, damit hätte er viel zu tun und es war unwichtig. Nur die Großmeister und Meister waren für Hatar Stygan von Belang; sei es, dass er sie alle meuchelte oder, was wahrscheinlicher und sinnbringender war, für seine Zwecke benutzte. Alle anderen würden nur als kraftlose Wichte angesehen, die keine Gefahr darstellten. Nicht zu Unrecht vielleicht - aber darauf wollte Tesfayé es ankommen lassen. Niemand würde nach ihm suchen oder ihn erwarten. Er wäre nicht mehr als ein Mäuschen im Schatten eines Palmblattes, das auf stillen Wegen entlang huschte.

Der junge Adept wischte die Tränen ab und stand auf. Beschämt über sein unwürdiges Verhalten, beschloss er das zu tun, wofür er ausgebildet worden war. Vor allem in Gedenken an Meister Yesh, der alle Hoffnung in ihn gesetzt hatte. Er musste sich nicht mit Krieg und Invasion auskennen, um nicht einen oder zwei Tricks anwenden zu können, die dem Feind zu schaffen machten. Es war nicht seine Aufgabe, direkt gegen Hatar Stygan vorzugehen, er brauchte ihn nur hier und da zu überlisten, um denjenigen, die besser für den Kampf geeignet waren, den Weg zu bereiten. Vielleicht konnte er den einen oder anderen Meister finden, der noch nicht gefangen worden war, und dieser würde dann wissen, was zu tun war.

Es ist immer der erste Schritt, mein Junge, der zu großen Zielen führt. Alles beginnt im Kleinen. Selbst der Flügelschlag eines Schmetterlings in der Wüste kann einen Sturm über dem Meer entfachen. Halte dich also niemals für gering, denn du brauchst keinen berühmten Namen und keine hochedle Herkunft, um etwas zu bewirken. Allen großen Veränderungen geht immer nur eines voraus: Der erste Schritt – der Anfang. Wer ihn unternimmt, ist völlig irrelevant, dazu ist jeder Einzelne von uns in der Lage, selbst der Säufer in der Gosse.

Möglicherweise gab es im Land noch freie Magier, die er über ein Drachenauge suchen konnte? Oder über einen Stillen Ruf, mangels Drachenauge, wie ihm einfiel. Er musste sich nur von der Öffentlichkeit fernhalten, durfte nirgends auffallen, musste sich auf geheimen Pfaden bewegen. Genau wie das namenlose Mäuschen, das er von nun an sein würde: *Tesfayé Mekeli. Das bin ich!*

Er blickte zum Himmel hoch und sah entsetzt, wie sich ein gigantischer Schemen vor den schimmernden Perlmond schob. Der Siebenstern flackerte nur noch schwach, und nun … *verdunkelte* sich der Mond und warf einen unheilvollen Schatten über die Welt. Der Vorbote einer Gefahr, vor der Waldsee geschützt werden sollte – vergeblich, wie es nun schien.

Vor langer Zeit war der Perlmond zerborsten und erst am

Ende des Tabernakelkrieges wieder zusammengefügt worden. Seither hatte sein tröstliches Licht jeden Wanderer begleitet und ihm den Weg gewiesen, selbst bei Tage.

Diesmal wurde er nicht zerstört, sondern *missbraucht* – zu finsteren Zwecken. Die ersten Auswirkungen zeigten sich schon im Goldenen Reich. Und dabei würde es nicht bleiben.

Nein! Ishgalad ist frei, dachte Tesfayé Mekeli in aufwallendem Zorn und stand auf. *Ishgalad wird frei bleiben!* Impulsiv stampfte er kräftig mit dem Fuß auf. »Frei!«, schrie er.

»Hrumpf«, erklang die Antwort.

»Ich bin zufrieden«, lobte Hatar Stygan seinen treuesten Diener. »Ich habe mein Vertrauen nicht umsonst in dich gesetzt. Du leistest gute Arbeit.«

»Danke, Herr«, sagte Hagan Tar stolz. »Es gibt so gut wie niemanden, der entkommen ist. Hier und da habe ich einige ihrem Schicksal überlassen, nachdem ich ihnen das Schlimmste angetan habe. Sie sollen dem Wahnsinn anheimfallen und dem Rest, der sich verborgen hält, deutlich machen, dass es kein Entrinnen gibt. Ich erwarte, dass die wenigen Flüchtigen sich schließlich freiwillig in unsere Hände begeben werden, vor allem mangels Wasser. Mit denen habe ich dann Besonderes vor.« Er lächelte kalt.

Hatar Stygan residierte unangefochten in der Flüsterhalle der Universität. Der große Saal war erfüllt von seiner pulvrigen Dunkelheit, schwarze Nebelfäden waberten zwischen den Säulen herum. Das düstere Licht warf lange Schatten. In der Mitte waren nun schon an die zweihundert Magier versammelt, die in gewissen Abständen schlafen und Nahrung zu sich nehmen durften, bevor sie in den Kreis zurückkehren mussten. Sie waren nach strengen Maßstäben ausgewählt worden; die anderen, die als nicht stark genug erachtet worden waren, waren in den übrigen Gebäuden untergebracht, wo sie für weitere verschiedene Zwecke eingesetzt wurden.

Am Ende des Saals, hinten in den tiefen Schatten, hatte Hatar Stygan einen Thron aufstellen lassen, auf dem er sich zumeist aufhielt, um die Energien der Gefangenen auszusaugen und in magische Strömungen umzuwandeln.

Die Magier nahmen ihn nicht bewusst wahr, wenn er zu bestimmten Beschwörungen tief verhüllt in ihrer Mitte wandelte. Auch auf dem Thron war er kaum erkennbar, nicht mehr als eine wallende, gestaltlos scheinende, tiefere Schwärze als jeder Schatten der Umgebung.

Selbst Hagan Tar empfand inzwischen Unbehagen, wenn er unangemeldet die Halle betrat – und nur ihm war das gestattet –, und sogar eine gewisse Furcht; sein Herr hatte sich gewandelt, seine Aura war deutlich gewachsen und verbarg seinen Körper nun vollends. Der Heermeister war nicht sicher, ob er seine Körperlichkeit nicht sogar aufgegeben hatte, denn er schien keine Nahrung mehr zu sich zu nehmen außer jener, die er von den Magiern schöpfte.

»Es sind jetzt genug Helfer versammelt«, fuhr Hatar Stygan in seinem heiseren, flüsternden Tonfall fort. »Der nächste Schritt steht an.«

»Was kann ich dabei für dich tun?«

»Du wirst neben einer weiteren Aufgabe, die ich dir gleich nennen werde, das Heer aufbauen und vorbereiten. Wir brauchen jeden, der eine Waffe halten kann, denn derjenige, für den ich die Grenzen öffne, wird nicht allein kommen. Die Länder werden eine Armee schicken, die ich übernehmen und wandeln werde, bevor wir Ishgalad gestärkt verlassen.«

Der Heermeister stutzte. »Du willst jemanden … herholen? Von jenseits der Grenze? Wen?«

»Halrid Falkon.«

»Oh … aber ist er nicht einer der Hüter Waldsees? Ich glaube mich zu erinnern, dass du mir von ihm erzählt hattest.«

»Ganz recht. Auch die beiden anderen Hüter werden kommen. Deswegen bereite ich gerade den zweiten Schritt vor. Sie werden natürlich nicht erkennen, dass ich dies bewusst herbeiführe. Bevor ich an die Eroberung ganz Waldsees gehe, muss ich zuerst die Hüter beseitigen, und das gelingt am besten hier in meinem Reich. Doch es geht mir vorwiegend um den Annatai. Er muss als Erster ausgeschaltet werden, und das kann mir nur auf eine Weise gelingen.«

Hagan Tar zuckte unter dem klirrenden Hass zusammen, der nun unverhüllt in Hatar Stygans Stimme lag. Er kannte sich in solcherlei Dingen aus – das war eine persönliche Fehde, der Drang nach Rache. »Du … kennst diesen Mann?«, fragte er vorsichtig. Hagan Tar wusste bis jetzt nicht, woher Hatar Stygan stammte; er war jedoch davon überzeugt, dass er nicht in Ishgalad geboren war.

»Wir sind uns nur einmal begegnet, aber das war vor sehr langer Zeit, und sehr kurz.«

Hagan Tar hätte gern erfahren, was das für eine Begegnung gewesen sein mochte, die so einen abgrundtiefen Hass verursachte – aber er wagte nicht, danach zu fragen.

»Ich habe seinen Weg seit langem verfolgt und nun ist es an der Zeit, sein unwürdiges und schändliches Dasein zu beenden.« Bewegung kam in das wallende Schwarz, Hatar Stygan deutete nach oben. »Er, dessen Ankunft ich vorbereite, ermöglicht es mir, endlich Genugtuung zu erfahren. Das ist ein Teil unseres Paktes.« Ein tief hallendes Lachen, das sich wie Frost an den Säulen niederschlug, drang aus der Finsternis hervor. »Nicht einmal du wirst dir ausmalen können, was ich Halrid Falkon antun werde, bevor ich ihm die Gnade des Todes gewähre!«

Und Hagan Tar, dessen Erfindungsgeist in Bezug auf Folterungen und Grausamkeit durchaus äußerst ideenreich war, wollte sich nicht vorstellen, welch eine Macht den Hüter der Welt nicht nur überwältigen, sondern *auslöschen* konnte.

Tesfayé sprang panisch zurück und blickte sich um, doch er konnte niemanden sehen. »Wer bist du?«

»Ich bin ich«, lautete die raue, an morsche Türangeln erinnernde Stimme. »Und wer bist du?«

»Ich«, antwortete Tesfayé geistesgegenwärtig, und dann: »Mekeli. Was ist dein Name?«

»Mekeli ist kein Name. Also brauche ich dir nicht zu antworten.«

»Es ist ein Beiname! Ein Schandname! Und du hast kein Recht, ihn anzuzweifeln!«

»Mäuschen ist ein Schandname? Du musst ein Narr sein.«

»Das ist gewiss.«

Ein raues Lachen folgte. Dann kroch schwefliger Dunst aus den Ritzen der Steine, die vorher nahezu fugenlos gewirkt hatten. Tesfayé musste sich ob des Gestanks die Nase zuhalten, während der Dunst emporwuchs, auseinanderwallte und sich zusammenfügte. Zu einem Schädel mit gelb leuchtenden, geschlitzten Augen und einem schuppigen Maul, aus dem eine gespaltene Zunge hervorzuckte.

»Ich bin der Lindwurm, Wyvern, wie immer du mich auch nennen willst«, zischelte er. »Ich bin der aus der Erde Geborene, der Wurzelfresser, der Bewahrer.«

»Uh«, machte Tesfayé beeindruckt. »Wie hast du es denn am liebsten, angesprochen zu werden?«

»Also, ehrlich gesagt …« Der Lindwurm nahm mehr und mehr Gestalt an, ein dicker Echsenschädel auf einem langen Hals, der Rest blieb im Untergrund verborgen. Wenigstens verwehte zusehends der Schwefelgestank, je körperlicher er wurde. Er blickte sich um, als wäre es ihm peinlich, die Antwort zu offenbaren – aber wer hätte schon hier sein sollen außer einem dummen Einfaltspinsel, der sich zu weit in die Wüste hinausgewagt hatte?

»Am liebsten habe ich Wiffi«, gestand der Wyvern.

»*Wiffi?*« Tesfayé platzte beinahe laut heraus. Allein der Kopf des mächtigen Wesens war schon fast so lang wie er. Der sichtbare Hals war mehr als doppelt so lang. Wiffi wurde vielleicht ein kleiner Hund genannt, aber doch kein Lindwurm!

»Es ist sehr lange her«, brummte Wiffi. »Wenn ich es recht bedenke, hat mich überhaupt nur Einer jemals so genannt, und das war mein Schöpfer. Ganz zu Beginn. Trotzdem hat es mir am besten gefallen.« Er zeigte ein Grinsen, so wie eine Schlange, kurz bevor sie ihren Unterkiefer ausrenkt, um ein Schwein am Stück zu vertilgen.

»Ähem«, machte Tesfayé erschrocken. »Und … und wirst du mich jetzt fressen?«

Wiffi blinzelte. »Warum sollte ich das tun? Ich mag kein Fleisch. Erst recht kein Menschenfleisch.« Er schüttelte sich. »Ehrlich gesagt, wollte ich nachsehen, welcher Trottel in der Wüste so viel Wasser verschwendet. Und mich gleichzeitig dafür bedanken, denn so viel habe ich seit … na, langer Zeit nicht mehr getrunken. Das hat mich aufgeweckt.«

»Der Trottel bin ich«, gestand der junge Mann. »Und eigentlich heiße ich Tesfayé und hätte mich beinahe Magier nennen dürfen, wäre da nicht Hatar Stygan gekommen und hätte alles zertrümmert. Einschließlich Ishgalad.«

»Ziemlich viel auf einmal«, meinte Wiffi. »Du musst ein sehr aufregendes Leben führen.«

»An und für sich war es bis vor wenigen Tagen recht ruhig und beschaulich. Und gerade in dem Moment, als ich darüber nachdachte, eine gute Stellung anzunehmen und eine Familie zu gründen, kam Hatar Stygan … oder vielmehr sein Heermeister Hagan Tar …«

»Ich begreife, warum du so viel Wasser herausgelassen hast, aber jetzt hör auf damit, noch mehr durch unnötige Worte zu verlieren«, unterbrach der Lindwurm. »Du bist also ein Mensch und Beinahe-Magier, und du stammst aus Iskundar, nehme ich an, so geschwätzig wie du bist. Landleute sind nicht derart wortreich und halten ihr Wasser besser beisammen. Aber weiter. Das wunderbare Goldene Reich wurde von einem Bösen überfallen, dem nicht leicht beizukommen ist, soweit kann ich folgen. Und was hattest du jetzt vor? Dich über die Wüste auszugießen?«

Tesfayé schluckte und verstrubbelte verzweifelt seine staubigen, sandverklebten Haare. »Ich … suche nach dem Freien Haus.«

»Du hast es gefunden.«

»Ja, aber … es existiert nicht mehr!«

»Wie kommst du darauf?« Wiffi klang verwundert.

»Bist du blind?« Tesfayé wies um sich. »Ruinen! Und ich kann nichts mehr von der Magie spüren, alles ist tot und leer.«

»Ah.« Der Lindwurm zog sich noch weiter aus dem Untergrund, ringelte sich um den jungen Mann und legte den mächtigen Schädel auf seine Füße. Zumindest der Ansatz der Schnauze passte gerade so darauf. Tesfayé sah sich genötigt, ihn hinter den schuppigen Augenwülsten zu kraulen, und stellte überrascht fest, wie samtig-warm er war.

»Du hast es nicht begriffen, nicht wahr?«

»Ich … nein. Wenn du diese Frage stellen musst, offenbar nicht«, erwiderte der Adept verwirrt.

»Ich dachte es mir. Das Wissen ist verloren gegangen, genauso wie man mich vergessen hat. Nein, nein, ich bin nicht gram deswegen. Ich lebe nun einmal dort unten, und das ist nichts für Menschen und die wenigsten anderen, seien es Alte Völker oder Mächtige. Und hier in der Wüste leben nicht einmal Maulwürfe, mit denen ich mich unterhalten könnte.«

»Dann musst du sehr einsam sein …«

»Keineswegs.« Wiffi lachte kratzig und umzüngelte Tesfayés Knie. »Der BAUM spricht immer und erzählt mir viel, aus allen Teilen der Welt. Das reicht für mehr als ein unsterbliches Leben. Es ist mir Nahrung und Vergnügen zugleich.«

»Der … BAUM?«

»Es ist kein Geheimnis, mein junger Mäuserich, der sich als Mensch verkleidet. Es wurde nur vergessen.« Wiffi hob den Kopf und pendelte vor Tesfayés Gesicht. »Alle Freien Häuser sind Eines«, wisperte er. »Entstanden aus dem Ersten … diesem hier. Das Gebäude mag zerfallen sein, aber die Wurzeln sind noch da, und sie verbinden alles. Sie geben Waldsee den Namen – der BAUM, der alles durchwurzelt, selbst die See.«

Tesfayé fühlte, wie ihn die Worte durchdrangen und eine Tür in ihm öffneten, die in eine endlose Weite führte. »Der Beginn«, flüsterte er ergriffen.

»Ganz genau«, antwortete der Lindwurm. »Um den BAUM herum entstand die Welt, wuchs aus seinen Wurzeln, und mit ihm entstand ich, der Hüter der Wurzeln. Erenatar ist mein Vater, Lúvenor mein Atem.«

Tesfayé sank auf die Knie, von Ehrfurcht durchdrungen, dem ältesten Wesen Waldsees zu begegnen, einer göttlichen Kreatur, ja, mehr – einem Artefakt. *Dem* Artefakt, wenn er es genau nahm.

»O Wyvern«, sagte er leise mit geschlossenen Augen, »kannst du mir helfen, die Welt zu retten?«

Er spürte eine Berührung an seinem Gesicht und hob die Hand. Die Schnauzenspitze des mächtigen Wesens drückte sich an ihn, der warme Atem aus den Nüstern hüllte ihn ein.

»Ich wollte dich gerade um dasselbe bitten«, antwortete der Lindwurm sanft und traurig.

Die Scheiben barsten, als der Sturm mit aller Gewalt hereindrang; etwas, das noch nie dagewesen war. Das Freie Haus war tabu, selbst für Naturgewalten und Einfluss nehmende Mächte, und doch geschah es.

Die Gäste sprangen verstört auf, schrien durcheinander, das Gesinde wusste nicht, wie es sich verhalten sollte.

Mit dem Sturm kamen weitere Gewalten an Regengüssen und Hagel herein, sogar Schneewirbel.

Die Gäste ergriffen die Flucht, Türen wurden aufgerissen, obwohl der plötzlich erscheinende, sonst unsichtbare Wirt ausdrücklich davor warnte.

»Wartet ab, der Sturm wird vorübergehen! Ihr seid hier am sichersten! Niemand weiß, wohin die Türen jetzt führen – das kann euch erst recht das Verderben bringen!«

Und tatsächlich wurden einige Gäste, die Türen geöffnet hatten, von schwarzen und grellfarbenen Schlünden erwartet, die sie in sich hinein rissen. Ihre verzweifelten Schreie gingen rasch im Tosen des Sturms unter.

Doch nicht einmal die Dämonen konnte das aufhalten, denn schnell machte ein Name die Runde, der nahezu jedem in diesen Räumen bekannt sein mochte. Stets peinlich vermieden, gab es jetzt keinen Grund mehr, ihn zu verschweigen. Er konnte damit nicht mehr herbeigerufen werden, er war bereits da.

»Das ist *er!* Er ist gekommen! Der Schwarze Annatai ist da – Tar'meso der Nichtige! Er will uns alle umbringen!«

Es war unmöglich, dieses Chaos zu bändigen, selbst als der Wirt seine Macht der Verbundenheit mit dem Freien Haus anwandte und versuchte, Türen und Fenster mit einer Aurenwand zu verriegeln. Die Zerstörung konnte dadurch ebensowenig aufgehalten werden wie die Flucht der Gäste, obwohl deutlich erkennbar war, dass sie nur der Tod erwartete. Dutzende Opfer mochten es inzwischen sein.

Vor allem Herrscher wollten nicht abwarten. »Wir müssen sofort unsere Reiche schützen! Gebt den Weg frei, Herr Wirt!«

»Die Regeln sind gebrochen! Waldsee ist dem Untergang geweiht!«, schrien andere. »Wo sind die Hüter, um das zu verhindern?«

»*Sie sind hier!*«, donnerte in diesem Moment eine tiefe Stimme, und auf einer Galerie erschien eine riesige dunkle Gestalt und hob die Arme.

Das endlich brachte das Durcheinander ins Stocken, die Menge wogte zurück und starrte hoch zu der mächtigen Gestalt.

»Ich bin hier! Halrid Falkon der Annatai! - Herr Wirt, öffnet alle Türen nach Valia! Nur der Friedensbann von Ardig Hall kann Euch allen jetzt noch Schutz bieten! Von dort aus müsst Ihr weiter zu Euren Herrschaftsgebieten reisen - einen sonstigen Weg gibt es nicht! Ihr geht sonst in den Tod wie all die anderen vor Euch!«

Die Aura des Zauberers leuchtete grell auf, als sie sich mit der uralten göttlichen Magie des Freien Hauses verband.

Die Gäste drängten sich zusammen; die meisten von ihnen waren normalerweise mutig, wenn nicht kühn. Einige verfügten sogar über die Kräfte der Magie. Es war daher kaum zu glauben, wie ein einziger Name aus ihnen vor Angst schlotternde Kreaturen machen konnte. Sie schienen aber auch zu dem Hüter kein echtes Vertrauen zu haben, sondern ihn ebenfalls zu fürchten - was in dem Fall immerhin den gewünschten Zweck erfüllte: Sie stellten seine Befehle weder infrage noch widersetzten sie sich.

Die Türen schlugen plötzlich zu - und kurz darauf schwangen sie erneut auf; zumindest einige von ihnen. Dahinter wurden die Umrisse eines großen, hellen Schlosses auf einem Hügel sichtbar.

»Schnell!«, rief der Zauberer. »Ich weiß nicht, wie lange wir diese Türen offenhalten können! Eilt hindurch!«

Das ließen sie sich nicht zweimal sagen. Sich gegenseitig schubsend und drängelnd kämpften sie sich durch schweren Regen, Hagel und wirbelnden Schnee hindurch und flohen durch die geöffneten Türen.

Das Freie Haus leerte sich rasch und nicht zu früh. Balken knirschten und ächzten und dann erklang ein lautes Kreischen, als die Verankerung des Daches auseinandergerissen wurde.

»Nein!«, schrie der Wirt. »Das darf nicht sein! Es ist unmöglich!« Verzweifelt versuchte er mit bloßen Händen zu verhindern, dass das Gebäude in Stücke gerissen wurde. Doch kaum packte er an einer Stelle zu, brach anderswo eine Wand in sich zusammen.

Als der letzte Gast und schließlich auch nach der strengen

Anweisung des Wirtes sämtliches Gesinde hindurch gelangt war, erlosch die Aura des Annatai und er sank für einen Moment erschöpft in sich zusammen. Die Türen schlugen erneut krachend zu, zersplitterten dabei und brachen aus den Angeln. Dahinter zeigte sich kein verheißungsvolles Land mehr, sondern wartete nur noch der Sturm.

Der Wind blies nun ungehindert durch die zerborstenen Fenster herein, wirbelte durch das Haus und zertrümmerte, was sich im Weg befand, schleuderte es herum, ließ es fallen und brauste durch die vielen Lücken in Dach und Wänden wieder hinaus.

»Geht!«, rief Halrid Falkon dem Wirt zu. »Hier gibt es nichts mehr zu retten.«

»Aber das kann ich nicht!«, gab der Wirt unter Tränen zurück. »Ich darf es nicht aufgeben, ich bin verbunden damit …«

»Das hier ist nur die äußere Schale!«, unterbrach der Zauberer. »Das Haus kann wieder aufgebaut werden. Geht nach unten, so tief wie nur möglich. Findet die Wurzel! Harrt aus, bis der Kampf gewonnen ist. Dort seid Ihr in Sicherheit und der Geist des Freien Hauses mit Euch.«

»Aber was wird aus Euch?«

»Ich muss ohnehin dort hinaus – also macht Euch keine Gedanken.«

»Mir ist nicht wohl dabei, aber ich werde mich fügen. Gebt auf Euch acht!« Der Wirt machte auf dem Absatz kehrt und verschwand.

»Halrid!«

Der Zauberer hörte den Schrei über sich, fuhr herum und rannte, immer mehrere Stufen auf einmal nehmend, hastig über eine zusammenbrechende Stiege nach oben. »Eírtiti!«, rief er.

Ihre Arme umklammerten einen Balken, der bereits bedenklich in der Verankerung knirschte. Hinter ihr war eine Tür geöffnet, durch die verschwommen eine Stadt mit vielen

Türmen und Türmchen mit zwiebelförmigen Dächern erkennbar war. Darüber lagerte ein düsterer, wabernder Nebel – und im Zentrum bildete sich ein rotierender Strudel, aus dem heraus diffuse Finger nach der Fyrgar zu greifen schienen.

Sie versuchte aus dem Wirbel herauszukommen, doch er nahm an Stärke zu; plötzlich verloren ihre Beine den Halt und sie hing waagerecht im Sog.

»Halrid!«, schrie sie erneut, er sah Entsetzen und Unglauben in ihren Augen.

»Ich komme!«, brüllte er gegen das Brausen an und sprang auf sie zu, die Hand ausgestreckt, um nach ihr zu greifen.

Sie wagte es, eine Hand loszulassen und ihm entgegenzurecken.

Nur noch wenige Spannen trennten sie voneinander, ihre Fingerspitzen berührten sich schon fast.

Da brach der Stützbalken entzwei, Eírtiti verlor endgültig den Halt, schwebte für einen Moment frei in der Luft, ruderte heftig mit den Armen, um Halrid zu erreichen.

Doch die Nebelfinger waren schneller, packten und umschlangen sie und zerrten sie unerbittlich mit sich, tief in den kreischenden Strudel hinein.

Dann war sie fort.

Halrid stürzte zu Boden, als die Gewalten urplötzlich versiegten und Stille einkehrte. Dort, wo zuvor die geöffnete Tür gewesen war, klaffte nun ein riesiges Loch, hinter dem die Steppe sichtbar wurde – das Land um den Standort des Freien Hauses.

Durch die Wucht des Aufpralls und des Gewichtes seines schweren muskulösen Körpers brach der ohnehin angegriffene Holzboden unter dem Zauberer durch. Er stürzte weiter, durchbrach die nächste Etage, bis er endlich in einer Explosion aus Staub und Splittern unten ankam und für ein paar Augenblicke benommen liegenblieb.

Wütend schüttelte er den schmerzenden Kopf, rieb sich den

Nacken und richtete sich auf. Der Sturm hatte ein wenig nachgelassen, nachdem er sein Vernichtungswerk nahezu vollendet hatte. Von dem Freien Haus, dieser einst so stolzen, verwinkelten und verschachtelten Stätte, stand nicht mehr viel. Ein paar Außenmauern, innen die eine oder andere Stiege, einige einsame, teils gesplitterte Stützbalken und halbe Treppen, die ins Nichts führten; auf einem unversehrten Tisch standen als bizarres Abbild der vorherigen Idylle noch gefüllte Gläser und Krüge und ein Teller mit Eintopf. Ein metallischer Geruch lag in der Luft, vermischt mit Rauch.

Energisch zwang der Annatai sich auf die Beine und klopfte sich Staub und Splitter aus Kleidung und Haaren. Abgesehen von ein paar Schnitten und leichten Prellungen hatte er keine Verletzungen davongetragen. Er war allein, die anderen waren nach Ardig Hall geflohen oder in den Tod gegangen. Der Wirt hatte es augenscheinlich geschafft, bis zu den Wurzeln hinabzusteigen und sich dort in Sicherheit zu bringen - zumindest war von ihm nichts mehr zu sehen.

»Fylang!«, schrie Halrid und stolperte aus den Überresten des Hauses hinaus in die Steppe. Am Himmel türmten sich immer noch Wolken auf, doch dazwischen zeigten sich freie Stellen.

Eines düsterblauen Himmels, mit einer bleichen Sonne.

In einem größeren Loch der Wolkendecke sah er, was von dem Siebenstern noch übrig war. Nicht mehr als eine fast erloschene Erinnerung. Und daneben … der verdunkelte Perlmond.

»Er ist hier«, flüsterte der Annatai. »Tar'meso ist tatsächlich angekommen. Und sein Anker hat Beachtliches geleistet. Ein Freies Haus zu zerstören! Wer kann es sein? Wer hat solch eine Macht, dass sie uns entgangen ist?«

Er entfernte sich weiter von der Ruine, die sich jammernd und knirschend im Wind wiegte und jeden Moment vollständig zusammenzufallen drohte.

»Fylang!«, wiederholte er.

Er drängte jeglichen düsteren Gedanken zurück. Dem Drachen konnte nichts zugestoßen sein, ausgeschlossen. Eher ging die Welt unter.

Der Zauberer schritt Richtung Süden. Die Ruine hinter ihm blieb einsam zurück und wurde immer kleiner. In der Steppe, in der außer rauem Gras ohnehin nur wenig wuchs, gab es jetzt nur noch vereinzelte Bäume, denen übel mitgespielt worden war. Manche besaßen nicht mehr als einen Stumpf. Auch das Buschwerk war mitgenommen, viele Sträucher entwurzelt, die nun vom Wind spielerisch vor sich hergetrieben wurden.

»Fylang!«

Halrid gab nicht auf. Seit sie beide die Insel Erytrien, Halrids Geburtsstätte, verlassen hatten, waren sie keinen Tag getrennt gewesen. Und schon vorher, genauer seit dem Tag, an dem Halrid als junger Mann den Drachen aus seinem Gefängnis befreit hatte und seine Seele erwacht war. Es war unvorstellbar, dass er nun … allein sein sollte?

»Fylang!«

Und da kam endlich Antwort und er wandte sich um. Der Drache kam aus einer Senke heraus angestapft, die Flügel dicht an den Körper gelegt. Sein Schimmern war fast vollständig erloschen, ihm fehlten einige Schuppen.

»Halrid! Wo ist Eírtiti?«

»Fort«, antwortete der Zauberer. Er deutete weiter nach Süden, Richtung Wüste. »Ich bin sicher, dass ich Ishgalad gesehen habe. Sie wurde gezielt entführt!«

Der weißgoldene Drache kam schnaubend und prustend bei ihm an; zum ersten Mal wirkte er müde. »Er hat es auf *uns* abgesehen«, stieß er keuchend hervor. »Der Anker. Hat sich breit gemacht in Traumgold und sitzt dort fett wie eine Spinne. Er will, dass wir zu ihm kommen. Nur deswegen hat er sie geraubt.«

»Ja.« Halrid fühlte sich nicht minder erschöpft. »Und der

da oben zieht bereits die magische Energie aus den Sphären und raubt uns unsere Kräfte.«

»Und was tun die Götter? Wieder mal nichts, wie?«, fauchte Fylang erbost.

»Ich glaube, sie sind damit beschäftigt, die vollständige Zerstörung des Siebensterns zu verhindern«, erwiderte Halrid. »Noch hält die Barriere, und der Schwarze kann nicht zu uns herunter.«

»Na, dann«, meinte Fylang. »Unser Ziel ist klar. Ishgalad, schnurstracks in die vorbereitete Falle, weil wir Eírtiti befreien müssen. Abgesehen davon, wie viel sie uns bedeutet, haben wir keine Wahl. Sie ist die wahre Hüterin Waldsees und ein kostbares Artefakt. Wir sind entbehrlich, sie aber nicht. Ohne sie gibt es keine Hoffnung auf den Sieg.«

»Kannst du damit aufhören, in meiner Wunde zu bohren?«, brummte Halrid. Sein Herz schmerzte, als wäre es entzweigerissen worden.

Fylang kauerte sich hin und der Zauberer kletterte auf seinen Rücken, in den Nacken, der frei war von Stacheln und Hörnern.

»Immerhin tröstet mich eines«, sagte der Drache, während er seine Flügel entfaltete und zunächst langsam, dann zusehends schneller und kraftvoller auf und ab schlug.

»Trost?«

»Ja. Die werden bald bitter bereuen, unsere Eírtiti entführt zu haben.«

Kapitel 4

Zwischen den Himmeln

Tesfayé stocherte in seinen Ohren herum, weil er nicht glauben wollte, was er da soeben gehört hatte. Wiffi hatte ihm im Anschluss an die gegenseitige Mitleidsbekundung deutlich gemacht, dass es nur einen Weg gab, wenn der Adept dem Land und überhaupt der Welt insgesamt helfen wollte.

»Du solltest dankbar sein, dass es diese Möglichkeit gibt, Ishgalad zu verlassen!«, hatte der Wyvern hinzugefügt. »Das ist nämlich alles andere als selbstverständlich.«

Und dieser Pfad sollte eben darin bestehen, dass Tesfayé zu den Wurzeln des BAUMS kroch. Tief hinunter ins Erdreich.

»Das wird sich noch herausstellen«, erwiderte der junge Mann. »Ich bin anders gebaut als du und körperlich nicht sonderlich geschickt. Ich bin mehr ein Bücherwurm als ein Lindwurm.«

»Dann verwandle dich doch in etwas, das ist wie ich!«, schlug Wiffi vor. »Vielleicht nicht gerade einen Regenwurm, aber ...«

Tesfayé schüttelte den Kopf. »Ich weiß nicht, was mich am anderen Ende erwartet. Wenn es dort nicht genug magische Strömungen gibt, kann ich mich möglicherweise nicht zurückverwandeln.«

Der Wyvern legte den Kopf leicht schief, seine geschlitzten Pupillen wurden groß und rund und zogen sich wieder zusammen. »Du solltest dir besser eine ehrliche Antwort überlegen auf die Frage, die ich dir jetzt stellen werde«, zischelte er.

»Ich war vorher auch ehrlich!«, empörte sich Tesfayé.

»Aber das ist eine ernste Sache, Jungchen – haben sie dich *wirklich* auf diese Reise geschickt? Um Hilfe zu holen?«

»Sie ... ja, genau das haben sie!«, stotterte der Adept. »Ich bin diplomierter Magier! – Nun ja, fast«, schränkte er ein. »Ich habe mein Diplom noch nicht erhalten, aber es besteht kein Zweifel, dass ...«

»Ich habe verstanden, dass du noch feucht hinter den Ohren bist«, unterbrach Wiffi. »Deswegen möchte ich wissen, warum sie ausgerechnet einen unerfahrenen Grünschnabel wie dich auf eine Mission wie diese ausschicken, die ein alter erfahrener Zauberstabschwinger kaum bewältigen kann?«

Tesfayé wand sich. Schlug die Augen nieder. »Sonst gibt es anscheinend keinen«, flüsterte er. »Meister Yesh ist tot, und er hat mich dazu ausersehen, warum auch immer. Es war nicht so geplant, dass ich völlig ohne Vorbereitung und Erfahrung diese Aufgabe bewältigen muss.« Dann reckte er trotzig den Kopf. »Aber so ist es nun einmal gekommen, die Ereignisse haben sich überschlagen, und ich bin wahrscheinlich der einzige fertig ausgebildete Magier, der noch auf freiem Fuß ist. Und ich bin immerhin hier!«

»Stimmt«, räumte Wiffi ein. »Du hast das Freie Haus gefunden, als erster in ... na, es müssen doch ein paar tausend Jahre sein.«

»Danke«, sagte Tesfayé und fühlte sich trotzdem kein bisschen stolz darauf.

»Dann kannst du dich auch verwandeln.«

»Aber nicht in einen Wurm. Das schaffe ich nicht, bringe es nicht über mich.«

»Ich bin mir nicht ganz sicher, ob ich darüber nicht ein bisschen beleidigt sein soll.«

Tesfayé schüttelte den Kopf. »Das hat nichts mit dir zu tun. Sondern mit etwas aus meiner Kindheit, und ich möchte nicht darüber sprechen.«

Wiffi überlegte. »Hmmmm. Nun, du könntest natürlich versuchen, als du selbst hinunterzukriechen, auch wenn du nicht gut trainiert bist. Für einen Hänfling wie dich sollte es durchgängig sein.«

Tesfayé schöpfte ein wenig Hoffnung. Es stimmte, der Wyvern hatte mehr Umfang als er und war ... nun, er maß allerhand Mannslängen. Zehn, wenn nicht mehr. Sein Kopf war groß und plump. »Du sagst also, die Freien Häuser sind alle miteinander verbunden und da unten an den Wurzeln … kann ich von einem ins andere Haus klettern?«

»Verliere keine Zeit, Junge«, mahnte Wiffi. »Es wird immer dunkler da oben. Das macht selbst mir Angst.«

»Zeig mir den Weg«, sagte er tapfer.

Alina die Tränenreiche kehrte auf Schleichwegen in ihr Dorf zurück. Für unterwegs hatte sie einen kleinen Vorrat an Kakteen und Wurzeln gesammelt. Die karge Kost machte ihr nichts aus, sie verspürte ohnehin keinen Hunger und musste sich sogar zum Trinken zwingen. Normalerweise hätte sie es nicht gewagt, tagsüber unterwegs zu sein, aber die Kraft der Sonne hatte deutlich nachgelassen. Der Himmel dort oben, obwohl wolkenlos, verdunkelte sich zusehends. Finsternis breitete sich aus.

Es gab kein Wasser, nirgends. Alles war völlig ausgetrocknet, als ob es niemals Wasser geführt hätte. Die Wegbrunnen waren leer. Nicht ein Tropfen mehr.

Über Nacht. Es war über Nacht verschwunden.

Gestohlen.

Alina war fest davon überzeugt, denn Wasser konnte nicht einfach so verschwinden, nicht in so kurzer Zeit. In ihrem ganzen Leben hatte sie erst einmal eine große Dürre erlebt, und selbst da hatten manche Oasentümpel noch Schlammsuhlen besessen. Und das hatte auch nicht lange gedauert, nur einen Sommer lang, dann war der rettende Regen gekommen. Doch jetzt – das konnte nicht auf natürliche Weise geschehen sein. Der letzte Regen lag noch nicht lange zurück. Die Bedrohung wuchs also sprunghaft an. Alina sammelte deswegen unterwegs alles ein, was Flüssigkeiten barg, bevor auch diese verschwunden war.

Sie nutzte jede Deckung, die sie fand, und sei der Busch auch noch so klein. Dabei hatte sie keine sonderliche Angst, aufgegriffen zu werden. Hagan Tar und seine Schergen waren längst anderswo unterwegs, hier gab es für sie nichts mehr zu holen. Dennoch wusste sie nicht, welche weiteren Gefahren inzwischen lauern mochten und wollte nicht durch sorglose Dummheit scheitern.

Die Nacht verbrachte sie noch einmal außerhalb des Dorfes und stellte erschrocken fest, dass sich dort nichts rührte. Aber vielleicht war es auch noch zu früh. Sie wollte abwarten und beobachten, aber die Erschöpfung übermannte sie und sie schlief tief und traumlos bis zum Morgengrauen in ihrer Deckung.

Am Morgen wagte sie sich weiter vor und es war wie vermutet. Sie konnte sich ungehindert bewegen, denn die Schattentrinker verbargen sich in den Häusern vor dem Licht. Still und nahezu lautlos schlich Alina durch die Gaststube die Treppe hinauf in Meister Ezemdars Zimmer, auf jeder Stufe ängstlich verharrend, wenn das Holz knirschte. Doch selbst bei einem ordentlichen Knarren rührte sich nichts.

Es war gespenstisch, bizarr, wie in einer Gruselgeschichte, die sie ab und zu den Kindern erzählte. Als wäre Alina ganz allein auf der Welt.

Sie fand in der Kammer des Magiers einen großen Reisebeutel, in den sie wahllos Salbentiegel, Kräutersäckchen, Pillendöschen, Kienspan, Feuerstein und weitere Nützlichkeiten stopfte. Sie sah in der Waschschüssel nach, doch selbst dieses Wasser hatte Hatar Stygan gestohlen. Ein eisiger Schauer rann ihr den Rücken hinunter, wenn sie an ihn dachte – er musste einer jener Mächtigen sein, von denen es hieß, sie würden die Magie in sich tragen und konnten sie nutzen wie andere ihre Werkzeuge zum Pflügen des Ackers oder Beschlagen eines Hufes.

Notdürftig reinigte sie sich mit Stachelzweigwasser; immerhin reichte die finstere Macht nicht so weit, auch den Pflanzen alle in ihnen gesammelte Flüssigkeit zu stehlen …

und den freien Menschen das Blut. Allerdings war es nur eine Frage der Zeit, bis alle Pflanzen verdorrten. Alina glaubte nicht, dass Hatar Stygans Macht bis ins tiefste Grundwasser reichte, doch nur alte Pflanzen hatten so lange Wurzeln ausgebildet.

Nicht ablenken. Sie befüllte den Beutel, bis nichts mehr hineinging, und anschließend durchwühlte sie die Kleidertruhe und suchte zusammen, was sie für sich verwenden konnte. In ihrer zerrissenen und schmutzigen Kleidung käme sie nicht sehr weit. Immerhin fand sie einen Umhang mit Kapuze, eine Tunika und passende Beinkleider, die sie mehrmals aufschlug, bis die Länge passte, und mit einer Kordel um die Taille festbinden. Auch ein paar Lederschuhe, die sie vorn und hinten ausstopfen musste, doch sie boten ihren Füßen dann guten Schutz und einigermaßen Halt. Zum Glück hatte Ezemdar nicht so große Füße wie Hanik.

Ach, Hanik …

Mit einer zusammengerollten Decke, dem Beutel und der Wanderkleidung angetan verließ Alina das Wirtshaus und betrachtete traurig die leeren Tische und Bänke. Der heiße Wüstenwind umwarb sie, ohne Linderung zu bringen. Er trug immer noch den verstörenden Geruch nach Blut und Tod mit sich. Flüchtig glitt Alinas Blick zum Marktplatz mit den verkohlten Überresten des Scheiterhaufens, in dem ihr Säugling verbrannt war. Kurzzeitig wurde ihr schwarz vor Augen und sie wäre beinahe gestürzt, doch energisch verbannte sie alle Gefühle und Erinnerungen daran. Ein Kind der Wüste durfte nicht am Tod zerbrechen, denn er war ein täglicher Begleiter, vom ersten Atemzug an. Alina stammte aus Iskundar, und Hanik hatte ihr, bevor sie sich entschieden hatte, von seiner frühesten Erinnerung erzählt, die zwar nur noch verschwommen sei, aber eindringlich genug. Sein Onkel, der ihn auf den Knien gewiegt hatte, war in einen Sandsturm geraten und nicht mehr nach Hause gekommen. Damals mochte er gerade drei Jahre alt gewesen sein. Alina hatte sich in ihrer Entscheidung nicht beirren lassen und schnell angepasst, nachdem sie schon im ersten Jahr ihr erstes Kind noch ungeboren verloren hatte. Zu dem Zeitpunkt hatte sie sich bereits als Kind der Wüste gefühlt, lebendiger als je in Iskundar.

Nun würde sie auch dies überstehen. Die Vergangenheit konnte ihr nicht weiterhelfen. Ihr Jüngster war tot, aber die älteren beiden Kinder lebten – als scheußlich verzerrte Wesen zwar, aber noch war es Leben und kein Untod.

Allmählich mutiger geworden, machte sie sich daran, nach ihren Kindern zu suchen und sie heimlich zu stehlen, und stellte erschrocken fest, dass das Dorf verlassen war. Sie schlich zuerst, dann lief sie über den Marktplatz, von Haus zu Haus, die Stiegen hinauf und hinunter, lugte in jedes Zimmer.

Wo hatte Hagan Tar die Menschen hingebracht? Alinas Blick glitt Richtung Iskundar. Ja, dorthin wahrscheinlich, um größere Kreise bilden zu können und Hatar Stygan gesammelte Kraft zu spenden. Und der Rest, der nicht dafür geeignet war … Hagan Tar hatte von Heeren gesprochen. Die mussten versorgt werden …

Wenn bereits alles verlassen ist, kann ich niemanden mehr retten, dachte sie. *Dann ist das ganze Land schon in seiner Hand.*

Sollte sie also nach Iskundar gehen, um dort nach den Kindern zu suchen? Direkt in den Hort des Bösen? Vielleicht war auch Hanik dort. Doch wie sollte sie gegen all die Schergen bestehen können? Gegen Hatar Stygan und Hagan Tar persönlich? *Allein?*

Also besser ins Land, zu den Dörfern und Städten, und sie alle warnen?

Lächerlich.

Sie war zu Fuß unterwegs. Hagan Tar zu Pferde war viermal so schnell wie sie. Wohin sollte sie gehen, wen sollte sie warnen? Würde ihr denn überhaupt jemand glauben – insofern nicht schon längst alles überrannt war, wie zu befürchten stand?

Und … das Wasser. Es war sicherlich schon überall gestohlen worden, nicht nur hier, und viele befanden sich deswegen vom Land und dem Dorf auf der Flucht zur nächsten

Stadt, wo Hagan Tar auf sie wartete. Oder sie irrten herum, bis nach Iskundar, wenn es in den anderen Städten auch kein Wasser mehr gab und sie verlassen waren.

Und dann ... Alina stutzte. *Das* war es also. Hatar Stygan würde auf bequeme Weise jeden Dürstenden mit dem Schattentrunk versorgen! Bald würde niemand mehr dazu gezwungen werden müssen, ihn zu trinken. Und diejenigen, die ihm entwischt waren, würden genauso freiwillig zu ihm kommen und ihn darum anbetteln, verwandelt zu werden und nicht mehr leiden zu müssen.

Und das Vieh ... das Vieh musste elend zugrunde gehen. Die Wüstentiere konnten eine längere Dürre ertragen, aber das Vieh nicht.

Wut ergriff sie. Welch eine Verschwendung! Eine Schande! So durfte das Land nicht sterben! Das würde sie nicht zulassen. Nicht, solange sie die aberwitzige Hoffnung hegte, dass ihre Kleinen geheilt werden könnten. Denn was half es, die Kinder zu retten, wenn unterdessen das Land gestorben war?

War es zu vermessen, daran zu glauben, Heilung zu finden? *Nein!*, schrie eine Stimme in ihr auf. Welchen Sinn hätte ihr Überleben sonst?

Sie klopfte gegen den gefüllten Beutel. Irgendeine Mischung darin würde die Heilung bringen, es waren die Gaben eines Magiers! Meister Ezemdar hatte einmal gesagt, als ihn ein Verfluchter - der sich ständig die Haut blutig kratzte, weil er glaubte, Ameisen krochen darunter herum - um Hilfe gebeten hatte: *Gegen jeden Zauber gibt es einen Gegenzauber*. Und er hatte es bewiesen, der Fluch verlor seine Wirkung.

Ein Plan. Sie brauchte einen Plan. Blindwütig drauflosstürmen hatte keinen Sinn. Sie musste es der Reihe nach angehen - und das bedeutete als Erstes, Verbündete zu finden. Den Widerstand schüren. Das würde vor allem jeden von ihrem eigentlichen Ziel ablenken. Solange die Bösen mit den Aufständen im Land beschäftigt waren, konnte sie vielleicht auf Umwegen nach Iskundar durch deren enges Netz schlüpfen und die Kinder finden. Und Hanik - wenn er überhaupt noch lebte, musste er in Iskundar sein.

Deshalb würde Alina als Erstes nach Goldarin gehen, der Richtung Meer gelegenen Stadt. Die nächste Stadt lag dann schon am Hafen, Windmark.

Und während sie darüber nachdachte, während die Gedanken Purzelbäume in ihr schlugen über das, was sie alles tun könnte und sollte, während sie Pläne schmiedete und verwarf, reifte eine kühne Idee in ihr heran. Das Leben in der Wüste und die Bestellung einer Farm in feindlicher Umgebung machten notwendigerweise jeden erfinderisch, sobald es um Wasser ging. Und es ging nahezu immer nur ums Wasser. Alina war eine Meisterin darin, immer neue Ideen der Bewässerung hervorzubringen und an den unglaublichsten Stellen Wasser zu finden; dafür hatte Hanik sie am meisten bewundert. Und dieser Einfallsreichtum kam ihr jetzt zugute.

Wäre es möglich, das Meerwasser *nutzbar*, ja, *trinkbar* zu machen? Die große See konnte Hatar Stygan bestimmt nicht gestohlen haben, Macht hin oder her. Dazu müsste er schon ein Gott sein, und die durften sich bekanntlich nicht in weltliche Dinge einmischen.

In Goldarin gab es ein Zunfthaus der Magier, zu dem Meister Ezemdar gehört hatte. Vielleicht waren sie entkommen … oder wenigstens einer? Der mit ein paar Zaubersprüchen helfen konnte, einen kühnen Gedanken umzusetzen?

Das Meer zu entsalzen, das musste ihr Ziel sein! Das Wasser anschließend überallhin bringen! Sie musste es im ganzen Land verteilen, damit keine neuen Schattentrinker mehr entstanden. Damit diejenigen, die geflohen waren, versammelt werden konnten zum Widerstand.

Das wäre die richtige Ablenkung für die Bösen!

Alina bedachte es noch eine Weile, stellte sich selbst auf die Probe durch Gegenfragen und Zweifel, doch immer wieder kehrte sie an diesen Punkt zurück.

Ja, so musste sie es angehen.

Goldarin! Einen entkommenen Magier zu finden, das war

ihr erstes Ziel. Der würde dann alles in die Hand nehmen, Chaos schaffen, und sie konnte endlich nach Iskundar.

Alina setzte voller Eifer den Fuß vor – und erschrocken wieder zurück, als sie einen Laut hörte. Unwillkürlich duckte sie sich und sah sich ängstlich um. Da ... erneut dieser Laut! Und diesmal war sie sicher – das war ein Stöhnen. Ein *menschliches* Stöhnen. Jemand war hier!

Das Herz pochte ihr heftig im Hals. War es möglich, dass sie nicht mehr allein war? Einen ersten Mitstreiter gefunden hatte? Sie wäre so dankbar dafür, nicht die ganze Last tragen zu müssen.

Erneut sah sie sich um. Alles lag still und verlassen, lediglich der Wind trieb ein paar Wanderbüsche vor sich her. Kein Tier war zu hören, Hagan Tar musste auch sie alle mitgenommen haben. Also wollte er nicht auf das Vieh verzichten. Dann aber musste es in Iskundar Wasser geben!

Nicht erreichbar für dich, Dummchen.

Sofort schoss ihr der nächste Gedanke durch den Kopf. Und wenn sie sich als Dienstmagd anbot? Dann bekäme sie Gelegenheit, Ausschau nach den Kindern, nach Hanik und nach Wasser zu halten. Sie würde einen Weg finden, um ein Versteck für die Familie einzurichten, irgendwie die Wasserversorgung sicherzustellen und auszuharren, bis alles vorbei war.

Ja, und dann dauert es Jahrhunderte! Oder ihr werdet geschnappt.

Dumme Idee. Naheliegende, aber sehr dumme Idee. So würden es vermutlich alle anderen machen. Und genau deswegen durfte sie es nicht. Im Augenblick war sie frei, außerhalb des Sichtfelds von Hagan Tar. Er hielt sie für tot. Wenn sie jetzt nach Iskundar ginge, würde er es erfahren. Und sie verfolgen, weil sie ihn überlistet hatte. Selbst wenn sie sich die Haare abschnitt und als zierlichen Jüngling verkleidete, Hagan Tar würde sie mit Sicherheit erkennen. Und ... die anderen aus dem Dorf auch. Sie waren Schattentrinker, hatten schon einmal versucht, sie zu bekehren, sie würden es wieder versuchen. Sie verraten.

Alina presste sich die Fäuste gegen die Schläfen, bei all diesen Gedanken bekam sie Kopfschmerzen, es machte sie langsam verrückt. Warum tat sie denn das überhaupt? Sie könnte …

Da.

Das Stöhnen war immer noch gegenwärtig, konnte die Stille kaum unterbrechen, so dünn war es, doch sie hörte es. Alina folgte kurz entschlossen dem Laut, nicht ohne ständig die Umgebung zu sichern.

Und da sah sie ihn.

»Mako!« Alina konnte den Aufschrei nicht unterdrücken und stürmte zu ihm, ohne darauf zu achten, ob es eine Falle war. Sie konnte sich nicht mehr zurückhalten. Haniks Freund, mit dem er zur Schule gegangen war, sein bester Freund seit jenen Tagen. Anscheinend hatte er sich während des Überfalls verstecken können, doch jetzt lag er in einer Seitengasse vor der Werkzeugmacherei.

Wären noch Schattentrinker oder Hagan Tars Schergen hier, hätten sie ihn längst entdeckt und mitgenommen. Es *konnte* keine Gefahr drohen. Alina eilte zu dem Gestürzten, kniete bei ihm nieder und rüttelte ihn an der Schulter.

»Mako, sag etwas! Ich bin es, Alina!«

Sie schob ihn herum auf den Rücken und erschrak. Sein pupillenloser Blick war völlig leer, das Gesicht grau, wie von Spinnweben überzogen. Seine rissigen Lippen bewegten sich lautlos.

Alina starrte zum Himmel hoch. Die Sonne, sie bereitete ihm derartige Pein. Wie hatte Hagan Tar Mako übersehen können? Warum war er als Schattentrinker den anderen nicht gefolgt?

Ganz egal, sie musste ihn aus der Sonne heraus in den Schatten schaffen. Vielleicht konnte sie ihn damit zumindest soweit zu sich bringen, dass er mit ihr redete!

Mako war bedeutend größer und schwerer als sie. Alina zog und zerrte, aber sie konnte seinen völlig erschlafften Körper keinen Fingerbreit bewegen. Schließlich behalf sie sich damit, einen verlassenen Karren zu holen, den sie wenigstens, nachdem die Räder einmal angerollt waren, von der Stelle bewegen konnte. Sie schob ihn so lange hin und her, bis Mako unter ihm lag, geschützt vor dem Sonnenlicht. Dann kroch sie zu ihm darunter und hoffte auf eine Regung. Aber er stöhnte weiter.

Alina schwitzte, es war mittags und bei weitem nicht so heiß wie gewöhnlich, dennoch trieben ihr die Anstrengungen den Schweiß auf die Stirn. Sie musste unbedingt etwas trinken.

Aus dem Vorratsbeutel holte sie ein dick gefülltes, pralles, an den Rändern mit Stacheln bewehrtes Blatt der Affilide, schnitt das Ende an und hielt es an ihren Mund. Gierig nahm ihre Zunge die Tropfen auf, die sämig herauskamen, aber im Mund eine wahre Explosion an Feuchtigkeit entfalteten. Der beste Durstlöscher der Wüste und eine der zähesten Pflanzen, sie konnte Jahre der Trockenheit überdauern. Gleichzeitig besaß sie eine große Heilkraft, innerlich wie äußerlich. Sogar schwere Wunden schlossen sich schneller, ohne sich zu entzünden, und nahezu jedes Fieber konnte behandelt werden. Alina benetzte ihre Fingerkuppen damit und bestrich Makos Lippen, ließ danach ein paar Tropfen in seinen geöffneten Mund fallen.

Ängstlich verharrte sie. Und da ... schluckte er tatsächlich! Seine Zunge fuhr über die Lippen, und sie feuchtete sie wieder an. Ließ noch einmal ein paar Tropfen in seinen Mund fallen, damit musste es genug sein, denn die Wirkung war stark.

Mako hustete und drehte sich auf die Seite. Er hörte auf zu stöhnen ... und dann blinzelte er und schlug die Augen auf. Alina seufzte erleichtert, als sie seinen normalen, *menschlichen* Blick sah. »Du bist geheilt«, flüsterte sie, selbst im Staunen gefangen.

»Alina ...?«, sagte er verblüfft, mit rauer, krächzender Stimme, aber verständlich. »Was ist geschehen ...?«

Mako konnte es kaum fassen, was Alina ihm erzählte. Insofern bestand auch kein Grund zur Euphorie wegen seiner schnellen Heilung – er war kein wirklicher Schattentrinker gewesen. Vor einem Tag erst war er von einer Reise zurückgekehrt und hatte alles verlassen vorgefunden. Zu essen hatte er nichts außer einem alten Ranken Brot gefunden, und zu trinken gab es nur noch etwas aus einem angebrochenen Weinfass.

»Das war der Schattentrunk«, erklärte Alina. »Du hattest großes Glück, dass du nicht ganz verfallen bist. Soweit ich weiß, macht er sofort krank und süchtig.«

»Das bin ich vielleicht auch«, erwiderte er. »Nur ist jetzt mein Lebenserhaltungstrieb stärker. Ich habe allerdings nicht viel getrunken, nur einen oder zwei Schlucke, bis ich merkte, wie grässlich bitter das schmeckt. Und mit einem muffigen Beigeschmack, ekelhaft. Als wäre ich mit offenem Mund in ein Spinnennetz gelaufen und hätte ihren Hort gleich mit verschluckt. Ich bin dann wieder rausgegangen – und den Rest weiß ich nicht mehr. Wahrscheinlich liege ich schon seit gestern hier in der Sonne.«

»Deinen spröden Lippen nach zu urteilen, ja.« Alina kroch unter dem Wagen hervor. »Versuche es! Setze dich der Sonne aus, und wir wissen, ob du wirklich geheilt bist.«

Makos Gesicht zeigte Furcht, doch er konnte schließlich nicht für immer unter dem Karren bleiben. Blinzelnd stand er dann in der Sonne. »Das halte ich aus.«

Alina dankte allen Göttern. Ja, Götter durften sich nach Beendigung der Schöpfung nicht mehr einmischen, aber jetzt ging es um etwas anderes. Hatar Stygan bedrohte die ganze Welt, er brachte Sturm und Dunkelheit und Dürre. Sicherlich gab es da den einen oder anderen kleinen Trick, um den Menschen unten zu helfen. Daran wollte sie fest glauben. Nun war sie nicht mehr allein, hatte einen Mitstreiter, jetzt konnte der Kampf begonnen werden.

»Mako, kennst du den kürzesten Weg nach Goldarin?«

»Sicher, ich bin gerade von da gekommen …«

»Dann lass uns aufbrechen. Nimm mit, was du für nützlich erachtest. Ich erkläre dir unterwegs, was ich vorhabe.«

»Halrid …«, sagte Fylang dumpf. »Der Himmel erlischt.«

Der Sturm war nach einer zweiten Welle endlich vergangen. Der Drache und der Zauberer, die kurz nach dem Aufbruch notgedrungen deswegen noch einmal abwarten mussten, machten sich erneut bereit für den Flug über die große Wüste.

Überallhin waren inzwischen von den Fyrgar ausgesandte Boten unterwegs, so hofften sie, um die Länder auf das kommende Unheil vorzubereiten.

Nach dem ersten Impuls, sofort nach Ishgalad zu eilen, um Eírtiti zu befreien, hatten sie während der erzwungenen Rast noch einmal ausführlich debattiert, welches die richtige Strategie war. Sehenden Auges in die Falle zu fliegen, oder auf Verstärkung zu warten.

Fylang hatte gemeint, der zweite Sturm wäre genau die passende Warnung gewesen, um ihr unüberlegtes Vorpreschen zu überdenken. »Du warst schon einmal Kriegsherr«, sagte er. »Wer auch immer hierherkommt, er braucht einen starken Anführer. Sie werden dir folgen, Halrid. Aber wem sonst? Wenn niemand hier ist, die Krieger und Soldaten und vielleicht auch Alten Völker zu empfangen, warum sollten sie sich dann in die Wüste wagen?«

»Die Flammenritter werden dabei sein, und auf sie kann ich vertrauen.«

»Aldavinur und Nefreta sind tot.«

»Aber die anderen leben. Es sind gute, kluge und mächtige Wesen. Und dann vergiss nicht Ardig Hall!« Halrid wies zum Himmel. »Du sagst es selbst! Ich *kann* nicht warten, Fylang! Eírtiti braucht mich. Sie wird ihre Kräfte schneller verlieren als wir. Und was dann?«

»Du darfst dein Herz nicht sprechen lassen«, warnte der Drache. »Ich liebe sie auch, und ich halte auch noch an unserem ursprünglichen Plan fest, aber …«

»Es ist nicht mein Herz!«, unterbrach der Zauberer heftig. Dann lenkte er ein. »Zugegeben, zum Teil. Das kann ich nicht verhindern. Aber bedenke, was geschieht, wenn … Eírtiti etwas zustößt. Sie ist ein Teil der Seele Waldsees, die Vollendung der Fyrgar. Von den Alten Völkern ist sie die Mächtigste. Der Feind, der Anker in Ishgalad, weiß das. Er hat alles von langer Hand geplant und wir müssen jetzt improvisieren. Deshalb dürfen wir keine Zeit verlieren.«

Fylang zögerte. »Ich sehe es ja wie du, dennoch sollten wir *alles* bedenken, sage ich, und am besten ohne Gefühle im Spiel.«

»Na schön, das hier wird dich überzeugen: Die Herrscher von Ardig Hall werden die Heere zusammenrufen. Das ist ihre Pflicht und Aufgabe, und alle drei Reiche haben den Pakt unterzeichnet. Sie wiederum sind damit in der Pflicht, jeden, der eine Waffe halten kann, zu entsenden.«

Der Drache wackelte mit den Flügeln. »Du hast also doch schon alles bedacht und die Pause nicht gebraucht.«

»Jawohl, mein nervtötendes Gewissen. Ich bin sicher, Ardig Hall wird mindestens einen Heermeister schicken, um die Flammenritter zu unterstützen. Es bleibt dabei: Ich werde diesmal nicht gebraucht, um die Heere zu führen! Ardig Hall wird wahrscheinlich schon mitten in den Planungen sein, bevor die Boten auf dem Schloss eintreffen.«

Denn es bedurfte nach diesem zweiten Sturm keiner besonderen Warnung mehr. Die Zeichen waren nicht mehr zu übersehen. Der dunkelgraue, nur noch leicht blaue Himmel war dabei am deutlichsten. Das verzauberte, glitzernde Violett war vollständig zerstört, die Schutzsphäre bestand nicht mehr. Waldsees Tore standen damit weit offen für das Träumende Universum, insbesondere für die Schlafende Schlange, die nicht weit von hier dabei war, zu erwachen. Und alle Mächtigen, Chronisten und Alte Völker wussten, zu wem der riesige Schemen dort oben in den Sphären, der ab und zu vor dem Siebenstern und dem Perlmond hin und her wanderte und beide verdunkelte, gehörte.

Und trotz der offenen Tore würden keine Streiter von den

Außenlanden kommen, um die alte Welt zu verteidigen. Nicht gegen Tar'meso. Es war zu spät.

Der Siebenstern flackerte noch ab und zu. Bisher war er nicht zerstört, aber der Angriff würde in absehbarer Zeit erfolgen. Der Perlmond hingegen hatte sein Leuchten bereits dauerhaft verloren. Er war weiterhin sichtbar, doch milchigblind wie das Auge eines Minenwurms.

Alles, was sie je erreicht hatten, worum sie gekämpft hatten, war nun beiseite gewischt von der Hand eines Riesen – beiläufig, wie es schien. All die Anstrengungen und Opfer … umsonst.

»Ein schöner Hüter bin ich«, murmelte der Annatai. Weder hatte er es kommen sehen noch verhindert. Sein Blick verlor sich in den Sphären. Es gab noch einen anderen Grund, warum er so schnell wie möglich nach Ishgalad und seine Frau befreien musste. Tief in ihm war etwas erwacht, das er schon lange besiegt geglaubt hatte, und forderte, freigelassen zu werden.

Ich bin die letzte Hoffnung, das Einzige, was ihm entgegentreten kann.

»Nein …«, wisperte er. »Nein, du bist das Gegenteil. Versuche mich nicht …«

Es kicherte hässlich.

»Was hast du gesagt?«, erklang Fylangs Stimme, und das heiße Aufwallen in Halrid zerstob.

»Nichts«, antwortete er.

Ein letztes, nur noch dahingehauchtes Flüstern widersprach.

Ich komme wieder …

»Nein, niemals.«

»Aber jetzt hast du etwas gesagt!«

»Ich werde Waldsee niemals in Tar'mesos Hände fallen lassen, das habe ich gesagt.«

»Das ist der Plan.« Fylang klang verwundert. »Hegst du plötzlich Zweifel, dass du es wiederholen musst?«

»Ich habe meine Zweifel vor langer Zeit in einen Abgrund geworfen«, erwiderte der Zauberer. »Komm jetzt. Wir müssen los. Eírtiti braucht uns. Die Zeit läuft uns davon. Lass uns nicht mehr reden, sondern die Ankerkette brechen!«

»Na, endlich wieder ein vernünftiges Wort«, brummte der weißgoldene Drache. »Bei deinem ganzen Gebrabbel hatte ich schon befürchtet, du habest wegen Eírtitis Verlust den Verstand verloren.«

»Auch diese Zeiten sind lange vergangen«, bekräftigte Halrid Falkon und schwang sich auf Fylangs Rücken.

Nach wenigen kraftvollen Schlägen mit seinen gewaltigen Hautflügeln stieg Fylang auf. »Jetzt schaffen wir es!«, rief er zuversichtlich.

Ehrlicherweise muss noch angefügt werden, dass nämlich nicht nur der Sturm, sondern auch Fylang selbst zum Abwarten gezwungen hatte. Der erste Sturm und die Vernichtung des Freien Hauses hatten ihn stärker mitgenommen als gedacht. Halrid wusste das, auch wenn der Drache sich bemüht hatte, es vor ihm zu verbergen.

Nun aber schien er wieder vollständig erholt, konnte sich in der Luft gut halten und drehte nach ein paar Geschicklichkeitsübungen zuversichtlich Richtung Wüste. Auf der anderen Seite dieser tödlichen Barriere wartete das verzauberte Reich Ishgalad.

Und Eírtiti.

Die beiden Mächtigen wussten nicht, ob sie inzwischen aufgrund der geänderten Bedingungen in der Lage waren, den magischen Schutz zu überwinden. Halrid hatte die eine oder andere Idee, wie es mit ein paar Tricks funktionieren könnte, wobei er im Stillen davon ausging, dass der Feind in Ishgalad beim Aufbau seiner Falle auch daran gedacht hatte. Er würde es dem Annatai nicht zu offensichtlich, zu leicht machen, ihm den Zugang aber letztendlich ermöglichen, sonst könnte er den Zauberer schließlich nicht in seine Gewalt bekommen. Eírtiti war sein Pfand, seine Geisel, nur aus diesem Grund hatte er sie entführt.

Und Halrid Falkon brannte darauf herauszufinden, wer Tar'mesos Anker in Ishgalad sein mochte. Wer nach so vielen Jahrtausenden Isolation eine derartige Macht entwickelt hatte, die in den Sphären völlig unbemerkt geblieben war!

Das war normalerweise unmöglich. Derartiges hätte den beiden Hütern nicht entgehen dürfen, erst recht nicht, seit Eírtiti die dritte Hüterin geworden war. Sie war innig mit der Welt verbunden, ein Teil ihres Herzschlags, ihres Atems. Was mit Waldsee geschah, geschah auch mit ihr. Sie hätte es spüren müssen, doch sie war von dem Sturm ebenso überrascht worden wie von der Tatsache, dass nur ein Anker den Angriff überhaupt ermöglichen konnte.

Es musste an Ishgalad liegen, an dem isolierten Reich.

Halrid wurde von der Sorge um Eírtiti zerfressen, und das war wahrscheinlich der Grund, weshalb *es* sich in seinem Inneren geregt und eine Stimme gewonnen hatte. Es war schon einmal beinahe soweit gewesen, damals, als Aldavinur sich dem Schattenweber gestellt hatte. Der Fyrgar hatte den uralten finsteren Gott vernichtet, was ein Segen für die Welt, aber auch für Halrid Falkon gewesen war.

Fylang wusste es nicht und durfte es nie erfahren.

Nicht auszudenken, wenn Halrid *es* eines – womöglich nicht allzu fernen – Tages nicht mehr unter Kontrolle hatte.

Sie hatten sich gerade zwei Meilen von der Ruine entfernt, da dröhnte der erste Schlag.

»Bist du wirklich sicher, dass dieser Weg auch für beinahe diplomierte Magier geeignet ist?« Tesfayé zupfte zum wiederholten Mal Wurzelfasern aus seinem Mund und verschmierte dabei nur noch mehr an feuchtem Erdreich im Gesicht. Wobei das kaum etwas verschlimmerte, denn er war bereits über und über besudelt und fühlte sich fast schon als Wurm statt als Mensch.

Zu Beginn hatte er leicht gebückt, aber zumindest auf zwei Beinen gehen können. Wiffi hatte ihn durch seinen Schlupf neben der Freien Straße unter den Sockel des ersten Freien Hauses geführt.

Hier gab es mehrere Hohlräume im Wurzelwerk, und Tesfayé hatte sich mehr fasziniert als ängstlich zwischen den baumstammstarken, verschlungenen Strängen hindurchgehangelt. Diffuses Licht fiel von oben durch dünne Erdlöcher herein, die von allerlei unterirdisch lebendem Getier gebohrt worden waren – Maulwürfen, Mullen, Würmern, Ameisen und Käfern. Der dabei heruntergerieselte Sand, der erstaunlicherweise diese Lücken nicht mehr füllte, hatte sich auf den dickeren Wurzelstämmen zu kleinen Häufchen gesammelt. Es überraschte den jungen Mann, dass die obere Sandschicht nicht tiefer als eine Mannslänge reichte und dann schon dem Erdreich weichen musste, jener Welt unter der Welt, die so gut wie kein Oberirdischer kannte.

Der Wyvern erzählte ihm von diesem ältesten Bereich Waldsees, der vernachlässigt, wenn nicht verachtet wurde. »Ihr da oben haltet euch für was Besseres, weil ihr uns mit Füßen, Hufen oder Pfoten tretet. Aber ohne uns gäbe es euch gar nicht. Wir graben die Läufe für die unterirdischen Flüsse, befreien verstopfte Wege zum Grundwasser, verbinden Sand und Lehm und mehr, um Nahrung für die Pflanzen zu stellen. Außerdem nehmen wir alles auf, was ihr nicht mehr haben wollt, und wandeln es um in neues Leben.«

Tesfayé war beschämt. Er hatte nie darüber nachgedacht.

»Sicher nicht, wie jeder da oben – das wäre ja unangenehm. Ähnlich verhält es sich übrigens mit dem Wasser. Frag mal die Nauraka.«

»Nauraka? Das Tiefseevolk? Ich habe über sie gelesen, es sind schöne Märchen …«

»Märchen? Märchen!« Der Lindwurm schnaubte. »Sag mal, wie lange hast du studiert?«

»Zehn Jahre und ein bisschen …«

»Aber gelernt hast du nichts, scheint mir. Ein bisschen Hokuspokus, wie? Die Wellen der Umschließenden See rollen auch an eure Gestade. Was denkst du, woher die Universität das große Wissen über die Welt hat, bis in die heutige Zeit?«

»D…die Magier haben Kontakt zu den Nauraka?«, stotterte Tesfayé, und gleichzeitig erkannte er: »Ja, natürlich haben sie das.« Damit erklärte sich auch die Geheimnistuerei. Für die Nauraka gab es keine magische Mauer!

»Mhm. Nicht zu allen«, schränkte Wiffi ein. »Nur wenige … Besondere … können hinter die Barriere schwimmen. Das sind eben die, mit denen die Höchsten der Magier Kontakt haben. Zum Austausch von Wissen gegen … ich weiß es nicht. Interessiert mich auch nicht, denn nichts könnte mich je zum Meer bringen. Ich bin ein Erdwurm.«

»Also deswegen hat der Dekan von Halrid Falkon gewusst und …«

»Ich sage dir eines, Kind: Solange du nichts über die Welt weißt, nützt dir kein Zauberspruch etwas. Damit kannst du deinesgleichen beeindrucken, und zwar den magielosen Teil. Aber niemanden sonst. Vielleicht solltest du doch besser umkehren und dich gleich in die Hände des Feindes begeben, so taugst du nämlich nichts.«

Tesfayé verschlug es Sprache und Atem. Sein Mund schnappte auf und zu wie bei einem Fisch auf dem Trockenen. Seine Gedanken überschlugen sich und ließen ihn keinen ordentlichen Satz zustandebringen, weil er in seiner Empörung alles gleichzeitig erwidern wollte. Wie unverschämt der Wyvern sei, diese Beleidigungen stünden ihm nicht zu, und überhaupt sähe er alles ganz falsch. Der junge Magier wollte erwidern, dass er all die Jahre über fleißig gelesen und gelernt und geübt habe und niemand sich erlauben dürfe, so mit ihm zu reden, vor allem, da er unterwegs sei, die Welt zu retten.

Dass er nach wie vor keine Ahnung hatte, wie er das anstellen sollte, spielte dabei keine Rolle. Er war unterwegs, er unternahm etwas, oder nicht?

So, und das würde er jetzt alles dieser ungehobelten Riesenschlange entgegenschleudern. Sollte sie ihn doch fressen! Dann würde sie schon sehen, wenn Hatar Stygan ihr alles nahm, was lebenswert war, und sie zu seinem Taschenwurm degradierte.

Tesfayé holte mit weit geöffnetem Mund Luft - und erstickte fast an einem Hustenanfall, als er gleichzeitig in einen Vorhang grünleuchtender glitschiger Flechten geriet und plötzlich den Mund voller Fäden hatte.

Wütend spuckte er das schleimige Grün aus, kämpfte sich durch den dicken Vorhang, holte erneut Luft - und stellte fest, dass er nur noch die Schwanzspitze des Lindwurms sah, die gerade in der Biegung eines kreisrunden Gangs verschwand. Wiffi war damit vermutlich außer Hörweite.

Mit tief gebeugten Knien versuchte Tesfayé, nachzufolgen, aber er musste sich dabei so krumm machen, dass ihm schon nach wenigen Schritten der Rücken schmerzte und die Muskeln in den Oberschenkeln zitterten. Es blieb ihm nichts anderes übrig, als sich auf alle viere niederzulassen und dem entschwindenden Lindwurm eilig nachzufolgen.

Durch die Röhren ging es immer tiefer hinab, in welche Richtung, konnte Tesfayé längst nicht mehr feststellen. Er hatte jegliche Orientierung verloren und würde nie wieder zurückfinden. Zudem wurde es zusehends dunkler. Es roch inzwischen nicht mehr nach frischem, prallem Erdreich, sondern immer muffiger, verbrauchter.

»Wiffi?«, flüsterte Tesfayé. Angespannt lauschte er. Keine Antwort. Warum hatte der Lindwurm nicht auf ihn gewartet? Andererseits, es konnte ja nicht viel passieren, einfach immer dem Weg nach, den er gerade ertastete, denn jeder Weg führte irgendwohin. Er kroch weiter auf allen vieren, bis die Röhre zusehends enger wurde und immer mehr Windungen aufwies. Als befände der junge Adept sich innerhalb eines Riesenwurms …

Nicht darüber nachdenken, keinesfalls! Tesfayé schüttelte es innerlich und er schalt sich seiner regen Fantasie wegen. Mit zusammengepressten Lippen robbte er weiter, nunmehr auf dem Bauch, denn es wurde immer kurviger und enger in den Windungen. Boden und Wände waren jetzt von einer eher schleimigen, glitschigen Konsistenz, die erneut Überlegungen auslöste, welche der junge Mann strengstens von sich wies.

Er fragte sich, wie Wiffi hier hindurchgelangte, da er selbst kaum noch durchpasste. Aber vielleicht konnte der Wurm sich ja so in die Länge strecken, bis er nur noch nadeldünn war? Und er war extrem biegsam, nicht so steif und ungelenk wie ein Mensch mit vielen harten Knochen.

Du musst dich verwandeln, verlangte eine Stimme in ihm.

»Ich schaffe das«, gab Tesfayé tief in seiner Kehle zurück.

Er verhielt und lauschte. Stille herrschte, selbst das bisher ständige Knistern und Knuspern, als ob zahllose Zähne und Krallen schabten und kratzten und die Unterwelt permanent umgestalteten, war verstummt.

Tesfayé traute sich nicht mehr, nach dem Wyvern zu rufen. Es mochte verschiedene Gründe haben, warum es hier so still war. Einer davon könnte sein, dass ein Räuber auf der Jagd war und seine potentielle Beute keinesfalls durch unbedachte Laute und Geräusche auf sich aufmerksam machen wollte. Das galt für beide Seiten.

Also weiter durch den engen Röhrenweg. Tesfayé war inzwischen davon überzeugt, dass er sich längst verirrt hatte, denn ab und zu hatte er den Eindruck eines Luftzugs auf der Wange gehabt, ganz zart nur, jedoch ein deutlicher Hinweis darauf, dass weitere Abzweigungen tiefer in die Unterwelt führten.

Das wenige Licht, das ab und zu phosphoreszierende Schleimflechten spendeten, die sich stets in der Nähe von wenig Vertrauen erweckenden Spinnennetzen befanden, gab keinerlei Hinweis darauf. Also einfach irgendwie weiter, ohne groß nachzudenken. Der Wyvern hatte ihm nicht dargelegt, wohin die Reise führte, wie lange sie dauerte, was unterwegs zu erwarten war.

Hatte er Tesfayé in eine Falle gelockt?

Ach, was für ein Unsinn, weshalb sollte er das tun? Um ihn zu fressen? Das wäre gleich bei der Begegnung oben mit einem Happs erledigt gewesen. Oder bevorzugte er äußerst gut abgehangenes, sprich vergammeltes Fleisch, das sich freiwillig in die Unterwelt begeben hatte und dort elend zugrunde ging? Möglich, aber nicht in diesem Fall. Der Lindwurm hatte den kleinen Menschen ja im Gegenteil sogar um Hilfe gebeten. Also sollte Tesfayé nicht einfach aufgeben, sondern sich weiter durchkämpfen, geleitet von seinem Instinkt (von dem er nicht sicher war, dass er überhaupt existierte), bis er irgendwann irgendwo ankam.

Tesfayé Mekeli, das ängstlich pochende Mäuseherz, kroch weiter voran. Und mit all den Gedanken, mit denen er Licht in die Dunkelheit bringen wollte (und nicht konnte), beschlich ihn das nächste Gefühl der Unsicherheit.

Was, wenn dem Wyvern etwas zugestoßen war?

»Es ist einfach schlecht«, murmelte Tesfayé vor sich hin, »wenn ein Mensch sich zu tief in die Dunkelheit wagt. Das ist nicht gut, nein, nein. Nicht des Menschen Art. Wir mögen das nicht. Daran ist nichts Romantisches. Sterne sind romantisch. Das Licht der Monde ist romantisch. Sonnenlicht, das einen Oasensee in ein glitzerndes, faltenreiches Tuch verwandelt, das ist romantisch. Aber Dunkelheit so ganz ohne Licht, um nicht zu sagen, Finsternis, das ist und bleibt *nicht* romantisch. Da lässt sich nichts munkeln, meine lieben Freunde, da lässt sich's einfach nur ungemütlich sein und nicht weiterwissen, ob's links oder rechts geht oder nach uuu…«

Und abwärts.

Ja, sein Fehler. Vor lauter Plappern hatte er nicht aufgepasst, nicht auf das leise Schmatzen und Glitschen geachtet, nicht bemerkt, dass die eine Hand ins Leere griff, während die zweite schon nachgreifen wollte, und damit fiel er kopfüber durch das Loch, das leider so groß war, dass er haltlos durchsackte, und andererseits zum Glück so groß war, dass er nicht auf alle Zeit steckenblieb und sich selbst dereinst als »gut abgehangen« präsentierte.

Der Sturz dauerte nicht lang, und die Landung war weich. Aber Tesfayé erfreute sich nicht daran, denn eine Welle

Übelkeit erregenden Gestanks überwältigte ihn, weil durch seinen Aufprall modernde, faulende Fleischfetzen wie eine Fontäne hochspritzten und über ihm zusammenschlugen.

Der junge Mann, der seit dem Tod der Eltern und *dem* Gestank Hagan Tars nur noch die Wohlgerüche Iskundars in sich aufgenommen hatte, musste sich spontan übergeben, und weil ihm das noch mehr Ekel verursachte, verkrampfte sein Magen sich wieder und wieder und zwang ihn zu würgen und saure Galle zu speien, bis er das Gefühl hatte, als würden beim nächsten Mal seine Innereien nachfolgen.

Halb erstickt, würgend und schluchzend, kämpfte Tesfayé sich aus dieser Todesgrube. Obwohl er nichts sehen konnte, stolperte er mit ausgestreckten Armen einfach dahin, egal wohin, nur fort von hier. Er versuchte ab und zu, wenn ihn erneute Übelkeit überkam, sich von Schleim und Verwesung zu befreien, was natürlich völlig nutzlos war ohne die Hilfe frischen, süßen, herrlich klaren Wassers.

Ein erstickter Laut entrang sich seiner Kehle, als seine herumtastenden Hände plötzlich auf Widerstand stießen. Es fühlte sich leicht feucht an, der Belag ein wenig weich wie Moos, und dahinter war es fest. Tesfayé tastete weiter und erkannte, dass es das weiterführende Wurzelwerk war.

Was sollte er nun tun? Nach einer Lücke suchen und weiterkriechen, darauf hoffend, dass Wiffi ihn irgendwann, bevor er verhungert und verdurstet war, fand und auf den richtigen Weg weiterführte? Denn durch den Sturz war er ja vollends davon abgekommen.

Denk nach. Denk nach, denk nach, denk nach!

Er war Magier, oder nicht? Ob Diplom oder nicht, er hatte zehn Jahre lang studiert und geübt. Es musste doch eine Lösung für ausweglose Situationen geben wie diese! Sein Ziel war der Übergang von hier zu den Wurzeln des ersten Freien Hauses jenseits der Wüste. Gab es einen Spruch dafür, oder einen magischen *Findibus*, der den Weg erspüren konnte?

Tesfayé hatte schon mit einem Findibus gearbeitet, als er sich einmal in der Universität unten im Keller verlaufen hatte und in die uralten Katakomben geraten war, in denen die sterblichen Überreste der toten Meister in versiegelten Kammern ruhten. Ein wahres Labyrinth, ein letzter Scherz der Magie für Ungeübte, die sich vielleicht in räuberischer Absicht hier umsehen wollten.

Der Findibus hatte den jungen Adepten wieder zurückgebracht, weil das Ziel einfach zu formulieren gewesen war.

Konnte es schlimmer werden, wenn er es versuchte und es schlug fehl? Nein, gewiss nicht. Es wäre zumindest tröstlich, einen Findibus bei sich zu haben, auch wenn er den Weg nicht fand.

Tesfayé kramte in seinem Gedächtnis nach dem Spruch, als ihm eine leichte Erschütterung augenblicklich alle Haare zu Berge stehen ließ.

Ihm war klar, was das zu bedeuten hatte. Er war nicht mehr allein, und das, was sich näherte, war groß. Es lag nicht nur an dem sanften Zittern der Wurzeln, hinzu kam die verdrängte Luft, die hereingedrückt wurde und einen deutlichen Windzug verursachte. Und es war zu *spüren,* dass sich etwas Gewaltiges heranwälzte.

An sich keine Überraschung. Das Nest, in das Tesfayé gestürzt war, war ziemlich groß und voller Überreste der früheren Opfer - oder dem, was aus der Oberwelt nach unten gelangt und von dem Wesen aufgesammelt worden war.

Aber es hätte doch freundlicherweise mit seiner Rückkehr warten können, bis der unerwartete Gast weg gewesen wäre …

Voller Schreck wagte Tesfayé es nicht mehr, sich zu rühren. Er klammerte sich an einen Wurzelstrang und tastete nach einer Lücke in dem Gewirr, die groß genug war, um ihn aufzunehmen und einigermaßen vor dem Zugriff zu schützen.

Ein tiefes Atmen erfüllte nun die Höhle, und die kühlfeuchte Temperatur stieg augenblicklich an. Zwei Lichter strahlten auf, als ob Kutscherlampen entzündet worden wären. Nun wäre Tesfayé die Dunkelheit lieber gewesen. Der junge Magier war zu keinerlei Regung fähig; selbst wenn er eine Deckung ertastet hätte, er könnte mit keinem Muskel auch nur zucken. Die beiden Lichter schwenkten hin und her und erhellten in kurzen, kreisrunden Abschnitten die schaurige Lagerstätte.

Tesfayé befiel sofort wieder Würgereiz, als er nun sehen konnte, worin er gelandet war, und was er in langsam trocknenden Spuren an sich trug, auf Haut und Kleidung. Panisch schluckte er heftig, um sich nicht zu verraten; nur keinen Laut jetzt, das wäre fatal. Wobei das wahrscheinlich keinerlei Unterschied machte, schalt er sich gleich darauf, denn was in der Dunkelheit lebte, verfügte zumeist über einen ausgezeichneten Geruchssinn. Und über einen phänomenalen Spürsinn.

Also konnte er ohnehin nichts mehr machen. Der Besitzer dieser schauerlichen Stätte wusste sicherlich längst, dass sich jemand in seiner Nähe befand. Insofern Tesfayé ihn nicht sogar hergelockt hatte.

Trotzdem hielt er still, denn vielleicht konnte das Wesen nicht so schnell herausfinden, wo genau er sich befand. Er hörte, wie sich etwas in das Nest hereinschob, schabend und kratzend am Gestein entlang, zwischen den Wurzeln hindurch, über blanke Knochen hinweg. Und dazu diese Lichtkegel, die ständig umherschweiften und helle Löcher in die Dunkelheit stanzten.

Allmählich gewöhnten Tesfayés Augen sich an das Leuchten und machten weitere Konturen in dem diffusen Licht außerhalb der Kegel aus. Das Wesen war wirklich gewaltig und ähnelte mit seinen vielen Segmenten und den winzigen Greiffüßchen einer Raupe mit riesigen runden Mondaugen. Darüber waren zwei lange Stiele zu erkennen, deren Enden sich beständig ein- und entrollten. Unterhalb der Augen zeichneten sich Greifwerkzeuge ab, mit jeweils einem langen, beweglichen Tastfaden an den Seiten.

Kalter Schweiß bedeckte Tesfayés Stirn, über seinen Nacken schienen Ameisen zu laufen, so sehr kribbelte und juckte er. Weiterhin war er wie gelähmt vor Angst, seine Kehle war dermaßen zugeschnürt, dass er kaum noch atmen konnte. Die riesigen leuchtenden Augen richteten sich auf ihn, und dann bewegten sich die Tastfäden in seine Richtung. Auch die Fortsätze an den Augenstielen entrollten sich nun vollständig und tasteten genau dorthin, wo der junge Mann verharrte.

Die Mondraupe, wie Tesfayé sie für sich nannte, wusste, dass er da war, wo er war, und rückte ihm näher. Die Mundwerkzeuge klappten aus und entpuppten sich als lange Greifarme. Dazwischen bewegte sich leise klickend der knochenartige Saum des Schlundeingangs.

Es war um ihn geschehen, er hegte keinen Zweifel mehr. Die Wüste überstanden, den Sturm überstanden, den Lindwurm überstanden. Und nun wurde er Raupenfutter. Tesfayé rührte sich nicht, er zwinkerte nicht einmal, als ihn die Tastfäden berührten, gefolgt von den Greifarmen. Die drei Haken an den Enden zupften an ihm herum. Konnte das Wesen trotz der riesigen Leuchtaugen ihn überhaupt sehen? Tesfayé zweifelte allmählich daran. Vielleicht dienten sie als Lockmittel für unvorsichtige Beute, wie Motten vom Licht angezogen wurden? Oder hatten diese Augen noch nie so etwas wie ihn erblickt – aufrecht stehendes, lebendiges, warmes Fleisch, und die Raupe wusste nicht, was sie mit ihm anfangen sollte? Allerdings schien sie Geschmack an den verklebten Überresten aus dem Nest zu finden, denn die Greifarme zogen sie fortwährend aus der Kleidung und führten die Bröckchen zu dem klickenden Schlund.

Es war durchaus eine Erleichterung, wenigstens ein bisschen gesäubert zu werden. Aber nicht auszudenken, wenn nichts mehr übrig war und die Raupe entschied, dass nach dieser Vorspeise frisches Fleisch zur Abwechslung des Speiseplans nicht zu verachten war.

Tesfayé sah nur noch eine Möglichkeit. Dieses Tier war vielleicht nicht sonderlich intelligent und vielleicht konnte er es durch einen einfachen Trick abschrecken. Das war mehr so eine Kinderschreck-Sache, indem er suggerierte, plötzlich in heißen Flammen aufzugehen. Da es hier unten kühl war und dieses Reich nie von den wärmenden Strahlen der Sonne erreicht wurde, könnte er damit Erfolg haben und das Tier erschrecken.

Der junge Magier wagte es, seine Hände von den Wurzeln zu lösen, bewegte die verkrampften Finger, hielt sie dann in einem gewissen Abstand vor sich und vollführte Bewegungen, als ob er eine Kugel formte. Voller Erleichterung spürte er, wie die magische Energie durch ihn floss und sich zwischen seinen Fingerspitzen sammelte. Fast lautlos murmelte er den Spruch, während die Raupe weitere angetrocknete Fleischfetzen von ihm zupfte und verzehrte.

Plötzlich entzündete sich ein Feuerball, den Tesfayé schnell auseinanderzog und über sich warf - so stand er in Flammen und verströmte eine große Hitze. Scheinbar. Denn es war nur ein illusorisches Magiefeld, dahinter war er völlig sicher.

Und die Raupe reagierte tatsächlich darauf. Sie fuhr zurück. Tesfayé nutzte den Moment ihrer Verwirrung und drehte sich um, denn die Mondaugen beleuchteten das Wurzelgeflecht hinter ihm, und da entdeckte er endlich einen Durchschlupf. Genau wie er erhofft hatte. Die magische Illusion verging gerade, während er hochschnellte, die Arme voraus ins Wurzelgeflecht eintauchte und sich dann hastig weiterzog. Er hörte, wie die Greifarme hinter ihm vorschnellten und gegen das Holz krachten, und spürte das Tasten der lang ausgeworfenen Fäden. Das spornte ihn an, noch schneller zu klettern, solange er einigermaßen Sicht hatte.

Nach einer kurzen Kletterpartie fühlte Tesfayé, dass er entkommen war, die Präsenz der Raupe verging. Sie unternahm auch keinen weiteren Versuch, seiner habhaft zu werden, sondern wandte sich ab und ihrem normalen Tagesgeschäft zu. Das Licht erlosch, aber Tesfayé hoffte, sich die Umgebung einigermaßen eingeprägt zu haben, um dieses Bild mit seinen vorantastenden Händen verbinden zu können.

Es schien ohnehin keinen Ausweg zu geben, sondern immer nur diesen einen Durchschlupf entlang, und Tesfayé konnte nur hoffen, dass er nicht in einer Sackgasse landete. Mit dem Messer, das er mit sich führte, würde er vermutlich Tage brauchen, bis er sich einen Weg hindurchgesäbelt hatte. Und zurück zu der Mondraupe und ihrem schaurigen Nest, nein, das kam nicht in Frage.

Es dauerte noch eine Weile, bis sich sein rasender Herzschlag allmählich beruhigte. Sein Verstand hingegen blieb aufgewühlt. Er hatte diesen Schrecken überstanden, aber wie viele mochten ihm noch bevorstehen? Und weiterhin blieb die Frage, wie er sein Ziel finden sollte. Zwar befand er sich im Wurzelwerk des BAUMS, doch wohin führte es? Bildete es das gesamte Innere Waldsees und verband alles miteinander? So ungefähr hatte der Wyvern es zumindest angedeutet. Die Welt war riesig. Wenn Tesfayés Vermutung zutraf, konnte er ein paar tausend Jahre hier herumklettern und käme doch nie dorthin, wohin er wollte.

Allmählich ließ seine Kraft nach. Das Geflecht war dicht genug, dass er einigermaßen Halt fand und gut durchkam, doch er war keine langen körperlichen Anstrengungen gewohnt. Seine Muskeln zitterten und schmerzten und er wusste, dass er bald eine Pause einlegen musste, was ihn noch weiter von Wiffi entfernen würde … aber die Distanz war inzwischen sicherlich auch so schon unüberwindlich geworden, nachdem er abgestürzt war und an anderer Stelle herumirrte.

Ich bin im BAUM. Was kann mir geschehen? Alles ist verbunden. Setz deinen Verstand ein, Mekeli Mäuseherz!

Worüber hatte er vor dem Eintreffen der Mondraupe nachgedacht? Ach ja: Der Findibus. Hatte er dafür noch genug Kraft? Es gab genug Strömungen hier unten, das sollte kein Hindernis sein. Aber dass es magische Energie gab, bedeutete nicht, sie auch nutzen zu können. Man durfte es nie übertreiben. Versiegten die Kräfte, wandte sich die Magie gegen den Anwender. Das war das erste Gebot, das ein Student lernte.

Umso mehr war Tesfayé froh, dass er sich nicht verwandelt hatte. Dann wäre er längst Opfer aller hier unten lebenden Wesen geworden. Als Mäuschen wäre alles noch viel riesiger, die Entfernungen viel größer. Als Wurm … nein, Wurm kam ohnehin nicht in Frage, das war abgehakt. Punkt, aus.

Und was ist, wenn ich mich einfach … auf mein Gespür verlasse? Wenn ich im BAUM bin und die magischen Energien spüren kann, dann werden sie mich auch leiten, wohin ich muss. Habe ich eine Aufgabe zu erledigen, dann erreiche ich das Ziel. Das unterscheidet mich von den normalen Menschen. Ich bin ebenso mit der Welt verbunden und kann sie spüren. Warum tue ich es dann nicht?

Tesfayé hielt inne. Ja, warum tat er es nicht?

Weil er sich zu sehr von seiner Angst hatte ablenken lassen. Von dem, was er auf den Augenschein wahrgenommen hatte. Und von dem, was er sich an Schrecken und Gefahren ausgemalt hatte. Das alles, verbunden mit der Dunkelheit, hatte ihn blind und taub auf der magischen Ebene gemacht. Er hatte vergessen, was er war. Auch ohne körperliche Verwandlung war er nicht mehr als Mekeli gewesen, ein zittriges kleines Mäuschen, das nur von Feinden umgeben war.

Still schämte er sich vor sich selbst.

Die Augen zu. Die innere Sicht geöffnet.

Lass es wirken.

Mit einer besonderen Atemtechnik leerte Tesfayé seine Gedanken und hörte auf zu suchen. Sondern ließ auf sich einwirken.

Bald spürte er ein Kribbeln unter den Fingerspitzen. Nun *hörte* er mit ihnen. Das langsame Wachsen der Wurzeln. Das Strömen des Wassers durch ihre Adern. Behutsam tastete er, berührte alle Stränge um sich herum. Das Wasser floss ausschließlich in eine Richtung. Von seiner rechten Hand, die weiter unten gesetzt war, zur linken Hand.

Nach oben. Das Wasser wird nach oben gezogen, dorthin, wo Stamm und Krone wachsen. Und … wo ein Haus liegt, auch wenn so gut wie nichts mehr davon übrig ist. Die Wurzeln verteilen von dort das Wasser überallhin. In Bäche und Teiche und Flüsse. Also muss ich mich entgegengesetzt bewegen, bis ich irgendeinen Grund, einen Knotenpunkt, was auch immer erreiche, wo alles seinen Ursprung nimmt. Das Zentrum.

Es spielte keine Rolle, dass das wirkliche Zentrum Jahrhunderte des Kletterns entfernt sein mochte – es gab noch andere Knotenpunkte, und auf dem Weg dorthin würde er sein Ziel finden. Würde er wissen, wann er eine neue Richtung einschlagen musste, um die Verbindung zwischen dem hinter ihm liegenden und dem ersten Freien Haus nach der Wüste zu finden.

Mit geschlossenen Augen kletterte der junge Mann weiter, geführt von seinen Fingerspitzen.

Tesfayé öffnete die Augen, als er merkte, dass die Dunkelheit wich. Blinzelnd brauchte er eine Weile, bis sein Blick sich an die Veränderung gewöhnt hatte. Und großes Staunen erfüllte ihn. Sämtliche Schrecken, die hinter ihm lagen, verblassten, und *ja*, dieses Wunder zu sehen, war alle Strapazen wert gewesen. Er sah, wie das Wurzelwerk sich erweiterte und … spirituelle Muster bildete. Symbole, Bilder und Worte in der ersten Sprache Waldsees, die vertraut wirkte und doch anders war. Tesfayé war sicher, dass sich Fragmente der Schöpfung darunter befanden, eine Silbe hier, ein Wortbild da, ein verschlungenes Symbol dort. Und das war erst der Anfang.

Ein riesiger Hohlraum eröffnete sich vor ihm, an dessen Rand die Wurzeln weiterhin verbunden und mit Bildern, Symbolen und Worten ineinander verwoben waren, dazu mit kleinsten Verästelungen wie Gemälde schwungvoll und schmuckvoll gerahmt und verziert, sodass sich alles insgesamt zu einer einzigen, gewaltigen Erzählung zusammenfügte. Die Lebensgeschichte Waldsees. Und zehntausende winziger, glitzernder Kristalle erzeugten dazu ein sanftes Licht, das alles beleuchtete, ohne Schatten zu werfen. Als wären die Sterne vom Himmel geholt worden, so funkelte und glänzte es im dennoch milden Schein, ohne zu blenden, ohne dass etwas verborgen blieb.

Ein einzigartiges Kunstwerk, dessen wahre Ausmaße nicht absehbar waren. Denn noch in der tiefen Dunkelheit dahinter glitzerten zarte Pünktchen.

»Du hast dir ganz schön Zeit gelassen!«, erklang Wiffis vorwurfsvolle Stimme.

»Du hast mich im Stich gelassen!«, gab Tesfayé prompt zurück, das wollte er nicht auf sich sitzen lassen. Noch dazu, da der Lindwurm diesen erhabenen, wundervollen Moment so schnöde unterbrochen hatte. »Du wolltest mich führen!«

»Rede keinen Unsinn. Dein Weg ist *dein* Weg, nicht meiner. Wie sollte ich dich führen können?«

»Aber ...«

Tesfayé unterbrach sich, als er sich gegenüber, auf der anderen Seite des Hohlraums, eine Bewegung ausmachte, einzelne Lichterchen wurden kurzzeitig verdeckt durch etwas Großes, Dunkles, das an ihnen vorüberzog. Hoffentlich war das der Lindwurm, denn dieses Wesen übertraf die Mondraupe an Größe um ein erhebliches.

Dann schlängelte sich etwas aus dem Wurzelwerk heraus, und der junge Magier blinzelte, rieb sich die Augen.

Das war keine Dunkelheit, er hatte sich getäuscht. Es war Wiffi, doch völlig anders, als er sich in der Oberwelt gezeigt hatte. Jetzt schimmerte und leuchtete sein riesiger Schuppenleib, als wäre er von einem zarten Netz aus feinen Schnüren überzogen, auf denen glänzende Tautropfen aufgereiht waren wie hunderte Perlenketten. Und wie beim Wurzelwerk auch befand sich im Zentrum jeder Fadenzusammenführung, jedes Knotens ein glitzernder Kristall.

Und der Kopf schien eine Art Krone aus diesem Netz zu tragen, die leuchtenden Augen wirkten jetzt gar nicht mehr unheimlich, sondern überaus sanft und warm.

Ohne jeden Zweifel war der Wyvern hier in der Unterwelt zu Hause, es war seine ureigene Stätte, sein Nest, verbunden mit dem BAUM.

Tesfayé spürte, wie seine Augen feucht wurden vor Ergriffenheit. So oft hatte er nachts in den Himmel geblickt und den Anblick des Perlmonds und der Sterne und des Siebensterns für das Schönste gehalten, was es geben konnte. Und nun erlebte er den perfekten Spiegel davon hier unten in der feuchtklammen Tiefe, vollkommener und fesselnder noch, denn es war viel näher … ja, zum Greifen nahe.

»Verzeih«, flüsterte er. »Ich wollte dich nicht … ich wollte nicht respektlos sein.«

Einem solch erhabenen Wesen gegenüber, so alt wie die Welt, war Demut angesagt.

Aus den Tiefen des Wyvern rollte ein Lachen hervor. »Komm schon, Junge, die Welt wartet auf Rettung. Du hast es bald geschafft!«

Eifrig nickte der junge Mann, angespornt und voller Zuversicht. Er würde mit nach oben nehmen, was er hier gesehen hatte, und lange von dieser Kraft zehren. Vielleicht konnte er auch einen Teil davon weitergeben, um zu heilen. Er würde weniger Angst haben, da er nun wusste, welch starkes Herz im Inneren Waldsees schlug und einen eigenen Schutz bildete, durch das älteste Artefakt und den ersten Hüter.

Tesfayé sah sich um. »Ich weiß, ich muss meinen Weg finden, aber … hast du vielleicht einen kleinen Hinweis für mich, welches die kürzeste Verbindung zu dir hinüber ist?« Der Hohlraum, den das Kunstwerk umgab, war nämlich ziemlich groß. Ob er nun nach rechts oder links, oben oder unten kletterte, schien keinen sonderlichen Unterschied zu machen. Da er weder in der einen noch in der anderen Richtung sehen konnte, wie tief der Hohlraum hineinreichte, war es schwer zu schätzen, ob er Stunden oder Tage benötigte, um auf die andere Seite zu kommen. Zeit, die er laut Wiffi nicht hatte.

»Gut, dass du gefragt hast«, antwortete der Wyvern. »Die bin ich.«

Und dann streckte er und reckte er sich dem jungen Mann entgegen. Die bequemste und schnellste Lösung, ganz zweifelsfrei. Tesfayés Herz machte einen Satz vor Freude. Nicht nur, dass ihm eine weitere schweißtreibende und kräftezehrende Kletterpartie erspart blieb, auf dem funkelnden Lindwurm zu reiten bildete die Krönung dieses Abenteuers. Und er hatte instinktiv das Richtige getan - eine Frage zu stellen. Diejenige, mit der er weiterkam. Meister Yesh hätte ihn dafür natürlich nicht gelobt, sondern vielmehr getadelt, weil er so lange dazu gebraucht hatte, das zu begreifen. Denn so war das mit den magischen Dingen. Tesfayé musste endlich akzeptieren, dass bei ihm nichts auf normalem, menschlichen Wege ablaufen würde. Ein Magier bewegte sich stets auf anderen Pfaden, sichtbar und doch einen Schritt neben den Wegen der einfachen Menschen.

Dazu war er nun bereit. In diesem Moment, so kam es ihm vor, hielt er endlich sein Diplom in Händen.

Der mächtige, keineswegs mehr plumpe Kopf des Lindwurms, der nun wirkte wie eine Mischung aus Schlange, Echse und Drache, näherte sich ihm unaufhaltsam. Bald würde Tesfayé auf ihn steigen und sich über den Abgrund tragen lassen. Und dann war es bestimmt nicht mehr weit auf die andere Seite. Tesfayé würde in dem Freien Haus hinter der Wüste herauskommen, dort nach Halrid Falkon fragen und das Schicksal Ishgalads in dessen Hände legen können, von der weiteren Verantwortung befreit. Sein Auftrag wäre erfüllt.

In diesem Moment gab es einen furchtbaren dröhnenden Schlag, der die Unterwelt bis in ihre Grundfeste traf.

Tesfayé riss die Hände zu den Ohren hoch, weil er das Gefühl hatte, es zerrisse ihm jeden Moment das Gehör. Er wollte schreien, doch er brachte keinen Ton hervor, denn ihm war, als würde ihm die Luft aus den Lungen gesogen.

Auf den ohrenbetäubenden Donner folgte ein Beben, eine so starke Erschütterung, dass sich selbst die untrennbar scheinenden Wurzelgeflechte lösten und die Legende an einigen Stellen aufbrach oder gar zerrissen wurde.

Zuerst war es nur ein leichtes Rieseln, das von oben herabkam, doch dann folgte schweres Erdreich in heftigen Schüben, während das Zittern und Beben sich fortsetzte und sich sogar noch aufzuschaukeln schien.

Tesfayé hörte über den unbeschreiblichen Lärm hinweg den Schmerzensschrei des Wyverns, spürte ihn in seinem Kopf nachhallen, und voller Entsetzen sah er, wie der gewaltige Lindwurm aus dem Geflecht des Nestes gerissen wurde, für einen Herzschlag in der Luft schwebte und dann in die Dunkelheit stürzte, so tief, dass sein Schimmern schließlich verschwand.

Der junge Magier hatte keine Zeit, dem Wyvern nachzurufen oder zu überlegen, was er tun konnte, denn es riss ihm ebenfalls den Halt unter den Füßen weg, eine zweite heftige Erschütterung zerfetzte das Geflecht unter ihm und schleuderte ihn genau wie den Lindwurm zuvor hinaus ins Nichts, und er fiel ihm haltlos hinterher.

Vorbei, war alles, was er denken konnte.

Tesfayé sauste in die Tiefe, überschlug sich dabei mehrmals, alles drehte sich um ihn. Überall sah er das Glitzern und Funkeln, aber auch zerstörerische Blitze, wo die Struktur aufbrach und Lücken in den Fortlauf der Geschichte riss. Ein weiterer Schlag folgte, ein weiteres Beben, das ihn selbst noch im Sturz umherschleuderte, aber nie nah genug an das Geflecht heran, dass er zugreifen und sich festhalten könnte. Erdbrocken, Steine und zertrümmerte Felsen stürzten in Massen von oben herab, und Tesfayé befürchtete nicht nur, davon getroffen und erschlagen zu werden, sondern dass durch die heftigen Einschläge der Boden unter ihm - denn irgendwann musste es ja zu Ende sein - schließlich nachgab und einbrach und die gesamte Oberfläche Waldsees ins Innere stürzte.

Halb betäubt, voller Schwindel, nach Atem ringend spürte er, wie es warm aus seinen Ohren floss - Blut, nahm er an, ausgelöst von dem entsetzlichen Getöse. Auch aus der Nase blutete er, und er hatte das Gefühl, als würden Brustkorb und Lungen zusammengequetscht. Dem Ersticken nah, ruderte er mit Armen und Beinen, nicht bereit aufzugeben, hangelte verzweifelt nach etwas, an dem er sich festhalten und den Sturz aufhalten konnte.

Dann prallte er auf und verlor das Bewusstsein.

Die gnädige Ohnmacht hielt nicht lange an. Tesfayé spürte, wie er von etwas Weichem herunterrutschte, dann rollte, zuletzt kugelte. Plötzlich war da nichts mehr, ein kurzer Fall, und er landete abschließend in einer Staubexplosion auf dem Boden.

Stöhnend drehte Tesfayé sich auf den Rücken und hätte beinahe aufgelacht. Nach allem, was er durchgemacht hatte, war sein Reisebeutel immer noch da, hatte den Aufprall zusätzlich gedämpft und ihn vor Knochenbrüchen bewahrt.

Er versuchte sich aufzusetzen und stellte fest, dass ihm zwar alles wehtat, er aber Muskeln und Gliedmaßen rühren konnte. Mit fahrigen Bewegungen wischte er sich den Staub aus dem Gesicht und das Blut von der Nase und dem Hals.

Es hatte aufgehört. Das Bluten, das Erdbeben und diese grausamen Schläge.

Was war nur passiert? Und wieso hatte er überlebt?

Staunend stellte Tesfayé fest, während er sich blinzelnd umsah, dass er sich gar nicht mehr in der Dunkelheit befand. Diffuses Licht umgab ihn, dessen Quelle er nicht entdecken konnte. Es schien von überall zu kommen. Da entdeckte er nicht weit von sich den riesigen, verschlungenen Lindwurm.

»Wiffi!« Seine Stimme klang heiser, winselnd. Taumelnd kam er auf die Beine, hustete Staub und Blut aus, stolperte auf den mächtigen Leib des Wyverns zu. Der junge Mann war in einer der vielen Windungen so weich gelandet, dass er sich nur leichte Prellungen zugezogen hatte.

Tesfayé kniete bei dem mächtigen Schädel nieder. Feine Atemwölkchen quollen aus den Nüstern. Die Augen waren geschlossen. Schüchtern streckte er die Hand aus und berührte den Nasenrücken, streichelte über die samtigen Schuppen.

»Wiffi«, wiederholte er. »Oh, Wiffi.«

Der Wyvern starb. Ob es an dem Sturz lag, an dem schrecklichen Erdbeben, den schweren Verletzungen des Geflechts, oder an allem. Es änderte nichts. Das Schimmern war erloschen. Tesfayé schniefte und wischte sich mit dem Ärmel über die Nase. Tränen kullerten aus seinen Augen und landeten auf dem schuppigen Nasenrücken, als er den Kopf an ihn legte, seine Wange an ihm rieb.

»Bitte … du darfst nicht sterben, Wiffi …«, flehte er.

Das älteste und vielleicht kostbarste Leben Waldsees, ein Teil der allumfassenden Seele, ein unersetzliches Artefakt schwand dahin.

Der Wyvern atmete schwer und schmerzerfüllt. Er konnte nicht mehr antworten. Kurzzeitig blitzte ein Leuchten auf, als er versuchte, die Lider zu heben, doch sie fielen wieder zu. Keine Kraft mehr.

Tesfayé blieb bei dem uralten Wesen, legte die Arme an seinen Kopf, streichelte es, schmiegte sich an und verhielt so bis zu dessen letztem Ausatmen.

Untröstlich machte der junge Magier sich dann auf den weiteren Weg. In die Richtung, aus der Wiffi ihm entgegengekommen war, wenigstens das wusste er. Leise vor sich hinschluchzend wanderte er dahin, um sich herum nichts als Staub und Stille. Fern über sich funkelte und glitzerte das Geflecht. Es war nicht vollends zerstört, doch die entstandenen Lücken waren vielleicht unheilbar und ein Teil der Geschichte Waldsees war auf immer verloren. Und es konnte schlimmer werden, wenn weitere Angriffe erfolgten.

Tesfayé zweifelte nicht daran, dass es keineswegs eine Naturkatastrophe gewesen war, sondern dass es sich um einen Angriff gehandelt hatte. Von dem Schwarzen Annatai, der dabei war, auf die Welt zu gelangen. Welche Erklärung konnte es sonst geben? Er hatte den Perlmond verdunkelt, versuchte den Siebenstern zu zerstören. Die Schutzsphäre war bereits verweht, und doch … hatte er keinen Zugang erreicht.

Tief in sich lauschend spürte der junge Magier, dass trotz der schrecklichen Auswirkungen die Welt noch keineswegs gefallen war.

Das bedeutete für ihn: Seine Mission war nicht beendet, er musste seine Aufgabe weiterhin erfüllen.

Und das wollte er auch. Aus der Trauer erwuchs etwas Neues. Der Schmerz wandelte sich in Wut. Wer so etwas tat, war ein gefühlloser, ehrloser Zerstörer, nicht besser als dieser grausame Sadist Hagan Tar und noch mehr verachtenswert. Keine Frage, dass in Hatar Stygan nichts Gutes ruhen konnte, wenn er einen wie Hagan Tar als rechte Hand nahm und wenn er einem so schrecklichen Wesen wie dem Schwarzen Annatai den Weg bereitete. Nicht umsonst trug er den Beinamen *der Nichtige.*

Gewiss, wer solch ein Erdbeben auslösen konnte, musste eine ungeheure, gottgleiche Macht besitzen. Tesfayé hingegen war ein kurzlebiger Mensch, ein junger Mann, der gerade erst seinen Abschluss gemacht hatte und der kein geborenes magisches Wesen war. Seine Kräfte waren begrenzt, in jeder Hinsicht.

Aber das hinderte ihn nicht, einen Schwur abzulegen. Er sagte diesem übermächtigen Gegner nun den Kampf an. Mit dem Angriff auf den BAUM und dem Tod seines Hüters war es jetzt zu einer persönlichen Angelegenheit geworden, und er wollte ab sofort nicht mehr zweifeln und nicht mehr wanken.

Das ist meine Welt, du hast hier nichts verloren. Ich werde dabei helfen, den Anker zu vernichten, damit du niemals deinen Fuß auf Waldsee setzen kannst! Wiffi soll nicht umsonst gestorben sein.

Kapitel 5

Die Grenze von Wasser und Feuer

Tesfayé schritt eilig dahin. Dieser erste Angriff hatte gezeigt, wie ernst die Lage bereits war, doch möglicherweise noch nicht aussichtslos. *Wenn* er sich beeilte. Zumindest hoffte er das …

Er wollte vor allem die Trauer hinter sich lassen und die Angst vor räuberischen Wesen, die vielleicht keine Zurückhaltung mehr kannten, nachdem der Hüter nicht mehr war. Nur noch einen einzigen Gedanken ließ er zu: Das Freie Haus zu finden und Hilfe zu holen. Sicherlich gab es dort einen Weg, Halrid Falkon zu kontaktieren und ihm die Lage zu schildern. Wahrscheinlich wusste der Zauberer schon, dass etwas im Gange war, falls die Auswirkungen am Himmel auch außerhalb von Ishgalad zu sehen waren. Doch er konnte nicht wissen, wo das Unheil seinen Anfang nahm. Und welches wahre Ausmaß die Bedrohung hatte.

Sicherlich konnte Tesfayé ihn und den Drachen dann über denselben Weg wieder zurück nach Ishgalad führen, um alle magischen Barrieren zu umgehen. Wobei … er wusste nicht, wie groß der Drache war, das könnte schon schwierig werden.

Innerlich winkte er ab. Darüber brauchte er sich nicht den Kopf zu zerbrechen. Ein viele tausend Jahre alter Annatai und ein Drache wussten, wie mit solchen Herausforderungen umgegangen werden musste.

Seine Aufgabe war es, als Bote aufzutreten. Und das so schnell wie möglich.

Das Zeitgefühl hatte er hier unten längst verloren. Er konnte Stunden oder sogar schon Tage unterwegs sein. Irgendetwas, nicht viel mehr als ein Gefühl, sagte ihm, dass er den meisten Weg schon zurückgelegt hatte und das Ziel näher rückte. Also sollte er sich noch mehr beeilen, bevor womöglich der nächste Angriff erfolgte und den Übergang vollständig verschüttete.

Dieses staubige Nichts um ihn herum war unheimlich genug. Kein Laut, keine Regung. Ab und zu erblickte er in glitzernder Ferne Wurzelwerk, doch er blieb bei seiner Richtung. Notfalls setzte er den Findibus ein, aber er wollte seine Kräfte schonen; er wusste ja nicht, was ihn auf der anderen Seite erwartete. Oder wie er überhaupt dorthin gelangte. Gab es da eine Tür in den Keller und von da Stufen hinab, bis der BAUM erreicht war? Tesfayé hatte keine Vorstellung.

Sein Herz machte einen Satz, als er merkte, wie es vor ihm heller wurde, und sich zusehends verschlungenes Wurzelwerk aus der Dunkelheit schälte. Die Geschichte Waldsees wurde auch hier fortgeführt, und auch hier hatte der Donnerschlag seine Auswirkungen gezeitigt. Es gab Lücken und dunkle Flecken in dem Geflecht.

Unwillkürlich beschleunigte sich Tesfayés Schritt, er konnte es jetzt kaum mehr erwarten. Hoffentlich war es die richtige Stelle für den Übergang! Nur noch eine Kletterpartie nach oben, und dann …

Abrupt blieb er stehen, der Mund stand ihm offen, und verwirrt blickte er sich um.

Das Wurzelgeflecht vor ihm steckte vollständig in *Wasser*.

Aber hier, auf seiner Seite, herrschte gnadenlose Trockenheit!

»Es ist die Grenze …«, stieß Tesfayé flüsternd und voller Staunen hervor. »Auf dieser Seite, in Ishgalad, hat Hatar Stygan das Wasser gestohlen. Aber dort drüben ist ein anderes Reich, und dort gibt es Wasser! Seine Macht endet genau an der Grenze …«

Es musste Nerovia sein, das am südlichsten gelegene Land.

Er hatte es geschafft!

Blieb nur noch eine Frage.

Wie gelangte er ohne Kiemen durch das Wasser nach oben?

Eírtiti prallte unsanft auf einen Steinboden und ächzte auf. Kurz wartete sie auf den stechenden Schmerz gebrochener Knochen, doch es gab lediglich an der einen oder anderen Stelle ein dumpfes Pochen einer nicht allzu heftigen Prellung. Alles war heil geblieben, sie spürte auch kein Blut aus sich rinnen. Benommen stemmte sie sich hoch, stützte sich auf den Händen ab und sah sich um. Die Instinkte der Wahren Gestalt in ihr ließen ihr keine Zeit, zu sich zu kommen, das Geschehnis zu verarbeiten, sondern sie musste vielmehr sofort herausfinden, wo sie war, und in Verteidigungshaltung gehen. Fragen konnte sie später stellen.

Sie fand sich in der Mitte eines Kreises wieder, der von einem aus großer Höhe herabgelassenen Kronleuchter erhellt wurde. Alles außerhalb des Kreises war dunkel, doch ihre scharfen Augen konnten menschenähnliche Gestalten in Kapuzenumhängen ausmachen, die sich rhythmisch hin und herwiegten und dabei leise summten.

»Da ist sie«, hallte eine kalte, unheimliche Stimme, wie aus dem Grab.

Jemand trat in den Lichtschein, näher zu ihr. Ein schwer gebauter Mann in Rüstung, mit blonden Haaren und eiskalten blauen Augen. Die Grausamkeit hatte sich neben einigen Narben tief in sein bartloses Gesicht gegraben. Das also war *ein* Feind. Aber nicht der *wahre*. Ein grobschlächtiger Kerl, der die Befehle eines anderen ausführte und diese vor allem, seiner selbstbewussten Haltung nach zu urteilen, nur allzu gern weitergab. Das war nicht die Stimme aus dem Hintergrund gewesen.

»Ich habe sie mir größer vorgestellt«, stellte er verächtlich fest.

»Wenn die wahre Größe in der Gestalt läge, müsste ich ein himmelhoher Riese sein«, erwiderte die heisere, nichtmenschliche Stimme aus dem Dunkel.

»Steh auf!«, befahl der blonde Mann. »Damit mein Herr dich genauer in Augenschein nehmen kann.«

Eírtiti schwieg und regte sich nicht. Ihre Augen hatten sich inzwischen vollständig an die Lichtverhältnisse gewöhnt. Auch ihr Gespür war wiederhergestellt. Sie befand sich in einer großen Halle, und die Verhüllten um sie herum waren menschliche Magier und … einfache Menschen, mit denen etwas Schreckliches geschehen war. In den Schatten der Kapuzen konnte sie ausgemergelte Gesichter mit grauer Haut und lichtlosem Blick erkennen. Wandelnde Tote. Diese Menschen waren in einen Zustand versetzt worden, der sie am Leben hielt, doch ihnen jeglichen Willen und Bewusstsein nahm. Sie waren nicht mehr als leere Hüllen, die sich ab und zu mit den Befehlen des Herrn füllten, dadurch zu Handlungen gezwungen wurden, die sie ausführten, ohne sie wahrzunehmen. Gedacht für die Magier zur Unterstützung, um die magische Energie aus der Welt zu saugen, zu bündeln und für den wahren Feind nutzbar zu machen:

Den Anker.

Schneller als gedacht war er gefunden. Jedoch nicht so, wie Halrid sich das vorgestellt hatte.

Zweifelsohne ein Mächtiger, das musste Eírtiti nicht erst erspüren, und sie zollte ihm widerwillige Anerkennung, dass es ihm gelungen war, sie mitten in einem Sphärensturm aus einem Freien Haus heraus zu entführen. Das verlangte höchste Präzision und großes Können. Die nötige Energie dafür hatte er mit diesen armen Geschöpfen hier aufgebracht. Dennoch war es ein unverzeihliches Sakrileg und ein Bruch des höchsten aller Gesetze, an das sich jedes weltliche Wesen ohne Ausnahme hielt, einschließlich der Dämonen.

Gehalten hatte.

»Wirst du wohl gehorchen!«, brüllte der Mann und hob den Fuß, um nach ihr zu treten.

»Behandle sie wie einen Gast«, mahnte die Stimme aus dem Hintergrund. »Sie ist von sehr großer Bedeutung. Außerdem hat sie als Hüterin ein Anrecht auf Respekt, allein dadurch, was sie ist. Du bist ein Nichts gegen sie.«

»Sie erweist *dir* nicht den erforderlichen Respekt, Herr!«, stieß der Mann erbost hervor.

»Den brauche ich nicht.«

Eírtiti hörte zu und beobachtete.

Für einen Moment wurde es still. Auch der Kreis hatte aufgehört zu summen. Einige der abgemagerten Schattenwandler waren kraftlos zusammengebrochen. Diener, deren Blick nicht minder lichtlos war, kamen hinzu, packten sie an Armen oder Beinen und schleiften sie aus dem Kreis.

Die Magier, Männer wie Frauen, wirkten sehr erschöpft, doch sie durften noch nicht ruhen. Eírtiti spürte den Bann um sich herum, den sie aufrechterhielten. Sie wäre nicht in der Lage gewesen, den Kreis zu verlassen, doch vorerst wollte sie das auch gar nicht. Zunächst benötigte sie Informationen, bevor sie handelte.

Langsam stand sie auf und klopfte sich den Staub ab. Ihre Reisekleidung war robust, nur ein paar Fäden waren gezogen.

»Keine Waffen?«, sagte der Mann höhnisch. »Ich spüre nicht einmal Magie in ihr. Das also soll die große Retterin sein?«

»Ich rette niemanden, ich bewahre.« Eírtiti lächelte ihn an.

Er wich einen Schritt vor ihr zurück. »Wer ist das?«, rief er. »Haben wir die Falsche erwischt? Sie scheint mir … ich weiß nicht, etwas stimmt mit ihr nicht!«

»Ich irre mich nie«, sagte sein Herr. Eírtiti glaubte ihm, so kühn diese Behauptung auch sein mochte. »Und ich kann sie spüren, genauso, wie sie mich spürt … aber nicht begreift, nicht wahr?«

Sie zuckte mit den Achseln. Also dann, sie antwortete. »Es ist erstaunlich, aber so ist es. Mir kann normalerweise nichts entgehen, und doch weiß ich nicht, wer du bist, noch, wie du entstehen konntest, ohne dass es eine Schwingung in den

Sphären gab. Selbst in diesem Moment, da ich dir nahe bin, erkenne ich *nichts*.«

»Somit bin ich der passende Anker.« Er lachte leise. »Du weißt, dass der Nichtige eingetroffen ist?«

»Ohne ihn wäre ich nicht hier. So weit reicht deine Macht nicht, dass du mich ohne seine Unterstützung hättest entführen können. Dennoch liegt der Hauptteil bei dir. Aus einem Freien Haus! Das ist eine wahrhaftige Leistung. Willst du dich mir nicht vorstellen, oder soll ich dich weiterhin *Anker* nennen?«

Der blonde Mann mischte sich ein. »Achte auf deine Worte, du nichtsnutziges Ding! Winzig und klapperdürr, ohne Waffen, gefangen in diesem Kreis. Ich weiß nicht, was mein Herr an dir findet, aber du sollst wenigstens wissen, wem du fortan dienst! Ich bin General Hagan Tar, Heermeister und rechte Hand des Herrn Hatar Stygan des Großmächtigen, des künftigen Herrscher Waldsees. Beuge dein Haupt, Weib! Unterwerfe dich seiner Macht.«

Eírtiti musterte den grobschlächtigen Mann. Ohne jeden Zweifel war er im tiefsten Elend aufgewachsen und deshalb voller Hass jedem gegenüber, der privilegiert war. Sein Herr musste ihn aus dem Schlammloch herausgezogen haben, in dem er dahinvegetiert hatte, und deswegen war er ihm gegenüber absolut loyal. Der Einzige, dem er diente und gehorchte. Verständlich, dass er das von jedem anderen ebenso verlangte, sonst wäre er wieder niedriger als er sein wollte.

»Ich muss mich damit abfinden, eine Gefangene zu sein«, versetzte sie ruhig. »Aber ich unterwerfe mich keinem weltlichen Wesen, und ich diene nur der Welt.«

Hagan Tars Schläfenader schwoll bedenklich an. »Niemand spricht so mit mir! Ich werde dir zeigen, was Furcht bedeutet!«

Sie lächelte wiederum. »Ich bin Eírtiti die Fyrgar. Ich fürchte niemanden. Ich bin die Allumfassende, und selbst du bist ein Teil davon. Ich vergebe dir.«

Der General starrte sie an, allmählich schien er zu begreifen, dass sie kein Mensch war und dass sie keine Waffe und keine Muskeln brauchte, um stark zu sein.

Und wenn das Feuer in ihr nicht gebannt gewesen wäre, hätte sie ihm das auch gern gezeigt.

Hagan Tar wich bis an den Rand des Kreises zurück, als plötzlich ein Nebel, der noch düsterer war als die Halle hinter der Lichtgrenze, in pulvrigen Schwaden heranwallte. Hatar Stygan, der Dunkle Hass, wie er sich nannte, kam nun persönlich. Eírtiti fragte sich, was es für einen Anlass gegeben haben mochte, sich solch einen Namen zu geben.

Sie versuchte, dieses schwarze pulvrige Nichts zu durchdringen, doch sie war noch zu geschwächt und der Bann zu stark. »Warum verbirgst du dich vor mir?«, fragte sie. »Hast du Sorge, ich würde dich auslachen?«

Da war ein Umhang in den wallenden Schleiern. Eine schreckliche Aura berührte sie und ließ ihr Inneres beinahe zu Eis gefrieren. Für einen Moment trug sie Sorge, dass ihr Feuer dabei erlöschen könnte. Doch sofort fing sie sich wieder. Das war unmöglich, er suggerierte ihr das nur. Wollte sie kleinhalten, um ihr auf diese Weise Angst einzujagen. Hoffte, dadurch bereits ihre Schwäche aufgedeckt und sie im Griff zu haben.

Sie musste zugeben, dass Hatar Stygan tatsächlich die Kontrolle über sie hatte. Noch schützte sie ihre Stärke, dass er ihr nichts antun konnte, sie nicht verletzen oder vollständig entmachten. Aber sie spürte, wie er ihre Kraft absaugte. Immer nur ein kleines Bisschen, doch stetig, und was fort war, konnte sich nicht mehr erneuern. Hier in diesem Kreis war sie vom Herzschlag der Welt abgeschnitten, sie hatte keine Verbindung mehr.

Das also war sein Ziel. Sie zu schwächen, bis sie an Entkräftung starb. Oder …?

»Niemand lacht mich aus, Kind«, flüsterte die heisere, scheußliche Stimme. »Und deine Furchtlosigkeit kann dich nicht vor dem Tod bewahren. Das hast du soeben erkannt, nicht wahr?«

»Ich habe begriffen, dass du die Weltherrschaft anstrebst«,

sagte sie langsam. »Und das willst du auf elegante Weise erreichen, indem du dem Schwarzen Annatai die Tür öffnest, um ihn hereinzulassen. Dann hast du kaum mehr etwas zu tun, um die Macht an dich zu reißen.«

»Es ist ein guter Handel. Er hat mich um Hilfe gebeten und ist bereit, meinen Preis zu zahlen.«

»Dennoch gestaltet es sich schwieriger als gedacht, nicht wahr?«

»Aber ganz im Gegenteil.« Ein kaltes Lachen. »Es geht sehr viel schneller und leichter als gedacht. Ich habe bereits dich als wichtigste Figur in diesem Spiel. Deine Schwäche ist Waldsees Schwäche. Der Schutz wird fallen, sobald du fällst. Und mit dir wird der Annatai fallen, und danach sein Drache.«

Er hatte das von langer Hand geplant. Vielleicht schon, bevor sich die Gelegenheit mit Tar'mesos Angebot ergeben hatte. Und er war bestens informiert, wusste genau, wo er den Hebel ansetzen musste. Eírtiti *war* Halrid Falkons Schwäche, und der Annatai wiederum war Fylangs Schwäche. Alle drei Hüter auf einmal ohne großen Aufwand erledigt.

Ihr schauderte es. Dieses Wesen war … brillant.

Der erste Schritt mit Eírtitis Gefangennahme war bereits getan, genau wie er gesagt hatte. Und Hatar Stygan schien sich an diesem Ort absolut sicher zu fühlen.

»Wo sind wir?«, flüsterte sie.

»Oh, das ist kein Geheimnis. Du befindest dich hier in der Flüsterhalle der Universität von Iskundar im Reich Ishgalad. Draußen vor den Toren bin ich dabei, ein großes Heer aufzubauen. Die Menschen in diesem Reich sind mir verfallen, denn sie erhalten von mir den Schattentrunk, der sie zu jenen Fadenpuppen macht, für die du so viel Mitleid empfindest. Es gibt nichts anderes mehr, wer Hagan Tar entkommt, ergibt sich irgendwann freiwillig, weil er sonst verhungert und verdurstet. Und niedere Instinkte sind nicht so leicht zu überlisten, der Überlebenswille lässt das nicht zu. Ishgalad gehört mir bereits, und ich öffne seine Tore, um auch den Rest zu übernehmen.«

»Die anderen Reiche werden das nicht zulassen …«

»Ich weiß, dass sie mir zahlenmäßig zehntausendfach überlegen sind, deswegen halten wir, mein Verbündeter dort oben und ich hier unten, sie ja beschäftigt. Sie werden Krieger und Soldaten schicken, die mich nicht aufhalten können, deren Verlust sie aber schwächt. Und wenn ich erst soweit bin, von hier abzuziehen, sind die anderen Länder bereits gefallen. Du wirst dabei zusehen dürfen! Ich werde dir nichts vorenthalten.«

»Deshalb willst du mich nicht gleich töten …«

»Dich nicht«, erwiderte Hatar Stygan. »Aber deinen Ehemann. Vor deinen Augen. Und den Drachen, der es gewagt hat, gegen den Schattenweber zu kämpfen, gibt es als Preisgabe obendrauf.« Der wallende Nebel zog sich zurück. »Mein lieber Hagan Tar, bring unsere Gefangene nun in ihr Gastzimmer«, erscholl es wie aus weiter Ferne.

Hagan Tar grinste Eírtiti aus breit gebleckten Zähnen an. »Sieht so aus, als hättest du noch ein wenig Aufschub bekommen, Schätzchen. Ich halte es für einen Fehler, aber auf mich hört ja keiner.«

Sie erwiderte seinen Blick in großer Ruhe. »Du hast einen schweren Fehler begangen, indem du dich zum Handlanger deines Herrn gemacht hast.«

»Dummes Geschwätz!«, fauchte er. Seine Hand fiel schwer auf ihre Schulter und er führte sie, fast wie ein aufmerksamer Galan.

Der General brachte die Gefangene ins Kellergewölbe der Universität, ganz nach unten. Kurz vor dem Labyrinth und den Grabkammern gab es einige alte Weinkeller, die wegen ihrer Feuchtigkeit schon lange nicht mehr genutzt wurden. Sie stammten aus der Gründerzeit, heutzutage gab es besser geeignete Räumlichkeiten. Für Hagan Tar waren diese Räume perfekt, um sie zum Verlies umzubauen. Es brauchte nicht viel, ein paar Ringe, Ketten, Folterwerkzeuge …

»Mein Herr sprach von ›Gastzimmer‹, allerdings habe ich

keine einzelne Kammer für dich, *Hochedle*«, sagte er spöttisch. »Es gibt einfach zu viele …«

Er zog einen schweren Schlüsselbund, öffnete das Schloss zu einer Tür und schubste sie in den Raum dahinter.

Eírtiti blinzelte kurz, dann hatten ihre außergewöhnlichen Augen sich schon umgewöhnt. Sie sah einige mitleiderregende Gestalten, zwei lagen auf dem nackten, feuchten Boden, drei waren an die Wand gekettet und mussten stehen.

Hagan Tar sagte lächelnd: »Gewöhne dich lieber nicht an deine neuen Freunde hier drin, denn sie werden nicht lange genug da sein. Ich habe immer so viele Fragen an sie, dass ich sie oft holen muss zum Verhör, und manchmal behalte ich sie gleich bei mir. Ich werde auch dir einen langen und qualvollen Tod bereiten, während ich mich an dir ergötze.«

»Hatar Stygan wird dir dieses Vergnügen nicht lassen, sondern es selbst tun«, erwiderte sie.

»Mag sein. Aber vorher darf ich bestimmt ein bisschen mit dir spielen.« Er ließ seine Zunge hervorschnellen, beugte sich zu ihr, leckte über ihre Wange, speichelte sie voll. »Ein wenig könnte ich schon damit anfangen.«

»Ich denke nicht«, meinte sie.

»Meinen Herrn kümmert es nicht, wen ich vergewaltige, solange derjenige überlebt«, knurrte er und wollte nach ihren Brüsten greifen. Erstaunt merkte er, dass es nicht gelang. Obwohl sie neben ihm stand, obwohl sie ihm nicht auswich.

»Was ist das?«, schrie er.

Eírtiti lächelte und stellte sich auf die Zehenspitzen, um näher an sein Ohr zu gelangen. »Ich sagte es bereits. Ich bin die Fyrgar. Nicht eine. *Die.* Ich bin die Stufe der Vollendung«, flüsterte sie. »Du kannst mir nichts antun, du Narr. Das vermag nur ein Mächtiger mit göttlichem Blut in den Adern.«

Hagan Tar heulte auf vor Wut, doch egal was er versuchte, er konnte sie nicht erreichen. Er steigerte sich in Raserei hinein, doch es half alles nichts. »Warum konnte meine Zunge deine Wange berühren?«, brüllte er.

»Das war keine offensive Gewalt«, antwortete sie. »Mehr wie ein Hund, der seinem Herrn huldigt.«

Das ernüchterte ihn augenblicklich. Er stand starr, fassungslos, sprachlos. Schließlich fand er seine Stimme wieder, nicht viel mehr als ein heiseres Flüstern. »Sollte es möglich sein …«

Dann gab er sich einen Ruck. »Nun, dann werde ich dich jetzt sehr sanft an die Wand dort ketten und einen der anderen wählen. Ich finde schon einen, der dem fachmännischen Ausweiden am lebendigen Leib nichts abgewinnen kann.«

Eírtiti blieb zurück in feuchtkalter Dunkelheit. »Ja, du hast deinen Meister gefunden«, wisperte sie.

Doch auch das war nur ein Aufschub, das wusste sie. Solange sie in Hatar Stygans verheerendem Einflussbereich blieb, würde ihre Macht von Stunde zu Stunde schwächer werden, und eines Tages hätte sie keine Kraft mehr, in sich zurückgezogen zu bleiben und Hagan Tar an dem zu hindern, was er am liebsten tat. Sie konnte nur hoffen, dass Halrid rechtzeitig eintraf, um sie zu befreien.

Ach, was machte sie sich vor. Der Tag, an dem Halrid Hatar Stygan begegnete, bedeutete das Ende von ihnen beiden – und damit wäre das Schicksal Waldsees besiegelt.

Nein. Halrid durfte nicht kommen, das Risiko war viel zu hoch. Er musste sie opfern, einen anderen Ausweg gab es nicht. Aber wie sollte sie ihm das mitteilen, wie ihn warnen? Sie kannte ihren Ehemann gut genug um zu wissen, dass er losstürmte, um sie zu befreien. Sein hitziges Temperament war eines Fyrgar würdig. Aber der Zauberer hatte keine Ahnung, gegen wen er antrat …

Es war nicht angenehm, im Stehen angekettet zu sein, aber auch das konnte Eírtiti für lange Zeit ertragen. Immerhin war sie jetzt weit genug von dem Bannkreis entfernt, dass ihr inneres Feuer sie wärmen konnte. Dadurch musste sie nicht frieren. Das würde ihr helfen, ihre Kräfte länger zu bewahren.

Nach einiger Zeit, während sie ihren Gedanken nachhing, hörte sie plötzlich ein Geräusch, wie von raschelnden Blättern. Es dauerte eine Weile, bis sie begriff, dass einer der Gefangenen mit ihr sprach. Seine Stimme war rau und trocken wie Papier, und sie empfand sofort Mitleid.

»Bist du Alina?«

»Nein«, antwortete sie und vernahm zu ihrer Verwunderung erleichtertes Aufatmen ringsum, selbst von den beiden am Boden. »Erzählt mir alles«, bat sie.

Das würde auch ein wenig die Zeit vertreiben.

So erfuhr Eírtiti, wie alles begonnen hatte und dass Hatar Stygan Ishgalad im Sturm erobert hatte. Die meisten Magier waren gefangen und wurden oben in der Halle eingesetzt, wie die Fyrgar es erlebt hatte. Die zu Schattentrinkern gewordenen willenlosen Menschen dienten als Kraftverstärker, oder sie wurden als Sklaven für sämtliche Arbeiten eingesetzt, und wer waffenfähig war, wurde ins Heer gesteckt.

Ach, Vater, ich bin froh, dass du das nicht mehr erleben musst, dachte Eírtiti traurig. *Der Schattenweber hat einen Erben gefunden, der sein Werk schlimmer denn je fortsetzt. Und nun ist auch noch sein Sohn hier.*

»Aber wir wehren uns«, wisperte der Mann, der sie als Erster angesprochen hatte. »Denn wenn du nicht Alina die Tränenreiche bist, so ist sie noch frei und setzt den Widerstand fort.«

Das ließ Eírtiti aufhorchen. »Sprich mehr von ihr«, forderte sie auf.

Die Geschichte von Alina der Tränenreichen war schrecklich. Sie wurde so genannt, obwohl sie niemand seit der grausamen Tat jemals weinen gesehen hatte. Zusammen mit einem Freund zog sie durch die Lande und *heilte* die Schattentrinker, die sie auftreiben konnte. Und sie fand auch diejenigen, die geflohen waren und sich verbargen, und brachte sie dazu, sich ihr anzuschließen.

»Aber wie kann sie heilen? Und überhaupt da draußen überleben?«, fragte Eírtiti verwundert. »Ihr habt doch gesagt, es gibt nirgends mehr Wasser.«

»Wir wissen nicht, wie sie es macht, aber sie spendet Flüssigkeit. Und viele setzen ihr Werk an anderer Stelle fort. Bis Hagan Tar über uns hereinbricht und uns einfängt – so ist es uns hier ergangen, und vielen weiteren. Er macht uns nicht zu Schattentrinkern, weil er wissen will, wo Alina die Tränenreiche sich aufhält.«

»Außerdem macht es ihm Spaß zu foltern und zu quälen«, murmelte ein anderer. »Und natürlich will er auch Kollaborateure gewinnen, die Alinas Gefolgschaft unterwandern sollen. Solche gibt es immer.«

»Also gibt es Hoffnung …« Eírtiti fühlte augenblicklich ihre Lebensgeister wieder erwachen. Wenn Halrid kam, fand er wenigstens ein paar Getreue. Die würden ihm genügen, um Hatar Stygan gründlich einzuheizen. Er war einst ein großer Kriegsherr gewesen, hatte sich aus dem Nichts emporgearbeitet. Das konnte er wieder erreichen.

»Wir geben niemals auf!«, verkündeten die Gefangenen stolz.

»Und nun erzähl uns, weswegen du all das nicht weißt«, sprach ein Dritter, der ihr gegenüber an die Wand gekettet war. »Ist das eine neue Methode, um Informationen aus uns herauszubekommen?«

Die anderen flüsterten aufgeregt und voller Schrecken. Daran hatten sie bis jetzt offenbar nicht gedacht.

»Ich kann euch versichern, dass …«, setzte Eírtiti an, doch der Mann unterbrach sie.

»Warum glühen deine Augen auf, sobald Licht darauf fällt?«

In der Tür gab es eine vergitterte Luke, durch die Fackelschein von draußen hereindrang. Mageres Licht, zu wenig als Trost und kaum erhellend.

»Weil ich Fyrgar bin«, antwortete sie. »Ich entstamme dem Volk des Feuers, aus Luvgar.«

»V…von jenseits der Wüste? Aus den drei Reichen?«, stotterte der erste Mann.

»Ja. Hatar Stygan hat mich entführt, weil er fürchtet, dass ich einen Widerstand gegen ihn aufbauen könnte. Und ich bin nicht allein.«

»Dann … werden die anderen kommen, um dich zu befreien?«

»Mich und euch und alle.«

Die zwei am Boden richteten sich auf. Die anderen kicherten voller Freude. Bis auf den ihr gegenüber.

»So, man hat uns also nicht vergessen. Wie schön. Welche Beweise hast du?« Ein Knurren lag in seiner Stimme.

Eírtiti lächelte. Es würde sie Kraft kosten, aber dann war es eben ein Tag weniger, den sie durchhielt. Diesen Männern hier ging es viel schlechter. Und was sie hier spendete, konnte Hatar Stygan ihr nicht stehlen und missbrauchen.

Sie schlüpfte aus den Ketten; kein Fyrgar konnte mit so etwas gehalten werden. Dann ging sie von einem zum anderen und legte die Hand nacheinander auf jede Brust. Und die Gefangenen seufzten verwirrt, als sie plötzlich von großer Wärme durchdrungen wurden.

Zuletzt ging sie zu dem Kritischen, der sich bewegte, als wolle er ihr ausweichen.

»Nur, wenn du möchtest«, sagte sie sanft.

»Stell dich nicht so an!«, riefen die anderen. »Willst du weiter frieren? Sterben müssen wir so oder so, aber dann wenigstens aufrecht und ohne zu schlottern!«

»Also gut«, brummte er.

Behutsam legte sie ihm die Hand auf die Brust, und er keuchte überrascht auf. »Was … wie …« Seine Stimme nahm einen ehrfürchtigen Klang an. »Wer bist du, bei den Göttern der Sphären?«

Sie strich über seine Wange. »Ich bin Eírtiti, die Allumfassende.« Sie drehte sich um und kehrte an ihren Platz zurück. »Ich könnte uns alle hier rausholen«, fuhr sie fort. »Die Tür ist einfach zu öffnen. Aber dahinter lauert Hatar Stygans Macht, die mich bindet. Ich kann nicht über die Schwelle treten, ohne dass er es mir erlaubt.«

»Das bringt sowieso nichts«, sagte der erste Mann. »Dir ist sicherlich aufgefallen, dass es keine Wachen gibt. Und hinter dem Verlies beginnt das Labyrinth mit den Katakomben, wo die ganzen Toten liegen. Angeblich gibt es einen geheimen Weg nach draußen. Also – keine Wachen, Geheimgänge, natürlich hat es Ausbruchsversuche gegeben. Nach oben, durchs Labyrinth … keiner kam weit. Und Hagan Tar hat sich gefreut, seinen Sadismus einmal mehr ausleben zu können.«

»Hatar Stygan braucht keine Wachen, nicht hier in seinem Herrschaftsbereich, über den er gebietet wie ein Drache über seinen Schatz. Jeder Stein gehorcht ihm.« Sie schlüpfte in die Ketten zurück. »Auf normale Weise kommen wir hier nicht raus. Es tut mir leid.«

»Nein, uns tut es leid«, sagte der Mann gegenüber. »Was Hatar Stygan dir antun wird, du Licht in der Dunkelheit.«

Sie lächelte. Nun zweifelte er nicht mehr. Es hätte ihr nichts ausgemacht, wenn es anders gewesen wäre. »Viel wichtiger ist es, dass Alina die Tränenreiche weiter die Hoffnung verbreitet«, erwiderte sie. »Denn sie ist eine von euch. Und Hagan Tar hat etwas damit bewirkt, was er ihr Entsetzliches angetan hat, womit er niemals gerechnet hätte und was er sicher niemals beabsichtigt hatte: er hat ihren Mut geweckt. Und den Widerstand. Seht euch an!

Alina die Tränenreiche hat nichts mehr zu verlieren. Selbst ihre Angst hat sie verloren. Sie geht von Haus zu Haus und spendet den Leuten Trost. Sie spricht über die Dinge, die Hatar Stygan euch allen niemals wegnehmen kann, solange ihr keine Schattentrinker werdet.«

In die eingetretene Stille erklang eine zaghafte Stimme: »Und was wäre das?«

»Stolz«, antwortete Eírtiti. »Furchtlosigkeit.

Und Würde.

Vor allem diese.

Das, was in eurem Innersten schlummert, was den Kern eurer Seele ausmacht, das, was euch ganz allein gehört, das niemand streitig machen kann noch je zerstören. Nicht einmal durch Folter.«

Sie wusste, warum sie das sagte. Auch unter der Dienerschaft gab es immer noch den einen oder anderen, der kein Schattentrinker war, vielleicht sogar bei den Soldaten. Ein paar musste es geben, die den anderen die Arbeit anschafften. Manche freiwillig, als Kollaborateure, die restlichen, die als schwach und dumm galten, waren einfach dazu bestimmt worden. Und sie galt es zu erreichen. Die Männer würden das, was sie gerade gehört haben, nie mehr vergessen, jedes Wort hatte sich in ihr Gedächtnis gebrannt, befeuert durch die Wärme, die sie ihnen gespendet hatte. Und sie würden es weitergeben, auf dem Weg zur Folter oder wohin auch immer würde sich Gelegenheit finden, es weiterzutragen, leise flüsternd, von Mund zu Ohr, von Ohr zu Mund.

Und vor allem spendete sie diesen zum Tode Verurteilten den Trost, den Alina ihnen nicht mehr geben konnte. Sie würden einen Teil ihrer Angst verlieren und sich mit dem Ende versöhnen. Würden Frieden damit schließen, dass sie nicht umsonst ihr Leben gegeben hatten.

Eírtiti konnte nicht viel tun, doch sie wollte nichts unversucht lassen.

Hatar Stygan zog sich auf seinen Thron zurück und versenkte sich tief in sein Inneres. *Ich habe sie,* teilte er mit.

Er lauschte, und nach einer Weile erhielt er Antwort. *Sehr gut. Töte sie.*

Ich soll sie töten?

Sie ist Waldsees mächtigstes Artefakt. Sie ist die Hüterin. Töte sie!

Hatar Stygan zögerte. *Nein.*

Du wagst es, mir zu widersprechen?

Ich halte es nicht für sinnvoll.

Sobald sie tot ist, habe ich freien Zugang.

Das glaube ich nicht.

Wir werden sehen. Töte sie!

Nein, wiederholte er.

Dann fügte er hinzu: *Jetzt noch nicht.*

Was willst du damit sagen?

Wenn ich sie jetzt töte, wird Halrid Falkon nicht mehr zu halten sein. Er wird seine gesamte Macht entfesseln. Er wird verhindern, dass du den Zutritt erhältst.

Dazu ist er nicht in der Lage, nicht allein.

Glaub mir, er ist dazu in der Lage. Ich kenne ihn besser als jeder andere, selbst als sein Drache. Noch nie hat er seine gesamte Macht hervorgeholt. Das ist sein großes Geheimnis, das er ängstlich vor den anderen verbirgt. Wenn er sich nicht mehr in der Gewalt hat und sich nicht mehr zurückhält, befürchte ich den Untergang der Welt. Und dazu wird es kommen, wenn ich seine Frau jetzt töte. Ich habe darüber keine Kontrolle, und auch du nicht … zum jetzigen Zeitpunkt.

Nun gut. Mir scheint, du hast einen Plan. So sprich!

Ich werde sie töten, aber erst, wenn er gefangen und gebunden ist. Dann werde ich das sogar vor seinen Augen durchführen.

Du denkst, wenn er gebunden ist, kannst du den Ausbruch seiner Macht verhindern?

Wenn es vor seinen Augen geschieht, werde ich ihn damit zerbrechen. Und im Moment seines größten Schmerzes werde ich zuschlagen und ihn vernichten. Dann öffne ich das Tor, und du kannst Waldsee in Besitz nehmen!

Der Hass brennt wie das Herz eines Vulkans in dir. Mag es vor allem Rache sein, auf die du zielst?

Ja, allerdings. Und ich werde sie genießen. Wie nichts sonst. Das werde ich mir nicht nehmen lassen!

Ah. Welch süßer Duft. Deine Energie schmeckt köstlich. So sei es denn! Du sollst deine Rache haben, Kind. Für mich ist entscheidend, dass die Frau stirbt, mit dem Annatai verfahre wie du willst. Aber halte dich nicht zu lange damit auf. Die Götter formieren sich.

Hagan Tar war wie besessen von Alina, die man die Tränenreiche nannte. Niemals hätte er damit gerechnet, dass diese kleine, zerbrechliche Frau, vor deren Augen er ihren Säugling ins Feuer geworfen hatte, zum Widerstand aufrufen könnte. Was als Warnung für die anderen gedacht war, hatte sich nun gegen ihn gewendet.

Überall im Land waren seine wenigen Vertrauten, die er hatte, mit Schattensoldaten unterwegs, um ihrer habhaft zu werden. Immer wieder machten sie Gefangene und brachten sie nach Iskundar, doch die Gesuchte selbst entzog sich stets aufs Neue seinem Zugriff.

Leider hatte sein Plan, ihr eine Falle zu stellen, nicht funktioniert. Indem er einen Schattentrinker zurückgelassen hatte, der auf dem Weg zum Dorf bekehrt worden war, hatte er gehofft, sie zu fassen. Der General war davon ausgegangen, dass Alina sich aus Mitleid um ihn kümmern würde. Er hätte sie nachts, wenn sie schlief, bekehren und dann an den General ausliefern sollen. Stattdessen aber hatte sie ihn geheilt - wie ihr das gelingen konnte, hatte Hagan Tar völlig überrascht und blieb ihm ein Rätsel. Und nicht nur das, der Geheilte blieb an ihrer Seite und beschützte sie vor allen Gefahren. Gemeinsam setzten sie die Heilung anderer fort und sammelten Geflüchtete um sich. Der Widerstand war geboren.

Fast jede Nacht malte Hagan Tar sich vor dem Einschlafen aus, was er alles mit dieser Frau zu tun beabsichtigte. Noch niemals hatte er einen Fehler begangen, der ihm jetzt derart nachhing. Und noch dazu eine *Frau*, die ihm die Stirn bot!

Egal, was es kostete, er würde sie kriegen.

Und jedes Mal, wenn er an diesem Punkt angelangt war, flüsterte die Stimme des sterbenden alten Zausels in ihm: *Sie wird dein Schicksal sein.*

Aber nein. Nein! Und schon gar keine Frau.

Das brachte ihn auf die neue Gefangene. Was fand Hatar Stygan nur an ihr? Wieso tötete er sie nicht? Weshalb beging er denselben Fehler wie sein Vertrauter? Immer wieder versuchte Hagan Tar, seinem Herrn ins Gewissen zu reden. Brachte Alina als Beispiel, warnte auch davor, weil Eírtiti die Hüterin Waldsees war, nicht zu viel zu riskieren. Je länger sie in Gefangenschaft blieb, desto mehr wuchs die Gefahr, dass sie eines Tages entkam.

Oder befreit wurde! War dieser Halrid Falkon nicht ihr Ehemann? Würde er nicht alle Hebel in Bewegung setzen, um seine Frau zu retten? Und er war Annatai, ein Mächtiger; so viel hatte der General gelernt, dass diese Wesen von ganz anderer Art waren als jeder sonst, ja, selbst sein Herr. Hoffentlich übernahm Hatar Stygan sich nicht! Bisher verlief der Plan so erfolgreich, also warum unnötig etwas riskieren?

Aber Hatar Stygan hörte nicht auf ihn, er diskutierte nicht einmal darüber. Sagte lediglich, dass er Eírtiti kein Härchen zu krümmen habe. Ha, ha! Das konnte er ohnehin nicht. Er wusste nicht, wie sie das anstellte, aber es war ihm unmöglich, ihr zu nahe zu kommen. Das weckte seinen Ehrgeiz, es zu erreichen. Es gab immer einen Weg, niemand verweigerte sich ihm auf Dauer.

Also ging er dazu über, sie auf andere Weise zu brechen. Ihres Körpers konnte er nicht habhaft werden, aber ihres Geistes.

Nicht nur, dass er sie häufig zu sich holte, um kleine Spielchen zu veranstalten, wenn sie hungrig und durstig war, sondern er ließ sie künftig dabei sein, wenn er an die Folter ging. Kettete sie an, fixierte ihren Kopf, damit sie ihn nicht wegdrehte, hielt ihre Augen mit Klammern offen, damit sie sie nicht schloss. Das alles konnte er tun, weil es keine unmittelbare, rohe Gewalt war. Es geschah auf subtile Weise.

Und dann ließ er sie dabei zusehen. Machte ihr klar, was sie den Gefangenen antat, dass er nur ihr ausführender Gehilfe sei.

Hagan Tar sah grobschlächtig aus, aber er war keineswegs derart schlichten Gemüts, dass er nicht jegliche Art von Folter bis zur Perfektion beherrschte. Dazu gehörte auch die Misshandlung des Geistes.

Ihm entging nicht, dass Eírtiti sich stets in sich zurückzog, um durch nichts erreicht zu werden. Doch er war sicher, dass dieser Panzer eines Tages bröckeln würde. Genau wie allen anderen entzog Hatar Stygan ihr die magische Energie, wie sie jeder in sich trug, ob er nun zaubern konnte oder nicht.

Hier im Herrschaftsbereich des Mächtigen konnte sie ihre Kräfte nicht ausreichend erneuern, das hatte sein Herr versichert.

Sie würde stetig schwächer werden.

In nicht allzu ferner Zukunft gehörte sie ihm.

In der Zwischenzeit jagte er weiter Alina die Tränenreiche und ihre Gefolgschaft und baute das Heer draußen vor der Stadt auf.

Tesfayé erreichte den Übergang. Es war bizarr, hinter sich die staubige Ebene und vor sich das vollends in Wasser getauchte Wurzelgeflecht zu sehen. Es hing etwas niedriger herab als das im Trockenen liegende Werk, dennoch müsste er ein gutes Stück tauchen, um dort hinaufzugelangen. Er legte seinen nun nutzlosen Beutel ab, holte daraus so viel, wie er in den Taschen unterbrachte. Werkzeug, ein wenig Medizin, der Feuchtigkeit nichts ausmachte.

Dann stellte er sich an die Grenze und streckte einen Arm aus. Mühelos konnte er ins Wasser greifen, und als er die Hand zurückzog, war sie nass. Nervös kicherte er und sah sich um. Zehn Jahre lang hatte er Magie studiert, aber so etwas hätte er nicht für möglich gehalten. Es gab noch sehr viel zu lernen …

Wie weit war es bis zu den Wurzeln? War der Durchschlupf groß genug, dass er steil nach oben tauchen konnte? Aber wie lange musste er die Luft anhalten? War es überhaupt möglich, die Oberfläche zu erreichen?

Ach so, kam Tesfayé ein anderer, nicht zu vernachlässigender Gedanke. *Ich kann ja gar nicht schwimmen.*

In einem Wüstenland wie Ishgalad gab es kaum Gelegenheit, schwimmen zu lernen. Sicherlich, es gab große Seen in den zentralen Oasen, mit Schifffahrt. Und natürlich auf manchen Flüssen oder dem Meer. Aber wer käme auf die

Idee, abgesehen vom Waschen und Abkühlen, freiwillig ins Wasser zu springen? Das hatte nun so gar keinen Nutzen. Und Tesfayé war nicht an einem Gewässer aufgewachsen, das zum Schwimmen taugte. Und seit dem Tod seiner Eltern hatte er in Iskundar gelebt und selbst die Universität kaum je verlassen.

Nach all dem scheiterte er also doch …

Hör auf!, ermahnte er sich selbst. *Hast du schon vergessen, was du nach Wiffis Tod geschworen hattest? Nicht verzagen, nicht zweifeln! Du hast eine Aufgabe, du wirst sie erfüllen.*

Also: Nachdenken. Was hatte er für Sprüche gelernt, mit denen ein Magier sich im Wasser schützen konnte? Bestimmt hatte es da etwas gegeben, auch wenn er dabei nicht sonderlich aufgepasst hatte, in der Annahme, es sowieso nie zu benötigen.

Nichts ist überflüssig, hatte Magister Yesh doziert.

Und wie immer hatte er recht gehabt.

Tesfayé kauerte sich hin und versenkte sich erneut in die Innere Ruhe. Nur dadurch, dass er seinen Verstand leerte, konnte er die Konzentration aufbringen, nach dem Wissen in sich zu suchen und sich zu erinnern. Keine Ablenkung durch das, was ihm von außen drohte.

Zeit verging, vielleicht Stunden, vielleicht Tage. Zwischendurch schlief er ein, denn er war nun seit langem unterwegs. Der Hunger bohrte in ihm. Die letzten Vorräte, Dauerkekse, waren aufgebraucht. Wenigstens hatte er zu trinken, er konnte sich einfach von *drüben* etwas schöpfen. Er nutzte es aus, um sich zu waschen, ebenso seine Kleidung von all dem Schleim zu befreien, wobei er davon ausging, dass der Geruch nach Verwesung für immer an ihm haften würde.

Nach und nach schälte sich das Wissen aus den Tiefen seines Gedächtnisses. Ja, es gab eine Möglichkeit. Er hatte sie nie geübt, deshalb musste er sich sehr gut vorbereiten und durfte nicht patzen. Das Problem dabei war, er wusste nicht, ob er begabt genug dafür war und wie lange der Schutz anhielt. Eine Luftblase um sich zu weben, erforderte höchsten Anspruch und benötigte eine Menge Energie, und Tesfayé war alles andere als ausgeruht und wohlgenährt und hatte so gut wie keine praktische Erfahrung. Aber er fand keinen anderen Weg.

Das Wichtigste war, weiterhin gelassen und konzentriert zu bleiben. Er durfte nicht daran denken, wie knapp die Zeit womöglich wurde, und sich nicht hetzen. Menschen waren keine Mächtigen, sie konnten über einen gewissen Anteil Magie verfügen, doch das war stets mit viel Aufwand verbunden und nicht auf schnelle Weise einzusetzen.

Nun war er froh, sich zuvor nicht verwandelt zu haben. Und auch jetzt würde er es nicht tun. Er hatte als Alternative überlegt, sich in einen Fisch oder eine Seeschlange zu verwandeln, damit käme er überall leicht durch und schnell nach oben. Doch weiterhin hatte er zu viel Scheu davor, denn die Gefahr, dass er nicht mehr zurückfand, war einfach zu groß. Die Methoden wurden zwar in der Universität ausführlich vermittelt, aber Übungen dazu gab es keine, auch keine praktische Prüfung. Nicht einmal Meister Yesh hatte es verlangt. Nur erfahrene Magier würden das tun, hatte er erklärt. Nach ein paar Unglücksfällen mit Studenten habe das Dekanat die praktische Übung verboten.

Und er könnte natürlich nichts mitnehmen, keine Kleidung, kein Werkzeug, keine Medizin. Völlig nackt und schutzlos in ein fremdes Land zu gehen, ohne zu wissen, was einen erwartete, davor schreckte Tesfayé am meisten zurück.

Also bereitete er sich intensiv vor, einen Schutz zu erschaffen, der es ihm ermöglichte, zur Oberfläche zu tauchen ohne zu ertrinken.

Als Tesfayé sich bereit fühlte, stellte er sich vor die Grenze und begann den Zauber. Nach und nach, in vielen Stunden höchster Konzentration, wob er den Schutz um sich, eine Luftblase, die ihn atmen lassen würde und ihm hoffentlich genug Auftrieb verschaffte, um nach oben zu gelangen. Sie durfte allerdings nicht so plump gestaltet sein, dass er sich nicht durchs Wurzelwerk bewegen konnte, er musste auch nach etwas greifen können, sich um etwas biegen … das war also noch eine Stufe höher zu der ursprünglichen Übung.

Aber davor zu erschrecken oder überhaupt nachzudenken, darüber war der junge Magier hinaus. Erst einmal mit dem Zauber begonnen, ging er völlig darin auf, war ruhig und gelassen und höchst konzentriert. Nach und nach bildete sich ein immer dichteres Netz um ihn, und als es vollendet war, als sich die letzten Fäden verbanden, schloss sich die Blase und erzeugte ein sanftes Schimmern.

Tesfayé hob die Arme, bewegte die Finger. Das klappte gut. Er war beweglich.

Also dann.

Zuerst streckte er wieder die Hände voraus, dann wagte er den Schritt und gleich noch einen.

Und war im Wasser.

Augenblicklich hob er ab und trieb nach oben. Bis er das Wurzelwerk erreichte, hielt er ängstlich den Atem an, doch länger ertrug er es nicht. Vorsichtig atmete er aus und ein.

Ja.

Es war ein bisschen mühsam, und er musste weiterhin möglichst flach atmen. Aber er würde nicht ersticken.

Fasziniert blickte er auf das verschlungene Bildnis der Geschichte Waldsees, das nahtlos vo der anderen Seite fortgeführt wurde. Er hätte es zu gern gelesen, aber dazu benötigte es lange Studien und einen Spezialabschluss in Sprachen. Ob ein Magier vor ihm je dieses historische Zeugnis erblickt hatte? Oder überhaupt davon wusste?

Tesfayé sah sich um, doch er war allein. Keine Fische oder sonstige Wasserbewohner. Vorsichtig streckte er die Hand aus, als er das Geflecht erreichte, suchte nach einer passenden Lücke, und dann war er mittendrin.

Schon nach kurzer Zeit hätte er die Orientierung verloren, wo oben und unten war, doch der Auftrieb der Blase half ihm dabei. Er konnte sich durch die Verästelungen hindurchschlängeln. Auf diese Weise ging es natürlich schneller als zuvor. Zuversichtlich ließ er sich immer weiter nach oben treiben.

Schließlich wurde es dunkler über ihm, er näherte sich dem Erdreich. Das war auch gut so, denn das Schimmern der Blase ließ merklich nach. Der Schutz würde nicht mehr lange halten. Tesfayé bemühte sich, den Atem weiterhin flachzuhalten, hangelte sich nun aber beschleunigter hindurch.

Was er sah, beunruhigte ihn, denn auch hier klafften Lücken im Geflecht. Was war geschehen, dass es so weitreichende Auswirkungen hatte? Er war jetzt viele Tagesreisen von Ishgalad entfernt, hatte die Große Wüste hinter sich gelassen und alle Barrieren. Wenn es auch hier Zerstörungen gab, musste Waldsee in ihren Grundfesten erschüttert worden sein. War es noch schlimmer als bisher angenmmen? War Halrid Falkon von der Rettung der anderen Reiche bereits so sehr in Anspruch genommen, dass er Tesfayés Hilfegesuch kurzerhand abschmetterte?

Welche Ironie, wenn er am Ende als Einziger entkommen wäre, der Letzte des Volkes von Ishgalad. Nicht in der Lage, die ihm gestellte Aufgabe zu erfüllen, obwohl er gar nichts dafür konnte.

Tesfayé suchte nach einem Übergang, einer Höhle oder einem Stollen, denn durch das Erdreich graben konnte er sich gewiss nicht.

Die Blase würde ihn nur noch wenige Augenblicke schützen, er spürte allmählich feuchte Kälte hindurchdringen, und das Schimmern war fast erloschen. Den Zauber zu erneuern, konnte er nicht mehr rechtzeitig schaffen. Aber er war ohnehin fast am Ziel.

Wichtig war es, weiterhin Ruhe zu bewahren. Angestrengt sah er sich um und entdeckte schließlich ein dunkles Loch. In der Hoffnung, dass es sich nicht um einen Teil des zerstörerischen Einschlags handelte, steuerte er darauf zu.

Und keinen Atemzug zu früh. Der Eingang lag direkt vor ihm, als der Zauber verging und die Blase sich auflöste. Tesfayé hielt die Luft an, fing mit Armen und Beinen zu rudern an, seine Hände ertasteten Widerstand. Er krallte sich fest, zog sich nach oben und stieß den Atem aus, als sein Kopf aus dem Wasser kam. Einige Momente lang konnte er nur keuchend nach Luft schnappen und sich anklammern. Dann versuchte er, sich aus dem Wasser zu ziehen, doch der Untergrund war schlammig und rutschig und gab nach.

Er grub die Finger in den Boden, kämpfte sich Handbreit um Handbreit nach oben, bis er soweit war, den Oberkörper herauszuziehen. Fast geschafft!

Da rutschte er wieder zurück, tauchte, von seinem Gewicht und der nassen Kleidung gezogen, unter, schluckte Wasser und strampelte sich panisch nach oben. Immerhin hatte er nicht losgelassen, seine Hände fanden noch Halt. Sonst, dessen war er sicher, wäre es aus mit ihm gewesen.

Aber das war es vielleicht auch so.

Seine Lungen flatterten, hustend spuckte er das Wasser aus, rang keuchend nach Atem. Immerhin begriff er, er musste sich zur Ruhe zwingen, weil er viel zu hektisch atmete und dadurch immer weniger Luft bekam. Doch der Kopf war über Wasser, die Hände hatten Halt, es gab also keinen Grund für Todesangst.

Dafür, dass er nicht schwimmen konnte, stellte er sich eigentlich sehr gut und ziemlich tapfer an, fand er. Nur, jetzt war es genug. Unter seine Füße gehörte fester Grund. Schließlich war er kein Fisch. Und auch kein Nauraka, der beides konnte, unter Wasser leben und an Land.

So ging es eine Weile weiter mit den vergeblichen Versuchen. Tesfayé tastete sich zusehends verzweifelter den Rand entlang, bis er endlich Steine zwischen den Erdbrocken fühlte, die ihm besseren Halt gaben. Mit letzter Kraft stemmte er sich hoch und schaffte es, die Brust über den Rand zu schieben. Dann noch ein Stückchen weiter, und noch eines, bis er einen Fuß aus dem Wasser über den Rand bekam.

Schließlich lag er auf festem Boden, bäuchlings, das Gesicht nach unten im Morast, und verlor vor Erschöpfung das Bewusstsein.

Frierend und mit vor Hunger knurrendem Magen erwachte Tesfayé, Stunden oder sogar Tage später. Wieder lag er in

Schlamm und Dreck, aber der bestialische Gestank aus der Höhle der Mondraupe war endlich vergangen. Nun duftete er vermutlich zwar auch nicht gerade wie ein Mandelbaum, aber dies war wenigstens ein Geruch nach feuchter Erde. Zitternd vor Müdigkeit und Schwäche kämpfte er sich auf die Beine und sah sich um. Wie auf der anderen Seite auch erzeugten einige Flechten ein mageres Licht. Er war in einem nahezu kreisrunden Loch herausgekommen, und um ihn herum wuchsen jetzt dicke Wurzelstränge, krumm und verschlungen, doch ohne Muster. Er näherte sich demnach dem Fundament des Freien Hauses der anderen Seite der Wüste.

Der nächste Schritt war getan, ein großes Ziel erreicht - die Grenze war überschritten!

Also weiter nach oben geklettert. Irgendwo dort musste es einen Ausgang geben.

Erschrocken hielt der junge Magier inne, als er plötzlich das Gefühl hatte, beobachtet zu werden. Wieder eine Made? Oder gar Schlimmeres? Hektisch blickte er sich um und erkannte, im dichten Wurzelwerk halb verborgen, ein Glitzern wie von zwei Augen. Und da, war das ein Finger, der zu einem unsichtbaren Mund geführt wurde, das Zeichen, zu schweigen? Sich nicht zu verraten? Den anderen nicht zu verraten? *Nichts* zu verraten?

Tesfayé schluckte hörbar. Dann nickte er und vollzog unwillkürlich die Geste der Zustimmung und des Vertrauens in der Gebärdensprache. Niemand außer Magier konnte dies verstehen, aber vielleicht drückte es hinreichend aus, dass er nichts als Frieden wollte.

Doch … es kam eine kurze Geste zurück, die des Verständnisses und … *Glückauf?*

Ebenso …

Verstört eilte er weiter.

Während seines Ritts zum Freien Haus in der Wüste, der schon Zeitalter zurückzuliegen schien, und auch danach hatte Tesfayé ab und zu darüber nachgedacht, welche Gefühle er wohl haben würde, sobald er das Reich hinter der Wüste betrat, das Freie Haus jenseits der Grenze erreichte. Erhabenheit? Stolz? Freude? Staunen? Triumph?

Nun, als plötzlich Stufen aus Holzbrettern vor ihm lagen, die sich steil nach oben schraubten, als er den endgültigen Beweis hatte, es geschafft zu haben, empfand er lediglich Erschöpfung. Bohrenden Hunger. Und Durst. Die schlammverkrustete Kleidung klebte an ihm. Sie war getrocknet, und die Luft war etwas wärmer geworden, sodass er nicht mehr so sehr fror. Er wollte es nur noch hinter sich haben. Auf jemanden treffen, der ihn auf der Stelle in die Arme nahm und ihn tröstete und ihm ein Bad, ein Bett und Essen und Trinken gab. Und der versprach, dass alles wieder gut würde und Tesfayé sich keine Sorgen mehr zu machen brauche.

Stufe um Stufe ging es eng und gewendelt hinauf, aus Holz wurde Stein, und dann ging es geradewegs auf breiten Stufen nach oben. Tesfayé hatte längst aufgehört zu zählen. Die Pausen, die er immer wieder einlegen musste, wurden jedes Mal länger und brachten kaum mehr Erholung. Seine Oberschenkel zitterten, sein Atem ging keuchend.

Er konnte nicht einmal mehr Erleichterung empfinden, als es heller wurde. Öllämpchen hingen von der niedrigen, gemauerten Decke herab, und nur noch zwanzig Stufen entfernt über sich sah er eine große dunkle Tür.

Bestimmt abgeschlossen!, überlegte er. Dann zuckte er die Achseln. Sollte ihn das noch schrecken? Er war nicht ertrunken, obwohl er nicht schwimmen konnte. War einer gefräßigen Mondraupe entkommen. Hatte den donnernden Schlag überlebt.

Gegen Schlösser gab es Zauber. Und Werkzeug.

Vorsichtig drückte er die Klinke herunter.

Sie gab nach.

Die Angeln quietschten, als er die Tür aufzog, und dann war er im richtigen Keller angekommen, mit vielen Abzweigungen zu Vorratskammern (wie er, stets das Gute wollend, annahm). Von hier aus gab es noch einmal ein paar Stufen, lächerliche fünfzehn, eine weitere Tür, die sich nach innen öffnen ließ, und dann war er drin, im Freien Haus.

Eírtiti stand in der Dunkelheit. Sie hatte jegliches Zeitgefühl verloren. In unregelmäßigen Abständen wurde sie geholt, manchmal, um Nahrung zu sich zu nehmen und sich waschen zu dürfen, meistens aber, um bei Folterungen zusehen zu müssen.

Ihre Zellengenossen wechselten fast täglich. Die anderen waren entweder tot, wurden in den Frondienst gesteckt oder zu Schattentrinkern gemacht.

Alina die Tränenreiche war immer noch frei und zog durchs Land. Eírtiti merkte es an Hagan Tars schlechter Laune, wenn er von einer Jagd zurückkehrte und es ihm wieder nicht gelungen war, ihrer habhaft zu werden. Sein ganzer Hass konzentrierte sich auf diese Frau, die er als »sein Schicksal« bezeichnete. Mit jedem neuen Fehlschlag nahm seine Besessenheit zu.

Nicht zu Unrecht sah der General in Alina die Tränenreiche eine ernstzunehmende Gegnerin. Ihre Anhängerschar wuchs und damit auch der Widerstand.

Hatar Stygan schien sich darum keine Gedanken zu machen, anscheinend hatte er genügend Schattentrinker und Magier für seine Zwecke gesammelt, die anderen interessierten ihn nicht mehr. Sein Augenmerk war auf höhere Ziele gerichtet. Einen Aufstand, der ihn bedrohen könnte, befürchtete er offenbar nicht.

Die Allumfassende stimmte ihm darin zu, es waren viel zu wenig Leute, die geeignet für einen geordneten und schlagkräftigen Widerstand waren. Ihnen fehlten die Waffen, die Ausbildung. Sie hatte inzwischen genug über Ishgalad erfahren um zu wissen, dass es sich um ein verträumtes Zauberreich handelte, in dem die Menschen zumeist friedlich ihrem Tagwerk nachgingen und sich am Schönen ergötzten. Handel, Austausch, Wissen und Künste, darum ging es ihnen. Die Magier sorgten wohl auf ihre Weise dafür, dass dauerhafter Frieden herrschte, ohne ihre Machtposition auszunutzen. Der Goldene Traum, ja, das traf es. Nur aus diesem Grund konnte es einem wie Hatar Stygan überhaupt gelingen, das Reich im Handstreich zu übernehmen, zusammen mit dem Vorteil der Isolation.

Und bis jetzt war keine Lösung ersichtlich, wie er aufgehalten werden konnte.

Eírtitis Kräfte schwanden, das war unausweichlich. Abgeschnitten von Waldsees Herz, fühlte sie fast nur noch Leere in sich. Sie wusste nicht, wie lange sie das noch ertrug. Und dazu, sich immer aufs Neue die grausamen Folterungen ansehen zu müssen. Ihre Hilflosigkeit schmerzte sie, dass sie nichts unternehmen konnte. Ihre Eltern waren Flammenritter gewesen, Kämpfer, und das steckte auch in ihr. Zur Untätigkeit verdammt zu sein, war das Schlimmste.

Immer wieder streckte sie ihre Fühler aus, doch sie konnte die Barriere nicht durchdringen. Nicht zu den Sphären, nicht zum BAUM. Sie war völlig isoliert.

Das Feuer in ihr brannte noch. Sie zog sich dorthinein zurück, das war das Einzige, was sie aufrechthielt. Am Leben erhielt.

Tesfayé war sprachlos.

Er stand in den Ruinen dessen, was einmal ein Freies Haus gewesen war. Kein Dach mehr, nur noch Fragmente von Stützen, Wänden und ein paar Sitznischen eines einst sehr stolzen, mehrfach verschachtelten Gebäudes. An manchen Stellen zogen sich sogar noch dünne Rauchfäden in die

Höhe, obwohl das Unglück sicher schon vor längerer Zeit geschah, bei dem vielen Staub auf dem Holz.

Der Himmel über ihm war düster. Das Land ringsum war eine weite, verlassene Steppe mit vereinzelten entlaubten Bäumen in der Ferne.

Wie ein goldenes Band zog sich die Freie Straße Richtung Norden. An manchen Stellen lagen große Brocken darauf, als wären sie von Riesen geschleudert worden, um die Steinplatten zu zertrümmern.

Der junge Magier brach zusammen. Er war unendlich erschöpft und hoffnungslos. Nach all dem, was er durchgemacht hatte - vor den Trümmern zu stehen, ging über seine Kräfte.

Weinend kauerte er inmitten der Ruine, die Knie angezogen, die Arme darum geschlungen, das Gesicht darin verborgen. Obwohl er damit kostbares Wasser verschwendete, ließ er den Tränen freien Lauf. Er konnte nicht mehr.

Die Abenddämmerung kroch übers Land, und Tesfayé weinte immer noch.

Es wurde langsam wieder hell. Tesfayé hob den Kopf und blinzelte. Verwirrt erkannte er, dass er irgendwann eingeschlafen war und die ganze Nacht in dieser unbequemen Stellung verbracht hatte.

Ächzend streckte er die Glieder und bewegte die verkrampften Muskeln. Dann stand er auf und sah sich erneut um, ob sich irgendetwas verändert hatte, ob seine Augen ihn gestern getrogen hatten.

Hatten sie nicht.

Moment … da war etwas, das ihm gestern nur flüchtig aufgefallen war. Etwas Großes, Dunkles. In seinem Entsetzen hatte er nicht weiter darauf geachtet, doch nun musste er sich damit befassen. Dieses Etwas war kein Teil der Steppe und deshalb von Bedeutung. Vielleicht ein vom Sturm mitgerissener und fern von seinem Ursprung herabgeschleuderter Teil des Freien Hauses?

Interessant genug, dass er nachsah. Vielleicht fand er dort eine Antwort auf das, was hier geschehen war.

Tesfayé wischte sich den Staub aus dem Gesicht. Seine Zunge leckte über spröde Lippen. Lange konnte er ohne Wasser nicht mehr durchhalten. Von seinem Hunger, den er weiterhin geduldig hinnehmen musste, ganz zu schweigen.

Langsam taumelte er in die Steppe hinaus, auf das dunkle Etwas zu, dessen Konturen unförmig waren und auf die Distanz keinen Aufschluss boten, worum es sich handeln konnte.

Vielleicht war es ein Trugbild, eine Hitzespiegelung wie in der Wüste. Er würde es bald feststellen. Wenn es sich nicht veränderte, je näher er kam, wurde er genarrt.

Dann stockte er. Stieß einen keuchenden Laut aus. Rannte los.

Es gab keinen Zweifel. Es war kein Trugbild. Tesfayé rannte um seine Entdeckung herum, konnte es nicht fassen.

Dann fand er auf der anderen Seite den zweiten, leblos wirkenden Körper.

»Nein!«, schrie er. Oder vielmehr, er krächzte, denn er war viel zu ausgedörrt und hatte kaum mehr Kraft in den Lungen.

»Nein ...« Ein trockenes Schluchzen. Er hatte keine Tränen mehr.

Langsam, scheu, näherte er sich dem zweiten, viel kleineren Körper des Reiters, der für ihn jedoch immer noch mächtig genug war. Tesfayé war hochgewachsen, aber schlaksig. Dieser Mann aber war ein Hüne, mit breiten Schultern und starken Muskeln. Langes schwarzes Haar bedeckte sein Gesicht. Ein Schwert hing am Gürtel.

Es gab nur einen einzigen Drachenreiter auf dieser Welt, das wusste auch Tesfayé aus dem nun fernen Ishgalad. Und der riesige, weißgoldene, mit Hörnern und Stacheln bewehrte schuppige Leib gehörte eindeutig zu einem Drachen, auch wenn Tesfayé noch nie einen gesehen hatte und die Lehrbücher keine Abbildungen enthielten.

Mit wild klopfendem Herzen kniete der junge Magier bei dem Annatai nieder, legte die Finger an seinen Hals, um den Puls zu fühlen. Sie zitterten vor Aufregung jedoch so stark, dass er überhaupt nichts fühlen konnte. Doch dann sah er, wie sich die mächtige Brust einmal hob und senkte.

»Oh Herr, Ihr lebt!«, stieß er mit einem irren Kichern hervor. Er wagte es, die pechschwarzen Haare aus dem Gesicht zu streichen, sah eine falkenähnliche Narbe auf der rechten Wange. Es sah aus, als ob Halrid Falkon schliefe.

Tesfayé lief zu dem Drachen, der die Augen ebenfalls geschlossen hatte. Doch jetzt aus der Nähe konnte der junge Magier ihn in einem fernen, tiefen Hall atmen hören.

Was war geschehen? Die beiden Hüter Waldsees sahen unverletzt aus, die Spuren ringsum wiesen auf einen Absturz hin. Der junge Magier schloss die Augen, streckte die Hand aus, spreizte die Finger. Es fiel ihm schwer in seiner Schwäche, doch er konzentrierte sich und tastete nach den magischen Fäden. Als er sie fand, hangelte er sich daran entlang, versuchte herauszulesen, was geschehen war.

Es gab nur ein paar undeutliche Bilder, doch Tesfayé konnte es sich zusammenreimen. Der furchtbare Schlag, der Wiffi das Leben gekostet hatte, hatte auch hier seine Auswirkungen gehabt. Halrid Falkon und sein Drache hatten den Sturz überlebt, aber sie lagen in einem Bann. Wahrscheinlich ein selbst erzeugter Schutzbann, um dem Tod zu entgehen, und der nun anhielt, obwohl das bestimmt nicht so beabsichtigt gewesen war. Tesfayé hatte keine Ahnung, wie er die beiden da rausholen sollte.

Das gab ihm einen Ansporn, neuen Auftrieb. Er hatte wieder eine Aufgabe, nämlich diese beiden zu retten, um sie anschließend um Hilfe zu bitten. Bestimmt schlugen sie es ihm nicht ab, denn schließlich schuldeten sie ihm etwas. Ein Ausgleich, nicht wahr? Magische Wesen blieben nichts schuldig, denn das Gleichgewicht zu wahren, war das oberste Gesetz von allen. Man sah ja an dem langsamen Erwachen der Schlafenden Schlange, was passierte, wenn das Gleichgewicht gestört wurde.

Mehr humpelnd als laufend kehrte Tesfayé zu den Ruinen des Freien Hauses zurück.

Bis zum Nachmittag durchstöberte Tesfayé die Überreste; so plötzlich, wie der Untergang geschehen war, musste noch etwas zu essen und zu trinken zu finden sein. Und wenn er wieder in den Keller hinabstieg – er würde nicht aufgeben. So sehr es ihn auch gruselte bei dem Gedanken, womöglich Leichenfunde zu machen. Hunger und Durst waren stärker als alle Vorbehalte. Tot konnte er niemanden mehr retten, nicht einmal sich selbst.

Dann, endlich, wurde er fündig. Ein Stück Dach war darauf gefallen, doch er konnte einige Latten herausbrechen und durchschlüpfen.

Und dahinter befand sich der Überrest der Küche und das Lager hinter dem Tresen. Tesfayé stieß einen Schrei aus, als er ein Wasserfass fand, das bereits offen war, und in dem nur ein wenig Staub und ein paar Holzspäne herumschwammen.

Der Ort war so verlassen, dass es nicht einmal Ratten und Mäuse zu geben schien. Deshalb hatte er bisher auch keine Aasvögel gesehen.

Nach kurzem Wühlen fand er einen Krug. Den ersten schüttete er über sich aus, den zweiten trank er gierig und spürte mit jedem Schluck seine Lebensgeister zurückkehren. Dann kippte er noch einmal einen Krug über sich aus, denn auch seine spröde, rissige Haut freute sich über die Feuchtigkeit.

Anschließend machte er sich auf die Suche nach Essen. Schinken, Würste, eingelegtes Gemüse, Brot. Das war zwar steinhart, aber in einer Schale Bier, aus einem frisch geöffneten Fass geschöpft, wurde es schnell genießbar.

Tesfayé achtete trotz seiner Gier darauf, nicht zu viel auf einmal zu essen und zu trinken; jedes Kind Ishgalads lernte das von früh auf. Nach der ersten Linderung legte er eine Pause ein, um dem Magen Gelegenheit zu geben, sich wieder an Nahrungszufuhr zu gewöhnen.

Um nicht schwach zu werden, ließ er das Essen hinter sich und stöberte weiter durch die Ruine, suchte nach Säcken und Beuteln und Taschen und stellte nach und nach Vorräte für den Annatai und den Drachen zusammen.

Auch eine Matratze fand er, und eine Decke, in die er sich kuschelte, nachdem er seine Sachen gewaschen und aufgehängt hatte. So schlief er ein.

Am Morgen frühstückte Tesfayé ausführlich und stellte drei Tagesrationen für sich selbst zusammen. Außerdem hatte er einen Kräuterraum gefunden, und mit den verbliebenen Pasten und Ölen fertigte er verschiedene Heilmittel. Die Nacht hatte ihm Erholung gebracht und die Nahrung sicherte sein Überleben. Seine Kräfte kehrten zurück, also konnte er jetzt an die Rettung der beiden Hüter gehen.

Ich, Tesfayé Mekeli, der Magier ohne Diplom, frisch gebackener Absolvent der Universität, rette die Hüter Waldsees.

Dann spürte er, wie sein Gesicht heiß und rot wurde, und verbesserte sich: *Ich versuche, sie zu retten.*

Und musste sich gleich wieder verbessern, weil er Meister Yeshs wütendes Blitzen in den Augen vor sich sah. *Ich versuche natürlich nicht, ich tue es.*

Dennoch pochte sein Herz aufgeregt, und er grinste. Das hätte niemand je für möglich gehalten. Ausgerechnet er!

Weil sonst niemand da ist.

Na und? *Er* war da. Reichte das etwa nicht?

Es war Mittag, als Tesfayé bei den Gebannten ankam. Er hatte zwei Türen miteinander verbunden und aus diversen Seilen ein Geschirr geknüpft und daran befestigt. Dann die Vorräte und ein ganzes Wasserfass darauf gepackt und fest verschnürt, das Geschirr umgelegt und los ging es.

Sie lagen unverändert da, weder Tag noch Nacht, Wind noch Wetter konnte ihnen etwas anhaben, solange der Bann hielt.

Tesfayé war darauf eingestellt, ein paar Tage hier verbringen zu müssen, bis es ihm gelungen wäre, den Bann zu lösen. Er könnte es schlimmer treffen, fand er. Das weite Land um ihn herum flößte ihm keine Furcht ein, das kannte er aus Kindertagen. Höchstens, dass es so verlassen war. Aber allein war er ja nicht mehr, das war ein Trost. Der düstere Himmel sorgte zwar nicht gerade für Fröhlichkeit, aber wenigstens war es nicht so kalt wie befürchtet, und seine Kleidung genügte, dass er nicht frieren musste. Na schön, und eine oder zwei Decken, um die Schultern geschlungen.

Der größte Trost jedoch war nachts, Ishtrus Träne zu sehen. Das verband ihn mit seinem Zuhause, weil es derselbe Himmel derselben Welt war, die er hier sah, nur ein anderer Ort, und linderte das Heimweh und die Sorgen um all die Menschen in Ishgalad, die Hatar Stygan nun schon wer weiß wie lange ausgeliefert waren. Und seinem General, Hagan Tar. Tesfayé war von sanftmütigem Charakter, doch diesem Mann wünschte er inbrünstig den Tod, und keinen sanften. Seine Eltern, der alte Magister Yesh, jeden, den er geliebt und gebraucht hatte, das war unverzeihlich.

Doch neben dem Trost lauerte nachts auch der Schrecken. Der Schatten, der vor dem blinden Perlmond vorüberzog, und der flackernde Siebenstern in den milchigen Schleiern hoch oben. Ab und zu erklang ein Kreischen und Dröhnen und Hämmern, als versuchte jemand, eine verschlossene Metalltür aufzubrechen. Das war schaurig, doch Tesfayé war stets so müde, dass er trotzdem einschlief.

Drei Tage lang mühte sich der junge Magier ab, den Bann zu brechen. Er verbrannte dabei Kräuter in Schalen, besondere Pasten und Öle. Benetzte die Gebannten immer wieder mit Wasser. Die Zeit dazwischen verbrachte er damit, im Ruhesitz zu verharren und zu versuchen, das magische Gespinst, das den Bann bildete, aufzubrechen. Auf viele verschiedene Weisen ging er es an, suchte nach einer Schwachstelle.

Am dritten Tag war er nahe daran, aufzugeben. Was hatte er sich auch eingebildet – gegen den Bann eines Mächtigen angehen zu wollen? Lächerlich. Das konnte ihm doch im Leben nicht gelingen.

Also musste er sich überlegen, Hilfe zu holen. Aber wie?

Auf »normalem« Wege brauchte er es gar nicht erst zu versuchen. Tesfayé hatte keine Ahnung von den örtlichen Gegebenheiten, keine Landkarte, kein Wissen darüber, wo sich geeignete Hilfe finden lassen würde. Sicher, er könnte einfach immer Richtung Norden gehen, bis er die nächste Siedlung erreichte, und dann fragte er sich durch. Doch das sollte er als allerletzten Lösungsweg im Hinterkopf behalten, wenn es sonst nichts mehr gab.

Der bevorzugte Weg wäre der magische. Das würde anstrengend werden, und vielleicht hatte er auch nicht genug Begabung dafür. Dennoch wollte er nichts unversucht lassen. Er musste eine bedeutende magische Sphärenlinie finden und über sie einen Hilferuf aussenden. Und dann darauf hoffen, dass er bald beantwortet würde - und zwar von Freund, nicht von Feind.

Wegen Ishgalad brauchte er sich keine Gedanken zu machen, dorthin bestand keine solche Verbindung. Da er dort geboren war, hatte er auch immer eine magische Bindung zu seiner Heimat. Doch er konnte sie nicht mehr spüren, es war still und leer in ihm. Selbst die Bilder verblassten schon.

Es war Nachmittag. Für heute musste es genug sein, er war erschöpft, seine magische Energie aufgebraucht, seine körperlichen Kräfte sowieso. Morgen früh würde er einen letzten Versuch unternehmen, und dann blieb nur noch der magische Hilferuf.

Tesfayé füllte den Krug mit Wasser und ging zu Halrid Falkon, um ihn wie jeden Tag damit zu benetzen. Kniete bei ihm nieder, schüttete ein wenig Wasser auf seine Hand, ließ einige Tropfen auf den Mund fallen. Er stellte gerade den Krug ab, um neue Kräuter in die Schale zu werfen und anzuzünden, als plötzlich eine starke Hand seine Kehle umfasste und zudrückte.

Kapitel 6

Der Sturz des Titanen

»Es ist alles gut!«, stieß Tesfayé quietschend hervor, niemals hatte sein Beiname Mekeli besser gepasst als in diesem Moment. Er zappelte, sein Blick verschwamm. »Freund … ich bin Freund …« Das schien gehört zu werden, denn die Hand zog sich zurück. Keuchend sank er vornüber und hielt sich die Kehle, rang um Atem. Für einen Moment war er unfähig, sich zu rühren.

Er spürte eine Bewegung neben sich, und dann hörte er eine tiefe Stimme. »Was ist geschehen?«

Tesfayé mühte sich auf die Beine und blickte ängstlich zu dem Mann hoch, der ihn noch um mindestens einen halben Kopf überragte. Diese Augen … wie schwarze Sonnen. »Ich … dachte, das könntet Ihr mir verraten«, antwortete er zaghaft.

»Nein.« Halrid Falkon bewegte sich schwerfällig, noch ein wenig taumelnd, auf den Drachen zu und trat ihn kräftig gegen das Vorderbein. »Genug geschlafen! Auf mit dir, Faulpelz.«

»Arrrumpf«, antwortete der Drache und öffnete blinzelnd schillernde, irisierende Granataugen. Feine Wölkchen dampften aus seinen Nüstern. Er schmatzte und gähnte mit weit geöffnetem Rachen, in dem Tesfayé aufrecht hätte stehen können. Dann hob er den wie ein Juwel strahlenden Kopf. »Was ist passiert?«

»Diese Frage habe ich auch gerade gestellt und hatte mir von dir Antwort erwartet!«, erwiderte der Annatai unwirsch. Er wies auf Tesfayé. »Wie es aussieht, hat der Junge uns rausgeholt.«

Fylang beäugte den jungen Magier aus einem Auge. »Das magere Bürschlein da? Ausgeschlossen.«

Tesfayé zitterte am ganzen Leib, aber er räusperte sich und sagte tapfer: »Ich … mein Name ist Tesfayé Mekeli.«

»Mekeli? Was soll das sein?«

»Mein … Schandname.«

»Aha. Seit wann ist ein Mäuschen eine Schande? Nur weil es klein und zart ist und sich gegen hunderte Feinde zu bewähren weiß?«

So ähnlich hatte Wiffi sich auch ausgedrückt. Tesfayé war verlegen und schwenkte schnell um. »Ich habe Euch aus dem Bann geholt. Der Selbstschutz, Ihr wisst schon.«

»Ja, sicher, sicher.« Das klang wenig überzeugt. »Wo sind wir überhaupt?« Der Drache drehte den Kopf und stieß schnaubend Flammen aus. »Das glaube ich jetzt nicht. Wir sind immer noch beim Freien Haus, Halrid! Sonderlich weit sind wir nicht gekommen.«

»Sieht nicht so aus. – Junge, hast du da etwas zu essen und zu trinken bei dir?« Halrid deutete auf den Haufen.

»Ja, was ich im Freien Haus gefunden habe«, sagte er eifrig, froh, etwas tun zu können. Er lief zu dem Schlitten und holte die Vorräte, die er neben dem Wasserfass ausbreitete. »Bitte sehr, bedient Euch!«

»Ah, ich könnte einen ganzen Ochsenzug auf einen Sitz verschlingen!«, bemerkte der Drache. Zum Glück hatte er kein Auge auf einen anwesenden jungen Magier geworfen, weil er ihm offenkundig zu dünn war. »Aber am meisten habe ich Durst.« Er senkte die Schnauze bis über das Fass, eine gespaltene Zunge schoss hervor und verharrte abrupt knapp über dem Nass. »Was ist das? Wasser?«, rief er entsetzt. »Gibt es kein Bier?«

»D…doch«, stammelte Tesfayé. »In den Ruinen da hinten …«

»Wo? Beschreib es mir! Sofort!«

Tesfayé tat ihm eingeschüchtert den Gefallen, und der Drache lief schaukelnd, mit eng angelegten Flügeln, die viel zu klein zum Fliegen schienen, auf das zusammengebrochene Freie Haus zu. Trotz seines geschwächten Zustands war er so schnell, dass er nur wenige Augenblicke später in den

Ruinen verschwand, und dann sah der junge Magier Holzbalken und Türen durch die Luft davonfliegen und hörte kurz darauf einen glücklichen Schrei.

Halrid Falkon hatte sich derweil neben das Fass gekauert, aß und trank. Tesfayé setzte sich schüchtern zu ihm und nagte an einer Dauerwurst. Der Zauberer musterte ihn, eher neugierig als kritisch. »Du stammst aus keinem der drei Reiche«, stellte er fest. »Es gibt hier keine Menschen mit samtschwarzer Haut und violetten Augen und so dicht gewellten schwarzen Haaren.«

»Ich … ich bin aus Ishgalad. Wir sind samtoliv wie Ihr oder schwarz wie ich, und ein paar Hellhäutige gibt es auch, aber nicht viele.«

Halrid Falkon wandte den Kopf. »Fylang!«, brüllte er. »Komm sofort her! Das musst du dir anhören!«

Tesfayé erzählte seine Geschichte, die über eine Stunde dauerte. Er konnte es selbst kaum glauben, als er sich reden hörte. Ab und zu musste er kurz innehalten, um die aufsteigenden Tränen hinunterzuschlucken.

Die beiden Hüter hörten zu, ohne ihn zu unterbrechen. Als er endete, stellte er als Erster eine Frage: »Wieso … können wir einander eigentlich verstehen?«

»Annatai und Drachen sprechen alle Sprachen«, antwortete der Zauberer. »Ebenso jeder, der Hüter ist.«

»Und du warst im BAUM«, sagte Fylang, und es klang beinahe ehrfürchtig. »Das ändert alles. Auch dich.«

»Was meint Ihr damit?«, fragte Tesfayé.

»Bei den Sternen des Himmels, nenne mich Fylang und vergiss diese Förmlichkeit!«, rief der Drache. »Das ist menschlicher Umgang, wir aber sind magische Wesen. Was ich damit meine? Jungchen, mit deinen normalen menschlichen Kräften wärst du niemals in der Lage gewesen, Halrids Schutzbann aufzuheben. Hast du es denn mit Zaubersprüchen bewirkt, gar einem Zauberstab?«

»Nein … ich habe es aus dem Inneren heraus getan, wie es

in den Büchern steht«, antwortete er verwundert. »Zugegeben, geübt habe ich so etwas nie …«

»Es mag in den Büchern stehen«, unterbrach Fylang, »aber das bedeutet noch lange nicht, dass du dazu auch in der Lage bist, es auszuführen. Und als Menschenmagier bist du es für gewöhnlich nicht. Ich gehe davon aus, dass der Wyvern dir im Sterben einen Teil seiner Kräfte übertragen hat. Dadurch bist auch du ein Teil des BAUMS und eine Art Hüter. Etwas ganz Besonderes und Einzigartiges, wie es meines Wissens nach auf Waldsee noch nie vorgekommen ist. Das hat uns gerettet.«

Tesfayé fing an zu weinen.

»Was ist jetzt los?«, wollte der Drache wissen. »So schlimm ist es nun auch nicht. Weder das eine noch das andere.«

»Das ist es nicht«, schluchzte er. »Oder vielmehr, doch, auch. Ich bin alles andere als besonders und einzigartig. Denn ich konnte Wiffi nicht retten …«

»Ach, darum geht es. Komm mal her. Näher zu mir. Noch näher.«

Tesfayé schluckte. Diesem riesigen, weiß und golden schimmernden Wesen so nahe zu kommen, auch wenn er nichts zu befürchten hatte – das fiel ihm nicht leicht. Fylang hätte ihn durch eine Nüster einatmen können. Nun senkte der Drache den Kopf und neigte ihn zur Seite, bis er dem granatschillernden Auge nahe war.

»Sieh hinein, Kind Ishgalads.«

Die geschlitzte Pupille erweiterte sich, bis sie das Auge vollständig ausfüllte. Tesfayé spiegelte sich zuerst darin, doch dann änderte sich das Bild, wurde tief, saugte ihn förmlich in sich ein. Er sah die Unterwelt, den BAUM, und dann … sah er den Lindwurm unten im Staub liegen. Genau, wie er es in Erinnerung hatte.

Das trug nicht dazu bei, seine Tränen zu stillen. Im Gegenteil, jetzt wurde der Schmerz erst recht geweckt. Er wollte sich abwenden, doch dumpf drang Fylangs Stimme in sein Ohr. »Sieh es dir an! Gleich geschieht es.«

Und da sah er es. Aus einer Nüster des toten Lindwurms

kam etwas. Ein winziger rosafarbener Regenwurm, höchstens eine Handspanne lang, kroch heraus, hob das Ende, an dem sich vermutlich der Kopf befand, und schien Tesfayé anzublicken, bevor das Bild erlosch.

Fylang blinzelte, bewegte den Kopf zurück und drehte ihn nach vorn, um Tesfayé aus beiden Augen anzusehen. »Beruhigt?«

»Wie ist das möglich …«, flüsterte Tesfayé fassungslos und wischte die Tränen ab. »Er … lebt?«

»Es wird immer einen Hüter des BAUMS geben, der Waldsee ist«, sagte Fylang sanft. »Solange er besteht, solange wird die Welt bestehen. Und bis der junge Wyvern soweit ist, seiner Aufgabe nachzukommen, wirst *du* einen Teil davon übernehmen.«

»Und das wird er vor Tar'meso zu verbergen wissen«, erklang Halrids Stimme hinter dem jungen Mann. »Mit dem ersten Schlag hat der Schwarze Annatai Waldsee einen schweren Schaden zugefügt, aber dabei wird es längst nicht bleiben.«

»Nachts kratzt er an der Tür …«, murmelte Tesfayé und wandte sich dem Zauberer zu.

»Die Barrieren fallen bereits. Wir müssen deshalb so schnell wie möglich nach Ishgalad, um Hatar Stygan auszuschalten. Er ist Tar'mesos Anker.« Halrid hob leicht die Arme. »Die Frage ist nur, wie wir dorthin gelangen. Weder mir noch Fylang ist der Weg durch den BAUM möglich.«

»Aber … könnt Ihr euch denn nicht verwandeln? Und Fylang auch? Ihr seid ein Mächtiger!«

»Mächtige sind nicht all-mächtig, das gilt selbst für die Annatai«, erwiderte der Zauberer. »Ja, ich könnte es tun, aber ich fürchte um die Folgen, wenn Tar'meso während unserer Verwandlung den zweiten Schlag ausführt. Du hast gesehen, was mit dem Wyvern passiert ist, und du hast uns im hilflosen Zustand gefunden. Dass wir überlebt haben, ist mehr Glück als Verstand gewesen.«

»Und das ist gut so, denn aus uns wäre kein Würmchen mehr rausgekrochen«, ergänzte Fylang. »Und ich habe noch nicht die geringste Lust zu sterben.«

Tesfayé atmete erleichtert auf, dass er die beiden nicht auf demselben Weg zurückführen musste. »Offengestanden, ich möchte um nichts in der Welt noch einmal da durch ... dafür bin ich nicht geschaffen. Vielleicht hat Wiffi mich verändert und mächtiger gemacht, aber ich bin immer noch ein Mensch, der weder zu kämpfen noch zu schwimmen gelernt und ansonsten auch nicht viel Ahnung vom Leben hat. Ich bin nichts weiter als ein verträumter Adept, der hoffentlich eines Tages ein verträumter Gelehrter sein wird.«

»Der Gelehrte bist du schon«, meinte Fylang. »Du hast einiges auf dem Kasten, Bürschlein, und eine gewaltige Leistung vollbracht, die eines Dekans würdig ist. Falls du also annimmst, dass deine Aufgabe hiermit beendet ist und wir ab sofort übernehmen, hast du dich getäuscht.«

»W...was?«

»Hast du vorhin nicht zugehört? Durch dich kann der Wyvern neu beginnen, du bist mit Einschränkungen der Hüter des BAUMS, bis er wieder bei Kräften ist. Er hat auch dafür gesorgt, dass du hierher gelangst und uns befreist. Deine Geschichte ist damit noch lange nicht zu Ende, sondern fängt gerade erst mit dem zweiten Kapitel an. Du musst mit uns nach Ishgalad zurück, und nachdem wir mit Hatar Stygan fertiggeworden sind, wirst du die Sache in die Hand nehmen und dein Land wieder aufbauen. Der Wyvern hat dir diese Aufgabe übertragen, als er dir seinen Atem gab.«

Nach Ishgalad zurück, das klang gut. Aber »die Sache in die Hand nehmen«? Wie stellte der Drache sich das vor? Andererseits, vielleicht lebte ja der Dekan noch. Oder einer der Großmeister. Die könnten dann übernehmen, nachdem er sie befreit hatte! Und damit hatte er ja inzwischen ein wenig Erfahrung. Dennoch sah er sich weiterhin als das Mäuschen Mekeli. Schön, es mochte kein Schandname sein, aber er passte zu ihm. Unter all diesen Riesen zu wandeln, war er nicht mehr als ein Mäuschen.

»Also gut, ich bin dabei«, gab er sich einen Ruck und war zugleich erschrocken. Nicht, dass er plötzlich Mut dazugewonnen hätte, aber anders konnte er nicht nach Hause gelangen. »Nur habe ich keine Idee, wie wir sonst nach Ishgalad zurückkönnten. Selbst wenn die magische Barriere inzwischen gefallen sein sollte.«

»Ich frag mal.« Ohne sich weiter zu erklären ging der Annatai abseits und schien dann zu erstarren.

»Was meint er denn damit?«, wisperte Tesfayé.

»Wenn ich das wüsste«, erwiderte der Drache, hob das Hinterbein und kratzte sich hinter den Nackenstacheln. »Seitdem diese Sache angefangen hat, wird er mir mehr und mehr zum Rätsel.« Er stellte ein Vorderbein leicht vor. »Komm auf meinen Rücken, Junge. Lass uns zum Freien Haus zurückgehen, mich dürstet nach weiterem Bier, und du kannst bestimmt ebenso eines vertragen.«

Tesfayé bekam Schluckauf vor Aufregung. Er? Auf einem Drachen reiten? Was für ein Abenteuer! Das war kaum zu fassen. Niemand würde ihm das jemals glauben. Er kletterte auf den vorderen Fuß und hielt sich erschrocken am Bein fest, als er sich plötzlich durch die Luft getragen fühlte, bis zu den gezackten Halsschuppen empor. Von hier aus krabbelte er mehr oder minder geschickt weiter nach oben und saß schließlich im Nacken des gewaltigen Geschöpfes und blickte weit übers Land. Hastig umklammerte er eines der nach oben gebogenen Hörner, als der Drache sich in Bewegung setzte und in weit ausgreifenden Schritten schwingend und schaukelnd auf die Ruine zuhielt.

»Und Halrid Falkon?«

»Der auch.«

Halrid Falkon verband sich mit den Sphären, bis zu den Göttern, und fragte hinauf: *Und was unternehmt ihr eigentlich? Tar'meso ist dort oben bei euch, Anker hin oder her – ihr könnt ihn angreifen!*

Langes Schweigen antwortete ihm.

Lúvenor!, rief er. *Wie kannst du zusehen? Waldsee wird untergehen! Der Siebenstern wird erlöschen und der Perlmond ein zweites Mal zerbrechen. War alles umsonst, was wir getan haben, als Rowarn Perlmond das Tabernakel heilte? Tausende Opfer! Immer wieder haben die Helden hier unten den Karren für euch aus dem Dreck gezogen. Nun ist es genug! Gegen ihn, den Sohn des Schmiedes, den Nachkommen des Schattenwebers, gegen den Wahren Annatai können wir nicht bestehen, und das wisst ihr!*

Nach einer Weile empfing er eine Antwort, konnte aber nicht feststellen, von wem.

Er bindet uns. Wir können ihn nicht erreichen.

Wie kann er das verhindern?

Er ist nicht wie wir. Und nicht wie du. Wir bekommen ihn nicht zu fassen, egal was wir versuchen.

Also bleibt es mal wieder an uns hier unten hängen. Wer ist Hatar Stygan?

Wir wissen es nicht. Er hat keinen Klang in der Sphäre. Wir können ihn nicht sehen. Wir können ihn nicht hören. Er ist Un-Leben.

Das erklärte einiges. *Aber Tar'meso weiß es, verdammt nochmal, und konnte Hatar Stygan als Anker gewinnen!*

Er ist der Nichtige.

Der Zauberer hielt inne. Genau das war es, der fehlende Baustein für das Gebäude dieser ungeheuerlichen Intrige. Der Schwarze Annatai hatte eine Verbindung zu dem Anker geschaffen, die nicht über die Sphären verlief, sondern auf unbekanntem Wege, der vermutlich nur zwischen diesen beiden möglich war. An allen vorbei, den Göttern, den Hütern, und speziell ihm, dem Annatai. Deshalb hatte es vorher keine Anzeichen gegeben, keine Vorwarnung, keine Hinweise. Selbst die Götter waren überrumpelt worden.

Ich werde den Anker ausschalten und die Verbindung zerstören, dann könnt ihr Tar'meso angreifen. Werdet ihr es dann auch tun?

Schweigen.

Sie waren also weiterhin auf sich gestellt, er und Fylang. Nicht zum ersten Mal.

Er spürte, wie es in ihm zu brennen begann. Nicht auszudenken, was Hatar Stygan Eírtiti inzwischen angetan haben mochte. Der Schlag, den Tar'meso gegen den BAUM geführt hatte - das war nur durch sie möglich gewesen.

Ich gehe nach Ishgalad. Sobald ich Hatar Stygan vernichtet habe, werdet *ihr handeln, ansonsten ist diese Welt für immer verloren. Oder seid ihr uneins, ob ihr sie Tar'meso übergeben wollt? Damit er sie als Stützpunkt wählt, anstatt sie zu zerstören? Von hier aus hat er einen guten Blick auf die Schlafende Schlange. Wenn nicht den besten. Will sich einer von euch ihm etwa anschließen?*

Schweigen.

Hatte er es sich doch gedacht. Wie viele liebäugelten wohl bereits mit Tar'mesos Seite? Hatte er etwa längst mit ihnen geredet und sie verbargen es vor ihm? Er galt nicht umsonst als Herr der Verführung. Wenn sein Angebot entsprechend ausfiel, konnte das durchaus den einen oder anderen Gott zum Zweifeln bringen. Schließlich stand das Erwachen der Schlafenden Schlange kurz bevor, es war nicht mehr aufzuhalten. Mit dem bestehenden Schutz des Siebensterns hätte Waldsee diesen neuerlichen Sturm überstehen können, bis der Meister der Mächte eingriff. Halrid Falkon zweifelte nicht daran, dass es auch diesmal nicht zum endgültigen Untergang käme, sondern dass der Meister der Mächte das absolute Ende abwendete. Erenatar selbst musste daran gelegen sein, schließlich ging es auch um seine Existenz.

Der Sturm, selbst wenn er abgewendet werden konnte, würde genau wie beim ersten Mal sehr große Opfer unter den Göttern und Mächtigen fordern. Falls Tar'meso Versprechungen machte, wie dieser Vernichtung entgangen werden könnte, dann fand er sicherlich Anhänger. Auch hier.

Bis auf Lúvenor. Er war einer der letzten verbliebenen Ersten, die bereits den ersten Sturm überstanden hatten. Ein besonderes Hohes Wesen, das sich niemals dem Selbsterhaltungstrieb beugen würde.

Würde Lúvenor Erenatar zu Hilfe rufen, um aus diesem Konflikt herauszukommen? Er war ein Gott des Friedens und der Schöpfung. Einer der Mächtigsten, aber niemals würde er Waffen tragen können oder seine Kraft zur Vernichtung einsetzen. Auf Dauer könnte er allein gegen Tar'meso nicht bestehen. Wenn die anderen Götter ihm nicht allesamt beistanden, waren die Aussichten noch schlechter als angenommen, und der Zauberer wünschte sich jetzt, er hätte dieses Gespräch gar nicht erst angefangen und einfach naiv darauf vertraut, dass sie alle am selben Strang zogen. Die Erkenntnis war schlichtweg niederschmetternd und trieb ihn näher an den Rand des Abgrunds.

Komm zu uns.

Diese Stimme kannte Halrid Falkon, und sofort stieg Wut in ihm auf. *Es* regte sich gleichzeitig in ihm und schlug vor, der Aufforderung Folge zu leisten. Das würde alles vereinfachen.

Nein!

Er löste sich abrupt aus der Verbindung, presste die eine Hand an die Brust, die andere ballte er zur Faust. Für einen Moment glaubte er, von innen zerrissen zu werden, es brannte und kochte in ihm wie in einem Vulkan kurz vor dem Ausbruch. Der Schweiß rann an ihm in Strömen hinab, während er gegen das *Etwas* in seinem Inneren kämpfte.

So schlimm war es noch nie gewesen. Wie konnte das sein? Wodurch wurde das hervorgerufen?

Eírtiti!, dachte er. *Du bist mein Anker. Ich muss dich wiederfinden. Und das schnell. Denn bald kann ich für nichts mehr garantieren …*

Tesfayé war inzwischen beschwipst, weil Fylang ihn mehrmals nötigte, seinen Krug nachzuschenken. Der Drache hatte mehrere Fässer aufgetan und die Hälfte davon inzwischen geleert. Wäre schade darum, wie er meinte, denn Bier würde sich nicht so lange halten wie der Wein, der ebenfalls hier noch lagerte.

»Wird … das Freie Haus je wieder aufgebaut werden?«, fragte der junge Magier und wischte sich den Schaum vom Mund.

»Wenn es uns gelingt, Waldsee zu befreien, natürlich!«, verkündete Fylang und rülpste lautstark mit einer kräftigen Bierbrise. Zum Glück nicht in Tesfayés Richtung. »Deine letzte Begegnung da unten, die dir so unheimlich vorkam, das war der Wirt. Er hütet die Wurzeln des Hauses.«

Halrid Falkon traf bei ihnen ein, und Tesfayé, der sich immer noch vor dem Hünen fürchtete, bot ihm einen Krug an.

Der Zauberer nahm dankbar an und einen kräftigen Zug. Genau gesagt, leerte er den Krug ohne abzusetzen und hielt ihn wenige Herzschläge später dem Magier hin. »Ich bitte um Nachfüllung.«

Das Bier schien ihm gut zu tun, denn die finstere Miene, die er gerade noch getragen hatte, hellte sich nun deutlich auf. Tesfayé beeilte sich nachzuschenken.

»Und was hast du getan? Mit den Göttern geredet?«, fragte Fylang, der inzwischen auch nicht mehr ganz nüchtern wirkte.

»Ich habe es versucht«, antwortete Halrid. »Und ich fürchte, es gibt Probleme.«

»Oh, gut, ich dachte schon, wir lebten ab sofort sorglos in den langweiligen Tag hinein.«

»Aber … Ihr seid nicht hoffnungslos, Herr, oder?«, fragte Tesfayé, der zum gegenwärtigen Zeitpunkt nichts für sarkastische Scherze übrighatte. Er kroch ein wenig in sich zusammen, als er den brennenden Blick der schwarzen Sonnen auf sich gerichtet fühlte.

»Was möchtest du hören?«

»Dass alles wieder gut wird, bitte.«

»Es wird alles wieder gut.«

Tesfayé seufzte und starrte zu Boden.

»Hast du mit ihm gesprochen?«, fragte Fylang, ohne den Namen zu nennen, wen er meinte.

»Nein. Du weißt, dass ich nicht mit ihm rede.«

»Ich glaube, dir wird bald nichts mehr übrigbleiben. Du musst ihn auf deine Seite ziehen. Also Lúvenors. Mit seiner Unterstützung werden die anderen mitziehen.«

Der Zauberer stand auf, den Krug in der Hand, stellte sich an den Rand einer halb eingerissenen Mauer und starrte hinaus. »Morgen werden wir aufbrechen«, sagte er nach einer Weile und drehte sich den beiden anderen wieder zu. »Kannst du fliegen, mein alter Freund?«

»Besser als abstürzen«, behauptete der Drache.

»Ich nehme dich beim Wort. Und du, junger Magier, wirst uns begleiten. Wir sind auf deine Unterstützung angewiesen.«

»Ja, Herr.«

»Du lieber Himmel, hat Fylang es dir nicht schon gesagt? Nenn mich Halrid. Wir sind jetzt Schicksalsgefährten und versuchen uns als Retter der Welt. Da haben Förmlichkeiten nichts verloren.«

Darauf brauchte Tesfayé nochmals einen ordentlichen Schluck. Oder besser, gleich einen ganzen Krug.

»Unser Werk ist bald getan«, verkündete Hatar Stygan auf seinem Thron.

Hagan Tar beunruhigte diese Aussage, denn sie klang so endgültig, dabei sah er noch lange kein Ende bei dem, was sie taten. »Wie meinst du das, Herr?«

»Wir werden demnächst in der Lage sein, das Land zu verlassen.«

»Aber …«

»Beruhige dich, mein treuer Freund. Ishgalad wird dir gehören, wie ich es versprochen habe. Aber der Zeitpunkt, zu dem das Heer loszieht, rückt immer näher. Dann werden wir hier nicht mehr gebraucht, du und ich. Auf uns wartet noch eine andere, wichtige Aufgabe. Sobald sie erfüllt ist, wirst du im Triumph hierher zurückkehren, als Fürst deines neuen Reiches, das du dir nach deinen Wünschen aufbauen kannst. Und ich werde die Herrschaft über Waldsee antreten. Das ist doch in deinem Sinne?«

Der General nickte. »Das wäre mein größter Wunsch. Doch ich muss das Heer führen, ich bin der Heermeister.«

»Die Schattentrinker werden tun, was ihnen aufgetragen ist. Einer von ihnen wird das übernehmen. Ich brauche dich an meiner Seite, denn wo wir hingehen, haben wir viele Feinde. Es wird nicht mehr so leicht sein wie hier.«

»Ishgalad verlassen?« Hagan Tar starrte in das wallende Schwarz auf dem Thron. Das war für ihn unvorstellbar, er war hier zu Hause. »Ich befürchte eine Niederlage«, gestand er. »Ein Heer muss von einem Strategen geführt werden. Die Soldaten, die aus den anderen Reichen kommen, sind geübt, sie sind Krieger von Berufs wegen. Und wer weiß, wie viele es sein werden …«

»Mach dir keine Gedanken.« Ein heiseres Lachen. »Wenn alles verläuft, wie es geplant ist, wird das unsere geringste Sorge sein.« Hatar Stygan erhob sich und kam die Stufen herunter. »Bald wirst du verstehen, General. Deshalb halte ab sofort drei Pferde mit guter Ausrüstung bereit. Waffen, Vorräte, Decken, was man eben so benötigt für eine längere Reise.« Das verhüllte Schwarz bewegte sich auf die Treppe zu. »Ich gehe in das Observatorium im Turm der Magier. Bring mir die Gefangene dorthin.«

»Ja, Herr.« Hagan Tar verbeugte sich, besorgt und verwirrt, aber wer war er, seinen Herrn zu kritisieren? Dessen Entscheidungen zu hinterfragen? Hatar Stygan hatte versprochen, alles aufzuklären. Das musste ihm genügen. Er machte sich auf den Weg.

Gegen Morgen, beim ersten zarten Schimmer, erfolgte der zweite Schlag.

Ein so lauter Knall, gefolgt von rollendem Donner, dass er Tesfayé nicht nur voller Panik hochfahren ließ, sondern ihm auch das Gehör raubte. Rasend vor Angst wollte er aus der Ruine flüchten, hinaus in die Steppe, damit er nicht von den restlichen Trümmern des Hauses erschlagen wurde.

Der Boden zitterte und bebte, dann wölbte er sich auf, und in einer alles erschütternden Explosion brach er an mehreren Stellen auf und bildete tiefe Risse und Abgründe.

Ein weiterer Sturm kam auf, der noch heftiger war als die anderen zuvor.

Tesfayé wusste, dass er schrie, auch wenn er es nicht hören konnte. Seltsamerweise spürte er immer wieder einen Knall, wenngleich gedämpft, und es folgte Schlag auf Schlag. Über den fast schwarzen Himmel rasten einzelne Wolkenberge, aus denen Gesteinsbrocken in unterschiedlicher Größe herabregneten, manche brannten sogar, schossen wie flammende Kugeln über die Ebene, donnerten ins Erdreich und schlugen tiefe Krater in gewaltigen aufwirbelnden Fontänen aus Staub und Feuer.

Die Ebene wurde zur tödlichen Gefahr.

Wo sollte er sicher sein? Tesfayé stolperte und taumelte umher, bei dem heftigen Zittern und Beben konnte er sich weder aufrecht halten noch gezielt in eine Richtung bewegen.

Plötzlich fühlte er sich am Schlafittchen gepackt und hochgehoben. Er schaukelte hilflos in der Luft, während Fylang sich mit ihm schnell von dem Freien Haus entfernte. Dann drehte der Drache den langen Hals und setzte ihn auf der Schulter ab. Tesfayé konnte bei dem peitschenden Wind voller Sand und Erdkrümel kaum etwas erkennen und klammerte sich verzweifelt fest, als eine kräftige Hand ihn packte und nach oben zog.

Kurz darauf fand er sich hinter Halrid Falkon im Nacken des Drachen wieder, der nun im vollen Galopp über die Ebene raste. Dabei wich er in bewundernswerter Reaktionsschnelligkeit immer wieder größeren Brocken aus. Abschnittsweise ging es durch Steinhagel, schweren Regen, aber auch trockenen Sturm.

Schließlich erreichte Fylang eine Senke, die er mehr hinunterrutschte als lief, denn der Boden wurde hier locker. Mit gewaltigen Krallen schaufelte der Drache eine Grube, in die er sich dann hineinkauerte.

Halrid bedeutete Tesfayé, ihm hinunterzufolgen. Unterwegs blickte der junge Magier zum Himmel, und da sah er den nun schon vertrauten riesigen Schemen, der all dieses Leid über die Welt brachte. Aber da war noch etwas. Etwas Gigantisches mit federlosen Flügeln und einem langen Schnabel. Auf einmal war sein Gehör wieder da, und er stöhnte schmerzerfüllt auf, als ein schrilles Kreischen sein Innerstes zum Vibrieren brachte, und dann schrie er selbst, als er die beiden Riesen miteinander kämpfen sah.

Der Zauberer packte ihn und zwang ihn mit sich, zerrte ihn zu der Grube, und die Männer suchten Schutz an der Halsbeuge des Drachen.

Tesfayé konnte den Blick nicht vom Himmel wenden, wo der furchtbare Kampf stattfand, doch plötzlich wurde es dunkel vor seinen Augen. Was er für winzige Flügelansätze gehalten hatte, entpuppte sich jetzt als gewaltiges Paar Schwingen, die der Drache schützend über sich und die beiden Männer breitete.

Eírtiti konnte sich nicht vorstellen, weshalb sie von Hatar Stygan ins Observatorium gerufen wurde. Hagan Tar hatte sich nicht dazu geäußert und sich auch ansonsten ungewohnt wortkarg gegeben. Sonst ätzte er mit grausamem Lächeln und machte jedes Mal deutlich, dass es nicht mehr lange dauern würde, bis er ihrer habhaft werde. Er wurde es nie müde zu versuchen, an sie heranzukommen.

Bis jetzt bewahrten sie ihr innerer Schutz und ihre Zurückgezogenheit. Aber sie wusste, dass der General recht hatte – sie wurde schwächer. Auch körperlich. Sie hatte an Gewicht verloren, fühlte sich matt und kraftlos. Die Trennung von Waldsees Herz setzte ihr immer mehr zu.

Vater, was kann ich tun? Warst du je in ähnlicher Lage?

Nein, selbst als Mensch Dàvin war Aldavinur, der Lehrmeister der Fyrgar, immer noch mächtig. Er war stets verbunden geblieben, auch wenn er die Sphären für lange Zeit gemieden hatte.

Was würde er in ihrer Lage tun? Oder ihre Mutter Nefreta, die sie nie kennengelernt hatte, die Löwin von Luvgar?

Sie spendete weiterhin Feuer, denn was sie durch ihren Hilfseinsatz an Energie verlor, bekam wenigstens Hatar Stygan nicht mehr.

Doch vielleicht war damit jetzt Schluss. Seit ihrer Gefangennahme hatte sie den Finsteren nicht mehr gesehen. Was konnte er jetzt von ihr wollen?

»Herr, hier ist die Gefangene, wie du befohlen hast.«

Eírtiti blinzelte bei dem Klang der Stimme. So tief in Gedanken versunken, hatte sie überhaupt nicht mitbekommen, wie sie durch die halbe Universität gegangen und dann die Treppen des Turms hinaufgestiegen waren. Hagan Tar hatte den ganzen Weg über, seit sie den Kerker verlassen hatten, kein Wort gesprochen, und das beunruhigte sie jetzt umso mehr.

Hatar Stygan erwartete sie auf dem kleinen Aussichtsbalkon unterhalb des Observatoriums. »Es ist gut«, krächzte er heiser. »Geh und schließ die Tür hinter dir.«

»Aber Herr, wenn sie …«

»Sie kann mir nichts antun, Hagan Tar. Sei unbesorgt.«

Der General ging und schloss die Tür, wie angeordnet. Eírtiti war nicht sicher, ob sie erleichtert sein sollte, ihn los zu sein.

»Komm her, Kind.« Ein Arm formierte sich aus dem wallenden Nichts, eine Hand winkte sie zu sich an die Brüstung.

Sie gehorchte. Es tat gut, einmal an der frischen Luft zu sein. Von hier oben aus sah das Land friedlich aus. Die Schattentrinker dort unten waren nur kleine dunkle Punkte, bedeutungslos aus dieser Entfernung. Der Himmel über ihr war düster, mit einem Hauch von Blau. Die blasse Sonne, die sich gerade aus ihrem Bett hinter dem Horizont erhob, spendete keinen Trost. Noch weniger der flackernde Siebenstern und der untergehende blinde Perlmond.

»Was soll ich hier sehen?«, fragte sie. »Oder willst du mich überreden, mich hinunterstürzen?«

Hatar Stygan lachte hohl. »Du hast den ersten Schlag nicht mitbekommen. Ishgalad war davor geschützt, ich will das Reich schließlich nicht in Schutt und Asche liegen sehen, solange ich noch hier bin. Doch den zweiten will ich dir nicht vorenthalten.«

»Ein Schlag?«, wiederholte sie flüsternd und ihr Inneres gefror einmal mehr und drohte, die Flamme auszulöschen.

»Der Schwarze dort oben.« Hatar Stygan deutete zum Himmel. »Er bittet um Einlass.«

»Aber nicht auf freundliche Weise …«

»Nein, wie ein Eroberer. Der erste Schlag hat verheerende Folgen gehabt. Unter anderem auch für deinen Mann und seinen Drachen.«

Eine eiskalte Hand krallte sich um ihr Herz. »Sie werden es überwinden«, sagte sie betont ruhig. »Das tun sie immer.«

»Fragt sich nur, wie. Und wann.«

»Du wirst es erfahren. Zur gegebenen Zeit.«

»Sie werden zu spät kommen. Wenn überhaupt. Denn der zweite Schlag, den ich jeden Moment erwarte, wird weitaus schrecklicher sein und Waldsee in den Grundfesten erschüttern. Und keine Sorge, Ishgalad bleibt auch diesmal verschont. Du kannst in Ruhe dabei zusehen. Manches ist dir sicherlich vertraut.«

Hatar Stygan bewegte sich kurz, dann hatte Eírtiti das Gefühl, als würde plötzlich die Welt näher heranrücken und Ausschnitte herausstanzen und aus der Nähe zeigen.

Und sie sah …

Als der zweite Schlag begann, hatte der Titan genug. Er würde nicht weiter zusehen, wie alles zerstört wurde, was er unter seinen riesigen Tragflächen zusammenhielt.

Er war der größte der Donnervögel und einer der letzten Titanen, fast so alt wie die Welt. Seine Spannweite betrug mehr als eine Meile, seine Körperlänge mit dem Schnabel als längstem Teil fast eine Meile. Die Flügel waren vergleichsweise schmal, und mit einem einzigen Schlag konnte er einen Sturm verursachen. Doch meistens kreiste er so hoch, schon fast in den Außenlanden, wo die Luft dünn war und die Sphären begannen, dass niemand es wahrnahm, lediglich als zarten Lufthauch.

Er hatte einst einen Auftrag erhalten, den er heute noch gewissenhaft erfüllte. Bei der ersten Erschütterung änderte der Donnervogel seinen Kurs und stieg auf. Er schlug einmal mit den Schwingen, zweimal. Trat in die Sphären ein und öffnete den Schnabel zum Angriffsschrei.

Der riesige Schemen dort oben wandte sich ihm zu, während Schlag um Schlag auf Waldsee herabdonnerte, Vulkane zum Ausbruch brachte, Seen und Flüsse über die Ufer treten ließ und den Boden erschütterte. So sehr, dass sich Spalten und Risse auftaten und Häuser, Wälder, selbst Berge zertrümmert wurden und einstürzten.

Der Titan nutzte den Schwung, um den Riesen zu rammen, um ihn mit seinem Schnabel aufzuspießen. Der Riese konnte dem Schnabel ausweichen, doch nicht dem Titanenkörper, und sie stießen heftig zusammen. Es entbrannte ein erbitterter Kampf, der jedes Mal, wenn sie aufeinanderprallten, Erschütterungs- und Druckwellen über die ganze Welt jagte und alles nur noch verschlimmerte.

Und dann …

»*Nein!*«, schrie Eírtiti auf und schlug die Hände vor den Mund. »Nein! Nicht Farnheim!«

Mit der Zerstörung des Freien Hauses war schon ein schreckliches Sakrileg geschehen, doch damit nicht genug.

Der Titan, der Erste der Donnervögel, unterlag im Kampf und wurde aus dem Himmel geschleudert. Er fiel dort, wo der älteste Wald lag, von Lúvenor in der Frühzeit erschaffen, und in dessen Herzen sich Farnheim befand, Ort der Ruhe und Heilung, in dem Eírtiti einst aufgewachsen war.

Ein Quell der Macht und sehr alt. Er wurde in der Frühzeit der Welt von Lúvenor erschaffen, einzig zu dem Zweck gedacht, dass Verlorene und Kranke, Verletzte und Gepeinigte hier Ruhe und Heilung fanden.

Das Gebot der Neutralität wirkte hier noch stärker als in den Freien Häusern. In all den Äonen hatte niemand je gewagt, die Unantastbarkeit dieses Ortes anzuzweifeln oder zu missachten.

Doch der Schwarze Annatai tat noch viel Schlimmeres. Der Hüter des Ortes selbst sollte das Verderben bringen.

Der Donnervogel versuchte im Sturz, bereits im Sterben, abzudrehen und aufs freie Land hinauszugelangen, doch es war zu spät. Seine riesigen Schwingen schrammten über die ersten Wipfel, dann zog er, je tiefer er sank, eine Schneise der Verwüstung durch den altehrwürdigen Zauberwald, Heimat ungezählter Alter Völker und heimlicher Wesen, bis er schließlich Farnheim vollständig unter sich begrub und zertrümmerte, als er unter gewaltigem Getöse landete und wenige Augenblicke später verendete.

»Aufhören!«, schrie Eírtiti und bedeckte ihr Gesicht. Zwischen den Fingern quollen Tränen hervor, sie schluchzte haltlos. »Warum hast du nicht mich getötet?«, wimmerte sie. »Warum musste er dieses altehrwürdige Wesen und Lúvenors Heiligtum vernichten? Was haben sie euch getan, dass ihr keine Gnade zeigen konntet, du und dein grausamer Herr?«

Kraflos, haltlos sank sie zu Boden.

»Aber sie haben gar nichts getan«, erwiderte Hatar Stygan. »Sie dienten nur dazu, ein Exempel zu statuieren. Und ich habe dir nicht einmal alles gezeigt, sondern nur diesen Ausschnitt, weil ich mir schon dachte, dass es dich am meisten interessieren würde.«

»Töte mich, bitte«, klagte sie. »Ich habe es nicht verhindert … ich habe versagt … du hast mir alles genommen …«

»Aber nein, Kind. Das Wichtigste habe ich dir noch nicht genommen. Doch ich werde es tun, sei dessen gewiss. Und es wird nicht mehr lange dauern.« Hatar Stygan pochte gegen die Tür.

Sie öffnete sich, und Hagan Tar kam heraus. »Herr?«

»Bring sie wieder nach unten«, befahl der Finstere. »Das Schauspiel ist vorüber.«

Eírtiti blieb völlig teilnahmslos, als der General sie hochzog und auf die Beine stellte. Mit hängendem Kopf verharrte sie. Als er sie aufforderte, ihm zu folgen, war sie nicht in der Lage, selbstständig einen Schritt zu tun. Daraufhin ergriff er sie am Arm und zog sie mit sich.

Die Treppe hinunter trug er sie halb, weil sie zu stürzen drohte.

»Was ist los mit dir?«, fragte Hagan Tar.

Sie antwortete nicht. Ihr war alles gleichgültig. In ihr war nur noch Leere.

»Wie hat er dich gebrochen? Was hat er da draußen getan?« Wütend schüttelte er sie, sie blieb jedoch schlaff wie eine Puppe. »Rede mit mir! Sag etwas!«

Sie hätte etwas gesagt, wenn sie Worte gehabt hätte. Und Gedanken, die sie in Worte hätte fassen können. Und den Willen dazu, etwas zu denken. Aber da war nur noch körperlose Leere.

Das Nichts.

Schließlich war es vorbei. Fylang öffnete die mächtigen Hautschwingen. Das Land war zur Ruhe gekommen, der Himmel zeigte sich wieder wolkenlos, aber nicht weniger düster als zuvor.

Tesfayé rappelte sich auf. Er konnte spüren, dass etwas geschehen war – etwas weitaus Schrecklicheres als nur zerstörte Städte und Landschaften. Halrid Falkon stieg wortlos die Senke hinauf, und Fylang folgte ihm. Sie wirkten beide ... ja, *gebrochen*. Das weißgoldene Schimmern war fast erloschen, und selbst die Aura des Annatai war kaum mehr zu erkennen.

Der junge Magier beeilte sich, ihnen zu folgen. Was er dann sah, erschütterte ihn zutiefst.

Fylang hatte gramgebeugt den Kopf auf die Erde gelegt, und aus seinen Augen perlten ölige goldene Tränen.

Halrid Falkon kniete kraftlos neben ihm.

»Aber was ist denn geschehen ...«, flüsterte Tesfayé.

Der Zauberer stand auf und klopfte Fylang an die Schuppen. »Komm hoch, alter Knabe, wir müssen los.«

Statt einer Antwort seufzte der Drache tief und hielt die Augen geschlossen.

»Los!«, rief Halrid Falkon. »Genau das will er doch! Er will uns vernichten, egal auf welche Weise. Wir müssen nach Ishgalad! Eírtiti ist dort, und wenn sie erfährt, was geschehen ist, will ich mir nicht ausmalen, was das für Auswirkungen auf sie hat. Denk an sie! Sie ist jetzt noch wichtiger geworden als alles andere.«

Schwer atmend stemmte der Drache sich hoch und hob den Kopf. Selbst das Leuchten seiner Augen war matt und glanzlos geworden. »Ich kann nicht, Halrid«, schluchzte er. »Ich hab einfach keine Kraft mehr ...«

Er versuchte die Flügel auszubreiten, doch sie blieben klein und schwach.

Tesfayé hätte erwartet, dass der Zauberer zornig würde. Doch das Gegenteil war der Fall.

»Ist schon gut«, sagte er sanft. »Ruh dich aus.« Dann nickte er Tesfayé zu. »Komm mit, Junge.«

Verstört folgte ihm der junge Magier.

»Du musst mir jetzt bei etwas helfen«, sagte der Annatai, als sie ein gutes Stück entfernt von dem Drachen auf der weitgehend zerstörten Steppe standen.

»Euch h… dir helfen?«, stammelte der junge Magier verwirrt.

»Ja. Wir müssen Hilfe herbeirufen, und ich bin leider sehr schwach. Der zweite Schlag hat mir mehr Kräfte abgesaugt, als ich kompensieren kann. Du musst mich stärken.«

»Aber ich verstehe nicht …«

Halrid Falkon seufzte. »Farnheim ist gefallen«, sagte er leise. »Und mit ihm der Titan, der darüber gewacht hat. Was du während des Schlags dort oben gesehen hast, dieser Kampf … das war der Donnervogel, der Tar'meso angegriffen hat. Es ist nicht schwer zu erraten, wer gesiegt hat. Wir konnten es beide spüren, Fylang und ich, da wir Hüter sind. Der Donnervogel gehörte zu den Ältesten von Waldsee und er war einer der letzten Titanen. Angmor … der Visionenritter … hatte ihm aufgetragen, Farnheim zu schützen. Den heiligsten aller Orte, von Lúvenor zur Linderung aller Leiden erschaffen. So wie die Freien Häuser den Reisenden dienten, diente er den Gepeinigten und Sterbenden. Nun sind sie beide dahin, und anders als der Wyvern können sie nie mehr wiederkehren.«

Tesfayé hatte mit wachsendem Entsetzen zugehört. »Das ist … furchtbar …«

»Es ist eine Katastrophe, die Waldsee dem Abgrund einen Schritt näherbringt.« Halrid ballte eine Hand zur Faust. »Der Zerstörer von Xhy schreckt vor nichts zurück, und es kümmert ihn nicht, so etwas Wundervolles zu vernichten, das einzigartig war.«

»Der Zerstörer von Xhy?«

»Die Hauptwelt der Dämonen, und er hat sie beinahe vernichtet. Daraus entstand die ewige Fehde zwischen Tar'meso und dem Dämon Nachtfeuer, dem einstigen Herrscher des Dämonenlands von Waldsee. Er ist längst gestorben, doch das schützt uns nicht, wie wir soeben erlebt haben. Und das von einem Annatai! Wir sind Bewahrer, keine Zerstörer, und wir … verehren solche Orte und Wesen wie Farnheim und den Titanen. Ich bin fassungslos!«

Der Annatai fuhr sich durch die schwarzen Haare. »Wir müssen deshalb jetzt so schnell wie möglich nach Ishgalad, bevor Tar'meso sein Werk fortsetzt. Zwischen ihm und der Welt steht jetzt nur noch wenig. Und eines davon ist meine Frau – Eírtiti. Hatar Stygan hält sie in deinem Land als Geisel. Wir müssen sie befreien, Tesfayé, doch in dieser Verfassung kann Fylang nichts unternehmen. Wir rufen deshalb um Hilfe. Und dazu brauche ich dich, weil ich ebenfalls in keinem guten Zustand bin.«

»Ich tue, was ich kann!«, versprach Tesfayé. »Verfüge über mich, damit das ein Ende findet.«

Tesfayé wusste nicht, was genau der Zauberer tat. Als Mächtiger setzte er nur selten Hände oder Werkzeuge ein, auch Sprüche waren kaum noch vonnöten. Der junge Magier tat wie ihm geheißen, stellte sich neben den Annatai, schloss die Augen und versenkte sich in die Tiefe Ruhe.

Nach einer Weile spürte er die Anwesenheit Halrid Falkons und öffnete sich der Verbindung. Plötzlich sah er ein gewaltiges Netz vor seinem geistigen Auge, in vielen bunten Farben, das sich leuchtend in die Unendlichkeit fortzusetzen schien. Es sah dem Geflecht des BAUMS recht ähnlich. An den Verknüpfungen leuchteten helle Punkte wie Sterne, manche pulsierten, manche blinkten, andere strahlten gleichbleibend.

Hinter dem Netz sah er fantastische Formationen hindurchschimmern, wie bunte Nebel und Sonnen, Monde und

Welten in verschiedenen Farben und Größen. Er sah gigantische Wesen vorüberziehen und … Schiffe. Mit geblähten Segeln oder mit Auslegern, weiter als die Flügel des Donnervogels.

Er war so fasziniert und verloren darin, dass er erst auf den Boden der Tatsachen zurückkehrte, als Halrid Falkon ihn anrempelte.

»Komm zu dir! Es ist längst vorbei.«

Tesfayé öffnete verwirrt die Augen, er hatte nicht bemerkt, wann die Verbindung abgerissen war und die Bilder nur noch Erinnerung bildeten. Geschweige denn, dass er irgendwie mitbekommen hätte, wen der Zauberer um Hilfe rief. »Was habe ich da gesehen?«, flüsterte er andächtig.

»Die Welt, wie wir Mächtigen und die Götter sie sehen«, antwortete der Annatai. »Das Universum.«

»Es ist alles miteinander verbunden …?«

»Natürlich. Die Energie hält alles zusammen, und das, was wir aktiv daraus schöpfen können, nennt man Magie.«

»Also … könnte das jeder lernen?«

»Im Prinzip ja. Doch meistens fehlen die geistigen und körperlichen Voraussetzungen. So mancher menschliche Magier, der versucht hat, über sich selbst hinauszuwachsen, ist dadurch wahnsinnig geworden oder gestorben. Du bist bereits einen Schritt weitergekommen als die meisten talentierten Menschen, doch ich denke, das ist zugleich auch schon die Grenze.«

»Oh, es genügt mir«, versicherte Tesfayé. Was er gesehen hatte, erfüllte ihn, weckte aber keinerlei Ehrgeiz, es selbst einmal zu versuchen. Dafür war er zu bodenständig, zu sehr an seine Welt und noch mehr an seine Heimat Ishgalad gebunden. Lieber trug er Wiffis Erbe des BAUMS in sich, als ins Universum einzutauchen. »Aber danke, dass ich daran teilhaben durfte.«

»Ich habe zu danken, du hast mir genug Energie gespendet. Ich denke, unser Ruf wurde gehört.«

»Und wer wird kommen?«

Halrid Falkon zuckte mit den Achseln. »Ich habe keine

Ahnung«, gestand er. »Ich habe den Ruf einfach überallhin geschickt in der Hoffnung, dass ihn jemand hört und beantworten kann.«

»Dann warten wir jetzt?«

»Nein. Lass uns zum Freien Haus gehen und sehen, was wir noch an Vorräten zusammenpacken können, und mitnehmen. Fylang wird es tragen. Und dann brechen wir noch heute zur Wüste auf. Zu Fuß, weil es nicht anders geht, aber besser als zu verharren.«

»Aber … wenn Hilfe kommt …«

»Sie werden uns finden. Doch sollte niemand kommen, was nicht ausgeschlossen werden kann, dürfen wir keine weitere Zeit mehr verlieren.«

Kapitel 7

Chrysaora

Das gelbe Band der Wüste rückte immer näher. Tesfayé war der Anblick vertraut, unwillkürlich beschleunigte sich sein Schritt. Wie jedes Wesen, das vergleichsweise viel Wasser zum Überleben benötigte, hatte er großen Respekt vor der Unerbittlichkeit der Trockenheit und des ewig fließenden, nie verweilenden Sandes, aber die Dünenberge, dieses Licht, die Trugbilder, das alles war ein Teil von ihm. Auch wenn man in der Sicherheit einer Riesenoase wie Iskundar lebte, war die Wüste in Ishgalad allgegenwärtig, sobald man die wasserreichen Gebiete verließ.

Der Anblick der Großen Wüste bewies, dass eine Verbindung zu seinem isolierten Land bestand, und infolgedessen bedeutete es, dass es nichts Unüberwindliches gab, denn auch sie hatte Grenzen. Gewiss, für ihn als einfachen sterblichen Menschen mochte die Wüste durchaus unüberwindlich sein, wenn er nicht genug Vorräte, zähe Reit- und Transporttiere und den Durchhaltewillen besaß, aber er befand sich schließlich in Begleitung zweier sehr mächtiger Wesen. Zugegeben, im Moment waren sie angeschlagen und reichlich wortkarg, in düsteren Gedanken versunken. Doch solange Tar'meso nicht den dritten Schlag ausführte, sah der junge Magier gute Aussichten, dass ihre Kräfte sich regenerierten und der Drache bald wieder in der Lage sein würde, zu fliegen.

Tesfayé war nicht allein, sie waren zu dritt, zwei von drei waren zudem Jahrtausende alt, erfahren, voller Wissen und Magie. Das sollte doch etwas zählen!

Und im Flug konnten sie die gewaltige Weite auf direktem Wege zurücklegen, ohne mühselig Dünenberge hinauf und hinunterwandern zu müssen, in Sandstürme zu geraten oder ständig Gefahr zu laufen, sich zu verirren.

Ganz abgesehen von den vielen Ungeheuern, die den Legenden nach in der Wüste leben sollten, zusätzlich zu den gefährlichen Tieren, die an die härtesten Bedingungen angepasst waren und mit einem Happen Mensch jahrelang auskommen konnten.

»Dein Optimismus in allen Ehren.«

Tesfayé erschrak, als Halrid Falkon plötzlich das Wort an ihn richtete. »Du … du kannst Gedankenlesen?«

»Wenn ich es will, ja. Aber ich verschwende meine Energie dafür nicht, wenn Gedanken so offensichtlich sind wie deine.«

»Oh …«

»Du lächelst. Du murmelst vor dich hin. Du wirkst absolut zuversichtlich.«

Spontan musste Tesfayé lachen. »Ertappt. Und habe ich denn keinen Grund dazu? Ich bin hier mit den mächtigsten Wesen Waldsees zusammen. Wozu seid ihr Hüter, wenn ihr nicht zu allem imstande wärt?«

»Da hörst du es«, sagte der Zauberer zu dem Drachen.

»Es gibt verdammte Regeln und noch verdammtere Gesetze!«, schnaubte Fylang.

»Ja, und es gibt die Selbstaufgabe und Resignation.« Tesfayé stellte sich hin und stemmte die Arme in die Seiten. »Ihr habt Tar'meso schon den Sieg zugesprochen, obwohl er noch gar nicht durch unsere Tür kommen konnte. Ich höre ihn, wie er jede Nacht daran kratzt. Ich weiß, dass er den dritten Schlag vorbereitet. Aber noch ist er nicht hier. Wir aber schon. Ihr seid am Leben. Ich habe euch aus dem Bann geholt. Also *was?*«

»Schöne Rede«, prustete Fylang. »Wie wäre es mit: Wir sind am Arsch?«

»Hat er euch wirklich alle Kräfte geraubt? Das will ich nicht glauben. Und ich will dir noch was sagen, Herr Drache:« Tesfayé kam jetzt so richtig in Fahrt. »Ich bin ein ziemlich zerbrechlicher Mensch. Als ob das nicht genug wäre, bin ich auch noch sehr unerfahren, lebensfremd, ein Bücherlindling! Und trotzdem habe ich mich von meiner Seite aus durch die Wüste geschlagen, ich habe mich durch den BAUM gekämpft, und Wiffi hat mich als würdig erachtet, sein Erbe in mir zu tragen, bis er groß genug geworden ist. Deshalb werde ich jetzt keinesfalls kneifen, wenn es zurück durch die Wüste geht! Und ich glaube fest daran, dass ich es schaffen werde. Weil ich an euch glaube und weiß, dass ihr es möglich machen werdet!«

»So viel verbrauchte Luft …« Der Drache seufzte.

»Ich hab nicht damit angefangen«, maulte Tesfayé und verschränkte beleidigt die Arme vor der Brust, das Kinn trotzig vorgereckt, während er weiterging.

»Da hat er recht, Halrid. Du hast angefangen, ihm seine Zuversicht madig zu machen.«

»Ach, halt den Mund.« Der Annatai beschleunigte und ging mit raumgreifenden Schritten voran.

Tesfayé war schlagartig ernüchtert. Außerdem wurde ihm bewusst, was er gerade getan hatte, und er war peinlich berührt. Was war denn in ihn gefahren, die Hüter derart anzufahren? Das stand ihm überhaupt nicht zu!

Er fuhr zusammen, als der Drache ihn leicht anstupste. »Nun lass deine Gedanken nicht in die andere Richtung kippen«, sagte er sanft. »Bevor du fragst: Nein, ich kann sie nicht lesen, selbst wenn ich wollte. Doch du trägst dein Gefühlsleben offen auf deinem Gesicht. Wie die meisten Menschen.«

»Bitte verzeih«, murmelte der junge Mann.

»Was für ein Unsinn. Offen gestanden, sind wir dankbar dafür. Für deine frische, unverbrauchte Art. Du bringst uns auf den Boden der Tatsachen zurück. Und du … hilfst uns durch dein unverbrüchliches Vertrauen, dass alles gut wird. Ich mag dich jedenfalls sehr, und ich bin sicher, Halrid auch.«

»Aber was ist nur mit ihm? Oder ist er immer so?«

»Er war schon immer sehr grüblerisch. Aber was ihn jetzt besonders umtreibt, ist die Sorge um seine Frau. Er hat ihr sein Herz gegeben, weißt du. Bei einem Annatai heißt das, auf immer. Ich kann dir nicht erklären, was Eírtiti für ihn bedeutet, weil ich nicht sicher bin, ob ich es letztendlich verstanden habe.«

Tesfayé entspannte seine Haltung. »Da ist noch was anderes, oder?«, sagte er leise.

»Du merkst es auch? Alle Achtung, Bürschlein. Ishgalad wird den besten Hüter mit dir bekommen, den das Reich sicherlich je hatte.«

»Wirst du wohl damit aufhören? Ich eigne mich überhaupt nicht für eine Führung.«

»Du hast sie doch schon übernommen«, erwiderte Fylang. »Du hast uns zusammengestaucht. Du willst dein Land retten. Es beschützen und bewahren.«

»Ähm … ja«, gab Tesfayé erstaunt zu. »Aber was ist das, was Halrid umgibt?«

»Ich weiß es nicht. Was siehst du denn?«

»Etwas sehr Dunkles, das aus seinem Inneren sickert, wie schwarzer Nebel.«

Daraufhin sagte der Drache nichts mehr.

Sie erreichten den Rand der Wüste. Schlagartig, wie mit dem Lineal gezogen, hörte die Steppe auf und der Sand begann. Halrid Falkon tigerte an der Grenze entlang auf und ab, und Tesfayé war sicher, dass er über die verschiedenen Möglichkeiten nachdachte, wie die Wüste zu überwinden wäre.

Ganz abgesehen von der magischen Barriere.

»Wie viele Vorräte haben wir noch, Tesfayé?«, wollte der Zauberer wissen.

»Vielleicht für zwei Tage«, antwortete der junge Magier, ohne nachsehen zu müssen.

»Fylang, wie steht's um deine Kräfte?«

»Ich denke, ich kann fliegen.«

»Also gut, dann geht es nur noch um die Frage, wie wir es anstellen.« Der Zauberer rieb sich den schwarzen Bart, der ihm inzwischen gewachsen war. »Wir haben zwei Alternativen. Entweder, wir fliegen so schnell wir können und legen damit so viel Weg wie möglich zurück, und stranden vielleicht in der Wüste, falls Fylangs Kräfte nicht so weit reichen. Wenn wir Glück haben, können wir den Rest des Weges zu Fuß in spätestens zwei Tagen hinter uns bringen. Oder wir teilen die verbliebenen Vorräte streng ein, fliegen in Etappen und schaffen es sicher bis an die Grenze, brauchen dafür aber wesentlich länger.«

»Du meinst, die Frage lautet, haben wir die Zeit?«, brummte Fylang. »Wenn Tar'meso den dritten Schlag startet, während wir fliegen, sieht es übel aus. Haben wir die Grenze so gut wie erreicht, macht es jedoch kaum einen Unterschied.«

»Stellt sich immer noch die Frage, ob die magische Barriere überhaupt zu bewältigen ist für euch«, wandte Tesfayé ein.

»Die ist spätestens mit dem zweiten Schlag gefallen, insofern Hatar Stygan sie nicht vorher schon aufgehoben hat«, erwiderte der Annatai. »Mit Eírtitis Geiselnahme hat er Fylang und mir eine Falle gestellt – er *will*, dass wir zu ihm kommen. So wird er auf elegante Weise alle drei Hüter los, wie er glaubt.«

»Weil er in seinem eigenen Machtbereich kämpft …«

»Ganz genau. Und weil er uns erpresst mit meiner Frau.«

»Mich kann er damit nicht erpressen«, machte Fylang deutlich. »Ich liebe Eírtiti, aber ich bin ein Drache. Und bei dir sollte es nicht möglich sein, Halrid.«

»Aber das ist es.«

»Du bist Annatai, verflixt nochmal.«

»Eben!«, schrie Halrid Falkon den Drachen unerwartet an. Tesfayé stolperte erschrocken zurück, obwohl es ihn gar nicht betraf, aber die Wucht dieses Ausbruchs schlug ihm heftig entgegen. »Kapierst du denn nicht, ich *kann* nichts unternehmen!«

»Was soll das heißen?«, fragte Fylang langsam.

»Als ob du das nicht wüsstest!«, fauchte der Zauberer. »Gerade du!«

»Ich bin ich, wie du weißt …«

»Mit allen Erinnerungen! Ach, hören wir auf mit der Farce.« Halrid Falkon wandte sich zornig ab, ebenso Fylang, und zwar in die andere Richtung.

Tesfayé stand verstört zwischen ihnen. »Kann es mir bitte jemand erklären?«, sagte er zaghaft zu niemand Bestimmten. »Ich ... ich glaube, ich habe ein Anrecht darauf. Immerhin geht es auch um mich dabei, wenn wir in die Wüste gehen. Und um Ishgalad.«

Halrid Falkon drehte sich ihm zu. Dann seufzte er. »Ihr Menschen«, sagte er seltsam zärtlich, und auch seine Miene war weich geworden.

»Ich hab Angst«, wisperte Tesfayé, den diese unerwartete Wandlung völlig überforderte. Er würde dieses fremde Wesen wahrscheinlich nie verstehen lernen, und gerade zeigte sich wieder, wie andersartig der Annatai war und wie überlegen. Wie mochte dann erst Tar'meso sein? Könnte ein Mensch dessen Anwesenheit überhaupt ertragen, oder würden sie alle sterben müssen, sobald er durchbrach?

Halrid Falkon kam zu ihm und legte ihm kurz die Hand auf die Schulter und drückte sie. »Hatar Stygan hat mich in der Hand«, erklärte er ruhig. »Ich bin gebunden, weil Eírtiti in Gefahr ist. Solange er sie als Geisel hält, kann ich nichts tun, ihn nicht einmal zum Kampf herausfordern. Ich kann ihn nicht angreifen, ihn nicht bedrohen, ihn nicht verzaubern, einfach gar nichts. Auf der anderen Seite kann ich auch nicht hierbleiben und den Kampf gegen ihn organisieren. Ich *muss* dorthin, und mag es noch so gegen jede Vernunft sein. Es ist ein Zwang, gegen den ich mich nicht wehren kann. So ist die Lage. Und Hatar Stygan weiß das genau, Tar'meso wird es ihm verraten haben. Sein Plan ist bis zu diesem Punkt perfekt.«

Tesfayé schluckte. »Die verdammten Regeln?«

Der Annatai nickte. »Irgendwie muss das mächtigste Volk des Träumenden Universums schließlich im Zaum gehalten werden, nicht wahr?«, brummte er.

»Wie die Götter?«

»Wir sind mächtiger als Götter.«

Der junge Magier fühlte, wie sämtliches Blut aus seinem Gesicht wich. »Können sie *ihm* ...«, er deutete nach oben, »deswegen nicht Einhalt gebieten, obwohl sie es schon längst hätten tun sollen? War es das, was du sie beim Freien Haus gefragt hast?«

Halrid Falkon nickte.

»Also hat Fylang recht, wenn er sagt, wir sind am Arsch?«

»Sowas von.« Halrid Falkon nickte abermals.

Es lag nicht in Tefayés Natur, zu resignieren und aufzugeben. Nicht nach allem, was er schon durchgestanden und an Herausforderungen bewältigt hatte. Abgesehen davon war er von träumerischer, vor allem aber heiterer Gemütsart, keineswegs grüblerisch, wie man von einem Bücherwurm wie ihm annehmen mochte. Das Volk von Ishgalad war allgemein lebensfroh und schätzte die Komödie mehr als das Drama.

All diese Erfahrungen zu machen, hinderte den jungen Mann daher nicht, an eine Zukunft zu glauben. Aus der Historie wusste er, was Waldsee schon alles durchgemacht hatte. Sogar den Schattenweber hatte es überstanden. Die Alten Völker waren immer noch da und konnten dem Schwarzen Annatai die Stirn bieten. Es musste nur gelingen, sie alle zusammenzubringen, dass sie ihre Kräfte bündelten und den Schutz um Waldsee erneuerten. Es ging nicht darum, Tar'meso zu bekämpfen oder gar anzugreifen. Wenn das die Götter nicht vermochten, war es müßig, darüber nachzudenken. Aber den Schutz zu erneuern, zu verstärken, das musste zu schaffen sein!

Und vorher Hatar Stygan auszuschalten. Er war ein Mächtiger, aber auch weltlich. Halrid Falkon mochte ihn vielleicht nicht bekämpfen können, aber alle anderen, denen er die entsprechenden Anweisungen dafür geben konnte. Er war hier, er wollte nach Ishgalad, um seine Frau zu befreien. Hatar Stygan zwang ihn dazu, aber er wäre garantiert auch so gegangen. Wegen seines Herzens, wegen seiner Gefühle, die er für sie empfand. Das machte die Sache ... menschlicher. Denn auch Menschen handelten so, erpressten andere mit Geiseln, um zu bekommen, was sie wollten. Für Tesfayé war es abgesehen vom Mord das übelste aller Verbrechen, mehr Niedertracht war seiner Ansicht nach nicht möglich. Und Feigheit, letztendlich. Man versteckte sich hinter der Geisel, anstatt für seine Wünsche zu kämpfen.

Damit bildeten Hatar Stygan und Hagan Tar doch ein perfektes Paar, oder? Tesfayé hätte es niemals für möglich gehalten, dass er zu solchem Hass fähig wäre, noch dazu gegen ein unbekanntes Wesen. Und dieser Hass spornte ihn an, er war stärker als seine Angst und das Gefühl der Unterlegenheit.

Also war der Plan folgender: Zuerst mussten sie nach Ishgalad gelangen. Dann waren Tesfayés Kenntnisse über die Universität in Iskundar hilfreich. Denn Hatar Stygan konnte nirgendwo anders residieren, dessen war er sicher. Dort hielt er die Magier gefangen und bündelte ihre Energien, die er ihnen abzapfte. Der nächste Schritt: Eírtiti befreien, die sich bestimmt in seiner Nähe befand, damit er sie jederzeit als Pfand einsetzen konnte, während Halrid Falkon dem Widersacher auf dem Felde entgegentrat, am besten vor den Toren Iskundars, um ihn abzulenken. Sinnvollerweise bot er sich im Austausch an, das war sicherlich möglich trotz seines Dilemmas, und konnte Hatar Stygan damit herauslocken. Oder zumindest dessen Aufmerksamkeit voll und ganz auf sich lenken.

Der Zauberer musste Hatar Stygan dann nur lange genug hinhalten, während Tesfayé nach Eírtiti suchte und sie befreite. Mit oder ohne Unterstützung des Drachen, der würde auch seine Aufgabe finden.

Das weckte sofort wieder Tesfayés Zuversicht und vertrieb alle Trübnis. Ein guter Plan, oder? Ihnen standen immer noch Möglichkeiten offen! Sie sollten nur schnell genug sein, bevor Tar'meso seinen dritten Schlag unternahm. Bis dahin mussten sie Ishgalad erreicht haben, denn das Land zu zertrümmern, wo der Anker saß, wäre nicht sinnvoll, oder? Folglich wären sie dort sicher und geschützt und konnten den Kampf aufnehmen!

»Also …«, begann der junge Magier. »Wenn ihr nichts dagegen habt, ich habe mir da was überlegt.«

Die beiden Hüter wandten sich ihm zu.

Aber Tesfayé sagte nichts mehr. Er riss stattdessen die Augen auf und sein Mund stand offen, ohne einen Laut von sich zu geben.

»Wir können nicht mehr so weitermachen«, sagte Mako zu Alina der Tränenreichen. Die Widerständler hielten eine Versammlung ab. Der Ort, den sie dafür gewählt hatten, lag am Rand der Wüste und war schon lange verlassen. Inzwischen funktionierte das Spähernetz so gut und war so dicht, dass sie stets rechtzeitig vorgewarnt waren, wo Hagan Tar gerade wieder unterwegs war. Die Fronten waren gefestigt. Das hatte wohl auch Hatar Stygan erkannt, denn es waren nur noch selten Truppen im Lande, um neue Schattentrinker zu holen. Wenn Hagan Tar dabei war, dann aus persönlichem Hass Alina gegenüber. Sie war sicher, dass er inzwischen erkannt hatte, wer ihm da die Stirn bot. Dass er in seiner Arroganz den Fehler begangen hatte, sie am Leben zu lassen.

Alina wusste das längst, Mako brauchte es ihr nicht erst zu sagen. Die Sache war ihr über den Kopf gewachsen. Alle sahen sie als Anführerin, sie beteten sie geradezu an als Befreierin. Doch sie wollte niemanden befehligen, und vor allem schämte sie sich, weil sie unaufrichtig war. Sie tat das alles wegen ihrer Familie, nicht für Ishgalad. Sie hatte kein höheres Ziel. Aber irgendwie kam sie aus diesem Schlamassel nicht mehr heraus. Sie hatte gehofft, Mako als Anführer gewinnen zu können, nachdem sie ihm alles gezeigt hatte, und sich dann in den Hintergrund zurückzuziehen, um die Suche nach ihrer Familie zu betreiben.

Daraus war nichts geworden. Mako tat alles für sie, aber er weigerte sich, irgendeine Verantwortung zu übernehmen, und sah in ihr die Erlöserin, was er eifrig auch allen anderen vermittelte.

Was konnte sie dagegen tun? Nichts. Diese Menschen brauchten ihre Hilfe, und sie stellte sich vor, dass vielleicht an einem anderen Ort eine hilfsbereite Frau ihren Kindern half. Oder ihrem Mann. Dafür musste sie den Ausgleich schaffen, dafür war sie am Leben geblieben. Sie konnte nicht aufhören.

»Ich weiß, dass wir an unsere Grenzen gekommen sind«, sagte sie ruhig in die Runde. »Es wird Zeit, dass wir alle zusammenrufen und gegen das Heer vor Iskundar ziehen. Wir können weder Hagan Tar noch Hatar Stygan entgegentreten, wohl aber den Schattentrinkern. Also wird es unsere nächste Aufgabe sein, so viel Flüssigkeit wie nur möglich zu sammeln. Wir müssen uns anschleichen und die Schattensoldaten entführen, einen nach dem anderen, und heilen. So schrumpft das Heer, ohne dass wir eine Waffe in die Hand nehmen müssen.«

»So einfach wird das nicht. Das Gelände rings um das Heer ist ohne Deckung«, wandte Mako ein. »Und es sind einige Tausend. Wie sollen wir uns anschleichen?«

»Lasst uns erst einmal in die Nähe gelangen, dann wird uns etwas einfallen«, erwiderte Alina.

In diesem Moment wurde sie unterbrochen, denn ein Späher stürmte herein, mit wild rollenden Augen und fassungslosem Gesichtsausdruck.

»Das müsst ihr euch ansehen!«, schrie er.

Ein Knattern wie von aufgeblähten Segeln erklang – und so war es auch. Mit goldenen Segeln kam ein schlankes Schiff mit spitzem Bug herangerauscht.

»Ein … ein Luftschiff?«, stammelte Tesfayé entgeistert.

»Das bringt die Hilfe, die ich gerufen habe!«, rief Halrid Falkon und winkte lachend. »Ein Wolkenschiff, Junge – aus dem Wolkenmeer, dem Reich der geflügelten Daranil!«

Fylang schlug mit den gewaltigen Schwingen und stieg auf, um dem Schiff entgegenzufliegen. »Seid willkommen!«, trompetete er. »Hier seid ihr richtig!«

Tesfayé konnte nur noch gaffen. Bisher hatte er Ishgalad für ein verwunschenes Reich gehalten, doch wie es aussah, galt das für alle Reiche Waldsees!

Vom Schiff stiegen Wesen mit ausgebreiteten großen Federschwingen auf. Zwei von ihnen nahmen einen Anker mit nach unten, ließen ihn gut zwei Speerwürfe über dem Boden los, und er rammte sich hinein.

Zwei andere kamen zu Halrid und Tesfayé herunter.

Der junge Magier starrte die Daranil fasziniert an. Kein Gefiedermuster war wie das andere, und auch die Schattierungen unterschieden sich. Die hellen und dunklen Federn, flaumig oder scharfkantig lang, zierten viele Farben von Gelb, Braun, Ocker, Blau, Violett und Grün, auch Weiß und Schwarz waren dabei. Ihre Gestalt war menschlich, die Gesichter jedoch vogelartig, mit großen hellen, geschlitzten Augen. Statt Haaren fielen ihnen feine, farbenfroh glänzende, lange Federn vom Kopf herab, die sie zu Zöpfen flochten oder offen trugen. Sie kleideten sich in leichte, bunte Gewänder und Sandalen.

»Ich bin Andrí, Sohn des Kapitäns Lofari von der *Meaglea*, der wiederum Bruder meines Königs Eylimi ist.«

»Die Söhne Yahis«, sagte Halrid und reichte ihm die Hand. »Ich freue mich sehr, seinen prächtigen Enkelsohn kennenzulernen, und ich freue mich, das sagenhafte Wolkenschiff wiederzusehen, den Stolz der Flotte der Wolkenfänger.«

Andrí, den Tesfayé ungefähr auf sein Alter schätzte, wies auf die Frau neben sich. »Das ist Gàska, die Lenkerin von Chrysaora.«

Tesfayé verneigte sich unwillkürlich vor der Frau, die ihn mit ihrer Schönheit verwirrte und deren Aura ihm verhieß, dass sie eine Mächtige war.

»Das hier ist Tesfayé, ein junger Magier aus Ishgalad, der uns darüber aufgeklärt hat, wo sich der Anker befindet und wie er heißt«, stellte der Zauberer ihn vor. »Tesfayé, Chrysaora ist die große Nebelqualle, der Hauptsitz der Daranil, Residenz des Königs, Schutz des Wolkenmeeres unter Gàskas gütiger Hand.«

»Und hier kommt noch jemand!«, rief Fylang, der soeben zur Landung ansetzte. Von ihm herab sprang ein großer Mann in glänzender Ritterrüstung und grünem Waffenrock, bewaffnet mit Schwert und Axt.

»Andun!«, rief Halrid Falkon, und die beiden Männer umarmten einander herzlich. »Das ist eine große Freude!« Er wandte sich Tesfayé zu. »Hier siehst du einen Fyrgar vor dir, einen der legendären Flammenritter, der einst mit Eírtitis Vater Aldavinur ritt.«

»Einen gealterten Flammenritter«, erklärte Andun und wies lächelnd auf das Grau in seinen dunklen Haaren. »Ich wollte es mir nicht nehmen lassen, euch abzuholen.«

»Das ist das Stichwort«, sagte Andrí. »Kommt an Bord, ihr müsst ausgehungert und vor allem durstig sein. Es redet sich leichter beim Essen.«

Er nickte Tesfayé zu. »Möchtest du mit mir fliegen? Oder mit dem Drachen?«

»Wenn es dir nichts ausmacht …« Der junge Magier strahlte.

Andrí nahm ihn unter den Achseln, und dann ging es auch schon steil nach oben, mit kräftigem Flügelschlag.

»Bin ich denn nicht zu schwer?«, rief Tesfayé, der eigentlich *huiii-huuuiiiiiiii* schreien wollte, so sehr überwältigte ihn das Erlebnis.

Andrí lachte. »Ich kann das Doppelte tragen, mach dir keine Gedanken!«

Und damit erreichten sie auch schon den stolzen Wolkensegler. Der Daranil setzte den Magier behutsam auf dem Deck aus feinstem, glatt poliertem Nussbaumholz ab. Dort wurde er von dem Kapitän erwartet, einem kräftig gebauten Mann mit weißbraunen Schwingen, der ihn freundlich begrüßte. Inzwischen trafen die anderen ein, und man suchte einen passenden Platz Richtung Heck, wo auch Fylang genug Platz finden konnte. Lediglich den Schwanz musste er über die Reling hängen lassen.

»Das Wolkenmeer, mein junger Freund, überbietet Ishgalad an Heimlichkeit«, bemerkte der Annatai. »Niemand gelangt ohne Einladung der Daranil dorthin, nicht einmal Fylang. In den Wolken wimmelt es nur so vor Leben, und es gibt schwebende Inseln, aufgebaut auf Gaskorallen. Das Wolkenmeer zu finden ist eine besondere Aufgabe, denn es ist nie dort, wo man es vermutet.«

Tesfayé war sprachlos. »Bei uns gibt es fast nur Menschen«, sagte er.

»Ja, deine Urahnen zogen einst durch die Große Wüste in die drei Reiche und vermehrten sich rasch«, sagte Andun. »Nach der Schlacht auf dem Titanenfeld und der Trennung Ishgalads, aber vor der Isolierung. Die Große Wüste war damals noch nicht so wie heute, sondern sehr viel grüner und das Land der Menschen. Nach der Trennung schwand das Wasser, bis die Wüste alles vereinnahmte. Die einen Menschenvölker zogen sich nach Ishgalad zurück, die anderen gingen nach Norden, zu uns.«

»Und nun ist das alles gefährdet und droht, für immer zu zerbrechen«, bemerkte Gàska, und die Stimmung wurde ernst.

Eine Tafel auf niedrigen Beinen wurde aufgestellt und große Kissen darum verteilt, auf denen Gäste und Gastgeber Platz nahmen. Es wurde aufgetischt, und Tesfayés Magen knurrte laut angesichts der Köstlichkeiten. Errötend zog er den Kopf ein, aber niemand lachte. Im Gegenteil, er wurde genötigt, als erster zu nehmen und dann seine Geschichte zu erzählen.

Tesfayé nahm schüchtern die Aufmerksamkeit entgegen, die ihm zuteilwurde. So viele mächtige Wesen, die mehrere tausend Jahre alt waren, und sie behandelten ihn wie einen der ihren. Das hätte er sich nie träumen lassen.

Als er von Wiffi erzählte und dem BAUM, zeigten sie Anteilnahme, ja, Trauer, und dann zaghafte Zuversicht, als Halrid anfügte, er glaube daran, dass der Wyvern wiedererstehen könne und Tesfayé bis dahin zum Hüter des BAUMS ernannt sei.

»Und nun zum Wichtigsten«, schwenkte der Zauberer um. »Wird die *Meaglea* Probleme haben, nach Ishgalad zu fliegen? Und würde sie es tun?«

»Nein, und ja«, antwortete der Kapitän, der sich wohl gern wortkarg gab.

»Wir haben uns sofort nach Erhalt des Hilferufs auf den Weg gemacht«, fügte Gàska hinzu. »Ich bin mit an Bord gegangen, weil ich sicherlich das eine oder andere tun kann.«

»Unterwegs haben sie mich aufgelesen«, ergänzte Andun. »Ich war an der Küste und habe die Botschaft an die Nauraka weitergegeben. Ich bin sicher, sie werden sich um den Schutz der Umschließenden See kümmern - die Tiefe wird als letztes fallen, sollte es zum Äußersten kommen.«

»Das wird nicht geschehen«, knurrte der Annatai in tiefem Bass. »Solange ich noch atme.«

»Ja, du bist sehr tapfer, das wissen wir«, sagte Fylang dazwischen. »Aber was dich wirklich interessiert, und mich auch - wie viele Soldaten werden kommen? Und wann?«

Darauf folgte Stille.

Lähmende Stille.

Tesfayés Herz fing zu rasen an, und schlagartig war ihm der Appetit vergangen. Er ließ die Hand mit dem Stück Weißbrot sinken und blickte reihum in betretene Gesichter, die Augen zu Boden gerichtet.

Halrid Falkon fuhr sich durch die schwarzen Haare. »Also niemand«, sagte er nüchtern.

Tesfayé legte das Brot auf dem Teller ab, seine Kehle war wie zugeschnürt.

»Na«, meinte Fylang, »damit wäre deine zweite Karriere als Kriegsherr wohl vorzeitig beendet. Dabei hättest du diesmal alles besser machen können!«

»Ich werde antworten«, sagte Andun schließlich. Sein markantes bartloses Gesicht war von Kummer überschattet. »Nachdem Eírtiti die Fyrgar in den Lieblichen Höhen gewarnt hatte, haben die meisten von ihnen sich sofort auf den Weg gemacht, um die Botschaft weiterzutragen. Auch wir Flammenritter erfuhren umgehend davon. Wir bleiben alle in Verbindung, über unser ganz besonderes Band, das wir für solche Situationen nutzen. Und … was soll ich sagen …«

»Der zweite Schlag kam dazwischen«, vermutete Halrid. Seine Stimme klang rau.

»Ja«, bestätigte Andun leise. »Ardig Hall … Ferlungar … der Titan … es war verheerend. In allen Ländern kam es zu schrecklichen Erdbeben, und dann dieser feurige Hagel. Die Schäden sind entsetzlich, Halrid. Ganze Städte sind ausgelöscht. Farnheim liegt unter dem Donnervogel begraben … und selbst Ardig Hall hat einen schweren Schlag bekommen. Es sieht jetzt wieder ungefähr so aus wie damals beim Tabernakelkrieg, als Femris und Nachtfeuer das Schloss eroberten …«

Tesfayé legte die Hand an den Mund. Er hatte Mühe, seine Tränen zurückzuhalten.

»Es hat zehntausende Tote und Verletzte gegeben, wahrscheinlich sogar mehr«, fuhr der Flammenritter fort. »Die meisten Opfer befinden sich unter den Menschen, aber auch die Alten Völker wurden schwer gezeichnet. Hunderttausende sind obdachlos und haben alles verloren.«

»Was ist mit Weideling?«, rief Fylang dazwischen. »Den Velerii?«

»Ich weiß es nicht«, gestand Andun. »Es liegt so abgelegen hinter den Bergen, vielleicht wurde es verschont. Wenn ja, werden sie Hilfe schicken.«

Halrid Falkons Miene hatte sich zusehends verdüstert, während er zuhörte. »Ich sagte es schon einmal. Hatar Stygans Plan ist bisher perfekt. Natürlich dank der Hilfe von Tar'meso. Angmor berichtete seinerzeit, welch genialer Stratege er war. Und offensichtlich noch ist.«

»Und es ist ihm egal, wie viele Tote es gibt«, flüsterte Tesfayé und es schüttelte ihn innerlich angesichts solcher … Gleichgültigkeit dem Leben gegenüber.

»Wir sind nun alle in den Reichen unterwegs, um zu helfen«, fuhr der Flammenritter fort. »Auch das feste Heer von Ardig Hall, die Alten Völker … einfach jeder. Wir sind dort gebunden, die Überlebenden brauchen Medizin und Nahrung und wenigstens ein provisorisches Obdach. Das Königspaar von Ardig Hall war fest entschlossen, trotzdem jemanden zu dir senden, doch wir haben das abgelehnt und sie haben eingelenkt.«

»Und das war richtig so«, sagte der Zauberer schwer. »Das könnte ich niemals verantworten. Dann müssen wir den Kampf eben auf andere Weise führen.«

»Und deshalb sind wir hier«, fuhr die Hohe Frau Gàska fort. »Der Rest unserer Flotte ist ebenfalls überall in den Landen unterwegs, um zu helfen. Doch wir werden Euch unterstützen, o Hüter, und wir sind zwar nur wenige, aber dafür eine sehr schlagkräftige Truppe.« Sie wies als Erstes auf Andun. »Ein Flammenritter ist so viel wie hundert Soldaten. Ich vermag nicht mit blitzenden Waffen zu kämpfen, doch ich kann verwirren und ein paar andere Tricks. Andrí führt die Daranil, die mit uns gekommen sind, sie alle sind hervorragende Flieger und können aus der Luft angreifen. Auch mit Steinkugeln, die wir *zufällig* mit uns führen. Und nicht zuletzt haben wir die *Meaglea*, die sehr schnell manövrieren kann und über Wurfgeschosse und Ölfässer verfügt.«

Tesfayés Herzschlag beruhigte sich. Schnell fasste er wieder Hoffnung. »Das klingt … gut«, äußerte er zaghaft.

»Das klingt sogar hervorragend«, stimmte Halrid zu. »Und ich wage zu behaupten, so ist es überhaupt besser, als erst auf langwierigen Wegen ein Heer von zehntausend oder mehr Soldaten nach Ishgalad zu bringen, möglicherweise vorher zu scheitern und anschließend mit dem verbliebenen Rest in einen Kampf mit ungewissem Ausgang zu gehen. Zusammen sind wir stärker als ein Heer von Hunderttausend. Und ich sage euch auch, warum.«

Er wies auf Tesfayé. »Nach allem, was unser junger Freund aus Ishgalad berichtet hat, ist davon auszugehen, dass die Schattentrinker zwar schwer umzubringen sind, weil sie in einem Zwischenzustand gefangen sind. Aber sie sind keine echten Soldaten, sie wurden vor Kurzem erst in den Dienst gepresst. Sie werden kämpfen, aber nicht gut. Und vor allem wissen sie gar nicht, warum sie kämpfen. Das hätte einen Angriff von unserer Seite aus ohnehin zum Massaker geraten lassen. Leider wird mir das jetzt erst bewusst, weil ich zu sehr in der Vergangenheit gefangen war. Hatar Stygan muss das wissen, also legt er es auf etwas anderes an.«

Andun zupfte an seinem schmalen Bart. »Dann ist es womöglich ein Trick von Hatar Stygan, um dich zu animieren, so viele Leute wie möglich nach Ishgalad zu bringen?«

»Richtig!«, platzte Tesfayé heraus. »Genau das ist es, was nie zusammengepasst hat! Hagan Tar hat immer von *Heeren* gesprochen, und ich hatte mich damals schon gefragt, wo diese herkommen sollen. Er will, dass du ihm deine Soldaten bringst, Halrid, und sie zu Schattentrinkern machen!«

»Und gleichzeitig sind die drei Reiche leergefegt und praktisch schutzlos, sobald er diese Truppen dann in Bewegung setzt.« Halrid nickte. »Genial gedacht, aber durch den zweiten Schlag hat Tar'meso ihm diese Strategie verhagelt.«

»Weil der Schwarze Annatai eine bessere hat«, setzte Gàska fort.

Andun schlug sich auf den Schenkel. »Natürlich! Alles gleichzeitig plattzumachen ist effizienter. Aldavinur wäre stolz auf ihn! Noch einen, höchstens zwei Schläge, und Hatar Stygan kann die drei Reiche mit einer Hundertschaft erobern. Er muss nur genügend Fässer seines Giftes mit sich führen, seine Hilfe anbieten, und schon wächst seine Anhängerschar.«

Der Annatai stand auf und schritt auf und ab. »Die Frage ist – weiß er von euch?«

Gàska lächelte. »Ehrwürdiger Hüter, ich sagte Euch bereits, dass ich einen oder zwei Tricks auf Lager habe. Der Schutz ist mein bedeutendstes Talent, deshalb bin ich ja auf Chrysaora eingesetzt. Für die Sphären ist die *Meaglea* völlig unsichtbar, solange ich hier bin. Selbst für Tar'meso. Denn noch kann er nicht einmal durchs Türschloss schauen. Und Hatar Stygans Blick ist nicht auf uns gerichtet.«

Der Drache, der die ganze Zeit über ruhig zugehört hatte, schnaubte. »Hoffentlich geschieht dem Wolkenmeer dann nichts während Eurer Abwesenheit …«

»Seid unbesorgt, Fylang. Yahi ist noch dort, alt, aber keineswegs gebrechlich, und sein Sohn, der König. Sie vermögen einen sehr guten Schutz zu weben. Das Wolkenmeer ist in diesem Kampf zudem strategisch völlig unbedeutend, man sieht ja von außen nichts außer Wolken und weiß nicht, wo das Reich beginnt und wo es endet. Stürme können dem Wolkenmeer nichts anhaben, die fegen einfach hindurch. Es zerzaust ein wenig unsere Federn, aber mehr auch nicht. Und wenn *wir* sterben, merkt es niemand – also warum sollte es geschehen?« Die Daranil wies auf den Zauberer. »Hier haben wir den Annatai, auf den kommt es Tar'meso an.«

»Und Hatar Stygan kommt es ebenfalls darauf an«, ergänzte Andun. »Sag mir, Halrid, was hat er persönlich gegen dich, dass er Eírtiti zur Geisel nimmt? Gewiss, ihr seid die Hüter, aber das scheint mir doch mehr als nur reine Strategie zu sein. Wenn es nur um die Hüter ginge, hätte er Eírtiti sofort getötet. Es geht um *dich!*«

»Glaub mir, Andun, ich verstehe es nicht«, antwortete Halrid Falkon, und es klang aufrichtig, sogar ratlos. »Ich grüble schon die ganze Zeit darüber. Bisher sehe ich es als Strategie von Tar'meso, um mich zu binden. Doch woher könnte er von meiner Beziehung zu Eírtiti wissen? Wenn, dann nur durch Hatar Stygan. Aber woher weiß der davon? Das ist es, was mich überaus beschäftigt.«

»Also hat keiner von uns irgendeine Vorstellung, wer Hatar Stygan ist?«, fragte Andrí in die Runde.

Jeder verneinte.

»Mehr über ihn zu wissen würde vermutlich einiges vereinfachen, aber dann müssen wir ihn eben überraschen und aus seinem Schneckenhaus locken«, meinte Fylang. »Übrigens, ich wollte es nur mal gesagt haben – einen feuerspeienden Drachen haben wir auch.«

»Fylang, du sollst diese armen Wesen nicht schmoren«, erwiderte Halrid. »Die Schattentrinker können nichts dafür, wir wollen sie nicht töten, sondern heilen. Was das betrifft, bin ich inzwischen sogar dankbar, nicht Heer gegen Heer zu führen.«

»Dann spucke ich eben mein Feuer woandershin! Ich bin ein wahrer Künstler darin.«

»Daran zweifelt sicherlich niemand.«

Ein Lächeln machte sich in der Runde breit.

Bis auf Tesfayé, der sehr erschrocken zusammenfuhr, als Halrid Falkon plötzlich auf ihn wies. »Na schön, damit kommen wir auf deinen Plan zurück, Freund Magier aus Ishgalad. Wenn ich mich recht erinnere, wolltest du uns gerade davon erzählen, als die *Meaglea* eintraf.«

»W…was, jetzt, hier? Vor so vielen hohen Leuten? Es … es ist nur eine kleine Überlegung, ziemlich unbedeutend«, stotterte Tesfayé und wünschte sich schlagartig, sich mit einem Fingerschnippen in den Beinamen Mekeli verwandeln zu können.

Aber sie blickten ihn alle auffordernd an, er hatte ihre ungeteilte Aufmerksamkeit. Es sah nicht danach aus, als würde er sich herauswinden können. Also gut, dann blamierte er sich eben.

Und die *Meaglea* machte sich derweil auf den Weg, die Große Wüste zu durchqueren. Während die anderen noch über Tesfayés Plan diskutierten und ihn verfeinerten, stellte der Zauberer sich an die Reling und tastete mit magischen Fingern voraus, auf der Suche nach einem Ort, wo er den Widerstand gegen Hatar Stygan erspüren konnte. Eine solch gezielte Suche war ein besonderes Talent, zu dem nur Hüter in der Lage waren – und er durfte nicht zu weit davon entfernt sein.

Hatar Stygan würde das vielleicht nicht verborgen bleiben – jede magische Handlung hinterließ eine Spur in den Strömungen. Es würde also keine Überraschung werden, aber das musste es auch gar nicht.

Am meisten wurmte Halrid Falkon, dass sein Feind offenbar sehr viel mehr über ihn wusste als umgekehrt.

Das brachte das *Etwas* in ihm wieder dazu, sich zu regen, doch er konnte es zurückdrängen.

Sie stürmten aus dem Haus, riefen alle durcheinander, deuteten zum Himmel und rannten aufgeregt herum.

Ein Schiff mit goldenen Segeln senkte sich herab, und Menschen mit Flügeln schwebten darüber, und nicht nur das. Ein Drache kam, mit drei Reitern, und landete als Erster vor der versammelten Menge, die ängstlich und neugierig zugleich verharrte.

»Keine Angst, ihr guten Leute«, schnaubte er freundlich. »Ich hatte ein reichhaltiges Frühstück.«

Drei Männer stiegen von ihm herunter, und einer davon stammte ganz eindeutig aus Ishgalad. Das war beinahe die größte Sensation.

Nach und nach landeten auch die Geflügelten, hielten sich jedoch zurück und ließen dem größten und zugleich finstersten Mann mit einer markanten Narbe auf der Wange den Vortritt.

»Ich bin Halrid Falkon«, stellte er sich vor. »Der Annatai und Hüter von Waldsee. Bei mir ist der zweite Hüter, Fylang der Drache. Zusammen mit der *Meaglea* bringen wir Unterstützung. Einer von euch, Magier Tesfayé aus Iskundar, hat es geschafft, die Grenze zu überwinden, sich zu uns durchzuschlagen und um Hilfe zu bitten, die wir nicht versagen.« Er winkte Tesfayé zu sich, woraufhin dieser von einigen Frauen und Männern umringt wurde, sogar betastet, ob er auch wirklich und kein Geist war.

»Und wird ein Heer kommen?«, fragte ein Mann, der Wortführer zu sein schien und sich mit dem Namen Mako vorstellte.

»Leider nein«, antwortete der Zauberer. »Ihr habt sicherlich die beiden schrecklichen Schläge mitbekommen. Sie haben in den drei Reichen Verheerungen und Verwüstungen angerichtet, die ganze Landstriche entvölkert und unbewohnbar gemacht haben. Alles, was verfügbar ist, dient nun dort der Rettung. Doch wir haben einen Plan.«

Unruhe entstand in der Menge, als jemand nach vorn geschoben wurde, dem das offensichtlich unangenehm war. Schließlich teilte sich die Menge und es kam eine zierliche, kleine junge Frau mit dunkler Haut zum Vorschein, unter deren Kopfschleier dichte schwarze Haare hervorlugten.

Die Schattierungen der Hautfarben der Menschen reichten von nahezu hell bis schwarz wie bei Tesfayé, genau wie er berichtet hatte. Es gab allerdings nur sehr wenige Dunkeläugige, und die Augen dieser Frau waren so braun wie Nussbaumholz und unglaublich sanft. Aber auch sehr traurig.

»Das ist Alina die Tränenreiche«, stellte Mako sie vor und fasste in kurzen Worten das Schicksal der Anführerin des Widerstands zusammen, sowie auch das seine und all der anderen, die fliehen konnten oder gerettet worden waren.

»Meine Verehrung, Alina«, sagte der Zauberer daraufhin, verneigte sich vor ihr, ergriff ihre Hand und hielt sie an seine Lippen. »Ihr habt bereits so viel errungen, dass Ihr kaum mehr Hilfe bedürft. Es ist alles perfekt vorbereitet. Lasst uns nun zusammensetzen und den Plan aufstellen, wie wir gegen Iskundar und Hatar Stygans Heer vorrücken.«

Mein Meister, warte mit dem dritten Schlag. Er ist nicht mehr erforderlich. Der Annatai ist angekommen. Damit habe ich genug Energie an diesem Ort versammelt. Ich werde das Ritual zur Öffnung bald beginnen.

In Ordnung. Aber sobald das Tor offen ist, wirst du die Frau töten, verstanden? Du wirst nicht mehr länger hinauszögern, was geschehen muss. Deine Rachegelüste sind zweitrangig.

Keine Sorge, Herr. Ich habe Halrid Falkon in kurzer Zeit da, wo ich ihn haben will, und sein Weg ist damit beendet. Sobald ich triumphiert habe, habe ich kein Interesse mehr an der Hüterin. Sie wird sterben, vielleicht sogar noch vor ihm.

Sie verbargen sich nun nicht mehr, sondern marschierten, das mächtige Schiff über sich, dazu den Drachen und die Geflügelten, in aller Offenheit übers Land Richtung Iskundar. Genauer gesagt, auf das dortige Heerlager zu.

»Herr!« Hagan Tar stürmte vor den Thron. »Das dürfen wir nicht zulassen! Lass mich meine besten Leute nehmen und sie niederstrecken, sie sind nur eine lächerliche Handvoll!«

»Mäßige dich, mein Freund«, gab die Stimme aus dem schwarzen Nebel zurück. »Ich verstehe deine Sorge, doch sie können uns nichts anhaben.«

»Aber wenn sie das Heer angreifen? Dann muss ich dorthin und alles vorbereiten! Die bringen es fertig, nach Iskundar zu marschieren!«

»Du sagst selbst, es ist nur eine Handvoll. Wie sollten sie mir gefährlich werden?«

»Das werden sie nicht, wenn ich sie vorher aufhalte!«

»Also schön. Erfülle deine Pflicht, General. Ich habe jetzt anderes zu tun. Die Ankunft steht kurz bevor. Und ich kann endlich diese Hülle ablegen und mich offenbaren.« Hatar Stygan kam die Stufen herunter. »Bald werden wir den größten Triumph feiern, den du dir vorstellen kannst. Den Fall der Hüter, die Eroberung Waldsees im Handstreich. Und dann gehört dieser Thron dir.«

»Sagtest du nicht, wir würden Ishgalad verlassen?«

»Ja, eine Aufgabe wird es noch zu erledigen geben, bevor wir uns ausruhen und unsere Macht genießen können. Halte weiterhin drei Pferde bereit. Du wirst erkennen, wann es soweit ist, und für wen das dritte Pferd bestimmt ist.«

Hagan Tar spürte, wie er von Stärke und Zuversicht erfüllt wurde, und die Aussicht auf den Tag der Machtergreifung, der nicht mehr fern war, berauschte ihn geradezu. Man stelle sich vor – er regierte ein Land, ein sehr großes noch dazu, und ausnahmslos jeder musste seinen Anordnungen gehorchen! Es würde keinen Widerstand mehr geben, nichts, was sich ihm in den Weg stellte.

»Zu Befehl, Gebieter«, sagte er freudig.

Da flüsterte das Stimmchen in ihm, und er sah den Greis in dem Gasthaus vor sich: *Sie wird dein Schicksal sein.*

Zornig wischte er den Einwand weg, er wollte sich die Stimmung nicht verderben lassen. Alina die Tränenreiche war nur ein unbedeutendes Problem, das er bald lösen würde.

Kapitel 8

Der dunkle Zauberer

Die Schattentrinker setzen sich unter der Führung Hagan Tars besser zur Wehr als angenommen«, sagte Flammenritter Andun bei einer Lagebesprechung wenig erfreut. »Trotz des unermüdlichen Einsatzes von Fylang, der gezielt Waffen- und Vorratslager für den Gifttrunk in Brand setzt, konnten wir noch keinen Durchbruch erzielen.«

»Leider kann ich dem nicht widersprechen«, stellte Andrí fest. »Ihre Waffen sind ausgezeichnet und der Nachschub vor allem an Pfeilen scheint schier unerschöpflich. Seine Unterbefehlshaber sind nicht vergiftet und durchwegs gut ausgebildet, vermutlich frühere Wegelagerer, Räuber und sonstige Schlagetots. Sie führen die Befehle des Generals schnell und kompetent aus, sodass selbst uns Daranil auf breiter Front schwer zugesetzt wird.«

Gàskas Flügel rauschten leicht, als sie sie bewegte, ein Zeichen der Beschwichtigung. »Dank Andun haben wir dennoch an Boden zu gewinnen.«

»Aber zu welchem Preis«, sagte Alina leise.

»Es bleibt in einem Krieg nun einmal nicht aus, dass man in Scharmützel gerät und es auf beiden Seiten Verluste gibt«, erwiderte Andun ruhig. »Und aufseiten der Schattentrinker sind es bedeutend mehr. Dennoch überwiegt die Zahl der Gefangenen, die wir dank Euch und Halrid Falkon heilen können. Dadurch gleichen wir unsere Verluste aus und die Truppenstärke steigt sogar, weil die aus dem Schattenweberreich Zurückgekehrten Rache für das verlangen, was man ihnen angetan hat.«

»Ja … gewiss«, gab die Tränenreiche unglücklich zu. »Ohne Euch und die Daranil wären wir niemals so weit gekommen. Ich wäre ansonsten zu dem Plan mit den Entsalzungsanlagen zurückgekehrt, weil mir nichts Besseres einfiel. Aber das hätte natürlich viele Mondwechsel, wenn nicht sogar Jahre gedauert und wäre sicherlich aussichtslos gewesen.«

»Was hältst du eigentlich von den Entwicklungen, Halrid?«, fragte Andun den Zauberer, der sich schweigend im Hintergrund hielt, sie alle hünenhaft überragend, mit vor der Brust verschränkten Armen.

»Ich werde mich weiterhin nicht daran beteiligen«, antwortete er. »Du bist der Anführer für den Kampf, ich beschränke mich aufs Heilen. Und schützen!« Er wies auf Alina. »Hagan Tar gibt nicht auf, sie umbringen zu wollen. Immer wieder schleicht er sich mit ein paar Leuten nachts an unsere Linie heran, und ich jage ihn jedes Mal fort. Tagsüber schickt er Scharfschützen, um die sich Fylang kümmert. Damit bin ich genug beschäftigt.«

»Und wir werden den General weiterhin mit unseren Luftangriffen in Atem halten«, bekräftigte Andrí. »Erstens müssen die Pfeile doch irgendwann weniger werden, und zweitens bringen wir ihre Formation durcheinander.«

»Dennoch wird der Aufwand für uns allmählich zu groß«, wandte Lofari, der Kapitän der *Meaglea* ein. »Und ich sehe kein Ergebnis. Deshalb bitte ich euch darum, euch eine bessere Strategie zu überlegen, ansonsten muss ich das Schiff abziehen.«

»Ist das dein Ernst, Vater?«, rief Andrí entgeistert.

»Ja. Halrid Falkon stimmt mir zu.«

Alle starrten den Zauberer an, der den fassungslosen Blicken standhielt und finster lächelte. »Aus gutem Grund. Es hat keinen Sinn, Kräfte zu binden, die wir nicht effizient nutzen können. Gerade du, Andun, solltest das verstehen. Reden wir morgen Abend weiter darüber.«

Andun hob daraufhin die Hände, bevor eine Diskussion losbrach. »Also gut, Zeit für die Nachtruhe. Studiert die Pläne für die morgigen Aufstellungen!«

»General!« Ein Unterbefehlshaber kam unaufgefordert in sein Zelt. »Große Neuigkeiten – das Luftschiff zieht ab! Und mindestens die Hälfte der Daranil!«

»Ha!«, rief er. »Allmählich begreifen sie, dass sie nicht durchkommen! So schnell machen sich Verbündete davon. Ich bin sicher, der Rest der Schwingenträger wird bald nachfolgen, weil es hier nichts für sie zu gewinnen gibt.«

Auch der Drache zog immer höhere Kreise und spuckte immer weniger Feuer. Es gab kaum mehr Ziele für ihn, und er schien sich zu scheuen, die Schattentrinker zu verbrennen. Seltsamer, fehlgeleiteter Drache. So groß er war, so dumm mochte er sein. Wenn Hagan Tar ein Drache wäre, würde er ganz anders handeln.

Die Aufständischen und ihr Kriegsführer in der Ritterrüstung hingegen machten ungebrochen weiter. Und da war *sie*, empfing die Entführten und »behandelte« sie. Zeigte sich offen, nur um ihn zu verhöhnen.

»Ich kriege dich«, knurrte der General. »Am besten zum Schluss, damit ich deine Qualen ausführlich genießen kann.«

»Sie ziehen sich zurück«, meldete einer der Unterbefehlshaber.

»Ich habe es gesehen.« Hagan Tar blickte zum Himmel, der seit dem zweiten Schlag noch düsterer geworden war. Die Sonne war bleich, das Licht trüb und kaum heller als in der Dämmerung kurz vor der Nacht, dass es keine Schatten warf. Die Nächte wurden finster. Keiner der drei Monde schaffte es, durch die Dunkelheit des Schwarzen Annatai zu gelangen, sie waren nurmehr blasse Abbilder, die müde über den Himmel zogen. Der Siebenstern flackerte unruhig und verdunkelte sich zusehends. Selbst Ishtrus Träne war durch die Schleier kaum noch zu erkennen.

Die Welt war dem Untergang geweiht, das war keine Frage. Hagan Tar hoffte, dass der Finstere noch genug von den drei Reichen übrigließ, das sich zu regieren lohnte. Hatar Stygan wollte sicherlich nicht über eine Welt herrschen, von der nur noch ein Reich existierte – und das sollte schließlich Hagan Tar gehören.

»Machen wir Schluss für heute«, fuhr der General fort. »Sammeln!«

Die Stunde der Spende nahte. Die Schattentrinker mussten den Trank zu sich nehmen und sich dann versammeln, um Hatar Stygan Kraft zu übertragen.

Derweil würde Hagan Tar mit seinen Befehlshabern beraten, wie sie den Widerstand in der Nacht sabotieren konnten. Mit Feuerkugeln? Brennenden Speeren? Pfeilhagel? Ihnen würde schon etwas einfallen. Die Schattentrinker waren morgens wieder einsetzbar. Durch die düsteren Tage waren sie nicht mehr an die Nacht gebunden. Zu Beginn hatte der General das Problem gehabt, dass die Schattentrinker nicht nur lichtscheu waren, sondern zudem nachts nicht gut sahen und dadurch nicht effizient kämpfen konnten. Aber seit dem zweiten Schlag hatte Hagan Tar nicht mehr darüber grübeln müssen, wie er die Soldaten am besten einsetzen konnte. Und das Heer schlug sich bis jetzt erstaunlich gut. Nicht mehr lange und der General würde zum vollen Angriff blasen. Nachdem das Schiff und die Hälfte der Geflügelten abgezogen waren, standen die Aussichten zum Sturmangriff besser denn je. In Kürze würden sie die Aufständischen überrennen, niedermachen und zerstückeln.

Bis auf Alina, die gehörte Hagan Tar allein. Und der prophetische Satz würde sich erfüllen! Ja, sie würde sein Schicksal sein, sobald er sie endlich in seinen Fängen hatte! Die größte Freude seines Lebens – wenn das kein gutes Schicksal war …

»Der Widerstand ist bald gebrochen«, zeigte Hagan Tar sich mehrere Tage später seinem Herrn gegenüber zuversichtlich.

»Das ist gut. Ich bin ebenfalls auf bestem Wege, das Portal zu öffnen«, erwiderte Hatar Stygan. »Tar'meso wird vorerst keinen weiteren Schlag durchführen, das wäre in dieser Phase nachteilig. Wir können also in Ruhe alles vorbereiten.«

Damit war der General auch schon wieder entlassen. Die Besprechung war nur kurz gewesen und der Mächtige machte deutlich, dass sein General bis zur Vernichtung des Widerstands nicht mehr Bericht erstatten musste - es oblag ihm. Hatar Stygan hatte für diese weltlichen Dinge derzeit weder den Sinn noch die Zeit.

Der General fragte sich, ob seinem Herrn überhaupt an einem Sieg des Heeres gelegen war. Die Lage dort draußen schien ihn nicht weiter zu interessieren. Was beabsichtigte er in Wirklichkeit? War dies nur Teil einer perfiden Strategie, die er nicht durchschauen konnte?

Ihm blieb nichts anderes übrig, als die Befehle zu befolgen, doch er hatte ein zusehends schlechteres Gefühl. Es braute sich etwas zusammen, das seine Vorstellungskraft überstieg. Hoffentlich hielt sein Herr sich an sein Wort, dass er Ishgalad als Entlohnung erhielt - und noch in regierbarem Zustand.

Hagan Tar ließ es sich nicht nehmen, vor der Abreise bei der Gefangenen vorbeizusehen. Sie war nun allein im Verlies, alle anderen waren zu Schattentrinkern geworden oder tot. Neue Gefangene gab es nicht, die wurden gleich auf dem Feld bekehrt, solange sie nicht zu schwer verletzt waren. Was die Gegenseite konnte, konnte Hagan Tar schon lange. Manche der »Befreiten« hatte er auf diese Weise schon wieder zurückgeholt. Das gefiel ihm.

Auf dem Weg zum Verlies kontrollierte Hagan Tar auch gleich das Gesinde und stellte fest, dass einige, die nicht bekehrt worden waren, geflohen waren. Sollten sie. Es gab kein Entrinnen, selbst nach dem Fall der magischen Barriere war die Große Wüste immer noch das schwierigste Hindernis, und das Meer zu unsicher. Sie würden demütig zurückkehren, weil es dort draußen für sie nichts gab zum Überleben.

Unter den Magiern hatte es inzwischen mehrere Verluste gegeben, hauptsächlich aus Entkräftung. Zwei hatten es tatsächlich geschafft, sich aus den magischen Fesseln zu befreien, und teuer dafür bezahlt. Hatar Stygans Macht hatte sie eingeholt, bevor sie ausreichende Fluchtdistanz gewinnen konnten. Er hatte sie vollkommen ausgesaugt, bis nur noch leere Hüllen übriggeblieben waren – papierdünne, zerknitterte Haut, die sich eng über Knochen spannte.

Im Grunde war Hagan Tar froh, dass er nicht mehr so schnell bei seinem Herrn vorstellig werden musste.

Die Atmosphäre in der Halle war kaum noch erträglich, die Luft war stark geladen und schmeckte metallisch; ein seltsam blaues Licht herrschte vor, durch das neblige Schwaden zogen, in denen es ab und zu glitzerte, auch einmal blitzte. Stetiges, an- und abschwellendes Summen erfüllte die Luft. Es hielten sich mindestens zweihundert Menschen in der Flüsterhalle auf. Einige Gestalten waren in sich zusammengesunken oder lagen reglos da, um die kümmerte sich keiner mehr. Das Ritual strebte seinem Höhepunkt entgegen und durfte nicht mehr unterbrochen werden.

Selbst Hagan Tar wurde es unheimlich – und er spürte, wie auch ihm Kräfte abgesaugt wurden. Diese Stimmung setzte sich abgeschwächt durch die ganze Universität fort, bis ins Verlies. Der General sollte sich besser nicht zu lange aufhalten, sonst fiel er dem unaufhörlichen Sog selbst noch zum Opfer.

Die Türen waren offen, bis auf eine, die er nun entriegelte und öffnete.

Eírtiti war nicht mehr angekettet. Sie lag zusammengekauert in einer Ecke, doch als sie die Augen öffnete, erstrahlte ein Licht in der Dunkelheit.

»Dein Schicksal erfüllt sich in Kürze«, sagte Hagan Tar. »Und dann wirst du mir gehören.«

Sie stützte den Oberkörper auf. »Nicht so bald«, erwiderte sie sanft.

»Hat man es dir nicht gesagt? Deine heldenhaften Befreier werden unterliegen. Die ersten Unterstützer sind schon geflohen, weil es für sie nichts mehr zu gewinnen gab.«

Sie schüttelte den Kopf. »Das meinte ich nicht. Ich kann spüren, wenn sich etwas ändert. Oder wenn das Ende meines Lebens naht. Und das ist nicht der Fall.«

»Du bist schwach«, höhnte er. »Das kann ich auf diese Entfernung sehen. Du klammerst dich an eine verlorene Hoffnung, mehr nicht.«

»Ja, das wird es sein.«

Er war verblüfft über ihr Einlenken. Und jetzt legte sie sich wieder hin und schloss die Augen, sodass es völlig dunkel wurde.

»Geh. Ich bin müde.«

Ihre Stimme drang dünn an sein Ohr, doch die Worte erregten seinen Zorn. Sie nutzte es aus, dass er ihr nichts antun konnte, andernfalls hätte er ihr mit ein paar Schlägen deutlich gemacht, was sich für eine Frau gehörte.

»Dein Schutz hält nicht mehr lange«, prophezeite er. »Dann wirst du für alles büßen.« Er drehte sich brüsk um und warf die Tür zu.

Als Hagan Tar zurückkehrte, war die Schlacht bereits in vollem Gange. Seine Befehlshaber hatten den Plan genau so durchgeführt, wie er ihn entworfen hatte, und bisher zeigte sich ein guter Erfolg. Die Aufständischen wurden endlich zurückgedrängt. Der Boden, den sie bisher gewonnen hatten, ging verloren – und noch mehr.

Das Heer war noch in der Nacht losmarschiert, um das feindliche Lager zu umstellen. Spätestens am darauffolgenden Tag würde er den Widerstand mit einem einzigen Sturmangriff zerquetschen.

Vor Halrid Falkon brauchte er keine Furcht zu haben. Hatar Stygan hatte ihm versichert, dem Zauberer seien die Hände gebunden. Jede stärkere magische Energie, die er nutzen wolle, würde sofort abgesaugt.

Und seit diesem Morgen war nicht einmal mehr der Drache zu sehen. Alles lief gut.

Hagan Tar gürtete sich in seinem Zelt für den Kampf, als einer der Befehlshaber zu ihm gerannt kam. »Das Schiff kehrt zurück!«

Der General fuhr herum. »Was sagst du?«

»Es kommt von Norden!«

Hagan Tar rannte aus dem Zelt, und tatsächlich, da nahte das Wolkenschiff, umringt von den Geflügelten, die schwere Lasten zu tragen schienen.

»Aber was ...«, setzte er an und unterbrach sich: »Sofort sämtliche Bogenschützen nach vorn, Lanzenwerfer, Armbrüste, Speere! An die Geschütze, feuert alles auf das Schiff und diese Flatterer! Sie dürfen nicht nah genug herankommen!«

Der Mann stürmte davon, und die Befehle wurden mit Trompeten und lauten Rufen weitergegeben. Während das übrige Heer weiter vorrückte, wurden die Schützen herausgezogen und in Windeseile in Stellung gebracht.

Doch es war bereits zu spät. Mit laut knatternden, weit geblähten goldenen Segeln rauschte das Schiff heran. Die Geflügelten waren nun voraus, verstreuten sich und dann zeigte sich, welche Ladung sie mit sich führten.

Wasser.

Das Schiff erreichte das Heer, schlug einen Bogen und öffnete viele Luken. Und heraus kam Wasser in gewaltigem Schwall, das wie schwerer Regen auf die Schattentrinker herabprasselte.

»Was soll das denn ...«, stieß der General hervor und lachte auf. »Wollen die sich derart blamieren?«

Doch dann trat die Wirkung ein.

Hagan Tar hörte, wie seine Männer die Soldaten anschrien. Er sah, wie sie die Peitschen schwangen. Er sah, wie das gesamte Heer plötzlich schwankte, hin und herwogte, um dem Regen auszuweichen. Er sah, wie die getroffenen Schattentrinker mitten im Lauf stehenblieben, die Waffen fallenließen und die Hände an die Köpfe pressten.

»Was bei allen …«, stieß er hervor, dann versagte ihm die Stimme.

Fassungslos sah Hagan Tar dabei zu, wie seine Soldaten reihenweise umsanken, zuckend und krampfend am Boden lagen.

Allmählich dämmerte es ihm, begriff er den Zusammenhang. Wasser schadete ihnen mehr als Licht!

Aber woher hatten die Aufständischen …

Oh, natürlich.

Das Meer.

Das also war der Grund des scheinbaren Abzugs gewesen! Schneller als es jeder Reiter könnte, war das Schiff durch die Lüfte zum Meer gesegelt und hatte dort Wasser aufgenommen.

In ohnmächtiger Wut ballte Hagan Tar die Hände zu Fäusten. *Das muss Halrid Falkons List sein!*, dachte er. *Er hat es herausgefunden und mich geschickt abgelenkt. Damit konnte ich nicht rechnen. Hatar Stygan hat mich nicht gewarnt!*

Vermutlich hatte Hatar Stygan sogar gewusst, welche verheerende Wirkung Flüssigkeit in großen Mengen auf die Schattentrinker hatte. Nicht nur aus diesem Grund hatte er also das ganze Wasser von Ishgalad gestohlen - nur das Meer nicht, das war selbst ihm unmöglich. Doch die Umschließende See lag ohnehin weit entfernt, an sich wäre das kein Grund zur Sorge gewesen.

Hatar Stygan hatte sicherlich nicht damit gerechnet, dass es von dort in vergleichsweise kurzer Zeit zum Schlachtfeld gebracht werden könnte - und in so großen Mengen! Allerdings hätte er in jenem Moment darauf kommen müssen, als sein General ihm vom Abzug des Schiffes Richtung Norden berichtet hatte.

Oder … es hat ihn nicht interessiert …

Es wäre ohnehin zu spät gewesen. Hagan Tar hatte ihm erst vor wenigen Stunden davon berichtet, das Schiff war zu dem Zeitpunkt bereits randvoll beladen auf dem Weg hierher unterwegs, und er hätte nichts mehr dagegen ausrichten können.

Hagan Tars Weltbild brach zusammen. *So* führte man doch keinen Krieg!

Schon kamen seine Befehlshaber herbeigelaufen, weil sie nicht wussten, was sie tun sollten.

»Treibt die Soldaten weiter an!«, brüllte er. »Jagt sie hoch, bringt sie dazu zu kämpfen! Wir sind gerade noch im strategischen Vorteil, also kämpft, oder ich persönlich werde euch alle häuten und zurück in die Schlacht schicken!«

Um seinen Worten Nachdruck zu verleihen, zog er das Schwert und stieß es dem nächststehenden Mann in die Seite. Exakt so, dass er zwar eine sehr schmerzhafte, blutende Wunde hinterließ, jedoch keine Organe verletzte.

»*Los!*«, brüllte er.

Einer der Männer zog den stöhnenden Verletzten mit sich, und sie zogen sich eilig zurück. Wehe ihnen, sollten sie Fahnenflucht begehen, weil sie die Sache verloren sahen.

Und sie war verloren. Hagan Tar beobachtete den aussichtslosen Kampf eine Weile, bis ihm noch etwas aufging.

Der Drache. Wo war dieser verdammte Drache?

»Es ist ein Ablenkungsmanöver«, flüsterte er. Ihm wurde zugleich heiß und kalt.

Nicht nur Hatar Stygan hatte geplant.

Sie hatten ihn von Anfang an hingehalten!

Auf dem Absatz machte er kehrt und rannte zu den Pferden. Drei Pferde, hatte sein Herr befohlen, und er hatte ihm auch gesagt, er wisse, wann es soweit sei, sie zu holen. Es war soweit! Und er wusste jetzt auch, wer der dritte Reiter sein sollte.

Er überließ die Schlacht sich selbst und galoppierte in höchster Eile nach Iskundar.

Alina hatte sie auf die Idee gebracht, denn sie hatte festgestellt, dass die Schattensoldaten, die dem Gift am längsten ausgesetzt gewesen waren, sehr empfindlich auf Wasser reagierten. Zum Glück nicht so, dass sie an der Umwandlung starben, sondern sie wurden für längere Zeit außer Gefecht gesetzt, mindestens eine Nacht hindurch. Halrid Falkon nahm dies sofort als Vorschlag für die neue Strategie auf und nach eingehender Beratung glaubte er, einen Plan entwickelt zu haben, der einen durchgreifenden Erfolg mit nur einem »Angriff« ermöglichte. Alle waren froh darüber, damit einen Ausweg aus der verfahrenen Lage gefunden zu haben. Bis zur Rückkehr des Wolkenschiffes sollte Hagan Tar sich weiterhin in trügerischer Sicherheit wiegen, den Kampf zu gewinnen, damit er nicht vorzeitig misstrauisch wurde.

Im Lager brach Jubel aus, als die Nachricht von der baldigen Rückkehr der *Meaglea* eintraf – randvoll mit Wasser. Auch Halrid Falkon zeigte sich zufrieden. »Dann machen wir uns umgehend auf den Weg. Ihr schafft das jetzt auch ohne uns. Andun, ich übergebe den Oberbefehl endgültig an dich.«

Der Zauberer wob einen Schutz um den Drachen, damit er mit seinen Reitern unsichtbar nach Iskundar gelangen konnte.

»Wird Hatar Stygan denn nicht diesen Energieaufwand bemerken? Und absaugen?« Tesfayé wollte nicht als ewiger Kritiker dastehen, aber das galt es doch zu bedenken.

Der Annatai lächelte. »Genau dafür ist dieser Schutz gedacht.«

Und mehr wollte er dazu nicht sagen.

Es sah danach aus, als ob er die ganze Zeit die Fäden in der Hand gehalten hatte und seine Zurückhaltung nur eine weitere Strategie gewesen war.

Der junge Magier vertraute darauf. Es beruhigte ihn sogar, denn ihm gingen die Ideen aus, wie sein Land noch zu retten wäre.

Er ließ sich in der Nähe der Universität absetzen und umgab sich ebenfalls mit einem Schutz, sodass er wie ein Schattentrinker wirkte. Die Kapuze übergeschlagen, würde er mit der vorgespiegelten grauen Haut und den wie von Spinnweben überzogenen Augen durchgehen. Es war ein einfacher Zauber, der bei genauem Hinsehen leicht zu durchschauen wäre. Aber wer sollte ihn kontrollieren? Hagan Tar und seine Befehlshaber waren draußen auf dem Feld und kämpften. In Iskundar war jeder befallen, hier musste niemand mehr überwacht werden.

Dennoch wollten sie kein Risiko eingehen. Zum Glück waren die Straßen wegen der verdüsterten Sonne nicht vollständig verlassen, sodass Tesfayé auch in dieser Hinsicht nicht auffiel.

Er verschloss sich vor dem, was er sah. Keine farbenfrohen Märkte mehr, keine Händler, keine Fuhrwerke, keine lachenden Leute. Keine Düfte nach Gewürzen und Blumen. Das bunte Treiben Iskundars war grauer Stille gewichen; wer unterwegs war, sprach nicht und befolgte nur Befehle. Tesfayé zwang sich, es auszublenden, es hätte ihn sonst abgelenkt und Mitleid und Verzweiflung aufkommen lassen. Vor allem jetzt, da es auf alles ankam, musste er den Auftrag erfüllen. Sie hatten nur diese eine Chance, hatte Halrid Falkon gesagt, dabei jedoch zuversichtlich gewirkt.

Vorsichtig huschte der junge Magier die Seitengassen entlang, bis er die Universität erreichte.

Beinahe hätte er sich übergeben. Überall, vom Erdgeschoss bis zu den Turmspitzen, sickerte fetter schwarzer Qualm aus dem einst ehrwürdigen Gemäuer. Ein normaler Mensch hätte das nicht bemerken können, aber für einen Magier war es, vom Aussehen wie vom Geruch her, als würde er mitten in einer Verbrennung von hunderten verwesenden Tierkadavern stehen.

Er musste sich davor schützen! Nach all dem, was er schon durchgemacht hatte, sollte er, so nah am Ziel, diese Herausforderung bestehen können. Im Nest der Mondraupe war es viel schlimmer gewesen, vor allem, weil er mitten im Verwesungsschleim gelandet war.

Dennoch … es war eine *mentale* Sache. Es ging darum, dass all seine Lehrer hier versammelt waren, dazu viele Adepten seines Jahrgangs oder darunter. Dieser Dunst zeigte an, dass sie missbraucht wurden und sicherlich hatten manche, wenn nicht sogar viele, ihr Leben verloren.

Die Made hatte sich einfach nur ernährt. Doch das hier war Ausdruck der Machtgier, Grausamkeit, Rücksichtslosigkeit; völlige Missachtung und Respektlosigkeit dem Leben gegenüber.

Bisher war Hatar Stygan für Tesfayé eine unbegreifliche, diffuse, gesichtslose Bedrohung gewesen.

Nun brauchte er das Gesicht des Bösen nicht mehr zu enthüllen, um es zu erkennen.

Doch wie zuvor auch verzagte er nicht. Es war seltsam, aber wo andere verzweifeln und aufgeben mochten, wurde Tesfayé umso energischer. Vielleicht hatte der Wyvern ihn deswegen als vorübergehenden Machtträger erkoren. Und Meister Yesh hatte diese besondere Stärke in ihm gesehen, weswegen er ihn zum Schüler genommen hatte.

Allerdings, was das Labyrinth unter der Universität betraf, hatte er doch gehörige Beklemmung, den Weg zu finden. Dann wäre es jetzt wohl an der Zeit, den Findibus zu schaffen?

Aber wenn Hatar Stygan das bemerkte? Oder ihm die Energie absaugte?

Tesfayé kämpfte eine Weile mit sich.

Dann riskierte er es. Schließlich war es nur ein einfacher Zauber, der kaum Energie benötigte, nur ein bisschen mehr als sein vorgetäuschtes Aussehen.

Angesichts der Entwicklungen - würde Hatar Stygan sich denn für so einen kleinen Funken Energie interessieren? Ihn bemerken?

Einen Findibus zu schaffen war eine Anfängerübung im ersten Jahr. Tesfayé brauchte sich nur kurz zu konzentrieren und den Spruch zu murmeln, schon erschien mit einem leisen *Plopp* auf seiner nach oben gerichteten Handfläche ein handflächengroßes, bläulich schimmerndes, durchsichtiges Geistwesen, das in etwa die Figur eines Kobolds mit einer langen Haarlocke besaß.

Tesfayé flüsterte ihm das Ziel zu, und der Findibus schwirrte los wie ein Irrlicht.

Nachdem er von dem Findibus eine Weile durch feuchte und kühle Gänge geführt worden war, kam Tesfayé in einen Abschnitt, der ihm bekannt vorkam. Ja, da waren die Katakomben und die Gräber … und von da aus war es nicht mehr weit zu den Bereichen, die er als Verlies vermutete.

Der Findibus schwirrte voran, verharrte immer wieder und kehrte plötzlich zu Tesfayé zurück.

Der junge Magier verstand. Und nahm seine Energie wieder in sich auf.

Er konnte es selbst spüren, es war erdrückend. Hatar Stygans Macht sickerte auch hier aus den Wänden, wurde regelrecht ausgeschwitzt und rann in öligen schwarzen Tropfen herunter. Teilweise bildeten sich Dampfwölkchen, aber es war zu kalt, um Nebel zu erzeugen.

Das bedeutete, er war auf dem richtigen Weg.

Und nach einer Biegung erreichte er den zum Verlies umgebauten Bereich. Es war nicht schwer, die richtige Tür zu finden. Denn nur noch eine einzige war geschlossen, alle anderen standen offen, zu leeren Kammern.

Tesfayé prüfte das Schloss und musste lächeln. Das war für einen Schüler der ersten Klasse in der ersten Woche lösbar. Der Fehler, den Mächtige wohl häufiger begingen: Sie rechneten nicht mit Widerstand, nachdem sie alles besetzt hatten. Hatar Stygan hatte sich um die Sicherheit seiner Residenz nicht gekümmert. Kein mächtiger Schutzzauber. Es war eher wie eine Einladung, hinzuzukommen und sich den Schattentrinkern anzuschließen, um ausgesaugt zu werden. Deswegen hatte Tesfayé bis hierher gelangen können, und deswegen hatte er das Schloss mit nur einem kurzen *Schnipp* entriegelt.

Vorsichtig öffnete er die Tür und spähte ins Innere. »Frau Eírtiti?«, flüsterte er. »Seid Ihr da drin? Halrid Falkon schickt mich …«

Er fuhr zusammen, als plötzlich zwei Lichter aufglühten.

»Geht es ihm gut?«

»Ja, ja! Er ist hier! Und ich befreie Euch und bringe Euch zu ihm! Könnt Ihr zu mir kommen? Ich kann leider gar nichts sehen. Oder seid Ihr angekettet, dann …«

»Es ist gut. Sagt mir Euren Namen, Freund.«

»Ich bin Tesfayé, beinahe diplomierter Magier von der Universität Iskundar, der …«

»Ich danke Euch«, unterbrach die weibliche, müde klingende Stimme, und das Licht erlosch. »Ihr habt mir viel Kraft und Zuversicht gespendet. Doch jetzt geht … er ist auf dem Weg.«

Tesfayé öffnete die Tür vollends. »Was? Wer? Ich …«

Ein heftiger Schlag auf seinen Kopf beendete die weitere Unterhaltung.

Halrid Falkon und Fylang schritten auf den Hof der Universität. Den Schutz hatte der Zauberer aufgehoben, er wollte, dass sie gesehen wurden. Dass der Anker es mitbekam: Die Hüter waren gekommen, um ihn zu stellen.

Dies diente gleichzeitig der weiteren Ablenkung, während Tesfayé unten in den Katakomben nach Eírtiti suchte und sie hoffentlich befreite.

War das Wirken des Ankers erst einmal gestoppt, könnte Tar'meso selbst mit einem dritten Schlag noch keinen Durchbruch erzielen. Sie würden damit zumindest ein wenig Zeit gewinnen.

»Bah, das ist aber wirklich grässlich hier.« Der Drache rümpfte die Nase und stieß kleine Flammenwölkchen aus. »Selbst für mich ist das kaum zu ertragen.«

»Wir werden das noch in diesen Stunden ändern«, erklärte der Annatai gelassen und ging mit forschen Schritten auf den Eingang zu. Seine Kräfte sammelten sich. Sobald er die

Flüsterhalle erreicht hatte, konnte er das Ritual unterbrechen. Und es war höchste Zeit.

Das Sphärenportal hatte sich schon einen winzigen Spalt geöffnet, der Zauberer sah es am Himmel oben, denn die ohnehin blasse Sonne verdunkelte sich, als sich langsam ein Schatten davorschob.

»Das endet jetzt«, flüsterte er. Er griff bereits nach den magischen Fäden, tastete nach den Beschwörungen, den Energien, und stellte fest, dass die Macht dahinter enorm viel aufbot, ihm aber letztendlich nichts entgegenzusetzen hatte. Nicht hier, in direkter Konfrontation.

Zweifelsohne war Hatar Stygan ein Mächtiger mit besonderen Kräften, aber er war dem Annatai nicht überlegen. Nur noch ein paar Schritte …

Und dann …

Wie angewurzelt blieb er stehen.

Zutiefst geschockt keuchte er auf, rang um seine Beherrschung.

»Halrid?«, sagte Fylang besorgt. »Was ist mit dir? Du … du bist ja ganz blass geworden.«

»Es ist …« Der Zauberer stöhnte, taumelte kurz und griff sich ans Herz. »Ich … ich *weiß jetzt*, wer das ist …«

Die Stimme des Zauberers verhallte auf dem Platz. Der Drache war so verblüfft, dass es ihm für einen Moment die Sprache verschlug. Er musste sich räuspern, bevor er stammelnd hervorbrachte:

»Wer? Der Anker?«

»Ja …« Halrid Falkons Stimme war nur noch ein Hauch.

»So plötzlich?« Der Drache kräuselte kritisch die Nase. Seine Zunge schoss hervor, schien nach Antworten zu suchen. »Gibt es da etwas, das du mir erzählen solltest? Schon längst hättest erzählen sollen?«

»Das war vor deiner Zeit. So unendlich lange her … und

hatte keine Bedeutung, nicht mehr …« Er war fassungslos. Der Schmerz überwältigte ihn. Für einen Moment verlor er die Kontrolle über sich.

Und das Dunkle in ihm, das er seit Jahrtausenden bekämpfte und bannte, brauchte nur noch diesen Moment.

Endlich. Frei!

»*Vor* meiner Zeit?«, wiederholte Fylang. »Aber da war deine Seele noch verborgen! Wie sollte das … wer sollte er …«

»Geh!«, stieß Halrid gepresst hervor. »Du musst sofort verschwinden, bevor wir aufeinandertreffen. Es wird … ein harter Kampf, selbst wenn wir keine Waffen einsetzen. Ich kann … es nicht mehr lange aufhalten. Es wird zu stark …«

»Ich verlasse dich auf keinen Fall!«, protestierte Fylang. »Nun sag mir doch, wer ist Hatar Stygan? Und was geschieht mit dir?«

Der Drache schrak zurück.

Halrid Falkon fuhr zu ihm herum, jegliches Weiß war aus seinen Augen verschwunden, sein Gesicht zur Fratze verzerrt, und das Mal der Falkenklaue auf seiner Wange zuckte, als wolle es zupacken.

»*Geh!*«, schrie der Zauberer, seine Worte brausten durch die Luft, erhoben sich zum Sturm und rauschten um den verwirrten Drachen.

Halrids Körper schien in Brand zu geraten, Rauch stieg von seiner Kleidung auf, rote Flammen züngelten zwischen den schwarzen Haaren. Seine Hände gerieten zu Klauen, Energieblitze zuckten von den Fingerspitzen, schienen sich zusammenzuballen zu einer Waffe, einer Kugel oder einem Pfeil, um sie gegen Fylang zu schleudern.

»Halrid … was ist das, was aus dir drängt …«

»GEH!«

Zum ersten Mal in seiner Existenz zeigte der Drache Furcht vor ihm. Er wagte kein Wort mehr, sondern gehorchte. Breitete die Schwingen aus und flog davon.

»Ah, gerade im rechten Moment – und im falschen zugleich.« Die Stimme vom Eingang oben klang heiser, hohl, wie aus einem Grab heraus. »Ich sollte wütend sein, dass du mein Ritual unterbrochen hast, aber er sagte mir schon, dass das geschehen würde. Und dass es nichts weiter ausmachen würde, nur eine kleine Verzögerung. Er meinte, es wäre besser, zuerst die Sache zwischen uns zu klären, bevor ich wieder frisch ans Werk gehe. Und was soll ich sagen? Er hat recht! Du kannst es ja selbst oben sehen, die Tür ist schon einen Spalt offen. Nicht mehr lange, und sie öffnet sich ganz.«

Halrid Falkon wandte sich der Treppe zu, und da kam er herab, auf einen hohen Stab gestützt.

Ohne Verhüllung, Nebel oder Zauber. Ihm schien daran gelegen, dass der Annatai ihn *erkannte*. Ihn sah, wie er wirklich war.

»Ja, ich bin erleichtert, endlich diese Maskerade fallenzulassen«, sagte Hatar Stygan auf den Blick des Zauberers hin. »Gefällt dir, was du siehst?«

Halrid Falkon hatte schon viel gesehen in seinem langen Leben. Aber nur ein einziges Mal eine Kreatur wie diese, derart grauenvoll entstellt, kaum mehr von menschlich aussehender Gestalt.

Er erkannte ihn sofort wieder, obwohl er damals … so winzig gewesen war.

Hatar Stygan konnte nicht aufrecht gehen; verkrümmt, die knotige, klauenartige Hand um den stützenden Stab gekrampft, bewältigte er mühsam die letzte Stufe.

Doch zu keinem Moment mochte Zweifel daran bestehen, dass er nicht Herr der Lage war. Sein Äußeres durfte nicht darüber hinwegtäuschen, dass nur ein Mächtiger mit besonderen Kräften dazu in der Lage sein konnte, einen Anker zu bilden, ohne dabei zerstört zu werden. Dass nur er von allen Mächtigen dieser Welt, mit Ausnahme vielleicht von Halrid Falkon, dazu in der Lage gewesen war, das Erbe des Schattenwebers wiederzuerwecken und in einen Gifttrank zu bannen. Das gesamte Wasser zu stehlen. Alle Magier zu unterwerfen und ihre Energie auszusaugen.

Dieser wahrhaft mächtige Geist war gefangen in einem entsetzlich verkrüppelten Körper, von dem man kaum annehmen würde, dass er überhaupt in der Lage wäre, auch nur einen Tag zu überstehen.

»Ja, da stehen wir nun! Am Ende aller Zeiten. Am Ende jener Welt, wie du sie kennst und bisher geformt hast. Wie lange habe ich auf diesen Moment gewartet! Ich will ihn auskosten, jeden Atemzug davon. Dich zu sehen, erfüllt mich … nun, das Wort dafür zu finden ist schwer. Aber du: Erkennst du mich denn wieder?«, fragte Hatar Stygan voller Hohn und Hass zugleich. »Erinnerst du dich überhaupt an mich?«

»Natürlich … *Sohn*«, sagte Halrid Falkon leise.

Damals, als seine Seele noch nicht erwacht war, als er Hal gewesen war, der sich im Wald des Vergessens verborgen hatte, und wo Deyra, selbst eine Verlorene, ihn fand. Und liebte. Sie war sein Halt, sein Anker in der Welt, noch bevor sie zusammen Fylang aus seinem Kerker befreit hatten. Sie war seine Verbindung zur Welt, als er gegen den Druiden von Erytrien und seinen Vater gekämpft hatte. Sie war der Hetman jenes Krieges gewesen, den er verloren hatte in einer alles vernichtenden Schlacht, und der Druide ebenso. Am Ende waren nur noch sie beide übriggeblieben, und er hatte seinen Feind geköpft und dadurch den Fluch der Schlaflosigkeit auf sich gezogen.

Manchmal hatte er sich gewünscht, nie erwacht und Hal geblieben zu sein, dann hätte er mit Deyra bis zu ihrem Lebensende im Wald gelebt. Sie hätte ein gutes Leben gehabt und nicht den Krieg, Hunger und Entbehrungen auf sich nehmen müssen. All das, was sie nicht verdient gehabt hatte, gerade sie nicht, wäre ihr erspart geblieben.

Doch das Unglück hatte sie in jenem Moment eingeholt, als sie schwanger geworden war.

Hal hatte das überrascht, doch er hatte es hingenommen wie alles. Damals war er so gewesen, seines Selbst unbewusst hatte er nur dahinvegetiert, und Deyras Schwangerschaft war sein erster großer Fehler. Sein zweiter sollte rasch folgen …

Er erinnerte sich, als wäre es gestern gewesen. Die Bilder standen klar vor seinen Augen, so, wie sein erwachsener Sohn nun vor ihm stand, Jahrtausende später.

Der Zeitpunkt der Geburt. Deyra erwies sich wie stets als erstaunlich stark, sodass sie sich um alles selbst kümmerte, und sie fühlte sich gut und glücklich, bis zu jenem Moment, da sie das Kind sah. Ihre Augen weiteten sich in Ekel und Entsetzen, und aus den Urtiefen ihrer Seele löste sich ein langgezogener Schrei so voller Qual und Grauen, dass die Geräusche des Waldes verstummten. »Ein Ungeheuer! Ich habe ein Ungeheuer geboren!« Sie stieß einen zweiten, gellenden Schrei aus und schlug die Hände vors Gesicht, ihr Körper wurde von Krämpfen geschüttelt.

Hal stand auf und hüllte das Wesen in eine Decke; wortlos verließ er mit ihm das Haus und kehrte erst nach einiger Zeit allein wieder zurück.

Deyra wimmerte nur noch. »Was war das, Hal?«, schluchzte sie. »Was war das nur für ein Ding?«

»Ich weiß es nicht«, antwortete er und ließ sich bei ihr nieder.

»Hal«, flüsterte sie. »Wo ist es jetzt?«

»Fort«, entgegnete er. »Es war nicht lebensfähig.«

Sie barg das Gesicht in ihren Händen und weinte hemmungslos. Er hob sie aus den blutigen Decken, wusch sie sorgfältig und behutsam und machte alles sauber, bevor er sie vorsichtig aufs Lager zurücklegte. Sie schluchzte ununterbrochen, sie konnte es nicht fassen, ein Monster geboren und damit alle Freuden und Hoffnungen auf ein eigenes Glück mit ihrem Kind verloren zu haben. Doch als sie hochsah zu Hal, versiegten ihre Tränen mit einem Schlag, und sie vergaß ihren Kummer. Er war bleich, so bleich, wie sie ihn noch nie gesehen hatte, und sie erkannte, dass er das Wesen umgebracht hatte und niemals darüber hinwegkommen würde.

»Wer bist du nur?«, fragte sie leise.

»Jedenfalls kein Mensch«, sprach er ruhig. »Den Beweis dafür haben wir jetzt erhalten.«

»Dafür das alles?«, fragte Halrid Falkon verzweifelt. »Um … Rache zu nehmen?«

»Was glaubst du wohl, wie ich mich fühle?«, schrie Hatar Stygan, und der Hass in seiner Stimme ließ das Glas einiger Fenster des Universitätsgebäudes zerspringen und als bunt glitzernden Schnee herabrieseln. »Da stehst du nun in all deiner Schönheit vor mir - und sieh *mich* an! Du hast alles errungen! Den Drachen, die Macht, die Frau - kein Wesen dieser Welt kommt dir gleich. Ich aber: Wenn ich in einen Spiegel sehe, muss selbst ich kotzen über mein Aussehen, das keine Magie dieser Welt retten kann! Nichts kann ich erringen, meine Seele ist genauso schwarz und verdorben wie mein Äußeres …«

»So schön bin ich gar nicht«, erwiderte der Annatai. »Hast du je meinen Rücken gesehen? Hast du je in mein Inneres geblickt, in dem die Mächte toben und im Widerstreit liegen? Hast du mich vorhin gesehen, als die Dunkelheit dabei war, hervorzubrechen? Du hast doch keine Ahnung von mir oder der Welt, weil du nur im Selbstmitleid versinkst und dir nicht vorstellen kannst, dass andere ebenso zu leiden haben.«

»Was soll ich denn auch sonst tun?«, schrillte sein Sohn. »Du hast mich im Glauben, mich ermordet zu haben, in der Wildnis zurückgelassen!«

»Ja«, sagte Halrid. »Obwohl meine Seele damals noch nicht erwacht war, habe ich das niemals vergessen und trage diese Schuld auf ewig mit mir.«

»Also bittest du mich um Verzeihung dafür? Jetzt und hier?«

»Nein. Dafür gibt es keine Verzeihung. Und noch weniger, weil es meine Schuld ist, weil ich dadurch Waldsee den Untergang bringe. Ich wurde zum Hüter, um Gefahren wie diese zu verhindern, und nun … habe ich all das erst durch den größten Fehler und die größte Schande meines Lebens herbeigeführt.« Halrid hob leicht die Hände. »Du hättest niemals gezeugt werden dürfen. Das geschah nur, weil ich mir meiner selbst nicht bewusst war, sonst hätte ich es niemals zugelassen. Das Unglück begann am Tag deiner Geburt. Ich hatte versucht, es gutzumachen, doch ich … war nicht konsequent genug.«

Hatar Stygans Auge schien in Flammen zu stehen. »Was willst du damit sagen?«

»Ich hätte dich zerstückeln und verbrennen sollen«, antwortete Halrid schonungslos. »Aber ich wusste ja noch nicht, wer ich wirklich war, und dass die magische Energie dich deshalb am Leben erhalten könnte. Doch ich werde meinen Fehler korrigieren.«

Hatar Stygan blieb für einen Moment die Luft weg. »Das … ist alles, was du dazu zu sagen hast? Keine liebenden Worte des Vaters, der den Sohn zurück in den Schoß der Familie holen will? Der ihn beschwört, das Gute in ihm zuzulassen?«

»Es gibt nichts Gutes in dir. Du bist ein Monster. Eine Missgeburt.«

»Und welche Wahl hatte ich?«

»Jede!«, antwortete Halrid Falkon kalt. »Erspare mir die Heuchelei, du wärst unter anderen Umständen nicht so geworden. Du warst schon immer so, deine *Seele* ist verdorben, hässlich und grausam. Du genießt es, andere leiden zu lassen. Was du getan hast, ist nicht minder unverzeihlich. Du hast Ishgalad, den Goldenen Traum, zertrümmert! Wenn du dich nach mir auf die Suche gemacht hättest, um Rache zu nehmen, das könnte ich verstehen. Aber so viele Tausende umbringen, die nichts damit zu tun haben? Und gleichzeitig daran zu arbeiten, dem Untergang Tür und Tor zu öffnen? Mach dich nicht lächerlich! Tar'meso hat dir Macht und Herrschaft versprochen, und genau *das* ist dein Antrieb. Dass du deinen Hass auf mich gleichzeitig befriedigen willst, ist nur schmückendes Beiwerk, aber *nicht* der Grund deiner Raserei. All das hat nichts mit deinem Aussehen zu tun, und dass ich keinen Erfolg damit hatte, dich umzubringen. Hier geht es nur um Machtgier, du willst Waldsee für dich! Aber das werde ich verhindern.« Er machte sich bereit und hob die Hände, von denen schwarze Flammen aufstiegen.

Hatar Stygan hob ebenfalls eine Hand und wollte etwas sagen, da wurde er unterbrochen.

»Einen Augenblick!«, erklang eine dritte Stimme. Ein Mann kam von der Seite heran, drei Pferde am Zügel, und er hatte noch jemanden bei sich.

Halrid erkannte Hagan Tar – und Eírtiti. Für einen kurzen Moment war er unendlich erleichtert, sie dünn und schwach, aber lebend und auf eigenen Beinen zu erblicken, doch sogleich überwogen Zorn und Sorge, weil sie sich in der Gewalt des Generals befand. Mund und Augen waren verbunden und selbst die Ohren versiegelt, sodass Halrid keinen Kontakt zu ihr aufnehmen konnte. Hagan Tar hielt sie so fest, dass sie nicht einmal durch Bewegung etwas ausdrücken oder mitteilen konnte.

»Du wirst dich jetzt zurückziehen«, fuhr der General fort. »Dann bleibt sie am Leben.« Er hielt ihr zur Bekräftigung ein Messer an die Kehle.

»Sieht so aus, als müssten wir unseren Kampf verschieben. Und das ist gut, denn ich habe noch eine Menge zu tun. Das Tor zu öffnen!« Hatar Stygan lachte abfällig. »Ja! Ich habe sie, deine Frau, und ich werde sie behalten. Sie ist mein Pfand. Du hast meinen General gehört. Zieh dich zurück! Du wirst nicht verhindern, was geschehen muss.«

Halrid Falkon verharrte. »Deshalb lässt du sie am Leben?«, fragte er leise.

»Genau für diesen Moment«, höhnte Hatar Stygan. »Um dich leiden zu sehen. Deinen Hass ins Unermessliche zu steigern.«

»Hass?« Halrid schüttelte den Kopf. »Ich hasse dich nicht. Was dich betrifft, empfinde ich gar nichts. Höchstens Bedauern, dass mein Samen dich ins Leben brachte und mein Blut dir Stärke verleiht.«

»Solche Worte von einem Vater! Wie grausam dem armen

Sohn gegenüber.« Hatar Stygan ging auf den General zu. Nahm ihm das Messer aus der Hand und hielt es nun selbst an die Kehle der Gefangenen. »Aber ich weiß, wie ich dich treffen kann, alter Mann! Ich werde dir das nehmen, woran dein Herz und deine Seele hängen.« Er ritzte ihre Haut, und ein feiner Blutfaden zog sich den Hals entlang nach unten.

»Dann hast du kein Pfand mehr«, erwiderte Halrid.

»Na und? Stirbt sie eben jetzt, nicht später. Tar'meso will sie ohnehin tot sehen. Er sagt, sie sei ein Artefakt, und nur ein totes Artefakt sei ein gutes Artefakt. Hat er recht? Ich weiß es nicht. Doch du musst dir vergegenwärtigen: Nur dank *meines* guten Willens ist sie noch am Leben!«

»Tot, weil Eírtiti ein Artefakt ist? Das ergibt doch keinen …« Halrids Stimme erstarb, und er fühlte, wie es in ihm kalt wurde. »*Das* ist es also«, stieß er hervor. »Das hat er vor. Aber warum? Das verstehe ich nicht …«

»Das ist nicht von Bedeutung für dich«, unterbrach Hatar Stygan. »Für mich zählt momentan nur, dass ich im Vorteil bin und dir Schmerz bereite. Du hast zu viele Gefühle, um jetzt anzugreifen. Selbst wenn du davon ausgehen musst, dass ich Eírtiti früher oder später töten werde, lässt du es jetzt nicht darauf ankommen, solange das Ende dir nicht gewiss scheint. Du klammerst dich an die Hoffnung, die Welt *und* deine Frau zu retten. Aber lass dir gesagt sein - beides ist nicht möglich. Du wirst dich schon entscheiden müssen. Und bis dahin gehab dich wohl … *Vater*.«

Halrid Falkon rührte sich nicht, obwohl es ihn innerlich beinahe zerriss. Das Finstere in ihm verlangte danach zu wüten, zu töten und zu zerstören. In diesem Widerstreit war er nicht fähig, mit einem Muskel zu zucken, er konnte auch nichts mehr sagen. Wenn er nicht endgültig sich selbst verlieren und Waldsee in den Untergang stürzen wollte, musste er alles so geschehen lassen.

Etwas musste sich verändert haben, vermutlich in seinen Augen, denn Hagan Tar wich plötzlich mit einem Ausdruck des nackten Entsetzens zurück.

Hatar Stygan bemerkte es nicht, er zerrte Eírtiti zu einem

Pferd und zwang sie, aufzusteigen. Dann, ohne dass ersichtlich wurde wie, saß er selbst im Sattel, und Hagan Tar schwang sich auf das dritte Pferd.

In großer Eile stürmten sie die Hauptstraße entlang aus der Stadt, Richtung Nordosten.

»Wir werden nicht verfolgt«, bemerkte Hagan Tar nach mehrmaligem Umsehen. Er hielt die Zügel von Eírtitis Pferd, die gefesselt, nach wie vor Augen und Mund verbunden, darauf saß, ohne durchgeschüttelt zu werden.

»Natürlich nicht, er wird seine Frau nicht gefährden. Außerdem ist er mit sich selbst beschäftigt«, erwiderte Hatar Stygan, der im Sattel weniger verkrümmt aussah.

Hagan Tar konnte kaum zu ihm hinsehen. Seinen Gebieter zum ersten Mal ohne das wallende Schwarz zu sehen, war ein tiefer Schock. Natürlich hatte er sich seine Gedanken gemacht, wie Hatar Stygan wohl aussehen mochte – aber so weit hatte seine Fantasie nicht gereicht. Doch er musste seinen Ekel hinunterschlucken, denn sein wahres Aussehen durfte nicht darüber hinwegtäuschen, dass Hatar Stygan immer noch der Herr war und ein Mächtiger, der mit einem Fingerschnippen töten konnte.

»Er … ist dein Vater?«

»Was denkst du, woher ich diese Macht habe, Narr? Ich bin Jahrtausende alt und habe mich während dieser Zeit gut vorbereitet.«

»Ich bin dennoch besorgt.« Hagan Tar wies auf die Gefangene. »Es war richtig, dass du sie am Leben gelassen hast. Aber ich glaube, es war keine gute Idee, deinen Vater derart zu provozieren.«

»Ich habe ihn zutiefst getroffen! Und die Dunkelheit in ihm befreit! Der kommt mir nicht mehr so schnell in die Quere.«

»Du selbst hast zu Tar'meso gesagt, dass du zum gegenwärtigen Zeitpunkt nicht wagen kannst, die Frau zu töten, weil die Folgen nicht mehr zu kontrollieren wären. Aber nun trägst du mit deinen Rachegelüsten womöglich dazu bei! Ich habe seine Augen gesehen, Herr! Was willst du tun, wenn er diese Welt zerstört, damit du sie nicht mehr in Besitz nehmen kannst?«

»Das würde Tar'meso nicht zulassen.«

»Dein Vertrauen in Ehren, mein Gebieter, aber der Schwarze Annatai ist da oben in den Sphären und wir sind hier unten mit Halrid Falkon, dem mächtigsten weltlichen Wesen Waldsees. Und wir haben die Schlacht verloren!«

Hatar Stygan lachte rau. »Gewiss haben wir das, mein General, nichts anderes war vorgesehen! Ishgalad hat seinen Zweck vollauf erfüllt, es interessiert mich nicht mehr. Dass Halrid Falkon das Ritual unterbricht, war eingeplant gewesen, genau dafür habe ich ihn hergelockt. Ich hätte es ohnehin nicht vollenden können, weil die Kräfte der Magier und Menschen Ishgalads dafür nicht ausreichen. Doch es zu beginnen, war wichtig. Ich habe die erste Stufe erreicht und der *Klang* verharrt nun an der Stelle, an der ich unterbrochen wurde. Ich kann das Ritual später problemlos genau dort fortsetzen und muss nicht neu beginnen. Dazu brauche ich nur den richtigen Ort und die passende Unterstützung.«

»Du … du hast das die ganze Zeit genau so geplant?« Hagan Tar konnte es kaum fassen.

»Weshalb überrascht dich das? Sagte ich dir nicht, wir würden Ishgalad verlassen und du sollst die Pferde bereithalten?«

»Das hast du«, gab Hagan Tar ernüchtert zu. »Ich hätte nur nicht gedacht, dass es so geschieht … als Flucht …«

»General, mir war von Anfang an bewusst, dass mein Vater mächtiger ist als ich. Ich musste ihn herlocken und vorher alles in Aufruhr bringen, um seiner Frau habhaft zu werden und ihn zu isolieren. Außerdem habe ich das in ihm befreit, was er seit seiner Erweckung in sich gefangen hält und vor den anderen zu verbergen sucht. Meine mächtigste Waffe ist seine Schwäche und seine Dunkelheit. Er hat bereits verloren.«

»Aber was ist mit *ihr?*«, wollte der General wissen.

»Eírtiti bleibt vorerst unsere Geisel«, antwortete sein Herr, »bis wir haben, was wir brauchen, um meinen Vater zu vernichten und das Tor für den Nichtigen endgültig zu öffnen.«

»Und was soll das sein?«, fragte Hagan Tar verständnislos.

»Seine Vergangenheit. Sein Schicksal«, antwortete Hatar Stygan und lächelte finster. »Und *sie* wird uns dabei helfen, es zu finden und in die Hand zu bekommen.«

Die Hände zu Fäusten geballt, schwankend unter dem tobenden Sturm in seinem Inneren, musste Halrid Falkon seinen Sohn mit seiner Frau als Geisel ziehen lassen. Der Plan, dass Tesfayé sie rechtzeitig befreite, war gründlich schiefgegangen, und er hoffte, dass der tapfere junge Magier dieses Abenteuer überlebt hatte. Wobei … die Macht des Wyvern in ihm würde ihn vielleicht sogar vor einem schrecklichen Schicksal bewahren, und schützte ihn, damit er weiter das Erbe des BAUMS bewahrte.

Als sie außer Sicht waren, verließ seinen Körper die Kraft, ihn zu halten, und er sank keuchend auf die Knie. Der Schweiß rann ihm in Bächen über das schmerzverzerrte Gesicht. Unkontrolliert zuckend stürzte er schließlich auf die Seite und wand sich in Krämpfen. Die Macht drohte ihn innerlich zu verbrennen und in Stücke zu reißen, sie drängte, forderte, wollte heraus aus ihm und alles zerstören und vernichten in einem unlöschbaren Weltenbrand.

Was für ein Glück, dass Eírtiti das nicht mitbekam …

Eírtiti.

Auf einmal drängte sich ihr liebliches Gesicht in sein Bewusstsein, und das Licht ihrer Aura erwärmte ihn, brachte den Sturm zum Stocken und schließlich zum Versiegen.

Halrid übergab sich, dann lag er keuchend auf dem Rücken, spürte, wie durch die Anstrengung seine Muskeln verkrampften, in seinen Eingeweiden brannten immer noch die letzten Funken und quälten ihn.

Nur am Rande spürte er, wie ihn etwas am Gesicht stupste, und er hörte Geräusche wie aus weiter Ferne. Es dauerte, bis er die sanfte Stimme erkannte und einzelne Worte unterscheiden konnte.

»Halrid! Junge. Komm zu dir.«

Seine Augen gewannen zusehends Klarheit, und er erkannte den Drachen. »Fylang …«, flüsterte er. »Ich brauche sofort etwas zu essen, ich habe fast alle meine Energie verbraucht …«

»Ich ahnte es bereits und habe dir etwas besorgt. Trink das.«

Mit einer Kralle hob der Drache behutsam seinen Kopf an und half ihm, einen Becher zu leeren.

Beinahe hätte er sich erneut übergeben. »Pfui Spinne! Was war das? Drachenspucke?« Sein Kopf sank kraftlos zurück.

»Nur ein bisschen. Vorgekaute Kräuter mit Wasser und ein Tropfen Drachenblut.«

Halrid Falkon blieb mit geschlossenen Augen auf dem Rücken liegen und wartete auf die Wirkung des Tranks.

Fylang räusperte sich. »Dein … dein Sohn also, hm?«

»Du hast es gehört?«

»Natürlich. Drachengehör.«

»Ich hätte es dir auch so gesagt, Fylang.« Er legte die Hand auf die Augen und zwang die Tränen zurück, die jetzt hervordrängten. »Ja, diese Monstrosität ist mein Sohn. Deyra hat ihn geboren, und ich … habe ihn in den Wald gebracht. Ich dachte, ich hätte ihn umgebracht.«

»Das hast du wirklich toll hingekriegt, Freund. Beides.«

»Ja, ich war damals ganz groß darin, Mist zu bauen.«

»Und bis heute hat sich in der Hinsicht nicht viel geändert, bedenkt man, dass dies nun das Schlimmste ist, was uns passieren kann. Der Junge …«

»… der einige tausend Jahre alte Junge …«

»... trägt das Erbe der Annatai und das seines göttlichen Großvaters in sich. Er ist wohl nicht unsterblich, aber zumindest langlebig. Und äußerst entschlossen, seine Macht auszubauen und sich mit Tar'mesos Hilfe zum finsteren Herrscher über die gesamte Welt aufzuschwingen. Das kann ihm durch sein Erbe sogar gelingen. Oh Freude!«

»An mir kommt er nicht vorbei. Du hast es gerade erlebt. Und sobald dein Mittel wirkt, werde ich dem geschundenen Land zurückgeben, was dieses Ungeheuer geraubt hat. Gewähre mir nur noch ein paar Augenblicke, dann lege ich los.«

Das Zittern ließ endlich nach, auch die Krämpfe, und die Eingeweide beruhigten sich unter dem stärkenden Trank.

Stöhnend richtete Halrid Falkon sich auf, legte die Hände flach auf den Boden und spürte, wie das Atmen der Welt durch ihn hindurchging. Seine Augen füllten sich mit dem Lebenswasser des Landes, das aus den Flüssen und Seen verschwunden war, es stürzte aus ihm heraus in einem mächtigen Schwall und brachte es Ishgalad zurück. Am Himmel ballten sich Wolken zusammen, in der Ferne wetterleuchtete es, und leiser Donner war zu hören. Die Luft roch plötzlich nach Regen.

»Ja ... gut ...«, flüsterte er. Eine weitere Anstrengung, doch diese war wohltuend. Nicht finster, kein Brennen.

Der Zauberer kämpfte sich auf die Beine und stand schwankend. Mit einer Geste winkte er die Wolken zu sich. Schuf die Verbindung zwischen dem Wasser, das er aus dem *Nebenan* zurückholte, und dem Regen dort oben. Nicht mehr lange, und es würde losgehen.

So lenkte er seine nicht mehr kontrollierbare Energie wenigstens in eine positive Richtung. Das Dunkle in ihm zog sich wütend zurück. Für den Moment hatte er noch einmal gewonnen.

»Das war knapp«, stellte Fylang fest.

»Mehr als das«, murmelte der Zauberer.

»Auch darüber sollten wir reden. Du verschweigst schon zu lange zu vieles.«

»Ich weiß nicht, wie lange ich dem noch standhalten kann … ich habe Angst, alter Freund …« Mit einem Ausdruck der Verzweiflung blickte er zu dem Drachen hoch. »Nur meine Erinnerung an Eírtiti hat verhindert, dass ich *falle*. Ich habe es im Augenblick wieder unter Kontrolle, aber die Mauer ist sehr fragil und kann jederzeit zerbrechen.«

»Das werde ich nicht zulassen«, sagte Fylang. »Vorher töte ich dich.«

»Wenn es dir gelingt! In jedem Fall kostet es dich dein Leben.«

»Und wenn schon.«

»Aber wer ist dann noch da, Fylang? Denn … Hatar Stygan hat etwas gesagt, das mich zutiefst beunruhigt. Ich glaube nicht, dass er jemals der Herrscher Waldsees sein wird, weil Tar'meso ihn belügt.«

»Was redest du da?«

»Er sagte, dass Tar'meso Eírtitis Tod wünscht.«

»Das hat er falsch verstanden. Sie ist ein Artefakt und damit von großer Bedeutung für den Schwarzen, durch sie gewinnt er Macht!«

»Aber genau darum geht es.« Halrid rieb sich müde das Gesicht. »Wir gehen von völlig falschen Voraussetzungen aus – was *wir* tun würden. Ich glaube, Tar'meso will *alle Artefakte vernichten*. Mit dem Wyvern hat es den Anfang genommen. Als nächstes der Titan. Zusammen mit den Artefakten will er diese Welt zerstören. Komplett. Xhy war sein Gesellenstück, und das hier wird dann seine Meisterprüfung sein.«

»Deswegen also kümmert es ihn nicht, wie viele er schon umgebracht hat. Aber warum?«, fragte Fylang ratlos.

»Das kann ich dir nicht beantworten, mein Freund. Aber wenn ich recht habe, dann ist die Lage viel ernster, als wir dachten. Das ist kein klassischer Kampf mehr und ändert alles. Es wird keinen Kompromiss geben, keinen Krieg, keinen Sieger, keinen Verlierer. Denn es wird keine Welt mehr geben.«

Fylang erschauerte. »Das kann doch nicht dein Ernst sein … du musst dich irren …«

»Es geht mir nicht aus dem Kopf, seit Hatar Stygan das gesagt hat. Und vor allem – Tar'meso *weiß*, was passiert, wenn ich die Kontrolle verliere. Wahrscheinlich will er mich genau dafür benutzen, und um das zu erreichen, benutzt er wiederum Hatar Stygan und seinen Rachedurst. Nach allem, was ich über ihn gehört habe, könnte das seiner Vorgehensweise entsprechen.«

»Aber sobald Hatar Stygan das erfährt …«

»… wird er es nicht glauben. Es gibt keinen Beweis dafür und klingt nach einer Finte von mir. Wir müssen einen anderen Weg finden, Fylang, und unsere Strategie neu überdenken. Immerhin. Wir haben jetzt auch nichts mehr zu verlieren.«

»Fast!«

»Oh, mach dir um Eírtiti keine Sorgen. Wenn das geschieht, was ich annehme, dass Hatar Stygan es vorhat, kommt sie bald allein zurecht. Sein Plan ist gut, hat nur einen Fehler – er kennt meine Frau nicht genug und weiß kaum etwas über ihre Herkunft. Ich meine, ihre *wahre* Herkunft. Eírtitis Baiku. Die Vergangenheit und das Sein aller Fyrgar. Nur wenige wissen davon, und Hatar Stygan hat deswegen bei aller Vorbereitung vermutlich nicht die geringste Ahnung.«

»Und was willst du tun? Versuchen, mit Tar'meso zu verhandeln?«

»Nein. Hilfe holen.«

»Schon wieder? Etwa aus dem Dämonenland? Vergiss es. Fashirh hat dir bereits eine Abfuhr erteilt.«

»Die Verhältnisse haben sich geändert. Er wird mich diesmal empfangen und mir zuhören.«

»Und dein Vater?«

»Nein!« Halrid knirschte mit den Zähnen. »Ich habe mich viel zu wenig in der Gewalt. Er könnte mich zu dem zwingen, was ich nicht werden will, und damit wiederum Tar'meso in die Hände spielen. Ich habe keine Ahnung, welche Rolle er hierbei einnimmt. Ich gehe kein Risiko ein!«

»Ich wiederhole: Was ist mit Eírtiti? Ich mache mir Sorgen, egal was du sagst!«

»Derzeit braucht Hatar Stygan sie lebend, denn als Hüterin und Fyrgar kann sie ihm den Weg weisen, ob sie will oder nicht. Deswegen befolgt er ja immer noch nicht Tar'mesos Befehl, Eírtiti zu töten. Er braucht sie für die Vollendung des Rituals und bringt sie genau dorthin, oder vielmehr, lässt sich von ihr genau dorthin leiten, wo alles seinen Ursprung genommen hat. Ich, er, und … du.«

Fylangs perlmuttschimmernde Schuppen verloren all ihren Glanz. »Du meinst, er … er …? Möge Ishtru uns beistehen, wenn das geschieht, kann uns nicht mal mehr Erenatar helfen!«

»Ich bin sicher, dass er genau das von Anfang an vorhatte, und er hat es geschickt mit seinen vielen Ablenkungen verschleiert. Damit hat er auf einen Schlag uns alle *und* kann Tar'meso das Tor öffnen.« Halrid Falkon nickte grimmig. »Hatar Stygan will nach Erytrien, um den *Stern der Götter* zu bergen und an sich zu bringen.«

ZIEL 2

Erytrien

Kapitel 9

Der Rote Dämon

Warum Tesfayé nicht einfach von Hagan Tar erschlagen worden war, würde er wohl nie erfahren. Und Eírtiti, jene Frau, der Halrid Falkon sein Herz geschenkt hatte, hatte er gar nicht erst zu Gesicht bekommen.

All das blieb ein Geheimnis für ihn, obwohl er inzwischen so viele davon offenbart und zudem Rätsel gelöst hatte. Ausgerechnet!

Doch er war nicht sonderlich gram darum. Als er im Verlies erwachte, freute er sich vor allem, am Leben zu sein.

Sich den brummenden Schädel haltend, taumelte er nach oben in die Universität, direkt zur Flüsterhalle, und fand dort die überlebenden Magier; in sich zusammengesunken, immer noch dem Fluch des Schattenwebers unterworfen, doch nicht mehr hilflos ausgeliefert. Der beißende Qualm war vergangen, die Wände sahen wieder normal aus, und Tesfayé konnte deutlich spüren, wie die aufgestauten magischen Energien zusehends verwehten.

Hatar Stygan war fort! Er hegte überhaupt keinen Zweifel. Die schreckliche, niederdrückende Präsenz war verschwunden – und er konnte freier atmen.

»Hallo?«, rief er aufs Geratewohl und lauschte dem Nachhall. Er war sicherlich auch außerhalb der Halle zu hören. »Ist noch jemand hier, dessen Verstand frei ist? Der mir helfen kann, die Heilung zu bringen?« Er wartete eine Weile in der Stille und fügte dann ein wenig kleinlaut hinzu: »Und ein starkes Kopfschmerzmittel, wenn's recht wäre … ich kann kaum einen klaren Gedanken fassen.« Er tastete erneut über seinen Hinterkopf, und jetzt fühlten seine Finger sich klebrig an. »Und einen Verband, ich blute …« Schwindlig war ihm außerdem. Aber jetzt konnte er sich nicht mit solchen Lappalien aufhalten, es ging um Iskundar und die Zukunft um Ishgalad!

Auf einmal lugte jemand halb hinter einer Säule hervor und flüsterte: »Wer seid Ihr?«

Er antwortete erleichtert: »Ich bin Tesfayé, wenn's beliebt, fast diplomierter Magier der Universität, bevor dieser ganze Schlamassel angefangen hat. Ich werde Euch alles erklären, guter Mann, nur bitte helft mir zuerst mit …« Er hielt inne. Was hörte er da? Es klang wie ein Rauschen!

Ohne den Satz zu vollenden oder auf Schmerzen und Schwindel zu achten, rannte er aus der Halle und zum offenstehenden Portal der Universität. Kurz bevor er die Treppe erreichte, sah er es schon. *Regen!*

Tesfayé schrie auf. Lachte, jubelte, tanzte - und brach schließlich schluchzend zusammen. »Danke«, flüsterte er.

Tief in ihm entzündete sich ein Licht und spendete ihm Wärme, und er spürte, es war die Macht des Wyverns. Der BAUM flüsterte ebenfalls *danke,* weil das gestohlene Wasser zurückkehrte. In die Seen, Flüsse und Bäche, in die Unterwelt.

Ich war das nicht, wisperte Tesfayé dem BAUM zu.

Es ist Halrid Falkons Abschiedsgeschenk, und du hast einen großen Teil dazu beigetragen, gab der BAUM zurück. *Noch ist Waldsee nicht frei, der Kampf geht weiter. Aber Ishgalad … Ishgalad kann wieder aufbauen. Hatar Stygan ist fort.*

Bis zur Entscheidung?

Mindestens bis dahin.

Ich zweifle nicht an Halrid Falkons endgültigem Sieg. Er kann einfach alles. Und er hat Fylang bei sich, vielleicht bald auch Eírtiti.

Ja. Ich kann sie spüren … wenn auch nur schwach.

Sie ist hier raus. Nun wird sie es schaffen. Halrid Falkon hat es mir erzählt. Sie wird Waldsee heilen!

Tesfayé wischte die Tränen fort und stand auf. Dann schlug er klatschend die Hände zusammen und drehte sich um.

»Was ist?«, rief er. »Wo seid ihr denn alle? Seht ihr es nicht? Das Wasser kehrt zurück! Helft mir, es den Magiern zu bringen! Wir können sie damit heilen. Viele in Ishgalad, die auf den Straßen unterwegs sind, werden in diesen Momenten von der Schattensucht befreit, und den anderen werden wir die Rettung in die Häuser bringen. Kommt her und packt mit an! Es gibt viel zu tun.«

Er hörte Bewegungen hinter sich, verwunderte, aber auch freudige Rufe. Ein paar antworteten »zu Befehl, Meister!«, und dann brach die Hektik los. Zufrieden verharrte er, den Blick nach draußen gerichtet. Den Schmerz hatte er schon fast vergessen, nahm jedoch dankbar den Becher an, der ihm gereicht wurde, während sanfte Hände seinen Hinterkopf behandelten.

»Wird jetzt alles gut, Meister?«, fragte jemand zaghaft im Vorübergehen.

»Ja«, antwortete er. Allein schon deswegen, weil die Bezeichnung »Meister« einen schönen Klang hatte. Diplom hin oder her. Er war mit dem Annatai gereist, auf dem Drachen geritten, trug den BAUM in sich – zumindest für eine Weile. Diesen Titel hatte er sich verdient.

»Wenn wir alle fleißig zusammenarbeiten!«, fügte er hinzu.

»Darauf könnt Ihr Euch verlassen, Meister. Die ersten Magier erwachen schon … aber sie sind sehr schwach. In der Küche sind einige von uns dabei, kräftige Brühe ohne das Gift zu kochen.«

»Das Gift!«, rief Tesfayé. »Hört mir zu, das ist sehr wichtig! Schüttet es nicht einfach weg! Sammelt es in Fässern und kennzeichnet sie, lagert sie gut abgelegen. Wir werden später darüber nachdenken, wie wir den Schattentrunk loswerden, ohne dass er noch einmal Schaden anrichten kann.«

»Alles wird erledigt!« Die Stimmen klangen zusehends fröhlicher und lauter. Das Getrappel vieler Füße erfüllte die Gänge.

Tesfayés Gedanken schweiften hinaus, nordwärts vor die Tore der Stadt.

Gewiss regnete es auch draußen auf dem Feld. War Hatar Stygan deswegen fort? Es war alles so plötzlich gegangen, aber Halrid Falkon hatte schon beim Flug nach Iskundar gesagt: »Es ist noch heute vorbei.«

Allerdings hatte der Zauberer den Feind nicht ganz erledigen, sondern offenbar nur in die Flucht schlagen können. Der Himmel war noch immer trüb, was nicht nur an den Regenwolken lag, und Tesfayé konnte tief in sich fühlen, dass nur eine Schlacht gewonnen war, nicht aber der Krieg.

Aber ihm genügte es, dass Ishgalad von dieser Bürde befreit war. Denn Hagan Tar begleitete seinen Herrn sicherlich auch weiterhin - zumindest solange, wie Eírtiti seine Gefangene war. Die Unterbefehlshaber würden ohne Anführer aufgeben und sich in alle Winde verstreuen, denn sie würden einen aussichtslosen Kampf garantiert nicht fortsetzen. Vor allem, da es für sie absolut nichts zu gewinnen gab. Sie hatten durch die Rückkehr des Wassers ja nicht einmal mehr ein Heer, das sie befehligen konnten.

Das bedeutete, auch Alina die Tränenreiche und die Aufständischen würden bald eintreffen, und die *Meaglea* zur Unterstützung. Sicherlich nicht auf Dauer, aber wenigstens für die ersten Tage, um Nahrungsmittel überall im Land zu verteilen, Verletzte und Kranke zu versorgen und die letzten Schattentrinker zu befreien. Er seinerseits wollte Alina helfen, ihre Familie zu finden - oder zumindest Gewissheit über ihr Schicksal zu erlangen.

Und womöglich erholten sich einige der Magier schnell genug, um anschließend an Bord der *Meaglea* zu gehen und den anderen drei Reichen nun ihrerseits Unterstützung anzubieten.

Das würde ein Aufsehen geben! In der größten Not kam Hilfe aus dem sagenumwobenen Ishgalad, das seit Jahrtausenden niemand mehr betreten hatte!

Selbst wenn der dritte Schlag käme - *das* könnte Tar'meso dieser Welt nie wieder nehmen: Die Wiedervereinigung!

Halrid Falkon wird es schaffen, wiederholte der junge Magier für sich selbst. *Es kann gar nicht anders sein.*

Und Tesfayé Mekeli, der den Beinamen nun mit Stolz behielt, weil er der beste Beweis dafür war, dass auch ein Kleiner dem Großen die Stirn bieten konnte, dieser junge Meister der Magie krempelte die Ärmel hoch, stemmte die Hände in die Seiten und zeigte ein fast grimmiges Lächeln, als er hinausging ins Freie und auf das erwachende Iskundar blickte.

»Gehen wir es an, Ishgalad den Goldenen Traum zurückzubringen!«

Kurz vor der Grenze landete Fylang. »Es sieht so heimelig wie früher aus«, stellte er ironisch fest.

Der düstere Himmel hing so tief herab, dass man ihn fast berühren konnte. Schwarzvioletter Nebel wob ein Tuch in einiger Höhe darüber, durch den das ohnehin blasse Sonnenlicht kaum mehr dringen konnte. In drei Himmelsrichtungen bildeten Berge die natürlichen Grenzen des Dämonenlands, viele davon Vulkane, die graue und schwarze Rauchwolken ausstießen oder aus dünnen Rissen bluteten, aus denen glühende Lava in verzweigten Rinnsalen herabfloss. Die Berghänge waren steil und schroff, keine Pflanze wuchs dort, nicht einmal die hartnäckigste Flechte. Der leicht gewellte Boden war sandig und steinig, Wandermoos kroch über ihn hinweg. Am Himmel kreisten Flughunde auf der Suche nach Wandelkrabblern, auf deren Rückenpanzern Moos wuchs, um die Jäger zu täuschen.

»Das ist beruhigend, findest du nicht?«, sagte er zu Fylang. »Wenigstens etwas hat Stabilität und Bestand.«

»Ich glaube, hier kann man einfach keine Schäden mehr anrichten«, erwiderte der Drache. »Tar'meso zieht keinen Vorteil daraus, das Reich der Dämonen zu zertrümmern.

Auf Xhy war das anders, da hat er um den Flammenthron gekämpft, aber hier? Nach allem, was ich über den Nichtigen gehört habe, zerstört er nicht einfach mutwillig und tut nichts ohne Grund. Es ist ihm lediglich egal, wie viele dabei draufgehen, *wenn* er einen Grund hat.«

Dem stimmte der Zauberer zu. »Und dann steht dieses Reich natürlich auch unter besonderem Schutz. Mit ihr legt sich niemand an.«

»Das mag in diesem Fall sogar der Hauptgrund für Tar'meso sein, *nicht* anzugreifen.« Fylang prustete kurz, dann setzte er hinzu: »Oder er hebt es sich für später auf, weil es jetzt zu viele Kräfte kosten würde.«

»Umso wichtiger ist dieses Gespräch.« Der Zauberer überschritt probeweise die Grenze, drehte sich um und winkte dem Drachen. »Lass uns gehen, alter Freund.«

»Das heißt noch lange nicht, dass er dich einlädt!« Der Drache zögerte und verharrte, wo er war. »Wahrscheinlich hat er nur vergessen, diesen Weg zu sperren.«

Halrid lachte. »Du bist der Drache! Du hast Flügel, die nicht! Was für ein Problem hast du mit den Dämonen?«

»Dasselbe wie ein Hund mit Flöhen.«

»Dann warte eben hier. Ich bin bald zurück.« Der Annatai ging lachend weiter.

Es führte kein sichtbarer Weg ins Land hinein. Wer hierherkam, wusste, wohin er wollte. Bald spürte Halrid Falkon die Wärme unter den Sohlen seiner Stiefel. Kantiger Stein ragte zwischendurch aus dem Boden, in kleinen Spitzen nur, die von einem Unerfahrenen übersehen werden konnten. Doch der Zauberer kannte sich aus und trat auf keine der scharfen Fallen, die noch das härteste Leder durchbohrten.

Aus vielen kleinen Rissen waberten nach Schwefel stinkende Gaswölkchen. Von den Berghängen trieb Asche herüber und setzte sich wie eine feine Staubschicht überall ab. In der Ferne grollte ein Vulkan.

Der Zauberer hatte sie längst bemerkt. Sie wagten sich nicht näher an ihn heran, doch sie beobachteten ihn, verfolgten ihn. Große und kleine Dämonen, tierhafte und menschengleiche, mit Hörnern und Zacken, Stacheln und Beulen. Augen in den unterschiedlichsten Farben glühten auf, zeigten sich in funkelnden Punkten weit über das Ödland.

Schließlich kam ein Dämon, einem riesigen Keiler nicht unähnlich, über die Steppe auf ihn zu galoppiert und verhielt knapp vor ihm in einer Staubwolke.

Halrid Falkon war stehengeblieben, aber keinen Schritt gewichen. Ungerührt wartete er, bis der Staub sich gelegt hatte, und schnippte dann einzelne Flöckchen von seiner Kleidung und dem Umhang.

»Du weißt, dass du unerwünscht bist?«, fragte der Dämon mit tiefer, leicht grunzender Stimme und senkte den Kopf, um seine gewaltigen Hauer deutlich zu präsentieren.

»Ja«, antwortete der Zauberer, »doch es kümmert mich nicht.«

»Du kannst nicht weitergehen!«

»Ich kann. Und ich werde.«

»Sobald ich den Befehl gebe, werden sie sich auf dich stürzen und in Stücke reißen.«

»Sobald du das tust, verwandle ich dich in eine Fliege und die Angreifer in Frösche.«

Der Keiler musterte ihn aus kleinen, rotfunkelnden Augen. »Du nimmst den Mund ganz schön voll.«

»Deiner wird noch viel voller sein, wenn ich dir deine Hauer herausreiße und sie dir hineinstopfe.« Der Annatai lächelte fast sanft, aber seine Miene war finster und drohend. »Falls dann immer noch Platz ist, reiße ich dir auch noch deine beachtlichen Glocken aus und werfe sie hinterher. Dann presse ich dein Maul zusammen und lasse dich schön darauf herumkauen.«

Der Keiler scharrte heftig mit einem Vorderbein; statt der Schweineklauen besaß er vier starke, krallenbewehrte Zehen, von denen jeweils zwei zusammengewachsen waren. Gestein und Erdbrocken flogen davon, bald war eine Grube entstanden. Geifer troff aus den Mundwinkeln, und er näherte seinen riesigen Schädel dem Zauberer, der sich von dem gesamten Gebaren völlig unbeeindruckt zeigte.

»Sag mir, wann ich anfangen soll.« Langsam streckte Halrid Falkon eine Hand aus, der Zeigefinger zielte auf einen der sechs Hauerzähne.

»Schon gut!« Der Dämon schüttelte den Schädel, dass der Speichel mehrere Mannslängen weit spritzte und zischend Löcher in den Boden brannte. Er drehte sich zur Seite. »Spring auf meinen Rücken. Ich bringe dich zum Herrscher.«

»Warum nicht gleich so?« Halrid Falkon schwang sich geschmeidig hinauf.

Der Herrscher des Dämonenlandes residierte in dem gewaltigen Höhlendom inmitten eines Vulkans, in der Nähe der Magmakammer. Halrid Falkon empfand es wie immer als nahezu unerträglich heiß, aber er würde sich nicht lange aufhalten.

Menschen könnten es an diesem Ort nur für wenige Atemzüge aushalten, und nicht nur wegen der Hitze, sondern vor allem wegen der dunstigen, schweren Luft, die voller Giftgase war.

Auf dem schwarzen Thron mit der schwindelerregend hohen Rückenlehne aus den Stacheln eines Titanen erwartete ihn Fashirh, der Rote Dämon. Ein monströses Wesen mit gewaltigen Hörnern und den zu aufrechtem Gang fähigen Hinterbeinen eines Stieres. Dampf quoll aus seiner breiten, flachen Nase, seine Zähne waren lang und spitz. Sein dünner Spitzbart bestand nicht aus Haaren, sondern aus Haut und sehr beweglichen Sehnen, die zumeist seine Stimmung ausdrückten.

Er war alt geworden, sehr alt. Seine einstmals leuchtend rote Haut war verblasst und von mattem Grau überzogen. Die mächtigen Muskeln hatten sich zurückgebildet, und die Rippen stachen durch seinen Brustkorb.

Doch seine Stimme klang unvermindert tief grollend, und

auch seine Augen glühten ungebrochen eiskalt. »Habe ich dir nicht deutlich genug gemacht, dass wir nicht verhandeln werden?«

»Das muss ich überhört haben«, erwiderte Halrid Falkon. »Ich bin jetzt hier.«

»Du kommst vergeblich. Nur der alten Zeiten wegen habe ich dich überhaupt vorgelassen.«

»Fashirh. Woher diese Abneigung? Wir waren nie Feinde.«

»Aber auch keine Freunde.« Kleine Flämmchen schlugen aus seinen Nüstern.

Halrid hob die Hand und hielt Zeigefinger und Daumenkuppe dicht übereinander. »Kann es sein, dass du ein paar klitzekleine Vorurteile gegen Annatai hast?«

»Habe ich nicht«, erklärte der Dämonenherrscher entschieden. »Sondern ein paar große! Wie nahezu jeder in diesem Universum. Dämonen, Götter, Unsterbliche, selbst Menschen. Zwei Annatai auf einer Welt sind mindestens einer zu viel.«

»Eben das möchte ich ändern.«

»Dann tu's! Und ich werde dich um Vergebung wegen meiner Vorurteile bitten, bevor ich dich hinauswerfe.«

»Ich schaffe es aber nicht ohne Hilfe. Und du hast uns schon einmal unterstützt.« Der Zauberer spielte auf den Tabernakelkrieg an, in dem Fashirh eine bedeutende Rolle gespielt und zuletzt an der Seite des jungen Königs gekämpft hatte.

»Komm mir nicht damit! Das war genug getan.«

»Aber tatest du es damals nicht genau aus dem Grund, um zu verhindern, dass Tar'meso jemals Anspruch auf Waldsee erhebt? Dieser Plan ist nicht aufgegangen – er steht vor unserer Tür!«

»Und genau deswegen werde ich mich hüten, etwas zu unternehmen! Meine Welt Xhy blutete, nachdem er mit ihr fertig war, und das bis zum heutigen Tage. Ich kann nicht gegen ihn bestehen! Und keiner der hiesigen Dämonen. Das kann nur ein Annatai – und der bist *du* von uns beiden.«

Halrid Falkon hob seine schwarzen Brauen. »Du hast also Angst vor ihm?«

»Eine Scheißangst!«, schnaubte der Dämonenherrscher. »Ich war damals dabei und habe nicht vergessen. Ich bin alt, vielleicht schon zu alt, aber deswegen noch lange kein Narr.«

»Doch, das bist du«, erwiderte Halrid langsam. »Denn er will hier vollenden, was er auf Xhy begonnen hat.«

»Das Dämonenland wird bestehen bleiben. Zwei Schläge haben uns nichts ausgemacht, und wir werden mehr überstehen. Diesmal sind wir nicht sein Ziel. Wir halten uns deshalb heraus, damit es auch so bleibt!«

»Nun gut. Das respektiere ich«, lenkte der Zauberer scheinbar ein. »Bist du wenigstens bereit, mir die eine oder andere Frage zu beantworten? Um der alten Zeiten willen?«

»Um der alten Zeiten willen – na schön.«

»Was ich nicht verstehe: Warum hat Tar'meso seinen weltlichen Körper aufgegeben?«

Der Rote Dämon legte den Kopf leicht schief. »Wie kommst du darauf?«

»Willst du mich für dumm verkaufen?« Halrid Falkon verlor langsam die Geduld. »Das sieht man doch, wenn man nach oben schaut!«, fauchte er. »Und die Götter können oder wollen ihn nicht angreifen. Ich bin ebenfalls kein Narr, alter Dämon!«

Fashirh zuckte die Achseln. »Unser damaliger Herrscher Nachtfeuer hat einst einen schweren Fehler begangen. Nur wegen seiner dummen Rachegelüste steht heute alles auf dem Spiel! Xhy wird das nicht heilen, und Nachtfeuer hat nichts mehr von seinem Triumph, weil er schon lange gestorben ist.«

»Du meinst, Nachtfeuers erfolgreiche Rache gab den Ausschlag zur Veränderung?«

»Tar'meso hat dadurch die weltliche Bindung verloren, ja.«

»Was ist geschehen?«, fragte Halrid konsterniert.

»Das spielt keine Rolle mehr«, wich Fashirh aus. »Und es geht dich auch nichts an, das ist Dämonensache. Aber ich will dir einen Rat geben: Anstatt hier dumme Fragen zu stellen, solltest du dich vielmehr auf dein Erbe besinnen! Dann könntest du die Welt vielleicht sogar retten. Die Finsternis ist gar nicht so schlecht, das siehst du an mir oder Nachtfeuer. Du musst nicht unbedingt fallen, wenn du dich der Dunkelheit in dir ergibst. Und ich kann dir ansehen, wie schlecht es dir geht, welche Schmerzen sie dir inzwischen bereitet.«

Halrid lächelte schwermütig. »So einfach ist das nicht. Ich bleibe besser gebunden.«

»Du begehst einen großen Fehler.«

»Mag sein, aber das geht in diesem Fall *dich* nichts an.« Halrid hob die Arme in einer resignierten Geste. »Ich kann also wirklich nicht auf deine Unterstützung zählen?«

Fashirhs Bartfäden verschränkten sich ineinander. »Nein. Mir genügt die Niederlage auf Xhy, und damals war ich jung und stark. Ich halte mich so fern von Tar'meso wie nur irgend möglich und beschütze mein Volk.«

»Und falls er siegt und deine Unterwerfung fordert?«

»Dann werde ich das tun, wenn ich mein Volk damit retten kann. So einfach ist das. Ich bin immer noch Angehöriger der Finsternis.«

»Du kannst dein Volk nicht retten, wenn Waldsee zerstört wird!«, rief Halrid Falkon. »Und ich spreche nicht davon, dass die vier Reiche in Schutt und Asche gelegt werden und abgesehen vom Dämonenland kein Leben mehr existiert. Ich spreche von einer *vollständigen Auslöschung*. Bis Waldsee unter dem Druck zerbirst, zu tausenden Bruchstücken, und als Welt vernichtet ist auf immer! Und nie mehr zusammengefügt werden kann, so wie einst der Perlmond. Erenatars Geschenk an Lúvenor wäre dahin, und keiner hat es verhindert, weil eure Angst euch alle lähmt!«

Fashirhs Bartfäden verknoteten sich beunruhigt. »Das … wird er nicht tun«, erwiderte er langsam.

Halrid Falkon hatte genug. Er schrie den Herrscher an, hätte ihm am liebsten die Wahrheit mit einem weißglühenden Hammer in den Schädel geklopft, nein, gedroschen. »Genau *das* hat er vor! Er hat es selbst seinem Anker gegenüber zugegeben!«

Fashirh zögerte. »Dann gehen wir eben woandershin.«

Die tiefe Stimme des Annatai donnerte daraufhin so voller Zorn durch die Halle, dass der eine oder andere Stalaktit hoch oben sich löste und herabstürzte. »*Es wird kein Anderswo mehr geben, denn Waldsee ist die letzte Bastion vor der Schlafenden Schlange! Wenn Waldsee fällt, ist es aus!*«

Der Zauberer stand kurz davor, verrückt zu werden angesichts dieser Mauer aus Ignoranz, gegen die er wiederholt anrannte. Das Zögern der Götter, die Angst der Dämonen. Und allen gemeinsam der Unglauben seinen Offenbarungen gegenüber. Er verstand nun Tar'mesos Strategie immer besser, sein vor langer Zeit erworbener Ruf unterstützte ihn und machte alles leichter.

Ja, das Verhalten der anderen war teilweise nachvollziehbar – und dennoch falsch. Ein tödlicher, nie wieder rückgängig zu machender Fehler. Alle wollten in ihrer Verzweiflung das unausweichliche Ende nicht wahrhaben und klammerten sich daran, dass das Universum nahezu unendlich war und es immer noch unentdeckte schlummernde Welten gab. Nur, sobald die Schlafende Schlange endgültig erwachte – und der Donnerschlag und die Erschütterung des Gefüges bei Waldsees Untergang würden unweigerlich dafür sorgen –, gab es bald kein Universum mehr. *Nur noch das Nichts!*

Halrid Falkon hatte auf dem weiten Weg von Ishgalad zum Dämonenland genug Zeit zum Nachdenken gehabt und war immer wieder zu demselben Schluss gekommen, egal von welcher Seite er es betrachtete. Es ging um viel mehr als um Waldsee – die Welt war zum Spielball geworden, der exakt zum richtigen Zeitpunkt ins richtige Ziel geworfen wurde, ohne aufgehalten werden zu können. Und wenn das geschah, gab es niemanden mehr zwischen Tar'meso und der Schlafenden Schlange. Und das konnte nur eines bedeuten: Der Schwarze Annatai hatte noch einen Trumpf in der Hand, der das endgültige Erwachen verhinderte. Dafür aber *ihm* alle Macht gab!

Niemand hörte dem Zauberer zu, kein einziger Gott, nicht einmal Fylang. Hatar Stygan wollte es nicht wahrhaben, weil er sich seine eigene kleine Wunschwelt zusammenbaute und zäh an ihr festhielt. Er hatte es nie geschafft, die Größe, die ihn umgab, zu erkennen. Trotz des gewaltigen Erbes in ihm, das ihm zumindest Wissen vermitteln sollte, auch wenn er es nicht vollständig nutzen konnte.

Abgesehen vom Stern der Götter. Der Dreh- und Angelpunkt, der über Waldsees Schicksal entschied. Wie schon einmal.

Aber das durfte Fashirh nicht erfahren. Auch der Zauberer hatte seine Geheimnisse, und dieses hatte er bis zu Hatar Stygans Auftreten sogar noch vor sich selbst gehütet.

Halrid Falkon rieb sich den Schweiß aus dem Gesicht, allmählich setzte ihm die Hitze zu. Die von giftigen Dämpfen verpestete Luft ertrug er gut, Annatai konnten auch durch die extrem dünne und sehr kalte Atmosphäre des Universums reisen; für sie gab es nur wenige Grenzen, die sie in Lebensgefahr bringen konnten. Das bedeutete aber nicht, dass sie manches nicht als extrem unangenehm empfanden oder davon sogar außer Gefecht gesetzt werden konnten.

»Halrid«, sagte der Dämonenherrscher fast bedauernd. »Ich verstehe dich ja. Und im Grunde habe ich nichts gegen dich, du bist ein guter Hüter. Aber ich *kann* in diesem Fall nichts für dich tun. Das ist eine Sache unter euch Annatai.«

»Ich werde bald ein Hüter ohne Welt sein.« Der Zauberer gab es auf. Es hatte keinen Sinn. Nun fiel ihm nur noch eines ein - die allerletzte Hoffnung. »So erfülle mir wenigstens eine Bitte. Ich weiß, dass du das als Herrscher kannst. Rede mit *ihr*.«

»Wie bitte? Bist du verrückt?« Jetzt verlor die Haut des Dämons sämtliche Farbe.

»Du sollst sie nicht um etwas bitten oder verhandeln, sondern ihr nur etwas ausrichten. Von mir.«

»Warum sagst du es ihr nicht selbst?«

»Fashirh!«

Der Dämon klappte den Mund zu und starrte den Zauberer an. Endlich schien etwas zu ihm durchzudringen.

Halrid Falkon setzte fort. »Sag ihr: Ich werde hier unten

kämpfen und die Welt beschützen. Das kann ich. Aber ich kann nicht gleichzeitig in den Sphären kämpfen. Und ich fürchte, die Götter sind nicht mächtig genug gegen den Schwarzen Annatai *und* seinen Flammenthron. Sag ihr, einst hat sie mich um einen Gefallen gebeten - nun bitte ich sie um Ausgleich. Um Erhaltung dieser Welt willen, und in Gedenken an Xhy, damit sich das niemals wiederholt oder noch schlimmer wird. In Gedenken an Rowarn Perlmond, das Dämonenblut, der uns den Siebenstern brachte: Ihren Enkel, mag er auch längst dahingegangen sein.«

»Sie wird nicht mit mir reden«, meinte Fashirh unglücklich.

»Du warst Nachtfeuers Freund und bist sein Nachfolger. *Natürlich* wird sie das. Sie wird dir vielleicht nicht erscheinen, aber sie wird dich hören. Und dich *anhören,* sobald sie erfährt, dass die Nachricht von mir kommt.« Das war zumindest seine letzte Chance, dass ihm wenigstens die Hohe Frau zuhörte, wenn es sonst schon keiner tat.

»Und dann habe ich Ruhe vor dir?«

»Für immer. Versprochen.«

»Das klingt so endgültig. Du hast nicht etwa vor, zu sterben?«

Halrid Falkon lächelte wehmütig. »Die Chancen, diesen Kampf zu überleben, stehen nicht sonderlich gut. Doch das mag nicht dein Problem sein.«

Fashirh dachte nach. Dann nickte er. »Also schön, ich werde es tun, um der alten Zeiten willen. Ich fürchte jedoch, dass ich keinen Erfolg haben werde.«

»Dann haben wir es wenigstens versucht, und nur darauf kommt es an. Ich danke dir. Leb wohl.« Der Annatai verneigte sich vor dem Dämonenherrscher.

»Leb wohl und in Frieden, Halrid Falkon.«

Der Keiler brachte den Zauberer auf dieselbe rasante Weise zurück - bis zur Grenze, wo Fylang geduldig wartete.

»Alles in Ordnung?«, fragte der Drache.

»Selbstverständlich.«
»Mhm. Soso. Und wohin jetzt?«
»Wohin wohl? Nach Hause. Nach Erytrien!«

Als das Schiff die hohe See erreichte, wurde es endlich leichter für Eírtiti, denn sie kehrte in die Welt zurück. Hatar Stygan hatte seinen Plan bis ins Kleinste durchdacht – das Schiff hatte wie von ihm beauftragt am Pier gewartet und sofort abgelegt, sobald die drei Pferde und die Passagiere verladen waren.

Hagan Tar wurde schon kurz nach dem Ablegen seekrank. Sein ganzes Leben lang hatte er sich nie auf dem Wasser befunden, war nie tiefer als bis zu den Knöcheln hineingegangen, und dieses stetige Schaukeln und Wiegen, die Bodenlosigkeit, der fehlende Halt waren zu viel für ihn.

Hatar Stygan, der sich wieder verhüllt hatte, amüsierte sich über den jämmerlichen Zustand dieses harten und gnadenlosen Mannes.

»Ich bin General, nicht Admiral«, würgte Hagan Tar einmal in einer kurzen Pause hervor. »Ich wünschte, ich wäre zu Hause geblieben.«

»Wenn du das wirklich willst, lasse ich dich zurückbringen«, meinte sein Herr. »Ich werde mit der Hüterin allein fertig.«

»Wie kannst du das nur glauben!«, protestierte Hagan Tar. »Dass ich es mir wünsche, heißt nicht, dass ich dich im Stich lasse. Ich habe dir Treue geschworen, und dabei bleibt es. Du brauchst meinen starken Waffenarm. Und in Ishgalad ist momentan nichts zu holen für mich. Das gehe ich an, sobald wir zurückkehren. Diese Zeit habe ich!«

Eine Welle schlug gegen den Rumpf, das Schiff fuhr einen Wellenberg hinauf und glitt dann seitlich daran hinunter. Dabei krängte es, und Hagan Tar rannte zurück zur Reling.

Die Mannschaft stellte keine Fragen und verrichtete schweigend die Arbeit. Auch der Kapitän, der zugleich der Steuermann war, zeigte keinerlei Neugier in Bezug auf die Passagiere.

Das war allerdings kein Wunder. Hatar Stygan hatte ihm und den Matrosen eine Abwandlung des Schattentrunks verabreicht, sodass sie absolut gefügig waren, aber nicht in den Handlungen eingeschränkt. Das Schiff sicher zu manövrieren, oblag weiterhin der Mannschaft.

Der Kurs war gesetzt, wenngleich noch nicht genau. Erytrien lag im Osten, zwischen Valia und Ishgalad, was einer sehr großen Fläche an Möglichkeiten über ihre Lage entsprach, und Seekarten existierten nicht. Doch Hatar Stygan konnte seine Geburtsstätte bereits von hier aus spüren, es zog ihn unwiderstehlich dorthin. Die letzten Kurskorrekturen würde er daher selbst vornehmen und die wundersame Insel zielsicher finden.

Man hatte eine große Kajüte für ihn vorbereitet, doch die nahm er gar nicht in Anspruch. Er richtete sich an Deck wohnlich ein, gleich unterhalb des Ruders. Das Wetter war trocken und warm, das Licht trüb, damit fühlte er sich wohl. Von hier aus konnte er die Mannschaft am besten steuern und ihr in erträglichem Maße Energie entziehen. Die Auseinandersetzung mit seinem Vater hatte ihn eine Menge Kraft gekostet, obwohl sie noch nicht einmal gekämpft hatten. Das nächste Mal würde das anders sein. Er zweifelte nicht daran, dass Halrid Falkon sofort zum Angriff überging, sobald er auf der Insel eintraf.

Hatar Stygan genoss es, seinen Vater in einen so tiefen Konflikt zu stürzen. Er hatte den Stern der Götter einst abgelehnt und in den Abgrund geworfen. Wie würde er nun darauf reagieren, sobald er geborgen war? Vor allem das Dunkle in ihm? Er hatte sich kaum mehr unter Kontrolle, das hatte Hagan Tar ganz richtig beobachtet.

Besser noch als sein Tod wäre daher der Sturz des Annatai, des famosen Hüters von Waldsee. Unendliche Qualen sollte er erleiden in dem Bewusstsein, den Untergang der

Freiheit der Welt verantworten zu müssen und fortan der Finsternis zu dienen.

Wie er seinen Vater zu Fall brachte, war keine Frage. Eírtitis Tod würde das bewirken, denn es würde ihm nicht nur das Herz brechen, sondern ihm auch die Kontrolle über die Dunkelheit in sich nehmen. Er würde sich wandeln und zu dem werden, was er immer verhindern wollte.

Gewiss, Waldsee würde dabei noch schwerere Schäden erleiden. Doch das konnte alles gerichtet werden, und zum Besseren. Hatar Stygan hatte schon einige Vorstellungen, wie er die Welt nach seinem Willen neu gestaltete. Mit dem Stern der Götter stellte das kein Problem dar, das Artefakt war genau dafür geeignet.

Glorreiche Zeiten erwarteten ihn, sobald Waldsee zu Tar'mesos Bastion geworden war. Seine lange Geduld würde endlich belohnt.

Hatar Stygan richtete den Blick auf den Kabinenjungen. »Bring die Frau zu mir«, befahl er. Hagan Tar war nirgends mehr zu sehen. Wahrscheinlich lag er auf dem Bett in der Kabine und wünschte sich, tot zu sein. Nun, er musste sich auf eine längere Seereise einstellen, es dauerte schon Tage, bis sie die Grenze erreichten. Es dürfte jetzt kein Problem mehr sein, darüberzusegeln. Und dann würde sich alles verändern, je näher sie Erytrien kamen. Der Duft der Seebrise, die Farbe des Wassers, selbst der Wellengang. Für Hatar Stygan würde es wie eine Offenbarung sein.

Der Kabinenjunge brachte Eírtiti. Sie sah zerbrechlich aus, gezeichnet von der Gefangenschaft in Dunkelheit und den Entbehrungen. Doch Hatar Stygan ließ sich davon nicht täuschen. Er wusste, welches Feuer in ihr brannte und um ihre wahre Stärke. Auch ihr Körper konnte weitaus mehr ertragen und besaß mehr Kraft, als es den Anschein hatte.

»Löse die Fesseln, und dann bring reichlich zu essen und zu trinken.«

Eírtiti blinzelte, als ihr die Augenbinde abgenommen wurde, doch ihre einzigartigen, braungrün gemaserten Augen schienen sich schnell an die ungewohnte Helligkeit und die klare Sicht zu gewöhnen. Sie richtete den Blick auf ihn, während sie ihre von den Fesseln befreiten Handgelenke rieb.

»Wieder verhüllt?«

»Es macht einen besseren Eindruck auf die Umgebung«, erwiderte er.

»Ich glaube, deiner beeinflussten Mannschaft ist es egal. Ich sehe dich ohnehin, wie du bist, ob du dich nun tarnst oder nicht.«

»Und das macht dir nichts aus? Selbst mein Vater stand kurz davor, sich zu übergeben.«

Sie schüttelte den Kopf, ein seltsames Lächeln auf den Lippen. »Du bist ein Teil von Waldsee. Ich mache keine Unterschiede. Aber der Knabe könnte dauerhaften Schaden erleiden.«

Der Kabinenjunge brachte zusammen mit dem Smutje zwei Tabletts, reich beladen mit Tellern voller Genüsse. Im Augenblick war alles noch frisch und musste verzehrt werden, bei längerem Fortgang der Reise würde man auf Eingelagertes zurückgreifen müssen. Doch es war ausreichend vorgesorgt, dass sie bis Erytrien nicht anlegen mussten.

»Greif zu«, forderte Hatar Stygan seine Gefangene auf. »Es ist nichts vergiftet.«

»Mir kann kein Gift von Waldsee etwas anhaben«, erwiderte sie gelassen. »Auch dein Schattentrunk nicht.«

Das hatte er bereits herausgefunden, denn er hätte sie Halrid Falkon gern als willenlose Schattentrinkerin präsentiert, aber das Gift hatte keinerlei Wirkung erzielt. Und sie kam schnell wieder zu Kräften, das musste er zugeben. Ihr Selbstbewusstsein hatte sie jedenfalls zurück. »Du kannst dich übrigens an Deck frei bewegen, solange wir auf hoher See sind.«

»Hast du keine Sorge, dass ich mich ins Meer stürzen werde?«, fragte sie, während sie sich einen Teller belud und langsam zu essen anfing. Ab und zu trank sie mit Wasser vermischten Wein.

»Nein, so dumm bist du nicht«, antwortete er. »Wenn du deinen Mann wiedersehen willst, musst du nach Erytrien.«

»Und was verlangst du von mir?«

»Verlangen ist so ein hartes Wort. Ich möchte gern, dass du mich zum Stern der Götter führst. Sobald ich ihn habe, bist du frei.«

Sie schüttelte den Kopf. »Ich war nie auf Erytrien. Und Halrid spricht nie über seine alte Heimat. Damit kann ich dir nicht dienen.«

Hatar Stygan lachte rau. »Du stammst von den Unsterblichen dort ab. Denk nicht, ich wüsste nicht Bescheid, wer die Fyrgar sind. Das Erbe in dir wird dich führen. Umso mehr, weil du die Hüterin bist. Du bist zudem ein Artefakt, das ein so mächtiges Artefakt wie den Stern der Götter problemlos aufspüren kann. Artefakte sind alle eng miteinander verbunden. Bis auf den BAUM!«

Eírtiti schwieg. Ihre Augen glitzerten kurz feucht, als sie hochsah, dann widmete sie sich wieder dem Essen. »Du wirst dafür büßen, den Wyvern umgebracht zu haben. Und sag nicht, du wärst es nicht gewesen – du bist die Ursache, dass es möglich wurde.«

»Und vergiss nicht den Titanen«, höhnte er.

»Wie könnte ich«, flüsterte sie erstickt. Sie blickte zu ihm. »Zwei unersetzliche Artefakte, die Teil des Herzschlags von Waldsee waren, sind vernichtet. Erzähle mir nicht, dass du *mich* am Leben lässt, nachdem du dein Ziel erreicht hast.«

»Ich wollte dir nicht gleich die ganze Hoffnung nehmen«, erwiderte Hatar Stygan spöttisch. »Aber ja, ich weiß natürlich, dass du die Seele Waldsees verkörperst. Ich glaube allerdings, dein Tod wird Waldsee gar nicht so viel ausmachen. Schließlich bist du erst wenige Jahrhunderte auf der Welt. Vorher ging es doch auch ganz gut ohne dich.«

»*Jetzt* bin ich es, die Waldsees Herzschlag in sich trägt. Ich bin durch das Feuer gegangen und das hat alles geändert. Wenn du mich umbringst, sind die Folgen unabsehbar. Und auf keinen Fall werden sie gut sein.«

»Das macht nichts, da Waldsee ohnehin zur Bastion umgewandelt wird, zum Bollwerk gegen die Schlafende Schlange. Von hier aus wird Tar'meso die endgültige Eroberung antreten. Der Traum wird sich so sehr wandeln, dass das Erwachen abgewendet wird. Das ist großartig, nicht wahr? Fast bedauerlich, dass du es nicht mehr erleben wirst.«

Sie lächelte milde. »Du auch nicht.«

»Aber ich habe bis dahin einen großen Beitrag geleistet und das bekommen, was mir zusteht«, erwiderte er. »Und ich bin langlebig. Wie dem auch sei. Du wirst tun, was ich von dir verlange. Vielleicht lasse ich dich ja doch am Leben, wer weiß. Ich habe mich noch nicht endgültig entschieden.«

»Und … Halrid?«

»Der überlebt in jedem Fall. Nur nicht als der, den du kennst. Das ist eine viel bessere Rache als sein Tod.«

Sie stellte den leeren Teller zurück. »Darf ich mich ein wenig bewegen? Ich war so lange im Kerker.«

»Ich sagte es bereits. Du hast auch eine eigene Kabine. Du sollst dich wohlfühlen, denn schließlich brauche ich dich bei Kräften. Und da ich deinen Willen nicht brechen muss, um dich zu benutzen, verschwende ich auch keine Energie darauf. Genieße diese Zeit, es ist die letzte freie und unbeschwerte deines Lebens.«

Eírtiti wanderte vom Heck zum Bug und zurück. Es tat gut, ihren Körper zu spüren, Tageslicht zu sehen, auch wenn es so fahl und traurig war. Endlich war sie wieder mit der Welt verbunden, wenngleich noch wie durch einen Schleier. Das würde sich bald geben, ihre Kräfte würden schnell zurückkehren.

Sie stellte sich an die Reling und stützte sich ab, hielt das Gesicht gegen den Wind und genoss die frische, salzige Brise und die Feuchtigkeit, die sie mit sich brachte, auf der Haut. In der Ferne tummelte sich eine Walschule, als wäre die Welt immer noch friedlich und geschützt.

Eírtiti blickte nach unten; das Wasser war klar und blau, und sie sah silbrige Fischschwärme unter der Oberfläche dahinziehen. Versuchsweise streckte sie eine Hand aus. Schon verspürte sie unsichtbaren Widerstand und lachte leise. Natürlich würde Hatar Stygan kein Risiko eingehen, er hatte das Schiff mit einem Bann umgeben. Sie könnte gar nicht von Bord springen.

Aber das hatte sie tatsächlich nicht vor, Flucht wäre der völlig falsche Weg. Sie musste bei Hatar Stygan bleiben und den richtigen Moment abpassen, sich gegen ihn zu stellen, damit der Zauberer zuschlagen konnte.

Sehnsüchtig glitt ihr Blick Richtung Westen. Halrid und Fylang waren nicht mehr in Ishgalad, das konnte sie spüren. Sie waren weit entfernt. Wenn sie es nur bleiben würden! Aber natürlich würden sie beide nach Erytrien kommen, nichts könnte sie daran hindern. Sicherlich wusste Halrid bereits, was Hatar Stygan vorhatte und wollte es verhindern.

Ich vermisse dich so sehr, mein Geliebter.

Unwillkürlich erinnerte sie sich an ihre erste Begegnung, damals im Freien Haus; sie hatte gerade einmal laufen gelernt. Doch sie hatte den Zauberer erkannt und ihn nie vergessen, er hatte sich sofort in ihr Herz geprägt. Ihr Vater hatte ihr später erzählt, dass sie nach der gemeinsamen Ankunft in Farnheim und Halrids raschem Abschied eine Woche lang geweint und seinen Namen gerufen habe. Als sie heranwuchs, daran konnte sie sich ab einem gewissen Alter erinnern, hatte es kaum einen Tag gegeben, an dem sie nicht an Halrid gedacht hätte, wenngleich noch ohne zu wissen, wer er war – es war mehr eine diffuse Sehnsucht gewesen, als würde ihr etwas fehlen. Und dann, zur Feier ihres zwanzigsten Geburtstags, war er gekommen, zusammen mit Fylang, und ihr von da an nie mehr von der Seite gewichen. Nach dem Ende des Schattenwebers und dem Tod ihres Vaters waren sie zu dritt auf Reisen gegangen, und Eírtiti erfuhr, was es bedeutete, wenn ein Annatai sein Herz gab.

Ihre Beziehung hatte sich langsam und vorsichtig aufgebaut, denn sie war noch so jung gewesen damals und Halrid wollte nichts überstürzen, vor allem nicht, was das Körperliche betraf. Er hielt sie viel in seinen Armen, ab und zu küsste er sie auch, doch es hatte drei Jahre gedauert, bevor sie endlich zum ersten Mal miteinander geschlafen hatten.

Eine Träne stahl sich aus einem Auge. Die Sehnsucht wurde immer stärker, ihr Herz verkrampfte sich. Seit Jahrhunderten waren sie keinen Tag getrennt gewesen und sie konnte sich ein Leben ohne ihn nicht vorstellen. Genauso wie er hatte sie ihr Herz gegeben, das galt für immer. Sie liebte und begehrte ihn, er war ihr Partner in allem. Durch sie war er nicht mehr ganz so finster, scherzte ab und zu und lachte sogar heiter, und diese Momente schätzte sie am meisten.

Von der Dunkelheit in ihm wusste sie schon lange. Fast seit Anbeginn, um genau zu sein, seit sie durch das Feuer gegangen war. Halrid konnte jedem etwas vormachen, nicht aber ihr, der Allumfassenden. Sie hatte ihn nie direkt darauf angesprochen, weil er es als eines seiner vielen Geheimnisse bewahrte, ohne zu ahnen, dass es für sie keine waren. Aber sie hatte ihn gebeten, nicht zu viel in sich zu vergraben, und vor allem Fylang reinen Wein einzuschenken. Sie fand, der Drache habe das nicht verdient. Natürlich hatte er nicht auf sie gehört.

Dass Hatar Stygan Halrids Sohn war, hatte sie zutiefst schockiert, denn tatsächlich hatte Halrid das nicht als Geheimnis mit sich herumgetragen – die Erinnerung daran war so tief in ihm vergraben, dass er nie daran dachte. Sie hatte es erkannt, als Hatar Stygan sie auf dem Turm gezwungen hatte, den Tod des Donnervogels zu beobachten. Der Mächtige konnte sich in noch so viel Nebel hüllen, sie sah ihn genau so, wie er war. Und sie konnte in ihn hineinblicken wie in jeden, und auf dem Turm hatte sie die Gelegenheit dazu gehabt. Es musste auf Erytrien geschehen sein, wahrscheinlich noch vor der Erweckung von Halrids Seele, weswegen es nie offenbar geworden war. Bis zu dem Moment, da Eírtiti Hatar Stygan *erkannt* hatte.

Als Hagan Tar sie aus dem Verlies geholt hatte, hatte er nicht nur ihre Augen verbunden, sondern auch ihre Ohren versiegelt. Sie hatte weder hören noch sehen können, aber sie hatte *gespürt*, dass Halrid da war. Sie wollte ihm in Gedanken zurufen, dass er gehen solle, doch Hatar Stygan hatte sie blockiert. So hatte sie hilflos alles mit sich machen lassen müssen, zunächst ohne zu wissen, wie diese Begegnung ausgegangen war. Doch sie war sicher, Halrid wusste inzwischen, wer Hatar Stygan war. Und sicherlich hatte es ihn auch sehr viel gekostet, so wie sie.

Diese Momente auf dem Turm hatten ihr alle Kräfte und fast den Lebenswillen geraubt. Der Tod des Titanen, die Vernichtung Farnheims, wo sie ihre glückliche Kindheit verbracht hatte, und … Hatar Stygans Geheimnis.

Bis zu dem Moment, da dieser junge Magier aus Iskundar in ihre Zelle gestolpert war, war jeglicher Funke in ihr erloschen gewesen.

Doch er war wie ein strahlender Stern in der Finsternis erschienen, das Erbe des BAUMS in ihm. Diese Verbindung, dieser Trost hatte sie sofort aufgerichtet und ihren Kampfeswillen geweckt. Sie hatte gerade genug Kräfte gesammelt, um ihn zu schützen, als Hagan Tar hinzustieß und ihn niederschlug. Der General war sich wahrscheinlich gar nicht bewusst, dass er den jungen Magier am Leben gelassen hatte. Wenigstens einen hatte sie retten können.

Und nun … durfte sie nicht erneut verzagen. Ihre Kraftlosigkeit hatte natürlich auch daran gelegen, dass sie so lange von dem Herzschlag der Welt abgeschnitten gewesen war. Jetzt aber war sie zurück und würde alles daransetzen, ein gutes Ende zu finden.

Vor allem für Halrid.

Ich glaube an dich, mein finsterer Zauberer. Du bist ein Teil von mir, und ich lasse dich nicht los. Ich lasse dich niemals los. Glaube du daran und zweifle nicht an dir. Wir werden das beenden.

Eírtiti wollte sich gerade auf den Weg zu ihrer Kabine machen, da hörte sie ein Geräusch. Ein sehr jämmerliches, zittriges Geräusch, und sie entdeckte Hagan Tar, über die Reling gebeugt, wie er sich wieder und wieder übergab, obwohl nichts mehr aus ihm herauskommen konnte.

Sie ging zu ihm und legte ihre Hand auf seine heiße, schweißbedeckte Stirn. Suchend sah sie sich um, bis sie den Schiffsjungen entdeckte. »Kleiner! Komm her.«

Er gehorchte flink; als einziger von der Mannschaft war er nicht von Hatar Stygan beeinflusst. Ein zehnjähriges, mageres Bürschlein, das auch ohne Magie alles tat, was von ihm verlangt wurde.

Hagan Tar seufzte und richtete sich auf, die Berührung schien ihm gut zu tun. Eírtiti wechselte zur kühleren Hand.

»Sag, gibt es auch Heilkräuter an Bord?«, fragte sie den Jungen.

»Ja«, antwortete er und zählte eifrig auf, bis Eírtiti ihn unterbrach.

»Sehr gut. Nun hör gut zu. Aus den folgenden Kräutern bereitest du einen Tee, den du dem General bringst.« Sie nannte ihm die Zutaten und fragte am Ende: »Hast du verstanden?«

»Sofort! Sogleich!«, rief der Junge und sauste auf nackten Füßen davon.

Eírtiti zog die Hand von der Stirn des Generals zurück und wandte sich ihm zu. »Den ersten Aufguss trinkst du sofort und auf einen Zug, ohne abzusetzen«, sagte sie. »Dann gehst du zu Bett und trinkst dort in langsamen Schlucken den zweiten Aufguss. Du wirst anschließend schlafen, und morgen sollte es dir sehr viel besser gehen.«

»Warum tust du das?«, fragte der General verständnislos.

Sie lächelte mitleidig. »Mich dauert jedes Leid, Hagan Tar. Du bist Teil dieser Welt. Ich bin die Allumfassende.«

Sie spürte seinen Blick, wie er ihr nachsah, als sie sich nun endgültig auf den Weg zu ihrer eigenen Kabine machte. Sie war müde und brauchte Schlaf. Ja, vor allem würde sie in ihrer Einsamkeit heiße Tränen ins Kissen weinen, doch auch das trug letztendlich nur dazu bei, sie stärker zu machen.

Wir sehen uns wieder, mein Halrid.

Kapitel 10

Die Hügel der Schneeäpfel

Eírtiti verbrachte die Tage damit, ihre Kräfte aufzubauen und Hatar Stygan zu studieren. Sie war sich bewusst, dass er sie nicht minder beobachtete, und bemühte sich, keinerlei Gefühle zu zeigen.

Es war ihre erste Herausforderung seit dem Tod ihres Vaters. Die letzten Jahrhunderte waren friedlich verlaufen. Ein paar Streitereien innerhalb eines Fürstentums oder einer Baronie gab es immer, das war kein Grund für die Hüter, einzuschreiten. Manchmal waren sie in einer besonders verfahrenen Situation gerufen worden und hatten sich um Schlichtung bemüht. Doch die meiste Zeit waren sie durch die Lande gereist und hatten Wunder beobachtet wie etwa die bunte Algenblüte eines Sees, die nachts ein besonderes Farbenfeuer bot, wenn leuchtende Fische hindurchschwammen. Oder das einzigartige Werbungsritual der Tanzenden Kasis. Die Sternlichternacht der Funkenkäfer … und so vieles mehr. Sie hatten Alte Völker besucht und manchen Sterbenden begleitet.

Die Gefahr war mit dem Sturm völlig unerwartet hereingebrochen. Gewiss, Halrid Falkon hatte mehr als einmal deutlich gemacht, dass sie sich trotz des Siebensterns nicht zu sehr in Sicherheit wiegen dürften. Doch selbst er war überrascht worden von der Plötzlichkeit des Angriffs, ohne jegliche Vorzeichen oder Warnungen.

Und dann ihre schnelle Gefangennahme, mitten aus dem Freien Haus heraus. Es war an der Zeit, dass sie den Kampf aufnahm. Nun, da sie nicht mehr von der Welt getrennt war, kam sie rasch zu Kräften. Und einen besseren Gefallen, als sie nach Erytrien zu bringen, konnte Hatar Stygan ihr gar nicht tun. Er erhoffte von ihr den Weg zum Stern der Götter, weil eine verdorbene schwarze Seele wie er dieses Artefakt niemals finden und sehen könnte. Doch er bedachte dabei nicht, dass Eírtiti ihm nicht mehr so ausgeliefert war wie in der Isolation von Ishgalad.

Es stimmte, die Fyrgar gehörten zu dem Volk der Unsterblichen von Erytrien. Jahrhundertelange Kriege hatten die Insel einst mit Tod und Vernichtung überzogen. Es waren nicht nur die Menschen gewesen, die gegeneinander kämpften, sondern auch die Druiden und die Unsterblichen hatten eine gewaltige Schlacht um Macht und Magie ausgetragen, in deren Verlauf Shyll, der Hässliche Gott, selbst eingegriffen hatte und die Unsterblichen zum ewigen Schlaf in die Hügel der Schneeäpfel verbannte. Doch ein Teil des Volkes hatte sich vorher bereits abgespalten und die Insel verlassen – es ließ sich in den Höhenlagen des Wolkenreiters in Luvgar nieder und nannte sich fortan Fyrgar, *das Feuer, das auf den Felsen wohnt*.

Und nun kehrte das Volk mit ihr zurück. Nach ihrem Gang durch das Feuer und der Vollendung hatte der Geist der Goldenen Insel Erytrien sie durchdrungen, die Erinnerung an das einstmals vereinte Volk wurde ihr gegeben.

Eírtiti hatte sich darauf vorbereitet, dass alle Artefakte eines Tages erwachten und ihrer Bestimmung zugeführt würden. Ihr war nicht nur durch Halrids Warnungen bewusst, dass Waldsee ihre Neutralität eines Tages ablegen und sich entscheiden musste.

Der Schattenweber hatte bereits versucht, den Siebenstern zu zerstören. Und nun war es sein Sohn, der alles unternahm, um Waldsee zu seiner Bastion zu machen. Mit der Hilfe von Halrids Sohn. Welche Ironie …

Eírtiti hätte sich gern mit Hatar Stygan darüber unterhalten, aber das wäre zwecklos. Er verfolgte seinen Plan und vor allem seine Rache. Seit Jahrtausenden hatte er an nichts anderem gearbeitet, er würde jetzt nicht mehr darüber nachdenken oder gar Zweifel bekommen. Deshalb war es besser zu schweigen, denn am Ende brachte sie ihn nur auf unliebsame Gedanken, wie er noch mehr Erfolg haben könnte.

Oder eine Vereitelung seiner Pläne verhindern, wenn sie ein einziges unbedachtes Wort äußerte.

So verbrachten sie die Zeit, sich gegenseitig zu belauern. Ab und zu wandte Eírtiti sich Hagan Tar zu, dem es besserging. Allerdings litt er unter Heimweh, er hatte Ishgalad schließlich noch nie verlassen und war von der Entscheidung seines Herrn völlig überrascht worden. Hier draußen auf See, ohne Begrenzung ringsum, ohne festen Boden unter den Füßen, fühlte er sich unsicher. Das Volk von Ishgalad hatte er einschätzen können, aber er wusste nicht, was nun auf ihn zukam.

Sachte regten sich Zweifel in ihm, ob er die versprochene Belohnung erhalten würde, und Eírtiti würde genau daran anknüpfen. Sie merkte, dass er anfing, sie mit anderen Augen zu betrachten. Ihre Barmherzigkeit, als er so schwer von Übelkeit geplagt gewesen war, hatte etwas tief in ihm berührt, und das wollte sie weiter ausbauen. Das würde dazu führen, dass er in seiner Wachsamkeit nachließ – und sie könnte fliehen.

Sie spürte es, als sie die Grenze hinter sich ließen. Die Welt öffnete sich ihr vollends, das Wasser änderte die Farbe, die Luft schmeckte sofort ganz anders. Mächtige Seevögel mit langen weißen Schwingen kreisten über dem Meer, stießen plötzlich herab und stiegen wieder empor, einen zappelnden Fisch im Schnabel. Riesige Pflüger mit langen Schaufelhörnern durchbrachen die Oberfläche, drehten die mächtigen schlanken Körper, schlugen mit den Flossen und donnerten in gewaltigen Fontänen und sich auftürmenden Wellen wieder zurück.

Hier draußen hatte Hatar Stygan keinen weitreichenden Einfluss mehr.

Tar'meso allerdings schon. Die Tage blieben unvermindert düster, nachts ertönte ein Kreischen und Hämmern. Der Schatten vor der Sonne wurde immer größer. Eírtiti hegte Sorge wegen des dritten Schlages. Jeden Moment war damit zu rechnen. Und was dann?

Unternahmen die Götter denn gar nichts? Das konnte sie am wenigsten verstehen. Dort oben in den Sphären waren sie nicht an die weltlichen Regeln gebunden. Vielleicht waren sie unschlüssig oder hatten gar Angst? Hoffentlich redete Halrid mit ihnen, überzeugte sie, einzugreifen!

Die junge Frau lehnte sich über die Reling, soweit es Hatar Stygans Bann zuließ, und schaute träumend auf das Wasser. Allmählich empfand sie sehnsuchtsvolle Erwartung, Halrids Geburtsort zu sehen. Das Schiff glitt rasch dahin, die Segel waren gebläht, die See ruhig. Hatar Stygan gab den Kurs Richtung Nordwesten vor, er schien seine Heimat intensiv zu spüren und zu wissen, wo sie lag. Laut Auskunft des Kapitäns würden sie Erytrien in wenigen Tagen erreichen.

Eírtiti blinzelte, als sie eine Bewegung knapp unter der Oberfläche wahrnahm. Kein Fisch. Gewiss, es lebten neben den Fischen eine Menge Kreaturen in der Umschließenden See, doch sie mieden zumeist Schiffe, da sie nicht wissen konnten, ob diese mit Harpunen bewaffnet waren.

Nein, es war auch kein Ungeheuer oder sonst ein bizarres Wesen, sondern schlank und schnell, groß wie ein Mensch und …

Ein Kopf kam kurz aus dem Wasser, tiefblaue Augen zwinkerten ihr zu, dann tauchte das Wesen wieder ab. Vier weitere schlossen zu ihm auf.

Eírtitis Herz begann zu rasen. *Nauraka!*

Sie war dem sagenhaften Volk nur einmal kurz begegnet, kannte es hauptsächlich aus den Erzählungen, vor allem von ihrer Ziehmutter Alrydis, deren Vater Rowarn Perlmond gewesen war, der Letzte der Nauraka, die das Meer verließen. Alrydis war die Mutter von Zwillingen, entstanden in einer einzigen leidenschaftlichen Nacht mit dem Tragischen Prinzen Erenwin, dessen großes Opfer und Märtyrertod selbst an Land bekanntgeworden waren. Sie hatte ihre Kinder ans Meer zurückgegeben, da sie das Landleben nicht ertrugen. Und als Eírtiti und ihr Vater zusammen mit Halrid und Fylang Farnheim verließen, war auch Alrydis endlich ans Meer gegangen. Die Fyrgar erinnerte sich, als wäre es gestern gewesen, an die prachtvollen, bunten Gewänder und die Schönheit dieser grazilen, stolzen Geschöpfe, die sie auf einem Korallenriff erwartet hatten.

Eírtiti lächelte verstohlen und wagte eine zaghafte Geste des Grußes. Ihr Mund formte die Silben deutlich, die sie wisperte. »Erytrien.« Sie zeigte voraus, ihre Hände zeichneten eine kleine Insel. »Erytrien.«

Eine Hand hob sich aus dem Wasser, winkte, dann waren die Nauraka verschwunden.

Eírtiti konnte ihre Tränen kaum mehr zurückhalten.

Jetzt wissen sie, wo ich bin. Ich bin nicht mehr allein. Ich bin nicht mehr allein!

Mitten in der Nacht brach der Sturm über sie herein. Die Wellen schlugen meterhoch gegen den Rumpf, das Schiff kämpfte sich Schaumberge hoch und wieder hinunter. Brecher schlugen über ihm zusammen und durchnässten alles, bis ins Unterdeck. Es schaukelte und krängte mehrmals bedenklich, bis kurz vor dem Umkippen. Einige Matrosen wurden so sehr davon überrascht, dass sie kurzerhand mit der ersten Welle über Bord gespült wurden und in den Fluten verschwanden. Die anderen konnten sich rechtzeitig anleinen. Dennoch war es nicht leicht, sich zu halten und ausreichend Atemluft zu bekommen, so dicht und schwer war der wie ein Wasserfall herabströmende Regen. Dazu kam ein Wind, der nicht nur die Gischt, sondern auch den Regen geballt ins Gesicht und gegen den Körper schlug.

Es war so finster, dass nur dann etwas erkennbar war, wenn ein greller Blitz herabfuhr. Donner folgte auf Donner, die dicken Blitzstränge verästelten sich weit übers Meer und schlugen rings um das Schiff ein, brachten das Wasser zum Glühen.

Die Wellen türmten sich und schienen gegeneinander zu kämpfen, indem sie sich aneinander brachen und im grellen Licht des Blitzgewitters schaurige Formen bildeten.

Seeungeheuer wurden aus den Tiefen emporgehoben und

kämpften brüllend gegen die Gewalten. Einige trafen Blitze, und mit dem nächsten Windstoß wehte der Gestank nach verschmortem Fleisch und Fett herüber.

Eírtiti versuchte ihre Kabine zu verlassen. »Der Junge!«, brüllte sie gegen das Inferno an. »Wo ist der Junge?« Sie wollte ihn zu sich nehmen; hier oben im Heck, gleich neben der Kapitänskajüte, waren sie vergleichsweise sicher.

Da entdeckte sie ihn, er versuchte sich zu ihr durchzukämpfen, und nicht weit entfernt Hagan Tar, der ebenfalls auf dem Weg zu ihr war.

»Schnell!«, schrie sie aus Leibeskräften. »Nimm ihn!«

Er hätte nur die Hand ausstrecken müssen. Das Kind ruderte mit den Armen, reckte sich nach dem General, als es über das Deck rutschte. Eine Welle schlug herein, verfehlte Hagan Tar nur knapp. Als das Wasser sich wieder zurückzog, war der Schiffsjunge fort.

»*Nein!*«, stieß Eírtiti hervor. »Dieses Kind hat niemandem etwas getan! Warum hast du es nicht gerettet?«

»Es war nicht wichtig«, erwiderte Hagan Tar und hielt sich an der Tür fest. »Der Befehl lautet, auf dich zu achten, und das werde ich tun! Mit meinem Leben werde ich dich schützen, wenn es sein muss, denn das schulde ich dir.«

»Du schuldest mir gar nichts, aber dem Kind sein Leben!«, gab sie zurück. »Und ich benötige keinen Schutz, dieses Unwetter kann mir nichts anhaben!«

Um ihre Worte zu bekräftigen, stieß sie den General beiseite und stellte sich mitten in den nächsten Brecher hinein. Hagan Tar war nun derjenige, der aufschrie, doch nachdem die Woge abgeflossen war, stand sie immer noch da, von einem Schimmer umgeben.

»Du wirst es nie verstehen, oder? Ich bin die Allumfassende, die Seele Waldsees! Das hier ist ein natürliches Unwetter – niemals könnte mir dabei etwas geschehen!«

Hagan Tar sah sich um. »Herr!«, rief er. »Wo bist du?«

Das Deck war inzwischen leergefegt. Wer es nicht ins Unterdeck geschafft hatte, war über Bord gegangen. Gerissene Leinen schwangen in den Fluten hin und her.

»Hier oben, Dummkopf«, erscholl die heisere, leise Stimme, die selbst vom Sturm nicht übertönt werden konnte.

Eírtiti entdeckte Hatar Stygan als dunkel wallenden Nebel oben am Ruder, wo er seelenruhig dabei war, das Schiff auf Kurs zu halten und am Kentern zu hindern.

Dann gab es einen so scharfen Ruck, dass Eírtiti das Gleichgewicht verlor und über das nasse Deck schlitterte, als das Schiff sich ächzend und stöhnend zur Seite neigte. Es war auf Grund gelaufen, der Rumpf aufgerissen, in den nun ungehindert das Wasser strömte. Durch die Überbelastung wurden Deckplanken kreischend auseinandergerissen, die driftende Bewegung setzte sich fort, und der Bug zerbrach schließlich splitternd und Gischt sprühend, der hintere Teil des Schiffes kippte steil nach unten.

Eírtiti drohte über Bord zu gehen und konnte sich gerade noch mit einer Hand an einem Bruchstück der Reling festhalten. Wellen schlugen nach ihren baumelnden Beinen; Hatar Stygans Bann war erloschen.

Ein mächtiger, greller Blitz schoss über den Himmel und erleuchtete die Szenerie in harten Schlaglichtern. »Land!«, brüllte Eírtiti. Es war keine Untiefe, auf die das Schiff aufgelaufen war, sondern der Uferbereich – vermutlich einer Insel.

»Erytrien!«, bestätigte Hatar Stygan triumphierend. »Durch den Sturm sind wir schneller als erwartet angekommen!«

Eírtiti löste die Finger und ließ sich ins Wasser fallen. Die Wellen waren hier immer noch aufgebracht, aber bei weitem nicht mehr so hoch wie draußen. Mit einem kräftigen Schubs wurde sie ans Ufer getragen und sprang nach vorn, als das Wasser sich zurückzog und sie mitzunehmen drohte. Sie spürte weichen Sand unter den Füßen und den Händen, als sie vornüberfiel. Auf allen vieren kroch sie hinauf, über eine von harten Gräsern bewachsene Böschung und noch ein Stück weiter, bis der Strand begann. Dort ließ sie sich einfach fallen, drehte sich keuchend auf den Rücken und rührte sich nicht mehr.

Der Regen ließ nach, weiter draußen auf See tobte das Unwetter, doch an der Küste war es bereits vorübergezogen.

Eírtiti schloss die Augen und ergab sich der Erschöpfung.

Sie spürte das Licht der Morgendämmerung nahen, auch wenn es nur noch eine trübe Erinnerung war. Eírtiti schlug die Augen auf. Sie lag an derselben Stelle im Sand, der inzwischen trocknete. Der Sturm war vorüber, der Tag brach wolkenlos an. Blieb nur zu hoffen, dass der Schatten auf der Sonne nicht größer geworden war.

Die Fyrgar rappelte sich auf und sah sich um. Vor ihr im Wasser lag das Wrack des auf Grund gelaufenen Schiffes. Die Küste entlang erstreckte sich Strand, soweit ihr Blick reichte. Und hinter ihr …

Grüne Hügel, Nussbäume, und weit entfernt Bergkämme, über die sich gerade die Sonne erhob. Eírtiti konnte es fühlen. Es war tatsächlich Erytrien, Heimstätte ihrer Vorfahren, Geburtsort ihres Ehemannes. Die Insel strotzte nur so vor magischer Energie, und das lag nicht allein am Stern der Götter. Auch ihn konnte sie spüren, er war vielleicht eine Tagesreise entfernt. Hatar Stygan hatte genau gewusst, wo er an Land gehen musste.

»Genug geglotzt?«

Sie erkannte die Stimme, von der sie gehofft hatte, sie nie wieder hören zu müssen. Niemand sonst schien überlebt zu haben.

Der General hockte nicht weit von ihr entfernt im Sand und flocht ein paar Gräser. Er musste sie die ganze Zeit beobachtet haben, auch während ihres Schlafes.

»Wo ist dein Herr?«

Er wies mit dem Kopf hinter sich. »Unterwegs zu diesem Ding. Er trug mir auf, dich zu töten, weil er dich nicht mehr brauchen würde.«

»Aber wie ist das möglich … er kann ihn doch nicht sehen …«, entfuhr es ihr.

»Er hat irgendeinen Hokuspokus mit dir veranstaltet. Ich

konnte nicht sehen, was es war, aber ich hatte das Gefühl, als zöge er einen weißblauen Faden aus dir.«

Eírtiti schrie auf und griff sich an den Kopf. »Nein!« Sie lauschte in sich hinein und beruhigte sich wieder. Deshalb hatte sie es nicht gleich beim Aufwachen bemerkt. Hatar Stygan hatte nur eine Winzigkeit gestohlen, einen einzigen Seelenatemhauch. Doch er genügte, um ihm den Weg zu weisen, denn ein Artefakt erkannte stets das andere und fand es, wo auch immer es verborgen sein mochte. Genau dieser winzige Faden würde es ihm ermöglichen, den Stern der Götter zu sehen – und wahrscheinlich auch zu bergen, aufgrund seines Erbes. Mehr hatte er klugerweise nicht zu nehmen gewagt, damit er am Ende nicht von der Macht des Hauchs beeinflusst wurde. Eírtiti war nicht in der Lage zu zaubern oder sonstige Magie zu wirken, aber sie war eine Mächtige und Hüterin. Sie konnte Hatar Stygan bis zu einer gewissen Grenze aufhalten – indem sie die Finsternis seiner Seele lähmte.

Ein geschickter Schachzug, bis zu diesem Moment zu warten, während sie in tiefem Schlummer lag, der ihr die Kräfte zurückgab. Sie hatte sich nicht zur Wehr setzen können und er hatte leichtes Spiel gehabt.

Dennoch verstand sie eines nicht.

»Warum hat er mich nicht getötet?«, fragte sie den General. »Nun, da ich nicht mehr von Nutzen bin. Weshalb erteilt er dir den Auftrag, was er leicht hätte selbst erledigen können? Und vor allem, wollte er mit meinem Tod nicht Rache an Halrid Falkon üben?«

»Zu viele Fragen«, schmetterte Hagan Tar sie ab. »Hatar Stygan hat seine Gründe, dessen bin ich sicher.«

Aber damit wollte Eírtiti sich nicht zufriedengeben. »Das ergibt keinen Sinn. Oder doch …« Sie fühlte, wie ihr Gesicht kalt wurde. Natürlich, Hatar Stygan wollte Distanz zu ihr und seinem Ziel bereits möglichst nahe sein, bevor sie starb. Halrid würde ihren Tod spüren. Wahrscheinlich würde er sofort einen rächenden Zauber wirken, der in dem Fall Hagan Tar traf. Und dann würde Halrid in eine tiefe Krise stürzen, die ihm die Kräfte raubte. Befand er sich gerade im Drachenflug auf dem Weg nach Erytrien, konnte das bedeuten, dass er von Fylang stürzte, wenn nicht sogar mit dem Drachen zusammen. Hinein ins Meer und versunken, auf immer. Und der Weg wäre frei.

Keine Hüter mehr, den Stern der Götter bald in Händen, das Portal geöffnet, und Hatar Stygan empfing die Krone als Herrscher der Welt. Spielerisch und ohne großen Aufwand.

Er ist das abgrundtief Böse, voller Niedertracht und Bosheit, seine Seele ist noch schwärzer als das Universum da draußen. Ich hoffe, er wird sein verdientes Ende finden und ausgetilgt werden, so gründlich, dass es nie wieder eine Geschichte über ihn geben wird.

»Was sollst du anschließend tun, nachdem ich tot bin?«, fragte sie Hagan Tar.

»Ich werde ihm folgen und ihn beschützen, während er das Ding birgt.«

»Und dann wirst du Fürst von Ishgalad.«

»Richtig. Sobald das hier erledigt ist, segle ich mit dem nächsten Schiff dorthin zurück. Jetzt, da die Grenzen offen sind, werden die Seeleute den Weg wohl finden.« Er stand auf und zog sein Messer.

»Ah, das Schwert bin ich dir nicht wert?«, meinte sie spöttisch.

»Wirst du dich besonders wehren?«

»Muss ich das denn?«

Verblüfft blieb er stehen. »Wie meinst du das?«

»Ganz einfach. Du hast nicht vor, mich zu töten«, antwortete sie. »Du hättest es sonst längst getan. Während ich geschlafen habe und Hatar Stygan schon unterwegs war, hast du überprüft, ob mein Schutz vor dir noch besteht. Das tat er nicht, da ich im Heilschlaf lag, weswegen ja auch dein Herr an mich herankam. Du hättest all das tun können, was du dir immer ausgemalt hast, bevor du mich umbringst. Stattdessen hast du mich nur beobachtet, bis ich aufgewacht bin.«

Hagan Tar zögerte. Dann steckte er das Messer in den Gürtel zurück. »Alles hat sich geändert«, murmelte er. »Diese Seefahrt … hat meine Welt völlig auf den Kopf gestellt. Und dein Verhalten. Vor allem mir gegenüber. Du bist so anders … barmherzig … gütig … ohne Vorbehalte. Egal was dir widerfahren ist, du zeigst keinen Hass. Und … du hast keine Angst.«

»Du hast entdeckt, was Liebe ist«, sagte sie sanft. »Oder zumindest das, was du dafür hältst. Man nennt es Gefühle.«

»Besteht Hoffnung?«, fragte Hagan Tar unsicher. Er schien tatsächlich völlig verwandelt, nichts an ihm erinnerte mehr an den eiskalten General, der aus sadistischem Vergnügen andere quälte. Wie Eírtiti gesagt hatte: Auch er war ein Teil von Waldsee. Er hatte entdeckt, dass es eine größere Welt hinter der Grenze Ishgalads gab. »Dein Mann und dieser Drache werden den Kampf nicht überleben. Du wirst keine Hüterin mehr sein. Was wirst du dann tun?«

»Diesmal stellst du zu viele Fragen. Du solltest deinem Herrn gehorchen, wie du es immer getan hast. Tar'meso verlangt meinen Tod. Denkst du, er wird Milde walten lassen, wenn ich mit dir gehe? Denn darum willst du mich doch fragen, oder?«

»Ich will dich behalten. Du sollst mir mehr zeigen. Wenn du keine Macht mehr hast und meine Gefangene bist, wird ihn das nicht weiter interessieren. Und ich werde dich beschützen. Die Magier von Ishgalad gehören jetzt mir, sie werden einen Weg finden, dich zu verbergen.«

Eírtiti überlegte. »Ja, das wäre ein Weg.«

»Dann … kommst du mit? Wenn wir jetzt gleich aufbrechen und nach einem Hafen suchen mit einem Schiff, das uns fortbringt?«

Sie lächelte. »Ob gefangen oder nicht, ich will leben.« Dann öffnete sie die Arme. »Lass es uns besiegeln.«

Hagan Tar wirkte verwirrt, doch er kam langsam näher. »Glaube aber nicht, dass du an mein Messer oder das Schwert gelangen kannst«, sagte er misstrauisch. »Ich werde aufpassen.«

»Nichts liegt mir ferner, ich bin keine Kriegerin wie meine

Eltern. Und ich möchte dies auch nicht tun, aber es gibt Regeln und Gesetze, anders kann ich nicht mit dir gehen, denn wenn du mich zwingst, wirst du nichts gewinnen. Es muss mit einer Umarmung besiegelt werden.«

Hagan Tar schien hin- und hergerissen zu sein, doch letztendlich wagte er es – seine größte Herausforderung, sich ohne Gewalt in die Arme einer Frau zu begeben. Eírtiti nahm an, dass er auf diese Weise Vergebung erhalten wollte, nachdem er angefangen hatte, über sein Leben nachzudenken und manches in Frage zu stellen. Und sicher war auch der Zweifel an seinem Herrn weiter gewachsen, nachdem Hatar Stygan ihn kurzerhand hier zurückgelassen hatte.

»Jedenfalls ist es bewundernswert, wie sehr Hatar Stygan dir vertraut«, fuhr sie fort. »Du hast eine ganz besondere Stellung bei ihm, die du sicherlich behalten kannst, wenn das Portal endlich geöffnet ist und Waldsee euch gehört, als Verwalter für Tar'meso.«

Hagan Tar blieb stehen. »Du hast recht. Ich sollte nicht diesen Verrat an ihm üben. Doch ich bin ein freier Mann und werde selbst entscheiden, wann ich dich töte. Und jetzt will ich es nicht.«

Er war nun nahe genug. Eírtiti legte die Arme um ihn und ihren Kopf an seine Brust. »Das hätte ich gar nicht von dir gedacht. Dafür hast du eine Belohnung verdient. Ich werde mich dir nun öffnen … ganz und gar.«

Hagan Tar schien das zu beunruhigen, denn er wollte sich aus ihrer Umarmung lösen – vergeblich. Eírtiti war von zierlicher Gestalt, doch stärker als jeder Mensch. Sie verfügte über eine ungeheure körperliche Kraft, ein Erbe ihrer Eltern. Sie hielt ihn fest, presste ihn an sich.

Und dann ließ sie das innere Feuer heraus.

Hagan Tar schrie, als er Feuer fing. In seiner Angst entwickelte er doppelte Kräfte, doch Eírtiti ließ ihn nicht mehr los. Ihr Feuer umhüllte sie beide, blaue und rote Flammen, und sie hielt ihn fest, bis sein Geschrei erstarb, bis auch sein Wimmern erlosch, so wie sein Leben.

Am Ende sank ein völlig verkohlter Leichnam zu Boden, der schließlich zu Asche zerfiel. Nichts blieb übrig, selbst die Waffen waren verbrannt. Eírtiti kniete nieder und schob die Asche zu einem Haufen zusammen.

»Um all deiner Opfer willen«, flüsterte sie. »Der arme Schiffsjunge soll dein letztes gewesen sein. Der alte Mann hat es dir gesagt. Ich bin dein Schicksal. Ja, ich weiß davon, denn ich habe dich auf dem Schiff im Schlaf beobachtet, du hast gemurmelt und geschrien, weil deine Seele auseinanderbrach. Meine Barmherzigkeit hat sie vernichtet. Nun kehrst du zurück in den Kreislauf der Welt.«

Sie grub ein Loch und schob die Asche in den feuchten, kühlen Sand darunter. Anschließend zupfte sie einen Grashalm und fuhr mit dem scharfen Rand über ihre Fingerkuppe. Ein feiner Schnitt, aus dem ein kleiner Blutstropfen heraustrat. Sie ließ ihn auf die Asche fallen, dann legte sie noch ein herumliegendes Ästchen von einem der Büsche am Rand dazu und verschloss das Loch mit Sand. »Möge ein wunderschöner Baum daraus erwachsen, als Sühne für all das Blut, das du vergossen hast, für all deine Grausamkeit. Ich vergebe dir, denn ich bin die Hüterin, die Allumfassende, und selbst du bist ein Teil der Welt. Deine Seele ist vernichtet, nichts bleibt mehr von dir, wer du einst warst. Sobald ich von hier weggehe, werde ich keine Erinnerung mehr an dich haben. Deine Existenz ist gelöscht, als habe es sie nie gegeben.

Der Baum wird als Sühne ewig Früchte tragen und jedem Darbenden und Leidenden helfen. Nur so kannst du bezahlen und etwas Gutes aus deinem Bösen erwachsen.«

Eírtiti stand auf und verließ die Stätte, wanderte weiter den Strand entlang, ohne ein Ziel zu haben. Müdigkeit legte sich schwer über sie. Mit dem Feuer hatte sie sämtliche gerade zurückgewonnenen Kräfte aufgebraucht, doch das war es wert gewesen. Ihr Plan, den sie seit ihrer Gefangennahme gegen Hagan Tar geschmiedet hatte, war aufgegangen. Noch ein paar Schritte mehr, und es war, als habe er nie gelebt. Das war gut so.

Die junge Fyrgar blinzelte und sah sich erstaunt um. Für einen Moment hatte sie alles vergessen, selbst wo sie war, doch jetzt konnte sie einen Gedanken festhalten: sie musste Hatar Stygan aufhalten. Niemals durfte er den Stern der Götter in seine Hände bekommen. Halrid hatte das Artefakt damals aus gutem Grund in den Abgrund geworfen.

Mein Geliebter, wo bist du jetzt? Ich weiß, du wirst alles daransetzen, hierher zu kommen. Ich hoffe natürlich, du wirst es nicht tun. Aber du hast keine Wahl. All die Jahrtausende über bist du niemals wieder hier gewesen, du hast nicht einmal darüber gesprochen. Und nun musst du dich deinem Sohn stellen, der von hier stammt. Nie hast du davon erzählt, und ich konnte es nicht spüren, weil du die Erinnerung daran verbannt hattest, vor dir selbst. Welch ein Schock muss es für dich gewesen sein, als du ihn erkanntest.

Doch letztendlich holt uns unsere Vergangenheit immer ein, nicht wahr? Deshalb musst auch du dorthin zurück, wo alles begann.

Ich vermag mir nicht auszumalen, welches Leid du damals durchlebt hast und was es für dich bedeuten mag, am Ende der Welt zu deinem Ursprung zurückzukehren.

Eírtiti seufzte. Dann sank sie ohnmächtig zu Boden.

Ein Stupsen weckte sie. Eírtiti öffnete die Lider und blickte in zwei leuchtende grüne Augen in einem weißen Wolfsgesicht. Die schwarze, nasskalte Wolfsnase hatte sie berührt, sie spürte es jetzt noch auf der Wange.

Langsam setzte sie sich auf und rieb sich die Stirn. »Bin ich auf Erytrien? Meine Erinnerungen sind verschwommen … ich glaube, wir haben Schiffbruch erlitten …«

Sie blickte den Wolf an. Eine grünäugige weiße Wölfin.

Du … du bist der Geist!, erkannte sie. *Der gute Geist von Erytrien.*

Deine Verwandte, antwortete die Wölfin.

Du bist diejenige, die dem Bann entkommen ist?

Ich hatte kaum zu hoffen gewagt, dass je die Erlösung kommen wird, Schwester.

Ein Lachen stieg in Eírtiti auf. *Ja … Schwester! Das ist wunderbar. In zweifacher Hinsicht! Du bist die Mutter von Halrids Zwillingen, nicht wahr? Er erzählte mir von ihnen, wenngleich er lange vor ihrer Geburt verschwand.*

Das bin ich. Du wirst sie kennenlernen.

Die Weiße Wölfin zögerte. *Falls … du mitkommst.*

Eírtiti wusste nicht, was sie darauf antworten sollte.

Sie musste Hatar Stygan verfolgen, um ihn daran zu hindern, den Stern der Götter zu bergen. Sie musste verhindern, dass Halrid Falkon seinem Sohn entgegentrat. Sie musste Waldsee schützen, und zwar vor dem Schwarzen Annatai. All dies war ihre vordringliche Pflicht.

Wir werden dir dabei helfen, Schwester. Befreie die Unsterblichen unter den Hügeln der Schneeäpfel von ihrem Bann, und wir werden mit dir gegen Hatar Stygan ziehen.

Du … weißt, wer er ist?

Ich erkannte es zu spät. Er zog die Energie von Erytrien zusammen, um nach Ishgalad zu gelangen. Es hat lange gedauert, bis die Insel sich davon erholt hat. Und nun ist er wieder hier. Und hat noch Schlimmeres vor.

Damit war es entschieden. *Das ist mein Weg, Schwester. Denn du hast recht, ich kann nicht allein gegen Hatar Stygan kämpfen, ich bin alles andere als eine Kriegerin und Magie beherrsche ich auch nicht. Aber ich muss unbedingt verhindern, dass Halrid mit ihm zusammenstößt. Nur, wie kann ich denn das Volk erlösen?*

Ein Lachen in ihrem Inneren. *Du bist die Hüterin und die Allumfassende. Du musst überhaupt nichts tun. Sei einfach nur da!*

Und das war es, begriff Eírtiti. Sie hatte nicht nur die höchste Stufe der Fyrgar erreicht und war gewissermaßen der gute Geist von Waldsee, wie die Weiße Wölfin es von Erytrien war. Sie vereinte das Volk wieder. Sie musste an den Ursprung gelangen, und alles würde sich fügen. Der Bann löste sich einfach durch sie.

Sie stand auf und lachte nun laut. »*Das Feuer ist mein Baiku, und ich bin das Feuer*. Und ich werde das Baiku der Unsterblichen befreien, wie mein Vater das der Fyrgar!«

Sie streckte die Arme aus und begann die Wandlung, zum ersten Mal seit ihrem Gang durch das Feuer. Halrid hatte es gewusst, von Anfang an, was ihr Baiku, ihre Wahre Gestalt war. Das machte ihre Entscheidung endlich leichter, denn genau das erwartete er jetzt von ihr. Ihr wahres Baiku, die Verbindung mit ihrer *Schwester*. Die Befreiung. Nichts geschah ohne Grund, und so fügte sich alles zusammen.

Die Luft glitzerte, als Eírtiti sich verwandelte. Obwohl es für sie eine neue Erfahrung war, ging es ganz leicht. Sie hätte es immer schon tun können, hatte nur nie das Verlangen danach gehabt. Nach wenigen Herzschlägen stand sie neben der Weißen Wölfin, genauso groß wie sie, mit schwarzrotem Fell, buschigem Schwanz und braungrün gemaserten Wolfsaugen. Nun reichte ihr Blick weiter als zuvor, ihr Gehör umfasste die gesamte Insel, und sie bohrte die starken schwarzen Krallen in den Sand.

Lass uns laufen, Schwester!

Und sie jagten los.

»Ich bin so müde, Halrid.«

»Halte durch, alter Freund. Halte durch.«

»Wird Erytrien anders aussehen als damals?«

»Natürlich wird es das. Aber wir werden keine Zeit haben, das zu überprüfen. Halte direkt auf die Nussbaumküste zu, dorthin, von wo wir damals aufgebrochen sind. Es gibt nur noch ein Ziel, kein anderes. Es muss dort enden, wo es begann.«

»Ich habe Angst.«

»Es gibt keinen Grund, Angst zu haben. Das Schicksal vollendet sich. So ist das nun einmal. Du weißt schon: Regeln, Gesetze und all dieser Kram.«

»Und wirst du mir dann verzeihen?«

»Ich habe dir doch schon vor langer Zeit verziehen.«

»Es war eine wunderbare Zeit, nicht wahr?«

»Die schönste. Und Eírtiti wird es fortführen.«

»Das macht es leichter.«

»Um so vieles.«

Kurze Stille. Dann: »Wird ihm die Öffnung gelingen?«

»Tja. Nach all dem, was mir über meine Familie bekannt ist, muss ich das leider bejahen. Das ändert aber nichts daran, dass sich das Schicksal vollenden muss, wie ich vorhin sagte. Meines genauso wie seines. Das Ende naht, doch es ist offen.«

»Halrid … bitte überdenke deine Entscheidung noch einmal.«

»Nein.«

Hatar Stygan wanderte, auf seinen Stab gestützt, auf sein Ziel zu. Er war schon einmal an dieser Küste gewesen, in jungen Jahren, auf den Spuren seines Vaters. Trotz der langen Zeit war ihm noch alles vertraut. Erytrien war eine reiche und dicht besiedelte Insel, doch dieser Landstrich blieb weiterhin unberührt. Es mochte an der Ansammlung magischer Energien liegen. Kein Wunder, dass der Stern der Götter hier verborgen wurde. Niemand wäre neugierig genug, jedes Sandkorn umzudrehen, um ein Artefakt zu finden.

Die Menschen wussten ohnehin kaum noch etwas von den

alten Legenden. Der Krieg gegen den Druiden Chaqong war zwar für die Nachwelt aufgezeichnet worden, aber nur wenige lasen heutzutage in den Geschichtsbüchern. Die Burg Dûn verrottete schon seit langem, und selbst an den Drachen wollte kaum noch ein Kind glauben. Seit die Macht der Druiden gebrochen worden war, schwand die Magie aus dem Alltag der Menschen, und sie konzentrierten sich auf andere Dinge. Selbstverständlich war die Magie immer noch da – nur, sie wurde nicht mehr wahrgenommen. Übersehen. Ignoriert.

Dadurch hatte Hatar Stygan in aller Stille heranwachsen können, was Jahrhunderte gebraucht hatte. Es hatte dann noch einmal sehr lange gedauert, bis er genügend Energie in sich versammelt hatte – und in der Lage war, Magie anzuwenden. Ihm war schließlich bewusst geworden, dass Erytrien für seine Pläne und vor allem seinen Rachedurst nicht genügte. Also war er unter viel Mühen und Anstrengungen viele Jahrzehnte später nach Ishgalad gelangt, indem er eine »Lücke« gefunden hatte – und solche gab es immer –, und hatte dort im Geheimen an der Machtübernahme gearbeitet. Mit Tar'mesos Eintreffen hatten sich die Ereignisse dann überschlagen, und er hatte seinen Plan sehr viel schneller umgesetzt als ursprünglich gedacht. Das war die bisher größte Freude für ihn gewesen – die Zeit des Wartens und der Geduld war vorüber.

Das Meer schickte eine leichte Brise herein. Nach dem Sturm hatte sich alles rasch beruhigt, auch am Himmel hatte sich nichts verändert. Tar'meso wartete ab, bis Hatar Stygan den Stern der Götter geborgen hatte. Im Moment konnten sie nicht kommunizieren, denn der Anker hatte sich mit einem starken Schutz umgeben müssen, um nicht vorzeitig entdeckt zu werden.

Fehlte nur noch sein Vater, der hoffentlich genau dann eintraf, wenn er das Portal öffnete. Er sollte an seinem großen Sieg teilhaben, bevor er starb. Hatar Stygan wusste, dass er kräftemäßig derzeit noch unterlegen war, auch das war ein Grund für den Schutz um sich. Und um sicherzugehen, nicht vor dem entscheidenden Moment aufgehalten zu werden, hatte er einige magische Fallen errichtet.

Das alles war nicht mehr von Bedeutung, sobald er das Artefakt in Händen hielt. Und dann würde sich endlich alles zum Guten wenden.

Sie erreichten die Insel unbemerkt spät in der Nacht, am äußersten südlichen Rand der Nussbaumküste und am weitesten von der Höhle entfernt. Fylang landete sanft im Sand. Halrid Falkon sprang von ihm herunter und atmete tief ein. Er konnte nicht beschreiben, wie er sich jetzt fühlte. Einst hatte er geschworen, nie mehr einen Fuß auf Erytrien zu setzen. Erinnerungen an all seine Wegbegleiter stiegen in ihm hoch. Deyra. Caëtan, Felon … wie sie alle hießen. Sie hatten an ihn geglaubt, für ihn gekämpft und gelitten. Seine Jugend war von Qualen bestimmt gewesen, und später hatte er anderen ungewollt Schmerz und Tod gebracht, weil er geglaubt hatte, das Richtige zu tun. All das hatte ihn geformt und dazu befähigt, den Stern der Götter zurückzuweisen und kein Gott der Finsternis zu werden.

Nun war es sein Sohn, der diese Macht anstrebte und ihn gezwungen hatte, zurückzukehren.

»Ich empfinde Wehmut«, sagte Fylang und schüttelte seinen Kopf, die Zunge fuhr über seine Augen. Er blinzelte müde. »Und Angst.«

»Ich sagte dir bereits, es besteht kein Grund zur Furcht. Dies ist mein Kampf, nicht deiner.« Halrid rieb sich den Nacken, er war nicht minder erschöpft. Im Moment müsste ihn nur jemand leicht anstupsen, und er würde umfallen.

»Aber ich bin ihm schon so nahe … ihrem Grab …« Fylang scharrte mit einer Kralle im Sand.

So war er noch nie gewesen. Vielleicht hätten sie doch nicht herkommen sollen. Oder zumindest der Zauberer allein.

Halrid wandte sich ab. Er konnte sich nur mit Mühe bezähmen, nicht sofort loszustürmen. Doch gerade, weil er seinem eigenen Untergang näher war denn je, durfte er nichts überstürzen. Nur eine einzige Falle, in die er tappte, und es war vorbei.

Seine magischen Finger tasteten nach Eírtiti, doch er konnte sie nicht finden. Nirgends.

Aber wenn sie tot wäre … hätte er es gespürt! Das könnte ihm niemals entgehen. Wo war sie? Immer noch Hatar Stygans Geisel? Dann dürfte er ihn nicht stellen …

Er braucht sie, um den Stern zu finden. Und dann wird er sie in den Abgrund stoßen.

Angst um sie ließ sein Herz verkrampfen. Allmählich konnte er den Drachen verstehen. Das hier war … ja, das Ende. Es gab kein Entrinnen. Er fühlte sich hilflos, machtlos, als würde ihm das Heft aus der Hand genommen.

Diese verdammte Insel!

»Was tun wir jetzt?«, fragte Fylang.

»Heute Nacht können wir nichts mehr unternehmen«, antwortete Halrid. »Wir brauchen ein paar Stunden Schlaf und Erholung. Morgen solltest du nach Eírtiti suchen.«

»Und dich allein gegen deinen Sohn ziehen lassen? Ausgeschlossen.«

»Aber sie ist ungeheuer wichtig. Sie könnte der Gegenpol zum Stern der Götter sein. Vielleicht können wir die Öffnung des Portals durch sie verhindern.« *Dann kann Tar'meso sie auch nicht mehr umbringen, und Hatar Stygan werde ich daran hindern.*

»Schön. Und was macht dich so sicher, dass sie nicht bei ihm ist? Er hat dich damit immer noch in der Hand. Darauf wird er nicht verzichten.«

»Ich bin gar nicht sicher. Ich wollte dich nur aus der Schusslinie halten.«

»Vergiss das.«

Halrid seufzte. Was für eine dumme Idee, er konnte Fylang jetzt ohnehin nicht mehr schützen, dann hätte er den Drachen gar nicht erst mitnehmen dürfen. Die Daranil hätten ihn mit der *Meaglea* sicherlich hierhergebracht. Seltsam, dass er in allem, was Erytrien betraf, nur Fehler machte. »Ich muss den Rest der Nacht sämtliche Kräfte sammeln. Hatar Stygan wird auf uns vorbereitet sein.«

»Lass uns morgen planen«, entschied der Drache. »Ich bin in der Tat sehr erschöpft.« Er rollte sich zusammen und schloss die Augen. Sein tiefes Atmen zeigte an, dass er eingeschlafen war.

Halrid Falkon hatte gar nicht vor zu schlafen, er wälzte vielmehr eine Strategie nach der anderen. Das Sinnvollste wäre, Hatar Stygan abzufangen, bevor er die Höhle erreichte. Doch wie sollte er ihn finden? Nach ihm zu tasten brachte nichts, er hüllte sich in einen Schutz. Es würde kräftezehrende Stunden brauchen, um diesen zu umgehen, und dann war er vermutlich schon dort.

Also direkt zur Höhle?

Dann brauchte er Fylang doch. Obwohl er es vermeiden wollte, der Drache sollte nicht noch einmal diesen Schrecken durchstehen müssen. Aber Halrid müsste über das Meer zur Höhle gelangen, um so den Fallen zu entgehen, und das konnte er nur mit den Schwingen seines Drachen. Der Zauberer überlegte sich einen Kurs für den Anflug und nickte dann für sich, ja, so sollte es klappen. Hatar Stygan konnte nicht alles überwachen und mit Fallen belegen.

Sobald er gelandet war, würde Halrid Fylang wegschicken, um nach Eírtiti zu suchen. Oder der Drache sollte sich in der Ferne bereithalten – welchen Grund auch immer er dafür nennen würde. Hatar Stygan musste er allein gegenübertreten.

Schon regte sich das Dunkle in ihm bei diesem Gedanken. Freute sich. Füllte seinen Verstand mit Schwärze. Halrid Falkon blieb nichts anderes übrig, er musste sich in die Tiefe Ruhe begeben, und noch mehr, er musste sich in Trance versetzen, um die Finsternis wieder tief in sich zu verbannen. Und da geschah etwas Erstaunliches. Er geriet in eine Vision.

Ein Mann der Visionen war Halrid nie gewesen, und er versuchte, aus ihr herauszukommen, doch etwas ungeheuer Fremdes zwang ihn, weiter diesen Weg zu beschreiten.

Erytrien schwand um ihn, er trat in eine andere Sphäre über, und eine neue Landschaft bildete sich um ihn herum. Eine Ebene, neutral gehalten, mit nur schattenhaften Konturen, noch unbestimmt. Der Zauberer ging einige Schritte über diese Ebene, die so fremd und doch vertraut war, und hielt inne, als er jemanden auf sich zukommen sah.

Er erblickte einen Annatai, noch größer als er selbst. Schlank und sehnig, trug er schwarze Kleidung und einen Umhang, der im Wind zu flattern schien. Glattes schwarzes Haar reichte ihm bis fast zu den Hüften, und sein jugendliches, schmales Gesicht drückte durch dünne, gleichwohl scharfe Linien einen starken, unbeugsamen Willen aus.

Die Augen, diese Augen jedoch ließen Halrid bis ins tiefste Innere erschauern, selbst in der Vision. Nicht nur, dass sie schwarz waren, wie bei allen Annatai. Sie leuchteten voller Energie, voller Leben, voller Selbstbewusstsein - aber das war nur die Oberfläche. Darunter waren sie von einer lichtlosen Untiefe, die weit über jeden Abgrund hinausging. Das *Nichts* lauerte dahinter, und der Beiname *der Nichtige* benötigte angesichts dieser Augen keine weitere Erläuterung mehr.

Halrid Falkon erinnerte sich nicht, jemals etwas Entsetzlicheres geschaut zu haben.

Er neigte kurz den Kopf. »*dene ă danu tar'meso*«, sagte er auf *tain.* »Ich entbiete meinen Gruß dem Meister des Nichts.« Ein Titel und zugleich der Name - einzigartig wie dieses Wesen an sich.

»*dene ã danu halrídãĩ n fålkôn*«, antwortete der Schwarze Annatai lächelnd und vollzog eine respektvolle Geste. »Ich entbiete meinen Gruß dem ehrenwerten Halrid Falkon. Ich freue mich, dass du meiner Einladung gefolgt bist.«

»Das lag bestimmt nicht in meiner Absicht.«

»Nun, aber da du schon hier bist, können wir uns auch unterhalten.«

»Nie hätte ich erwartet, einst einem anderen Annatai zu

begegnen – und *dieses* Treffen hätte ich lieber vermieden«, bemerkte Halrid.

»Diese Ehre wird nicht jedem zuteil«, erwiderte Tar'meso. »Doch ist es in diesem Fall geboten. Du bist Hüter der Welt.« Er machte eine auffordernde Geste. »Lass uns ein wenig spazierengehen, da unterhält es sich leichter.«

Halrid kam dem Wunsch nach, nebeneinander schritten sie durch die Ebene, und sie veränderte sich dabei, gewann rasch an Konturen und Farbe. Eine weite, sanfte Hügellandschaft mit fast purpurfarbenem, grasartigem Bewuchs und Blumen in Farben, deren Bezeichnung er nicht kannte. In der Ferne wuchsen Bäume, manche gläsern und voller Harfenklang, andere besaßen Sterne statt Blättern.

»Was ist das?«, fragte der Zauberer.

»Ein Abbild der Heimat«, antwortete Tar'meso und es klang fast wehmütig. »So, wie ich sie in Erinnerung habe, vor sehr langer Zeit.«

»Hast du deshalb dieses Aussehen gewählt?«

»Passend zum Ereignis«, vernahm er die tief nachhallende Antwort, die sich über die ganze Ebene auszubreiten schien. Einige Gräser erschauerten und verdunkelten. »Ich habe meinen weltlichen Körper aufgegeben. Gleichwohl bin ich kein Gott, sondern immer noch Annatai, nur in anderer Form. Das bringt durchaus Vorteile mit sich.«

Noch nie in seinem ganzen Leben hatte Halrid derartige Furcht empfunden, nicht einmal vor seinem Vater. »Dann lebst du und bist nicht nur ein Traumgespinst, ein Echo, ein … böser Geist?« Das war Tar'mesos Vater gewesen, und er hatte als Schattenweber danach gestrebt, sich wieder zu manifestieren.

»Oh, die Gerüchte über meine diversen Tode sind zutreffend.« Tar'meso lachte kurz mit tiefer, volltönender Stimme. »Gleichwohl, ich existiere, nunmehr auf einer ähnlichen Ebene wie dein Vater, dessen Erbe du nicht annehmen wolltest. Ich hingegen habe das Erbe meines Vaters zu meiner weltlichen Zeit schon angetreten, nur leider kann ich ihm das nicht mehr mitteilen.«

»Und das ist gut so«, bekräftigte Halrid. »Lýtir hat Waldsee beinahe den Untergang gebracht. Ohne den Fyrgar Aldavinur wären wir gefallen.«

»Ich hörte von ihm. Sein Lied wird vielerorts gesungen, Waldsees Sphäre ist durchtränkt davon. Einer der Vollkommenen. Ich kann nicht gutheißen, was er getan hat, aber er verdient zumindest Respekt, dass es ihm gelang.«

Halrid wanderte eine Weile still. Auch der Schwarze Annatai schien Gedanken nachzuhängen, sein Blick war in weite Fernen gerichtet.

Schließlich hielt er es für angebracht, auf den Grund der Vision zu kommen. »Weshalb begegnen wir uns?«

»Du bist Annatai göttlichen Blutes. Du kannst nicht so werden wie ich, aber du bist ein Gott der Finsternis, wie du weißt. Ein sehr mächtiger noch dazu, mit niemandem mehr über dir außer mir.«

Ja, genau das hatte ihn damals dazu getrieben, den Stern der Götter in den Abgrund zu werfen. »Willst du mich um einen Pakt bitten?«

»Bitten? Nein. Du solltest bedenken, worauf du leichtfertig verzichtest. Als Wahrer Gott von Waldsee, einer Welt voller bedeutender Artefakte, aus ihr selbst erwachsen, könntest du erheblich dazu beitragen, das endgültige Erwachen der Schlange zu verhindern!«

Ja, nun erlebte Halrid, warum man Tar'meso auch den *Herrn der Verführung* nannte. Er war der absolute Meister darin, denn er benutzte die Wahrheit, um es dem Verführten umso schwerer zu machen. Halrid Falkon blieb stehen und wandte sich dem Schwarzen Annatai zu, der daraufhin ebenfalls verharrte. Was er zu sagen hatte, sollte Auge in Auge geschehen. »Mir genügt es, Hüter zu sein. Ich bin neutral wie die Welt, neutral wie die Annatai es sein sollten.«

Er wurde fast von den Beinen gerissen, als ihm daraufhin eine gewaltige Woge magischer Energie entgegenschlug. Er musste alle Kraft aufbringen, um sich dagegenzustemmen. Genau deswegen hasste er den Weg der Visionen – man konnte genauso verletzt werden wie in der materiellen Welt, sogar sterben. Träume waren da einfacher.

»Das bist du nicht!«, donnerte die Stimme des Nichtigen, und seine Gestalt zerfaserte jetzt zu Nebel und loderte schwarz und rot. »Du musst dich entscheiden, jetzt und hier! Kämpfe für oder gegen mich – das, und *nur* das, ist deine Wahl!«

»Ich wusste gar nicht, dass ich eine Wahl habe!«, gab sich Halrid überrascht, nachdem er wieder festen Stand hatte. »Du willst mich also wirklich als deinen Verbündeten gewinnen?«

Die Finsternis wich, und die anmutige Gestalt kehrte zurück. »Das wäre eine Konsequenz. Du hättest zumindest eine Zukunft.«

»Was wäre der Preis dafür? Meine Welt? Meine *intakte* Welt, wie du es vorhin angeboten hast?«

Der Schwarze Annatai verzog belustigt die Lippen. »Du hast es herausgefunden? Meine Anerkennung.«

So einfach war das. Er leugnete es nicht einmal. Und sein Lob schien auch noch aufrichtig, keine Verärgerung oder Überraschung.

»Ja … wenngleich ich nicht verstehe, warum.«

»Das kannst du auch nicht. Die Bedeutung dessen liegt in der Zukunft. Waldsee ist nur ein weiteres Ziel meiner Strategie. Mit dir hat das nichts zu tun.«

»Aber du willst Waldsee zerstören …«

»… und werde sie erhalten, wenn du mein Angebot annimmst. Es geht mir nur um die Energie, die kann ich auch so bekommen. Ich will lediglich vermeiden, dass ihr mir später in den Rücken fallt.«

Halrid war irritiert. »Und ich dachte, als Bastion …«

»Mein junger Bruder, die Zeit der Bastionen ist vorbei!«, sagte Tar'meso hart. »Der Ewige Krieg hat keine Bedeutung mehr, es geht nicht um Sieg oder Niederlage. Was ihr da draußen erlebt, ist der Beginn eines ganz anderen Sturms. Das Ende des Träumenden Universums naht. Der Meister der Mächte ist auf dem Weg zur Erwachenden Schlange, und darum auch ich.«

»Der Meister der Mächte … ist …?«, stammelte Halrid. Das schienen noch nicht einmal die Götter zu wissen!

»Ja. Er ist. Was ich deshalb benötige, ist Stabilität. Du kannst mir dabei helfen. Dafür schone ich deine Welt.«

»Aber Hatar Stygan …«

Tar'meso winkte ab. »Er hat seinen Zweck bereits erfüllt, ich brauche ihn nicht mehr, sobald du zustimmst. Ich werde zudem dafür sorgen, dass deine Frau am Leben bleibt. Unversehrt. Ich werde mir nur noch Waldsees restliche Energie holen, und dann können wir sofort aufbrechen.«

Verdammter Bastard. Es war ein gutes Angebot. Eines, das sein Vater keinesfalls ausschlagen würde.

Doch es änderte nichts für Halrid, er musste nicht einmal darüber nachdenken. Gerade, dass Tar'meso ihm das Angebot machte zeigte ihm, dass er niemals diesen Weg beschreiten durfte. Was er Erytrien angetan hatte, würde er dann dem Universum antun.

Und Eírtiti verlassen? Niemals.

Der Zauberer schüttelte den Kopf. »Ich bleibe, was ich bin. Und ich werde dir keinesfalls Zutritt gestatten. Erst recht nicht werde ich zulassen, dass du Waldsee vernichtest.«

»Wie willst du es verhindern?«, erwiderte der Schwarze Annatai amüsiert. »Noch ein Schlag, und die Schäden sind irreparabel. Dann braucht es nicht mehr viel, um der Welt den Todesstoß zu versetzen. Ich kann ihn gleich jetzt ausführen.« Langsam hob er die Hand.

Halrid ließ sich davon nicht beeindrucken. Oder zumindest ließ er es sich nicht anmerken. »Es gibt immer einen Weg, Tar'meso. Dein Vater wurde überwunden, und der war einer der Ersten Götter! Der Velerii Lichtsänger brachte ihn zu Fall, und ich war dabei, als Aldavinur Lýtir endgültig vernichtete.«

»In meinem Fall wird dir das nicht gelingen.«

»Dich zu vernichten? Das würde ich nie in Betracht ziehen, so vermessen bin ich nicht. Ich glaube, das kann niemand. Aber ich kann dich aufhalten. Meine Frau, Aldavinurs Tochter Eírtiti, ist die wahrhaftige Hüterin Waldsees, sie ist einzigartig, und ihr Name bedeutet ›die Allumfassende‹.«

»Sie ist gefangen und wird bald exekutiert.«

»Niemand kann das Feuer fangen, es sei denn, er ist Wasser. Davon ist dein Anker weit entfernt. Und da ist Fylang, durch dessen Adern Annataiblut fließt, und nicht zuletzt – bin da *ich*.«

»Dann hast du dich endgültig entschieden?«

»Das war nie eine Frage. Ich beschütze meine Welt vor allen Gefahren.«

»Ich behalte dann eben deinen Sohn.«

Halrid schloss kurz die Augen, fühlte den Schmerz, die Schuld und die Trauer. Sein größter Fehler kostete so viele Leben, als wäre Erytrien damals nicht schon genug gewesen. »Er kann mich nicht überwinden«, murmelte er.

»Das hat er doch schon.« Der Schwarze Annatai lächelte.

»Warum führst du diese Unterhaltung noch mit mir?«, fragte Halrid leise. »Warum tötest du mich jetzt nicht einfach?«

»Annatai töten einander nicht. Hat Gynvar dir das nicht beigebracht?«

»Kanntest … du meine Mutter?«

»Ja. Sehr stolze, faszinierende Frau, genau wie ich in der Heimat geboren. Ich habe sie umworben. Sie verließ Annata noch vor mir.«

»Deinetwegen?«

»Mhm … ich hatte einen Anteil daran, ja. Ihr sollte der Drachenthron zustehen, aber zwei machten ihn ihr streitig – einer davon war ich. Hat mir nichts gebracht, ich habe ihn auch nicht bekommen und bin ebenfalls gegangen.« Tar'meso lachte, offenbar erheitert über diese Erinnerung. »Wir geborenen Wahren Annatai sind schnell beleidigt in solcherlei Dingen.« Er hob die Hand zum Abschied. »Nun. Ich bedaure deine Entscheidung. Etwas ändern wird sie nicht.«

Seine Gestalt wuchs, sein Gesicht verdunkelte sich zur Unkenntlichkeit und nur noch die sternenlosen, gleichwohl glühenden Augen loderten aus der wachsenden Finsternis heraus. Der Umhang wehte empor, wandelte sich zu gewaltigen Flügeln. »Leb wohl, Halrid Falkon. Möge dein Vater mit dir sein, wenn ich Waldsee vernichte.«

Es wurde finster, und nur noch das Schlagen mächtiger Schwingen war zu hören.

Halrid fuhr schweißgebadet hoch. Zwang sich, seinen wilden Herzschlag zu normalisieren. Dachte nach. Ein schneller Blick zur Seite zeigte ihm, dass Fylang weiterhin tief schlummerte. Die Anstrengungen forderten ihren Tribut. Gut so, er durfte nichts davon mitbekommen. Dem Zauberer blieben noch eine, höchstens zwei Stunden bis zum Sonnenaufgang. Egal, wie er es drehte und wendete, für die Welt gab es nur noch eine einzige Chance, und dazu musste er etwas tun: Sich überwinden. Über seinen Schatten springen. Er gab sich einen Ruck, und dann tat er, was er geschworen hatte, niemals, unter welchen Umständen auch immer, zu unternehmen.

Er weckte das göttliche Erbe in sich und wandelte sich zum Roten Falken.

Mit starkem Flügelschlag flog er in den nächtlichen Himmel, den Sternen entgegen, verließ den Rand und stieg weiter in die Sphären hinauf, bis kurz vor die Außenlande. In der Ferne sah er Tar'mesos riesenhaften Schatten, der gegen den Schutzwall schlug. Tief unten bemühte sich die bleiche Sonne um Licht über die Welt. Der Siebenstern stand noch über ihm, flackernd, kurz vor dem Erlöschen. Dahinter, nahezu unendlich weit entfernt und doch zu nah, zog sich ein gewaltiges, schimmerndes Band. Die Schlafende Schlange, die zur Erwachenden Schlange geworden war, wie Tar'meso es verkündet hatte.

Halrid Falkon verwandelte sich in seine gewohnte Gestalt zurück und wartete. Nicht lange, genau wie er erhofft hatte. Auch Götter waren neugierig.

»Du überraschst mich, mein Sohn.«

Halrid wandte sich um und erblickte sich selbst. Nun ja,

beinahe. Shyll, der Goldene Widder, der Hässliche Gott, war in dieser Gestalt größer als er und weißhaarig, und er trug als Mal die gebogenen Widderhörner.

Seit der Annatai den *Stern der Götter* in den Abgrund geworfen hatte, hatten sie nicht mehr miteinander geredet. Jahrtausende waren seither vergangen.

»Ich überrasche mich selbst«, antwortete er. »Aber die Umstände erfordern es.«

»Bringt er dich in Versuchung?«

»Er hat mir ein überaus großzügiges Angebot gemacht, mich aber nicht in Versuchung gebracht.«

»Du warst schon immer sehr sturköpfig.« Der Widdergott trat einen Schritt näher. »Dann wirst du dich an unsere Seite stellen?«

»*Unsere* wie die von Lúvenor, oder *deine?*« Halrid schüttelte den Kopf. »Nein. Ich werde Annatai bleiben, ich will die Göttlichkeit nach wie vor nicht, das solltest du endlich begriffen haben. Es geschieht nur dieses eine Mal, dass ich die Macht nutze, um mit dir zu reden. Aber kämpfen werde ich als Zauberer.«

»Warum willst du dann überhaupt mit mir sprechen?«

Halrid rang mit sich. »Er ist zu stark, Vater«, flüsterte er schließlich. »Ich schaffe das nicht allein. Und auch nicht mit den wenigen Getreuen, die ich habe, so mächtig sie auch sein mögen.«

»Willst du uns erneut darum bitten, zu übernehmen?«

»Das habe ich aufgegeben, darin unterscheiden Götter und Annatai sich. Ihr sagt euch, *warum etwas riskieren, warten wir ab, bis er wieder abzieht, und bauen neu auf. Sind wir Schöpfer oder nicht?* Noch ein Grund, weswegen ich die Göttlichkeit nicht akzeptiere. Aber ich will, nein, *muss* euch aus diesem Grund *warnen*. Und vor allem dich, falls du mit dem Gedanken liebäugelst, gemeinsame Sache mit ihm zu machen. Ich weiß nicht genau, zu was er sich gewandelt hat. Jedenfalls glaube ich, er ist überhaupt keinen Gesetzen mehr unterworfen. Das Einzige, was ihn noch aufhält, ist seine jetzt noch unvollkommene Macht, die nicht vollends erwacht und gereift ist. Dafür will er die Energie Waldsees nutzen.«

»Du denkst, das wissen wir nicht?«

»Korrekt. Nicht in diesem Ausmaß.« Halrid blickte zu der finsteren Ferne. »Sobald er sich alle Energien einverleibt hat, wird er die Welt *vernichten*. Und zwar endgültig.«

»Rede keinen Unsinn, nicht Waldsee!«

»Er hat es mir gegenüber sogar zugegeben. Ich habe ihn gesehen und gesprochen«, sagte er eindringlich. »Alles, was Angmor einst über ihn erzählt hat, ist wahr. Und seither hat er sich weiterentwickelt. Er hat seinen weltlichen Körper aufgegeben, und dennoch ist er kein Gott. Er steht außerhalb von allem. Ihr könnt nicht auf althergebrachte Weise gegen ihn vorgehen, solltet ihr das jemals vorhaben, und er wird keinerlei Gnade walten lassen. Er will nicht erobern, er will keine Bastion, er will sich sattfressen und dann weiterziehen, Richtung wahres Ziel. Und so nebenbei wird er dadurch gleichzeitig Rache üben für das, was wir seinem Vater angetan haben. Glaube es oder nicht, das ist die Wahrheit!«

Shyll wirkte nachdenklich. »So haben wir das bisher wirklich nicht gesehen. Bist du sicher?«

»Alle Zeichen sprechen dafür, und nachdem er es sogar offen zugab – was, denkst du, bin ich? Und weshalb ich meinen eigenen Schwur breche?«

Shyll hob die Hand zu seinem Mal, und kurzzeitig schob sich ein anderes Gesicht über ihn, mächtige Widderhörner wölbten sich glitzernd und durchsichtig über den Kopf. »Selbst, wenn wir uns alle zusammenschließen, können wir ihn nicht vernichten … aber vielleicht überwältigen und binden.«

»Nicht einmal das gelingt euch«, widersprach Halrid, »genau wie der Schattenweber hat er den Anker auf der Welt. Er hat es zwar bisher nicht geschafft, den Schutz zu durchbrechen, aber dennoch kann er dort unten wirken, solange Hatar Stygan lebt. Der nächste Schlag steht an, wenn wir nicht vorher handeln.«

»Dann solltest du dich um deinen Sohn kümmern«, bemerkte Shyll spöttisch.

»Deinen Enkel«, gab Halrid prompt zurück.

»Die Welt muss nun büßen für das, was du getan hast.«

»Das weiß ich. Ich werde meinen Fehler korrigieren. Das schwöre ich. Aber diese Feststellungen bringen uns nicht weiter.«

»Hatar Stygan ist nicht unser vordringliches Problem. Es ist wichtiger, Tar'meso fortzutreiben, deinen Sohn müssen andere übernehmen. Auch auf Waldsee gibt es noch alte Mächte, die sich seiner annehmen können. Du aber solltest dich endlich auf dein Erbe besinnen und uns verstärken, gerade durch deine Enthüllungen!«

»*Uns?*«

»Ja. Ich will Waldsee erhalten, nicht vernichten. Was du mitteilst, ändert alles. Meine bisherige Neutralität ist hiermit aufgehoben und ich habe die Seite endgültig gewählt.«

»Ich nehme dich beim Wort«, brummte Halrid.

Shyll nickte. »Wenn wir beide unsere Macht bündeln, wenn wir alles in Lúvenor vereinen, der Schöpfer des Lebens von Waldsee ist und der Mächtigste und Älteste von uns, werden wir deine Warnung umsetzen und Tar'meso fortschleudern, vielleicht sogar bis zur Finsternis selbst.«

»Der Preis ist mir zu hoch.«

»Wie kannst du es wagen ...«

»Ihr müsst das ohne mich schaffen.« Halrid würde alles verlieren, er könnte nie wieder den Boden einer Welt betreten, ohne zu verbrennen. Er dürfte nie wieder unmittelbar in die Geschicke eingreifen. Und das Wichtigste ... »Ich werde Eírtiti nicht verlassen. Und diese Welt dort unten ist meine Heimat. Ich werde sie unmittelbar beschützen.«

»Das Fleisch ist schwach, es hungert und darbt und ist verletzlich. Wirst du dessen nicht müde?«

»Nein, denn ich habe immer noch viel zu entdecken. Und sollte ich alles gesehen haben, kann ich den Weg der Annatai beschreiten.«

»Als Gott steht dir das ganze Universum offen, Sohn. Du kannst dein eigenes Volk erschaffen, wenn nicht sogar deine eigene Welt. Du ahnst nicht, wie berauschend das ist, wie sehr es erfüllt. Als Gott kannst du so viel mehr tun … deine sterbliche Hülle hingegen ist stark begrenzt.«

»Ich weiß. Vielleicht ändere ich eines fernen Tages, wenn ich überlebe und der Traum nicht für immer vergangen, sondern neu geordnet ist, meine Meinung. Aber nicht jetzt.« Leise fügte er hinzu: »Ich werde auf meine Weise zum Schöpfer. Ich werde eine Familie gründen, Vater. Mit Eírtiti.«

»Mal abgesehen von der Missgeburt, genügen dir die Wölflinge nicht?« Shyll musterte ihn abschätzig, mit sarkastischem Lächeln.

»Ich habe sie nie gesehen, mit ihnen verbindet mich nichts, und sie sind schon lange erwachsen«, versetzte Halrid. »Es verlangt mich danach, mit Eírtiti zusammen etwas aufzubauen. Und wenn wir eines Tages genug davon haben, können wir gehen, wohin wir wollen - sie ist unsterblich wie ich. Dazu müssen wir keine Götter werden.«

»Du solltest dich nicht von einer vergänglichen Liebe verleiten lassen«, sagte Shyll ernst.

»Ich habe ihr mein Herz gegeben!«

»Und sie dir ihres? Bei den Fyrgar gilt dieses Gesetz nicht.«

»Das ändert nichts daran, dass *ich* auf ewig an sie gebunden sein werde.«

»Eírtiti ist mächtig genug, du kannst sie auch als Gott weiterhin lieben. Vielleicht will sie nicht weg von hier, sondern eines Tages zu den Fyrgar zurückkehren? In den Sphären des Wolkenreiters könnt ihr euch begegnen, oder auf jedem anderen Berg, der hoch genug ist. «

Halrid hob die Hände. »Du kannst mich nicht umstimmen.«

»Und mit diesem Egoismus besiegelst du also das Schicksal der Welt?«

»Dein Vertrauen in eure göttlichen Fähigkeiten scheint mir nicht besonders ausgeprägt zu sein«, versetzte Halrid spöttisch. Er trat dicht zu Shyll. »Verstehst du denn nicht, dass Eíriti die Einzige ist, die mich davor bewahrt, zu *fallen?*«, flüsterte er. »Wenn ich meine Weltlichkeit jetzt aufgebe, ist es vorbei, dann werde ich mich nicht mit euch verbünden, sondern das Heer der Finsternis anführen. Dazu wird er mich zwingen, und niemand kann ihn daran hindern. Ich kann mich nicht vor ihm schützen und mich ihm erst recht nicht entgegenstellen. Auf der Welt unten hingegen bin ich dazu in der Lage, ich schöpfe aus ihren Energien und bleibe Annatai. Ich kann dort seinem Einfluss nicht erliegen. Aber hier oben? Du hast ihn nicht erlebt …«

Damit entfernte er sich wieder. »Ich habe euch gewarnt, Vater, den Schwarzen Annatai nicht zu unterschätzen. Lúvenor hat schon einmal einen Fehler wie diesen begangen, und die Katastrophe konnte erst im letzten Moment abgewendet werden. Ich werde dort unten gebraucht! Nachtfeuer ist tot, die Dämonen werden uns nicht unterstützen. Wir sind nur so wenige! Jemand muss Hatar Stygan dort unten Einhalt gebieten, während ihr euren Kampf hier oben aufnehmt. Seid nicht leichtfertig. Ich setze meine Hoffnungen in dich, o Vater, denn Lúvenor ist viel zu sanftmütig, und die anderen Götter haben zu wenig Erfahrung mit einem derart dunklen Geschöpf. Du magst dich nie wirklich der Finsternis zugewandt haben, aber du bist auch nicht weit entfernt von ihr. Also – du hast dich entschieden, dann stehe auch dazu. Du bist der Einzige, der ihm wahrhaft die Stirn bieten kann, doch hüte dich, er ist ein Meister der Verführung und der Ablenkung. Und er ist schonungslos mit der Wahrheit. Sobald du schwankst, sobald du etwas übersiehst, bricht alles zusammen, dann findet er eine Lücke hinein, um dich zu vernichten. Und dann hat er den Durchbruch geschafft.«

In einem plötzlichen Impuls streckte er die Hand aus. Shyll zögerte kurz, dann ergriff er sie. Halrid spürte ein starkes Kribbeln, als die Göttlichkeit ihn durchzog. Niemals hätte er gedacht, dass es dereinst zu diesem Moment kommen würde. Und genau das war es – eine der Ablenkungen, die Tar'meso absichtlich herbeiführte. Sein Einfluss war nicht mehr wegzudenken, er veränderte die Geschichte bereits jetzt, schlich sich Zug um Zug auf Waldsee ein, nutzte jede Gelegenheit, die Grenze zu Fall zu bringen.

Dennoch bereute Halrid es nicht. Es war Zeit, endlich Frieden zu schließen und mit sich ins Reine zu kommen. Dazu gehörte diese letzte Begegnung mit seinem Vater.

»Ich zähle auf euch«, schloss er, dann verwandelte er sich zurück in den Purpurfalken, seine Schwingen öffneten sich und er flog hinunter.

Der Hassende erreichte eine mächtige Felsregion, die sich vom Meer bis tief ins Land erstreckte, voller Narben, Löcher, Zacken und Kanten im ewigen Kampf gegen die See und das Wetter. In einer kleinen Bucht lag der dunkle Eingang einer Höhle.

Wilde Freude durchzuckte ihn. Eírtitis Seelenfaden hatte ihn gut geführt. Und er würde dafür sorgen, dass er den Stern der Götter finden und erkennen konnte.

In der Nähe des Eingangs lagen, halb verborgen, verrostete Überreste von Rüstungen. Die ehemaligen Wächter des Artefakts, schon lange dahingegangen oder ermordet – wahrscheinlich letzteres, insofern es Halrid Falkon betraf. Die Gebeine waren längst verrottet, und niemand hatte mehr die Wacht übernommen.

Ungehindert betrat Hatar Stygan die Höhle, folgte dem Gang bis zu einer gewaltigen Halle. Am gegenüberliegenden Ende zeichnete ein rotes Licht gespenstische Schatten auf die Felswände.

Ein Spalt führte dort bis in den tiefen Schlund hinab, aus dem heiße Dämpfe zischend hervortraten. Unten wälzte sich glutflüssiges Magma in einem trägen Strom durch die Eingeweide der Welt.

Ein paar Schritte weiter öffnete sich ein zweiter finsterer Abgrund.

In der Mitte der Halle stand ein altarähnlicher Felsentisch. Nur Staub und Salzkrusten befanden sich darauf.

Hatar Stygan zog Eírtitis hauchfeinen, bläulichen Seelenatemhauch hervor und blies ihn in die Luft. Sacht schwebte er dahin, schien ein wenig hierhin und dorthin getrieben zu werden, dann zog es ihn in den finsteren Abgrund hinab.

Der Hassende trat an den Rand und sah dem schimmernden Faden hinterher, der die Umgebung gerade so erhellte, dass die schroffen Umrisse der Felsen zu erkennen waren.

Ein blaues Licht glühte auf, und Hatar Stygan erkannte die marmorweiße Statue einer Frau, die einen Stern in Händen hielt.

Im Wolfsgalopp rasten sie durch das Tal. Irgendwann auf der Hälfte, inmitten herabrieselnder Blütenblätter und rauschender Baumkronen, gesellten sich zwei weitere weiße Wölfe zu ihnen, Männchen und Weibchen, mit schwarzgrünen Augen.

Zu viert liefen sie weiter, den Hügeln zu, die rasch näher rückten. Verschlungene Bäume wuchsen darauf, die duftende zartrosa Blüten und schneeweiße Äpfel trugen.

Eírtitis Herz schlug höher, als sie den Ort erkannte, der tief in ihrem Erbe verankert war, damit er nie vergessen würde. Die Fyrgar der zweiten Generation hatten sich damals abgewandt von ihrem Ursprung und das Wissen verdrängt. Aber in Eírtiti erwachte das Erbe nun, und sie hob den Kopf und stieß ein langes Geheul aus, das von den drei anderen Wölfen umgehend beantwortet wurde.

Und aus den Tiefen der Hügel folgte Antwort.

Kapitel II

Der Kreis schließt sich

Ich denke, eines Tages werde ich ein Tor öffnen müssen, um einem Annatai-Bruder, der zur Wahrung der Ordnung ausersehen ist, mein Artefakt von Erytrien, das ich einst zurückwies, zu übergeben. Möglicherweise besitzt es die Macht, die Schlange wieder in Schlaf zu versetzen. Doch bis dahin muss Waldsee unbedingt geschützt sein. Dunkle Mächte mögen auch andernorts drohen.

Halrid Falkon erwachte mit diesem Gedanken, eine Erinnerung an den Abschied von Aldavinur in Farnheim. Und nun kam alles völlig anders. Ein Annatai-Bruder war in der Tat gekommen (wenn er das so flapsig ausdrücken durfte – aber Tar'meso selbst hatte ihn ja als »Bruder« bezeichnet), aber nicht der, den Halrid erhofft hatte. Oh ja, die dunklen Mächte drohten mittlerweile, und der Stern der Götter war sicherlich nicht mehr für einen guten Zweck gedacht.

Was also sollte er tun? Was konnte er tun?

Als wolle Tar'meso ihm deutlich machen, wie ernst die Lage war, zeigte sich die Sonne nun vollständig bedeckt, sie war schwarz, umgeben von einem hell strahlenden Ring. Der Tag begann sehr düster, mit einem seltsam kalten Licht, das kaum Helligkeit spendete und doch alles sichtbar machte. Und so blieb es auch, während die schwarze Sonne höher wanderte.

»Halrid!«, stieß Fylang erstickt hervor und deutete mit einem Krallenfinger nach oben. »Er … ist erloschen …«

Der Zauberer legte die Hand an die verengte Brust, er musste sich beruhigen. Erst recht, da die Ereignisse sich überstürzten.

Der Siebenstern war noch erkennbar, doch er war genauso dunkel geworden wie die Sonne.

Und dahinter … wurde der Umriss einer riesigen Schlange aus Sternennebel sichtbar, die sich zu winden schien. Ein gewaltiger Donnerschlag folgte, der die Welt erzittern ließ. Und dann erschien der riesige, geflügelte Schemen des Schwarzen Annatai am Himmel, der eine Bewegung durchführte. Ein Riss entstand in den Sphären, ein senkrechter schwarzer Spalt klaffte auf, und darin erschien, gewaltige Flammen schlagend, ein brennender Thron.

»Der Flammenthron!« Der Drache schluchzte auf. »Oh Halrid, wir sind zu spät … alles ist zu spät …«

Halrid Falkon kämpfte sich auf die Beine, er fühlte sich uralt und schwach. Tar'meso fing an, die Energie abzuziehen, noch bevor das Portal überhaupt geöffnet war. Nun begriffen hoffentlich die Götter, dass seine Warnung der Wahrheit entsprach. War die Tür offen, war Waldsees Schicksal besiegelt, weil der Schwarze Annatai sie leersaugte. Alles Leben würde auf der Stelle vergehen, alle Artefakte würden vernichtet, und der Atem, das Herz und die Seele entrissen. Und mit dem dritten Schlag würde er die Welt endgültig zertrümmern, bis sie in tausend Teile zerbarst und nichts mehr blieb.

Wind kam auf, der diese Prophezeiung mit sich führte.

Der Zauberer stolperte zu dem Drachen und klopfte ihm gegen die Schuppen. »Komm, alter Freund, wir müssen los.« Ohne eine Antwort abzuwarten, kletterte er auf den stachligen Rücken. »Flieg wohl, Fylang. Auf, zu unserem letzten Abenteuer!«

Zugleich zog er das Schwert. »Einmal noch!«

Der Drache schlug mit den gewaltigen Hautschwingen und stieß einen weithin schallenden Warnschrei aus, während er aufstieg.

Hatar Stygan hatte alles versucht. Mit jeder Levitation, unter Einsatz seiner gesamten Kräfte. Der Stern der Götter löste sich nicht aus der Umklammerung der Statue. Sie steckte quer in dem Schacht, unter ihr ging es in Untiefen, der Grund war nicht erkennbar.

Es war ihm unmöglich, dort hinabzuklettern, dazu war er körperlich nicht in der Lage. Doch selbst wenn, war nicht gesagt, dass das zusätzliche Gewicht die Statue nicht endgültig zum Absturz brachte, bevor er das Artefakt gesichert hatte, und dann wäre alles umsonst gewesen.

Er wollte schreien vor Wut und Verzweiflung. So weit war er gekommen, hatte alle Hürden genommen, konnte den Stern sogar sehen. Und nun, so kurz vor dem Ziel, sollte er scheitern?

Wenn es möglich gewesen wäre, hätte er den Schwarzen Annatai um Rat gefragt, doch er war völlig isoliert in dieser Höhle, abgeschnitten von der Welt. Seinen Schutz hatte er bereits gelöscht, er brauchte ihn hier nicht mehr.

Hätte er doch Eírtiti mitgenommen und sie an einem Seil hinabgelassen! Nun rächte es sich, dass er wegen ihrer Kräfte kein Risiko eingehen wollte. Warum hatte er sie nicht gleich getötet? Er wusste es nicht mehr. Hatte er sie zurückgelassen, oder was war geschehen?

Egal. Sie war nicht hier.

Was tun? Hatar Stygan trug nichts mit sich als seine Kleidung, den Stab und seinen Hass. Und den Willen zur Macht. Genügte das, um ein Artefakt zu erobern?

Er sah sich in der Höhle um, humpelte am Rand entlang. So viel Macht, und zu nichts nutze!

Vielleicht sollte er hinausgehen und seinen Großvater um Hilfe bitten? Der Hässliche Gott, Shyll, der Widder, er hatte den Stern immer gewollt, und Halrid hatte ihn ihm entzogen. Würde er sich auf einen Handel einlassen? War er sogar bereits auf Tar'mesos Seite? Schließlich hatte er seinen Sohn Halrid einst verflucht, und dieser wiederum brachte seinem Erzeuger nicht gerade freundliche Gefühle entgegen. Schon allein daran zu erkennen, dass er sich weigerte, sich der Dunkelheit in ihm zu ergeben und sich zu wandeln.

Konnte Hatar Stygan das ausnutzen? Immerhin zog göttliches Blut auch durch seine Adern. Ein geringer Anteil nur, gewiss, doch er befähigte ihn zu starker Magie.

Auf seiner zweiten Runde durch die Halle verwarf Hatar Stygan alle diese Gedanken wieder. Wer sagte ihm, dass er den Stern am Ende behalten und damit Herrscher von Waldsee werden konnte, wenn er jetzt um Hilfe bat? Nein, er musste es allein schaffen, der Stern durfte nur ihm gehören und von niemandem außer ihm jemals berührt werden. Das Artefakt war sein und würde jener Teil von ihm werden, der ihm die höchste Macht über Waldsee verlieh.

Immer wieder blickte er hinunter, jedes Mal mit mehr Gier in seinem glühenden Auge. Das blaue Leuchten schien ihm das Schönste zu sein, was er je erblickt hatte. Es verhieß Glück.

»Also dann«, krächzte Hatar Stygan. »Alles oder nichts.«

Es half nur das Zusammenspiel von roher Gewalt und Magie. Er musste schnell sein, er musste richtig treffen, und dann sofort zupacken.

Nach einigem Suchen fand er einen Stein, der passte. Nicht zu groß, nicht zu klein, mit dem richtigen Gewicht. Mühsam schleppte er ihn zum Abgrund, schob ihn an den Rand und nahm Maß.

Gleichzeitig sammelte er Kraft in der linken Hand. Die rechte war kalt und versehrt, sie genügte für den groben Teil, doch die linke war gut beweglich und heiß. Die magische Energie bildete bald ein rotes Leuchten um sie, als würde sie brennen.

Hatar Stygan übte sich in Geduld, er hatte nur diesen einen Versuch, und er musste in perfekter Verfassung sein. Mit einem Artefakt war nicht zu spaßen. Es konnte nämlich sein, dass der Stern der Götter, sobald er befreit war, sich davonmachte.

Ein ahnungsloser Mensch könnte vermutlich nicht verstehen, wie viel Aufwand der Hassende betrieb, und genau das war der Fehler. Aus diesem Grund waren die Sterblichen so leicht zu unterwerfen – sie nahmen sich nie genug Zeit und die Dinge oft nicht ausreichend ernst.

Davon war er weit entfernt, andernfalls hätte er niemals in der Wildnis überlebt und sich zu dieser Größe emporgearbeitet. Nun würde er nicht scheitern, nur weil er wütend oder ungeduldig war.

Als er sich bereit fühlte und den magisch aufgeladenen Stein mehrmals herumgerückt hatte, bis er an der richtigen Stelle lag, stieß er ihn in den Abgrund und streckte die linke Hand aus.

Sie rannten. Eírtitis starke Pfoten gruben Löcher in den Boden und wirbelten Erdbrocken und Gras auf. Schneller als alle anderen lief sie voraus, und sie folgten ihr. Wölfe und Unsterbliche, über die Hügel und durch die Wälder. Tiere stoben vor Schrecken davon, Vögel flatterten auf, ihr Gezeter kündigte die Schar an.

Die Sonne war verdunkelt, der Siebenstern erloschen. Höchste Zeit!

Eírtiti stieß das zweite Geheul aus. Das erste hatte der Erweckung gedient. Das zweite sollte zeigen, dass Waldsees Seele bereit war.

Ich komme, mein Halrid, ich komme.

Der Stein sauste hinunter und prallte auf die Statue, genauer gesagt, auf die Hände, gleich neben dem Artefakt.

Für einige Atemzüge geschah nichts.

Hatar Stygan ließ sich davon nicht beirren, manche Dinge brauchten ihre Zeit.

Dann hörte er ein leises *Ping*.

Feine Risse bildeten sich in dem marmorweißen Gestein, verästelten sich, bis sie die gesamte Statue überzogen.

Erneute Ruhe.

Dann zerbarst die Statue mit einem schrillen Schrei in hundert Trümmer, die haltlos in den tiefen Abgrund stürzten.

Der Stern der Götter glühte auf und schoss hoch, doch Hatar Stygan war schneller. Er schleuderte eine rotglühende Kugel auf das fliehende Artefakt, das getroffen und davon umschlossen wurde.

Dann zog der Hassende die Kugel mit dem eingeschlossenen Stern der Götter, der darin herumtobte und freizukommen versuchte, mit einem magischen *Schling* nach oben.

»Ach …«, stieß Fylang aus und stürzte, sein Kopf schlug ungebremst auf dem Boden in einer Sandfontäne auf.

Halrid kehrte sofort zu ihm um. »Fylang, was ist mit dir?«, rief er voller Schrecken, als der Drache kraftlos zur Seite sank. An seiner linken Brustseite glühte etwas auf, blau und weiß … und erlosch.

Der Zauberer ging zum Kopf des schwer atmenden Drachen, dessen Augen geschlossen waren. Dunkelgrau und matt lag er da, der Perlmuttglanz seiner Schuppen, das Schimmern und Leuchten, das Weiß und Gold, all das, was Fylang gewesen war, war nicht mehr. Sanft streichelte Halrid die erstaunlich weichen Schuppen unter dem Augenlid.

»Ruh dich aus, lieber, alter Freund«, sagte er kummervoll. »Jetzt bin ich dran.«

Er richtete seinen Blick zu der Bucht, die er nie mehr hatte wiedersehen wollen. Alles lag still und verlassen vor dem Höhleneingang. Keine Nebelkrieger mehr, auch sonst kein Wächter.

Der Wind hatte – absichtlich? – noch nicht alle Spuren verweht, und er sah vereinzelt Fußabdrücke, die in die Höhle hineinführten. Er war zu spät, sein Sohn war vor ihm eingetroffen. Und er hatte sein Ziel erreicht. Das hatte Fylang zu spüren bekommen.

Dann musste er ihm den Stern eben wieder abnehmen, und wenn er dabei sich selbst verlor und wandelte. Irgendeiner der Götter dort oben würde eingreifen, hoffte Halrid, und ihm den Garaus machen, bevor er Schaden anrichtete. Bevor Tar'meso ihn in die Fänge bekam.

Langsam richtete er sich auf, nahm das achtlos fallengelassene Schwert wieder in die Hand und ging auf die Höhle zu. Je näher er kam, desto stärker brauste der Wind um ihn. Die verdunkelte Sonne stand fast im Zenit. Die Sphären wallten und flackerten, und es war, als würden sich Riesen dort bewegen. Die Götter griffen endlich ein. Hoffentlich verschafften sie Halrid hier unten genug Zeit, um den Stern an sich zu bringen, oder seinen Sohn zu töten, oder beides zusammen. Er konnte nicht mehr tun, als die Öffnung des Portals zu verhindern - wenn ihm das gelang, hatte er keinen weiteren Einfluss auf die Folgen. Das war dann Sache der Götter.

Er blieb stehen, als er eine Bewegung im Höhleneingang ausmachte, verbannte alle Gefühle und Gedanken und konzentrierte sich nur noch auf das, was er tun musste.

Ein hohles Lachen ließ die Stalaktiten in der Höhle erschauern. Die Wände fingen an, schwarzes Öl auszuschwitzen. Das Licht aus dem Magmaschlund verstärkte sich.

Hatar Stygan hielt den Stern der Götter in Händen. Fassungslos starrte er auf das leuchtende Blau. Konnte kaum sein Glück fassen. Noch wagte er nicht, seinen Bann darum zu lösen, um ihn zu *spüren* und in sich aufzunehmen.

Das Artefakt kam zur Ruhe. Und seine Schwingungen passten sich allmählich Hatar Stygans Herzschlag an.

Er wartete noch einige Herzschläge ab, bis er sicher war. Dann hob er den Bann auf – und spürte nun die reine Kraft des Artefakts in sich einsickern.

Sie warf ihn beinahe um. Nicht einmal die gewaltige Aura seines Vaters hatte so eine Macht. Vielleicht kam der Siebenstern dem Stern der Götter an Kraft nahe. Aber sonst nichts und niemand. Mit ihm war Hatar Stygan nicht mehr aufzuhalten. Mit ihm gelang alles. Mit dem Stern würde er sich sogar Tar'meso entgegenstellen können, sollte er Anspruch darauf erheben.

Und mit ihm würde er noch in dieser Stunde das Portal öffnen.

Der Hassende presste den glühenden Stern an seine Brust und fühlte, wie das blaue Leuchten ihn durchdrang. Ihn veränderte und wandelte. Schluchzend, kichernd, rappelte er sich auf und taumelte aus der Halle. Den Stab brauchte er nicht mehr. Doch er könnte andere Dinge brauchen, und der Stern würde sie ihm geben.

Halrid Falkon sah ihn kommen, und allein am Gangwerk erkannte er, dass sein Sohn Erfolg gehabt hatte. Es war ihm nicht nur gelungen, den Stern der Götter an sich zu bringen, sondern ihn auch zu nutzen. Dann sah er das blaue Leuchten zwischen den Fingern hindurchschimmern, und Schmerz zog sein Inneres zusammen. Einst war er an Hatar Stygans Stelle gewesen, durchdrungen von unaussprechlichem Glück.

Nun diente das Artefakt seinem Sohn. Noch nicht vollauf, denn er war keineswegs geheilt, er hinkte weiterhin, doch er konnte nun aufrecht gehen und seine Hände waren vollständig zu gebrauchen.

Hatar Stygan blieb stehen, als er seinen Vater erblickte, und ein eiskaltes, tödliches Lächeln verzerrte seine dämonische Fratze.

»Du kommst zu spät!«, höhnte er.

Der Wind steigerte sich zum Sturm. Hinter Halrid rauschte das Meer, die ersten Brecher schlugen auf dem Strand ein, weiter hinauf als bei normaler Flut.

»Ich werde jetzt das Portal öffnen, Vater. Sieh mir dabei zu!«

»Das werde ich nicht. Sondern dich hindern«, fauchte Halrid und lief mit erhobenem Schwert auf ihn zu.

Hatar Stygan wirkte für einen Moment überrascht, doch dann trat Begreifen auf seine Miene.

»Ja«, rief der Zauberer. »Eírtiti befindet sich nicht mehr in deiner Gewalt, und ich bin nicht mehr gebannt!«

»Dann ist sie tot, und du wirst ihr gleich nachfolgen!«, erwiderte der Hassende. Mit einer raschen Bewegung schleuderte er mehrere Flammenblitze auf seinen herannahenden Vater.

Dieser schlug sie mit seinem Schwert beiseite, ohne zu verlangsamen, und sie vergingen zischend und dampfend.

Wichtig war es, dass er Hatar Stygan in Bewegung hielt, damit er das Ritual nicht vollenden konnte. Irgendwann würde er seine Deckung preisgeben, und dann konnte Halrid zuschlagen.

Die beiden Zauberer beschworen nun einen eigenen Sturm, Donner und Blitze herauf, als sie sich mit Magie und dem Schwert bekämpften.

Denn Hatar Stygan hatte tatsächlich ein Schwert; das konnte nur das Werk des Artefakts sein, wahrscheinlich aus einer der alten rostigen Waffen gebildet, die bei der Höhle herumlagen.

Feuerbälle vergingen zischend an den Schutzauren, die sie um sich woben, ebenso glühende Speere, schwarze Giftschlangen, sie boten alles auf. Als sie aufeinanderprallten, schlug Halrid Falkon mit dem Schwert zu, aber Hatar Stygan parierte. Er hatte ersichtlich nie gelernt zu kämpfen, doch mit der Unterstützung des Sterns der Götter konnte er reagieren. Und er lernte schnell dazu, bald ging er aus der Defensive heraus und griff seinerseits an.

Funken stoben in dem heftigen Schlagabtausch umher. Mal trieb Hatar Stygan seinen Vater zurück, mal war es umgekehrt.

Das Finstere in Halrid Falkon verlangte, freigelassen zu werden. Lockte mit Versprechungen. Der Kampf wäre im Nu beendet, denn nicht einmal der Stern der Götter hatte dieser Macht etwas entgegenzusetzen.

Der Zauberer weigerte sich beharrlich, und es kostete ihn zusätzliche Kräfte, sich unter Kontrolle zu halten.

Er kam durch seine Zurückhaltung jedoch nicht an Hatar Stygan heran. Die Stimme wisperte immer eindringlicher, und die Versuchung, ihr nachzugeben, wuchs. Zum ersten Mal. Halrid wusste nicht, was er noch einsetzen sollte, um seinen Sohn niederzuwerfen und ihm den Stern abzunehmen. Ihm blieb bald nichts mehr.

Und wenn du den Stern hast, was geschieht anschließend? Die Stimme kicherte voller Bosheit. *Dann hast du verloren, denn er wird sich mit mir verbinden, und du bist ausgelöscht. Der Gott des Purpurfalken ersteht und wird den Untergang bereiten.*

Der Zauberer konnte sich nicht gegen die wachsende Verzweiflung wehren. Er wusste, dass die Finsternis in ihm recht hatte. Er verlor so oder so. Entweder gab er ihr nach, verlor die Kontrolle und vernichtete Hatar Stygan, oder es gelang ihm auf andere Weise, den Stern abzunehmen, und er verlor damit ebenfalls.

Du kannst mein Angebot immer noch annehmen, hallte Tar'mesos Stimme in ihm.

Wieso – schaffst du es nicht allein?, gab er zurück.

Der Sand war um die Kämpfenden herum bereits zu Glas gebacken. Die Meereswogen türmten sich immer höher auf, der Sturmwind zerrte an ihnen.

In einem kurzen Moment wich Halrid Falkon zurück, um nach Luft zu schnappen, sich zu sammeln und eine neue Strategie anzuwenden. Noch war er nicht am Ende.

Dachte er.

Hatar Stygan stieß ein grausames, weithin hallendes Gelächter aus und schwang das Schwert.

Es war kein Schwert mehr, es war eine Peitschenklinge, die sich nun zu voller Länge entfaltete, singend durch die Luft sauste und auf die Entfernung traf.

Halrid Falkon stieß ein ächzendes Geräusch aus, als die scharfe Waffe mit voller Wucht in ihn einschlug, in einer Blutfontäne herausgerissen und wieder zurückgezogen wurde.

Die Welt erstarrte, der Sturm hielt inne, selbst die Wellen verharrten mitten im Schwung.

Tiefes Entsetzen verdunkelte den Himmel und breitete sich über die Welt aus. Jedes Wesen konnte es spüren, egal ob Tier, Mensch, Zwerg oder vom Alten Volk.

In die Stille hinein erklang Halrid Falkons einsames Keuchen. Das Schwert entfiel seinen kraftlosen Fingern und er taumelte zurück, presste die Hand auf die Wunde, das Blut spritzte darunter hervor.

»Noch ein Schlag?«, rief Hatar Stygan fröhlich und legte den Kopf leicht schief. »Ah, ich denke, du hast genug.«

Der Annatai versuchte etwas zu sagen, doch die Stimme versagte ihm den Dienst, die Beine ebenfalls, und er sank zu Boden.

»Nur noch wenige Augenblicke, dann ist es vollbracht!«, dröhnte Tar'meso hoch oben in den Sphären.

Die Götter hatten sich gegen ihn versammelt, doch angesichts der Entwicklungen waren sie wie gelähmt.

Einstmals, während der Schlacht auf dem Titanenfeld, hatten sie keinerlei Zurückhaltung gekannt. Sie hatten um die Vorherrschaft gekämpft und Waldsee beinahe in den Untergang getrieben.

Heute wollten sie die Welt schützen, doch sie wussten nicht, wie. Der Anker unten hatte sein Ziel erreicht und war dabei, das Ritual zu vollenden. Dagegen konnten sie nichts tun. Und der Schwarze Annatai hatte sich zusätzliche Unterstützung durch seinen Flammenthron geholt.

Die Welt war dem endgültigen Untergang geweiht.

Eírtiti stolperte und überschlug sich, rollte haltlos einen Hang hinunter und blieb unten heftig hechelnd liegen, Speichel rann aus ihrem geöffneten Maul, die rote Zunge hing heraus. Sofort waren die weißen Wölfe bei ihr, stupsten sie, leckten ihr die Schnauze, wollten sie aufrichten. Sie brachte nur ein schmerzvolles Winseln hervor, ihr war, als wäre ihr Herz soeben entzweigerissen worden.

Einer der Unsterblichen kam heran, streichelte ihr gesträubtes Fell, griff dann unter sie und hob sie behutsam hoch.

»Nicht mehr weit«, flüsterte er.

Weiter ging es, die Luft brachte bereits den Salzgeruch des Meeres mit sich.

Plötzlich, ohne Ankündigung, ohne Vorwarnung, begann sich der Riss zu schließen, in dem der Flammenthron stand. Tar'meso fuhr herum.

Neben dem fast geschlossenen Riss bildete sich der leuchtende Rahmen eines Portals. Ein Licht erschien darin, Nebel wallten heraus, in deren waberndem Inneren sich die Konturen eines riesigen Wesens bildeten.

Eine menschlich aussehende Frau trat aus den Nebeln, ihr von einer flammenzüngelnden Aura umgebener Körper war von perfekter Harmonie, bis zu den Füßen umweht von Haarschleiern, die ständig die Farben wechselten. Fast bis zu den Füßen reichten auch die gewaltigen, anmutigen Schraubenhörner. Die Augen der Frau waren gänzlich schwarz, und das Abbild tausender Sterne glitzerte darin.

Der Schwarze Annatai erstarrte.

»*HALRID!*« Der schmerzvolle Aufschrei des grauen Drachen wurde überall auf der Welt gehört und ließ die Alten Völker erbeben und vor Trauer in sich zusammensinken, und mit ihm setzten sich Sturm, Unwetter und Zerstörungen fort.

Fylang rappelte sich hoch, nahm seine verbliebenen Kräfte zusammen und raste an dem gefallenen Zauberer vorbei auf Hatar Stygan zu. »Das muss ein Ende haben!«, brüllte er.

Der Hassende schwang die Peitschenklinge gegen ihn und traf, doch das rief nicht einmal ein Schütteln hervor, obwohl sie einen tiefen Striemen von der Schulter bis zum Bauch hinterließ. Bevor er sie ganz zurückziehen konnte, packte der Drache mit einem Vorderbein zu, entriss das Heft Hatar Stygans Hand und schleuderte das Schwert fort.

Mit der Wucht seiner schlagenden Schwingen trieb er Hatar Stygan zurück, bis der stürzte. Der Drache zeigte sich unbeeindruckt von der geballten Magie, die ihm entgegenschlug, er war so sehr in Raserei, dass er nichts mehr spürte.

Er drückte Hatar Stygan mit zwei Klauen nieder und senkte den Kopf. Seine lange, gespaltene Zunge schoss hervor und zerrte an dem Stern der Götter in den verkrampften Händen des Zauberers. Explosionen barsten vor seiner Schnauze und verbrannten sie, mehrere Flammenspeere trafen das linke Auge und zerfetzten es. Blut, Schleim und Glasflüssigkeit schossen aus der Wunde hervor und überschwemmten Hatar Stygan, der fast darin erstickte. Hustend und keuchend wand er sich unter den Klauen, die ihn weiterhin niederdrückten. Fylang konnte nicht einmal durch diese schreckliche Verwundung gebremst werden. Seine Schnauze fuhr nach unten, wurde spitz und lang, und dann biss er gezielt Hatar Stygans Hand ab, die das Artefakt hielt, und zog sich zurück.

Der Mann brüllte auf; in rasendem Schmerz hielt er sich den Stumpf, aus dem das Blut nur so hervorsprudelte. Taumelnd kam er auf die Beine und trotz seiner schweren Verletzung schleuderte er weitere Flammenspeere und Giftpfeile gegen den Drachen, folgte ihm sogar, während dieser zurückwich, das Maul gefletscht, den blau leuchtenden Stern der Götter zwischen den Zähnen.

Sie waren nun der Küstenlinie ganz nah, bereits an dem gefallenen Zauberer vorbei, der weiterhin reglos auf dem Rücken im dunkel gefärbten Sand lag.

»*Schluss!*«, schrie der dunkelgrau gewordene Drache.

Und verschluckte das Artefakt.

»*Neiiin!*«, kreischte Hatar Stygan und wollte sich auf Fylang stürzen, doch der Windstoß der mächtigen Schwingen schleuderte ihn erneut zurück.

Noch einmal kam er auf die Beine, bereits vom Blutverlust deutlich geschwächt, er gab nicht auf. »Ich zerfetze dich!«, keuchte er. »Ich krieche in deinen Bauch und hole ihn mir wieder.«

»Zu spät«, erwiderte Fylang.

Und dann ließ er das Feuer in sich frei. Aber nicht aus sich heraus.

»An mir kommst du nicht vorbei«, warnte die Èta Garon Marú, die Große Mutter der Dämonen, die Urmutter der Ersten, die größte Macht der Finsternis.

Fashirh hatte sein Versprechen eingelöst. Und sie war gekommen.

»Das verstehe ich nicht«, sagte Tar'meso.

»Es heißt, du seist eines der weisesten Wesen des Universums, und doch scheiterst du hieran?«, erwiderte sie. »Dies ist die Welt meines Sohnes, wo er seine letzten Jahrtausende verbrachte und starb. Er war einst ihr Hüter und hat alles darangesetzt, Waldsee vor dir zu schützen. Ich würde sein Andenken herabwürdigen, würde ich dir Zutritt gewähren.«

»Es ist wegen Xhy, stimmt's? Was seid ihr nur alle nachtragend! Dabei war ich im Recht!«

»Ja, du warst zuerst im Recht, aber als du den Flammenthron hattest, warst du nicht in der Not, die Urheimat meiner Kinder, der Dämonen, und Welt meines Gatten, zu zertrümmern.«

»Ich lasse mich nicht durch Erpressung aufhalten.«

»Sieh nach unten, Kind.« Die Èta Garon Marú wies auf die Welt hinab. »Es ist bereits vorbei.«

Der Drache glühte von innen heraus, in Rot und Blau. Der Stern der Götter verbrannte in der Urkraft, die jeder Drache in sich trug und ein einziges Mal in seinem Leben freisetzen konnte – um sich ein Ende zu bereiten.

Als es vorbei war, atmete er sanft aus und legte sich hin. »Gut«, flüsterte er zufrieden und erlosch.

Hatar Stygan hingegen gab sich damit nicht zufrieden, er holte sich die Peitschenklinge und hinkte auf den Drachen zu, um ihn aufzuschlitzen und zu zerschneiden, genau wie er angekündigt hatte.

Da türmte sich hinter dem Drachen die höchste aller Wellen auf.

Und mit ihr kam *er*.

»Oh, gut!«, sagte Tar'meso. »Ihr habt den Stern der Götter vernichtet. Das wollte ich sowieso. Und mindestens zwei von drei Hütern sind ebenfalls erledigt – das verläuft doch alles zu meiner vollen Zufriedenheit!« Er wandte sich der Großen Mutter zu. »Und jetzt gib mir den Weg frei«, verlangte er mit einem tiefen Knurren in der Stimme.

»Ich habe dich von dem Flammenthron getrennt«, erwiderte die Èta Garon Marú. »Er ist nun mein Pfand. Ich werde ihn dir zurückgeben, wenn du Waldsee verlässt.«

»Du kannst nicht ...« Der Schwarze Annatai unterbrach sich. Dann presste er die Fingerkuppen von Daumen und Zeigefinger gegen die Stirn. »Ihr wollt es einfach nicht begreifen, oder? Ich will dieses Universum retten, nicht zerstören! Aber wenn ihr so weitermacht, ist bald nicht mehr genug davon übrig, das noch gerettet werden kann!«

»Du musst jetzt gehen.« Die Große Mutter ließ sich nicht beeindrucken und nicht erweichen. »Du hast dir schon genug Energie geholt, es wird mindestens ein Jahrtausend dauern, bis Waldsee sich von diesem Verlust erholt hat. Jetzt verfolge deinen Weg weiter, wohin auch immer der führen mag. Erfülle den Willen der Finsternis woanders. Diese Welt ist *tabu*.«

Tar'meso musterte die Urmutter der Dämonen, den Inbegriff der Schönheit – und der Unerbittlichkeit. Genau wie er war sie keinen Regeln und Gesetzen unterworfen. »Du würdest gegen mich kämpfen?«, fragte er leise.

»Und vorher deinen Flammenthron vernichten.« Das war eine unverhüllte Drohung.

Der Schwarze Annatai schwieg. Wog ab, welche Konsequenzen sich daraus ergäben, und welchen Vorteil er gewinnen könnte, falls er es darauf ankommen ließe.

Er hörte das Summen, Klingen, Schnauben, Klirren und

Trommeln der gesammelten Götter hinter sich. Sie ließen keinen Zweifel offen, dass sie der Èta Garon Marú in diesem Kampf beistehen würden, nun, nachdem die Verbindung zum Anker abgerissen war - obwohl sie vermutlich keiner Hilfe bedurfte.

Als er einen kurzen Blick zurückwarf, sah er den Schatten des Löwen zwischen den Sternen. Lúvenor war der einzige, der ihn um Einsicht *bat*. Von Schöpfer zu Schöpfer. Und ein Versprechen gab.

»Na schön, was soll's«, sagte er daraufhin. Er hatte nicht die Zeit, um einen äußerst kräftezehrenden Kampf zu führen, damit wäre alles umsonst gewesen. Und womöglich verlor er dabei auch noch den Flammenthron. Er wandte sich wieder an die Èta Garon Marú. »Ich gehe, sobald du mir den Flammenthron freigibst. Jedoch nur unter folgenden Bedingungen. Große Mutter, du wirst dafür sorgen, dass Waldsee sämtliche Tore schließt und sich in vollständige Isolation begibt. Die Neutralität und die Gewährung von Asyl sind hiermit aufgehoben. Keiner kommt mehr rein, keiner mehr raus. Das gilt auch für euch Götter da hinten, habt ihr gehört? - und das gilt für dich selbst. Außerdem werdet ihr die restlichen noch existierenden Artefakte vernichten. Wenn dies nicht geschieht, wird es sehr unangenehm für euch, denn in diesem Fall sind mir die Konsequenzen egal, und ich werde die Erwachende Schlange auf euch hetzen.«

Lúvenor hielt die Wut der Götter im Zaum. Es war ein Patt, bei dem keiner gewinnen konnte. Also war es besser, einen Kompromiss zu finden.

Der Ansicht war auch die Èta Garon Marú. »Wir stimmen zu, mit einer Einschränkung«, sagte sie zu Tar'meso. »Eírtiti werden wir nicht töten. Sie ist das Herz Waldsees. Die erhabene Vollendung der Fyrgar. Ein solches Leben nehmen wir nicht!«

Tar'meso hatte damit gerechnet, genauso wie er damit gerechnet hatte, dass Hatar Stygan seinem Befehl nie Folge geleistet und die Allumfassende umgebracht hatte. Eingedenk seiner eigenen Vergangenheit hatte er Verständnis dafür und zeigte sich ausnahmsweise nachsichtig. Das Meiste, was er wollte, hatte er erreicht, auf den Rest konnte er gut verzichten. »Meinetwegen, soll sie leben. Sie kann durch meine erste Bedingung Waldsee nicht verlassen, das genügt mir. Aber die anderen Artefakte müssen zerstört werden, denn die haben ihre eigenen Regeln.«

»Du hast mein Wort. Es gibt ohnehin nur noch eines oder zwei, die anderen sind ja schon von dir vernichtet worden, ob nun direkt oder indirekt.«

»Das genügt mir. Leb wohl, Urmutter der Dunkelheit. Du bist eine harte Verhandlungspartnerin. Es war mir eine Ehre.«

Da lächelte sie. »Auch mir, junger Mann. Selbst ich begegne nicht jeden Tag einer Legende wie dir. Man sagte mir, du seist ein Hitzkopf, doch du scheinst inzwischen dazugelernt zu haben.«

»Ein wenig.« Er neigte lächelnd kurz das Haupt, breitete seine Flügel aus – und dann wandelte er sich.

Der titanische Seedrache, Hüter der Umschließenden See, mit hundert Windungen des schlanken Leibes und Schuppen, schillernd in allen Farben des Meeres, brach aus der Welle hervor und stieß auf Hatar Stygan herab. Er zerfetzte ihn, bevor der Hassende wusste, wie ihm geschah, und dann verbrannte er ihn mit einem Flammenstoß aus seinem Inneren, bis nur noch Ascheflöckchen übrig waren, und diese blies er anschließend mit einem Stoß aus den Nüstern in den Wind hinein, wo sie schnell davontrieben und sich auflösten.

Der Dunkle Hass war erloschen und verweht, für immer.

Und auf der gesamten Welt konnten sie es sehen, als das Ende kam, doch anders als befürchtet. Der Sturm versiegte abrupt, das Meer wurde spiegelglatt, und Stille trat ein. Der Siebenstern stürzte in die See der Sterne und erlosch. Der Schatten zog von der Sonne und ein Sternvogel mit langem Schnabel breitete seine Schwingen über den gesamten Himmel aus und verschwand in einem vielfarbigen Sternenglitzern.

Das Hämmern und Dröhnen erstarb.

Die Welt hielt den Atem an.

»Er ist fort«, flüsterte Eírtiti in ihrer Wolfsgestalt in die Stille hinein.

Sie galoppierte den Hügel hinab, schneller noch als ein Pferd, dorthin, wo Halrid Falkon gefallen war. Die anderen Wölfe konnten ihr nicht mehr folgen, doch sie blieben ihr auf der Spur, und mit ihr zusammen alle Unsterblichen.

Auf den letzten Sprüngen verwandelte Eírtiti sich in ihre Menschengestalt zurück und rannte zu dem Zauberer. Sie achtete dabei weder auf Fylang noch auf den Giganten, dessen Schädel hoch über ihr schwebte. Sie hatte nur Augen für den Mann, der dort still in seinem Blut lag.

»Ich bin zu spät, zu spät!«, schrie sie, und die Tränen stürzten aus ihren Augen. »Ich konnte nicht eher kommen, Halrid, verzeih mir! Ich habe versagt, es ist meine Schuld!«

Sie warf sich neben ihn in den Sand.

Wölfe und Unsterbliche näherten sich langsam dem Strand, wagten sich nicht ganz heran.

Behutsam nahm der Seedrache Fylangs Leichnam auf seinen Rücken. Dann bog er den langen Hals zu Halrid herab.

Eírtiti, die das Haupt des Zauberers in ihren Schoß gebettet hatte, blickte verzweifelt zu ihm hoch, als sie ihn endlich bemerkte. »Prinz Erenwin! Du bist es, nicht wahr? Ich weiß nicht, welchen Namen du jetzt trägst, doch ich fühle dich.

Du bist der Hüter des Wassers, kannst du verstehen, was mich quält? Er kann nicht durch das Feuer gehen«, schluchzte sie. »Ich kann nichts für ihn tun …«

Der riesige Seedrache verzog die Lippen, als würde er lächeln. Dann neigte er den Schädel zur Seite, und aus seinem blau und grün gesprenkelten rechten Auge perlte eine faustgroße Träne, direkt auf Halrids Gesicht, in seinen halb geöffneten Mund.

Der Drache hob den Kopf und schien zu warten.

Fassungslos sah Eírtiti, wie sich die schreckliche Wunde schloss und Farbe in das totenbleiche Gesicht zurückkehrte.

Hustend und Drachenwasser spuckend kam der Zauberer zu sich.

»Halrid!«, schrie sie ungläubig auf. »Du … du atmest!«

Blinzelnd öffnete er die Augen. »Schmetterling …?«, krächzte er rau.

»Ja! Ja, ich bin es, und sieh doch … deine Wunden heilen! Der Prinz … der Seedrache hat dies bewirkt! Wasser vermag, worin Feuer versagt!«

Langsam setzte der Annatai sich auf und schaute zu dem Giganten hoch, dann glitt sein Blick zu dessen Rücken und er verstand. Fylang wirkte auf ihm klein wie ein Hundewelpe, es war ein friedliches Bild, als würde er nur schlafen.

»Nimmst du ihn … *sie* mit?«, fragte er. Tränen strömten über seine Wangen.

Ja, vernahm er in seinem Kopf. *Fylang bekommt einen würdigen Platz. Vielleicht kann sie als Ursprung sogar auf die eine oder andere Weise ins Leben zurückfinden. Nichts geht verloren in der Tiefe, und erst recht nicht in der Weite, und wir wissen, wie das mit den Annatai so ist.*

»Danke«, flüsterte Halrid Falkon. Noch ein wenig mühsam stand er auf, sein Gesicht verzerrte sich im Schmerz, doch der würde bald vergehen. Ein Drache hatte ihm einst sein wahres Leben gegeben, und nun hatte er wiederum durch einen Drachen eine zweite Chance bekommen.

Man sagte, Erenatar der ERSTE GEDANKE, Schöpfer der Welt Annata, habe Drachengestalt. Möglicherweise war dies eine seiner Fügungen, denn Waldsee war ein Geschenk von ihm an Lúvenor gewesen und stand dadurch immer noch unter seinem Schutz.

Es bedeutete, dass Halrid Falkons Aufgabe noch nicht vorüber war, und damit war er recht zufrieden.

Er hielt Eírtiti seine Hand hin, sie ergriff sie und stand auf. Voller Freude, sie zu spüren, legte er den Arm um ihre schmalen Schultern und hielt sie an sich gedrückt. »Mir scheint, ich habe einiges verpasst«, stellte er fest.

Wie es aussah, war Hatar Stygan nicht mehr und der Stern der Götter vernichtet, wofür Fylang sein/ihr Leben geopfert hatte. Die Welt lag in Trümmern, doch vielleicht weniger als nach der Titanenschlacht. Sie hatten sie damals wieder aufgebaut, das würde ihnen heute noch besser gelingen. Der Himmel war klar und strahlend blau, die Sonne leuchtete hell und warm. Die Länder und Völker waren wieder vereint. Nur der Perlmond war blind geblieben und der Siebenstern nicht mehr zu sehen. Das bedeutete dann wohl, alles von vorn, aber Tar'meso war fort, diese Zeichen waren eindeutig, und Waldsee hatte vorerst Ruhe vor ihm. Oder auch länger.

Und Eírtiti hatte offensichtlich ihr Volk befreit, da standen eine Menge Leute herum, hoch an Wuchs und von schöner Gestalt, den Fyrgar nicht unähnlich.

Damit hatte alles sein Ende gefunden, der Zauberer konnte es nicht anders sagen. Und wüsste nicht, was er noch erzählen sollte.

Epilog
So sei es denn

Nochmals danke ich dir, diesmal dafür, dass du mich gerettet hast, sandte der Annatai dem Seedrachen. *Ich war schon fast auf dem Weg zu den Silbernen Gestaden.*

Damit habe ich eine Schuld beglichen. Der Seedrache zog die Lippen in die Breite und seine blau und grün gesprenkelten Augen funkelten. *Und ich habe es gern getan. Niemand soll mehr trauernd und voller Tränen an meinen Gestaden sitzen.* Mit diesen letzten Worten drehte er ab und war bald zusammen mit Fylang in den Fluten verschwunden.

»Leb wohl, Prinz Erenwin«, flüsterte Halrid Falkon. »Und … leb wohl, Fylang. Ein Leben ohne dich kann ich mir noch gar nicht vorstellen …« Er schluckte die Tränen hinunter, die erneut hervordrängen wollten. Um Fylang durfte er erst später trauern, zuvor gab es anderes zu tun.

»Sieh doch nur!« Eírtiti streckte den Arm aus und deutete aufgeregt zur See.

Und tatsächlich, da kamen sie. Hundert mussten es sein, wenn nicht mehr. Große, schlanke, anmutige Gestalten. Allen voran gingen ein Mann und eine Frau von ausgeprägter Schönheit, die sich zum Verwechseln ähnlich sahen, nur die Augen waren verschieden – ein Paar blau, ein Paar grün, genau in den Farben des Seedrachens. Sie trugen prächtige, seidig fließende und schimmernde Gewänder, mit hüftlangen, weiß gesträhnten schwarzen Haaren und gekrönten Häuptern.

Halrid neigte leicht den Kopf. »Königin Ylwa, König Rowarn«, begrüßte er Prinz Erenwins Nachkommen. »Welch eine Freude, Euch wiederzusehen.«

»Das Erste Volk Waldsees grüßt das Erste Volk des Universums. Wir sind gekommen, um zu helfen«, sagte die Königin. »Wie schon einmal.«

Halrid drehte sich um, als nun die Unsterblichen auf die Nauraka zugingen, und allen voran drei weiße Wölfe. Die Wölfin mit den grünen Augen erkannte er sofort wieder, obwohl es so lange her war. Die anderen beiden zwinkerten ihm zu und wedelten mit den buschigen Schwänzen. Diese Kinder wenigstens schienen wohlgeraten.

Und er würde sie kennenlernen. Sie alle. *Zeit,* dachte er. *Nun habe ich Zeit.* Es würde lange dauern, bis er sich von diesem Kampf erholt hatte. Sein Tod hatte ihm die letzten Kräfte geraubt; Annatai starben nicht wie Menschen, ihre Seelen wanderten an die Silbernen Gestade und konnten dort verweilen. Wenn sie sich lange genug zur Wehr setzten, war es sogar möglich, sie zurückzuholen. Halrid hatte nicht gehen wollen und mit aller Kraft gekämpft. Der Preis dafür war seine Macht gewesen. Sie würde wiederkehren, ohne jeden Zweifel, schließlich war er Zauberer, doch bis dahin musste er sich in Geduld üben. Und darüber freute er sich. *Zeit.* Zeit für seine Familie, die Wölflinge, Eírtiti, und für das künftige Leben, das sie Waldsee schenken würden. Zeit, die nicht mehr überschattet war von der Finsternis in ihm, denn sie war vergangen, durch den Tod vernichtet, zusammen mit dem Göttlichen. Er wusste nicht einmal, ob er noch unsterblich war, aber bei dem langen Leben der Annatai spielte das kaum eine Rolle.

Er war frei.

Eírtiti löste sich von ihm und wandte sich den Nauraka zu.

Feuer und Wasser reichten sich die Hände. »Mein Volk, die Unsterblichen von Erytrien und die Fyrgar, und auch ich werden den Menschen, den Zwergen und den Alten Völkern mit euch zusammen Hilfe bringen«, versprach sie. »Wir werden die geschundenen Länder aufbauen, und niemand wird uns mehr hineinreden.«

Halrid Falkon schloss Eírtiti erneut in seine Arme und küsste sie, voller Glück, am Leben zu sein und den richtigen Weg gewählt zu haben.

Nichts von alledem bereute er, und auch seine Schuld war endlich beglichen.

»Lasst uns neu beginnen!«

ENDE

Glossar

Aldavinur
»Alter, vertrauter Freund«, Ehrenname bei den Fyrgar. Er war einst der angesehenste Lehrmeister, der stets zweifelte und auf der Suche nach der Fünften Stufe der Vollendung war.

Annata, Annatai
Annata gehört wie Waldsee zu den ältesten Welten, von Erenatar geformt, Heimat der mächtigen Annatai, langlebige sterbliche Zauberer/innen. Annatai wandern als Lehrmeister durch das Träumende Universum und sind überall bekannt; geehrt, aber noch mehr gefürchtet. Alle Annatai zeichnen sich durch ihre imponierende Körpergröße und außergewöhnliche Schönheit aus, wobei sie alle schwarzhaarig und schwarzäugig sind; daher schon äußerlich leicht zu erkennen.

Ardig Hall
(eigtl. Håll für »große Halle«); Schloss des Friedens im Land Valia, einst von den Nauraka gegründet. Nach der Zerstörung während des Tabernakelkrieges und dem Wiederaufbau nahmen König Rowarn von den Nauraka und Königin Arlyn Antasa den Thron ein.

Baiku
Aus der Sprache der Fyrgar: »Wahre Form«, das Wahre Ich, die Seele.

Dämonen
Der berühmteste und legendärste aller Dämonen dürfte Nachtfeuer sein.
Die Letztgeborenen wurden von der Finsternis selbst erschaffen, zusammen mit den aus ihr entstandenen Göttern und Lebensbringern. Kaum zwei Dämonen ähneln einander. Nur die Frauen und die nicht geschlechtsreifen Kinder haben Flügel. Beide Geschlechter leben streng voneinander getrennt und haben eine sehr unterschiedliche Lebensweise, sogar die Sprache unterscheidet sich völlig. Das Frauenreich ist für die Männer

tabu. Die Frauen wählen Partner und Zeitpunkt der Empfängnis selbst und ziehen den Nachwuchs allein auf. Mit Einsetzen der Geschlechtsreife werden die Knaben zu den Vätern geschickt.

Daranil
Geflügelte Sentrii, die im großen Wolkenmeer leben, das sich hoch über allen Bergen über Teile von Valia, Nerovia und der Umschließenden See erstreckt. Enge Verbündete der Nauraka.

Donnervogel
Kreatur der Altvorderenzeit, ohne Federn oder Fell; wird oft als Unglücksbote bezeichnet, denn er bringt Blitz und Donner mit sich und geballte schwarze Wolken. Donnervögel ziehen ewig rastlos über die Welt, ohne je zu landen.
Sie gelten auch als Vorboten großer Ereignisse und waren oft Begleiter des ausgelöschten Ordens der Visionenritter.

Eírtiti
»Die Allumfassende«, Tochter der Fyrgar Aldavinur und Nefreta, höchste Vollendung und Hüterin von Waldsee.

Erenatar
ERSTER GEDANKE des Träumers Ishtru, Schöpfer der Welten zu Anbeginn des Universums, Fürsorger und Wächter. Schöpfer auch von Waldsee, die er Lúvenor zum Geschenk machte.

Erenwin
Prinz der Nauraka, dereinst verstoßen, vernichtete er den Alten Feind und wandelte sich in seinem Opfer zum Seedrachen; Hüter der Umschließenden See.

Erste Menschheit
Die Menschen Waldsees sind keine Schöpfung, sondern Nachkommen der Gründer der Ersten Menschheit: Eldaron, der *Zorn der Götter*, und Eldamar, der *Held aus Eisen*. Die Menschen rufen daher gewöhnlich in Gebeten denjenigen Gott an, den sie für diesen Moment angemessen halten. Ein weiteres Volk der Ersten Menschheit lebt auf der Welt Lerranee, »Sternwolke«,

das auch Echte Zauberer hervorbringt, die das Kraftfeld der Magie ohne Einsatz von Hilfsmitteln nutzen können. (Nachzulesen in »Sternwolke und Eiszauber«.)

Ewiger Krieg
Nach der Trennung der EINHEIT (Harmonie/Gleichklang und Gleichgewicht) in Regenbogen und Finsternis (von den Annatai wertfrei als Heller und Dunkler Regenbogen bezeichnet) brach der Ewige Krieg aus, der seitdem das Universum wie ein Sturm überzieht und die Schlafende Schlange in Unruhe versetzt.

Flammenritter
Fyrgar, die beim Gang durch das Feuer die Wandlung zum Sentrii vollziehen, die Gefilde verlassen und die Menschen in den Niederungen beschützen. Die berühmteste und verehrteste Flammenritterin ist Nefreta.

Flammenthron
Machtmittel des Schwarzen Annatai Tar'meso, ein selbst in den eigenen Reihen gefürchteter Anhänger der Finsternis. Es heißt, dass er den Ausgang des Ewigen Krieges entscheiden könne. Seit langer Zeit versucht er, nach Waldsee zu gelangen und es zu seiner Bastion zu machen. Die Macht des Siebensterns verwehrt ihm (noch) den Zugang.

Freies Haus/Freie Straße
Freie Häuser entstammen noch der Frühzeit und wirken auf den ersten Blick wie normale Gasthäuser, doch sie sind bedeutende magische Orte, deren Türen nicht immer dorthin führen, wo man es erwartet. Sie liegen zumeist an den Wegkreuzungen der vier Freien Straßen, die einst die Vier Königreiche in der Frühzeit verbanden. Aus mächtigen, mattgolden schimmernden, fugenlosen und glatten Quaderblöcken erbaut, zogen sie sich wie ein breites Band durch die Landschaften. Wer sich darauf befand, reiste in Frieden, ganz gleich, ob er zu Regenbogen oder Finsternis gehörte. Die Freien Straßen haben die Eigenschaft, weite Wege in Kürze zurücklegen zu können – oder auch umgekehrt, je nachdem, in welcher Absicht man reist. Sie führen immer an das gewünschte Ziel.

Fylang
Der aus dem Stern der Götter und der Annatai Gynvar hervorgegangene Drache, Erwecker und Wegbegleiter Halrid Falkons. Hüter von Waldsee.

Fyrgar
Fyr = Feuer, -gar, Garí = Fels, Stein. Das Volk hat sich nach dem größten und höchsten Gebirge im Land Luvgar benannt.

Gynvar
»die reich Beschenkte«; aus *tain*: gylim = Gold, varanu = wert, kostbar sein. Annatai, lange Zeit auf Waldsee als Lehrerin und Zauberin tätig, Mutter von Halrid Falkon.

Halrid Falkon
Auf der Insel Erytrien geborener Annatai, der seit Jahrtausenden einsam mit seinem Drachen Fylang durch Waldsee wandert und die Geschicke der Welt mitbestimmt. Er hat in allen Reichen einen legendären Ruf, ist unsterblich und gilt als das mächtigste weltliche Geschöpf, fast wie ein Gott. Seine Vorgeschichte findet sich in »Der Stern der Götter«. Nach dem Ende des Schattenwebers hat er sich mit Eírtiti verbunden. Hüter von Waldsee.

Ishgalad
»Traumgold«, das Land hinter der Großen Wüste.

Ishtru
»Der Träumer«, Schöpfer des Träumenden Universums.

Ishtrus Träne
Der »Große Läufer« ist das größte und auffälligste Sternzeichen am Himmel, mit der Laterne in der einen und dem Speer in der anderen Hand. Sein leuchtendes Auge, Ishtrus Träne, beherrscht den Himmel, bis die Monde aufgehen. Ishtrus Träne ist der Schutz aller Reisenden zu Lande und zu Wasser, vielleicht selbst in der Luft, denn wer dem Stern folgt, findet immer eine Stadt, einen Brunnen, ein Licht in der Dunkelheit noch im tiefsten Wald.

Lúvenor
»Der Lichte«, Schöpfergott von Waldsee, zu dem die Alten Völker, langlebig oder unsterblich, gehören. Eine sehr alte, zurückgezogene Macht, die zu den Ersten gehört.

Luvgar
»Lichtfels«, Land des Ostens.

Luvian
Das Schwert von Sonne und Mond, das einst dem legendären Velerii Lichtsänger gehörte. Vernichtete den Schattenweber und wurde dabei selbst zerstört.

Mächtige/r
Das Träumende Universum wird von Magie zusammengehalten, die gibt und nimmt. Wer die Fähigkeit dazu hat, die Ströme zu nutzen und Magie anzuwenden, wird als Mächtiger bezeichnet. Die höchste Vollendung der Kunst beherrscht ein Zauberer (wie etwa die Annatai). Menschliche Magier reichen nicht an Mächtige heran.

Mannslänge
ca. 1,80 Meter (Wasser), ca. 1,70 Meter (Land).

Nauraka
»Seegeborene«, eigtl. Nauråka, das Urvolk des Meeres, das in enger Verbindung zu dem mythischen Seedrachen steht. Nachzulesen in »Nauraka«.

Nerovia
»Schwarzweg«, das Land des Südens.

Niamolaren
Mondschattenzweig.

Perlmond
Einst in der Titanenschlacht zerbrochen, wurde der dritte Mond nach dem Ende des Tabernakelkrieges geheilt und Waldsee wiedergeschenkt.

Rowarn
»Perlmond«, König von Ardig Hall, letzter Nachkomme der Nauraka, die das Meer verließen, Sohn der Nauraka Ylwa und des Dämons Nachtfeuer. Seine Geschichte wird in den »Chroniken von Waldsee« erzählt.

Schattenweber
Der in der Titanenschlacht gestürzte Gott Lýtir der Schmied, einer der Ersten, überlebte als Fragment auf Waldsee. Es gelang ihm, Einfluss auf eine junge Macht der Fyrgar zu nehmen, was beinahe zur Vernichtung des ganzen Volkes führte. Die Graue Pest oder Graue Seuche breitete sich übers ganze Land Luvgar aus, bis Aldavinur den finsteren Gott durch sein Opfer endgültig vernichtete. Nachzulesen in »Fyrgar«.

Schlafende Schlange/Erwachende Schlange
Ishtrus Feueratem ist gleichzeitig wie Erenatar als ERSTER GEDANKE zu Beginn des Traums entstanden; Schöpfer der Sonnen und Vulkane. Wandelte sich nach Beendigung der Formung zur Schlafenden Schlange, Wächter über das Gleichgewicht des Traums. Wird das Gleichgewicht zerstört, erwacht die Schlange und vernichtet das Universum. Am Ende erwacht der Träumer, und der Traum, das Träumende Universum, ist vergangen, als wäre es nie gewesen. Seit der Ewige Krieg in eine entscheidende Phase getreten ist, hat sich die Schlange zum ersten Mal gerührt. Ihr Erwachen ist inzwischen nicht mehr aufzuhalten.

Sentrii
Zusammengefasster Begriff für alle menschenähnlich aussehenden Wesen, die aber keine Menschen sind.

Siebenstern
Das magische Artefakt wurde vor langer Zeit von den Nauraka in der Tiefe des Meeres in einem tempelartigen kleinen Kuppelgebäude gefunden. Durch die Verbreitung der Legende setzte sich der Name »Tabernakel«, das im Dialekt der Nauraka nicht nur ein besonderes Gefäß oder Gebäude benennt, sondern auch »Geheimnis« bedeutet, für das Artefakt durch. Der Durchmes-

ser der Tonscheibe betrug etwa zwei Handspannen und sie war etwa ein Fingerglied dick. Der äußere Ring stellte Ishtrus Traum dar, die Hülle des Universums, mit den verschiedenen Symbolen der Ersten. Der innere Ring stand mit stilisierten Symbolen von Sonnen, Monden und Sternenkonstellationen für das weltliche Leben. Die beiden äußeren Ringe waren durch Stege miteinander verbunden, erst der dritte, innere Ring schloss den Kreis. Nach der Aktivierung des Tabernakels entstand daraus der Siebenstern, der selbst bei Tageslicht am Himmel erkennbar ist. Der Siebenstern ist das Schutzsymbol Waldsees.

Tabernakel, -krieg
Magisches Artefakt, über das in den »Chroniken von Waldsee« berichtet wird. Der Krieg darum entschied über das Schicksal der Welt.

tain
»Ursprung«, Sprache von Annata.

Tar'meso
»Der Nichtige« (Annata); von *tain* tar′ = leer, »absolut dunkel«; meso = Meister. Auch »Sôrgol«, Herr des Flammenthrons, genannt (*tain* sa′ = flammen-; arig = herrschen; go′ = finster, entsprechend gol = dämonisch).
Der Annatai ist ein selbst in den eigenen Reihen gefürchteter Anhänger der Finsternis. In einer Weissagung heißt es, dass er den Ewigen Krieg entscheiden könnte und damit den Untergang des Traums verursachen wird.

Tiefe Ruhe
Eine besondere Form der Versenkung in sich selbst, Meditationshaltung.

Titanenschlacht/Titanenfeld
Schauplatz der großen Schlacht um Waldsee in Valia. Kampf der Götter und Dämonen um Gebiete und um Reiche, Verdrängung der Alten Völker. Das Reich Ishgalad wurde dabei durch den Sturz des Dämons Nachtfeuer von den anderen Reichen

getrennt und war seither isoliert. Die Schlacht geriet zum Massaker, das einen so tiefen Schock hinterließ, dass es daraufhin zur Einigung und zum Frieden kam.

Valia
»Die Segensreiche«, Land des Nordens.

Velerii
»Schnell wie der Wind«. Die Pferdmenschen gehören zu den ältesten und mächtigsten Völkern Waldsees. Sie sind sterblich, aber langlebig. Ihr Schöpfergott ist Lúvenor, der erste Gott Waldsees; der bekannteste Held, Lichtsänger, der am Ende der Titanenschlacht den Großen Totengesang komponierte. Seine Tochter Schneemond ging den ehelichen Bund mit Schattenläufer ein; sie waren lange Zeit die Hüter von Weideling.

Visionenritter
Der Orden der Visionenritter mit einer einzigartigen magischen Gabe, die im Kampf einen unüberwindlichen Vorteil bot, wurde von der Annatai Gynvar (der Mutter Halrid Falkons) gegründet, zur Verteidigung des Tabernakels vor dem Zugriff der Mächte. Nach der Zusammenführung und Aktivierung des Tabernakels erlosch der Orden; zu dem Zeitpunkt gab es mit Angmor ohnehin nur noch einen einzigen Angehörigen. (s.a. »Chroniken von Waldsee«).

Waldsee
Die zweitälteste und größte Welt des Träumenden Universums, heutzutage Heimat von vielen Völkern mit ihren Schutzgöttern. Regenbogen und Finsternis haben schon lange ihr Augenmerk auf die magische Welt gerichtet, denn Waldsee als Bastion für eine Seite zu gewinnen, könnte den Ewigen Krieg entscheiden. Ihren Namen verdankt die Welt dem riesigen Meer, der Umschließenden See, und den riesigen, heute noch nicht gänzlich erforschten und besiedelten Wäldern auf dem Kontinent und den vielen Inseln.

Xhy
Hauptwelt der Dämonen im Reich der Finsternis (Dunkler Re-

genbogen). Erschaffen von dem aus der Finsternis entstandenen Dämonengott Xhyla, beherrscht vom Düsteren Vanna.

Yahi

Abgedankter König der geflügelten Daranil aus dem Wolkenreich. Hat einst Prinz Erenwin von Darystis das Leben gerettet und war seither den Nauraka, allen voran Königin Lurdèa, in Freundschaft verbunden.

Ylwanen

Auch genannt »das Junge Volk«, das neue Volk aus den Nachkommen von Rowarn und Arlyn von Ardig Hall.

Ausblick

(Es ist sinnvoll, diesen *nicht* vor der Geschichte zu lesen)

Den Hütern von Waldsee ist es gelungen, den Zugriff der Finsternis abzuwehren. Vorerst ist die Welt durch ihre Isolation vor dem weiterhin tobenden Sturm des Ewigen Krieges und der erwachenden Schlafenden Schlange geschützt. Ishgalad ist nicht mehr durch die magische Barriere getrennt, und die alle vier Länder sind dabei, sich zu helfen und gemeinsam am Aufbau zu arbeiten.

Der Schwarze Annatai, Tar'meso der Nichtige, muss seine Niederlage einsehen, doch als Meister der Strategie wendet er sich umgehend einem neuen Ziel zu. Nach wie vor sind seine Pläne undurchsichtig. Will er das Universum bewahren oder zerstören? Geht es ihm nur um den Sieg der Finsternis über den Regenbogen?

Um das herauszufinden, müssen wir viele Jahrtausende zurück in die Vergangenheit reisen.

Wir blenden um auf eine Welt, die zum damaligen Zeitpunkt völlig unbedeutend erscheint. Es ist eine junge, kleine, unscheinbare Menschenwelt, die noch kaum über magische Energien verfügt und nur wenige andere Völker beherbergt. Bisher wurde sie kaum beachtet von den kosmischen Mächten, denn ihr Gesang ist leise und sie ist die erste Schöpfung der Tanzenden Götter, sechs Geschwistern, die als Götter noch sehr jung sind.

Tatsächlich aber birgt auch sie Geheimnisse – sie verfügt nicht nur über Weltentore, sondern durch eine besondere Konstellation existiert auf ihr sogar ein Riss zwischen den Universen. Nicht auszudenken, wenn dereinst ein Wesen eines anderen Universums durch diesen Riss gelangt, absichtlich oder nicht.

Diese Welt beherbergt zudem ein ganz besonderes Artefakt, nach dem Tar'meso, zu jener Zeit noch wandernder Annatai, seit dem Zerwürfnis mit Nachtfeuer auf der Suche ist.

Die Saga um den Schwarzen Annatai beginnt!

Der Flammenthron
Das Träumende Universum 1